FOLIO POLICIER

Marcus Sakey

En lettres de feu

Les Brillants – Tome III

Traduit de l'américain
par Sébastien Raizer

Gallimard

Titre original :
WRITTEN IN FIRE

Originaire du Michigan, Marcus Sakey a suivi des études en communication et sciences politiques avant de se consacrer à l'écriture. Auteur de plusieurs best-sellers aux États-Unis, il déploie dans la trilogie *Les Brillants* une vision concrète des réactions politiques face à la question du terrorisme, ainsi qu'une satire grinçante du contrôle de l'opinion publique. Le tout servi dans un thriller de haute intensité.

Pour Joss, qui brûle avec tant d'éclat.

Certains disent que le monde va finir dans les flammes,
D'autres dans la glace.
Ce que j'ai appris du désir
Me fait pencher pour les flammes.

ROBERT FROST

Ce doit être ce que Dieu ressent.

Un simple regard sur le dos de ma main et je sais le nombre de follicules pileux qui le recouvrent, je quantifie séparément la pilosité androgénique et le duvet à peine visible.

Duvet, altération du vieux norrois *dun*.

Je repense à la page du livre d'anatomie d'Henry Gray où j'ai appris cette étymologie et j'examine le schéma d'un follicule pileux. Mais je suis également attentif à la texture du papier et à ses ondulations. À l'atténuation lumineuse de la lampe de bureau qui l'éclaire. Au parfum de bois de santal de la fille assise trois chaises plus loin. J'évoque ces détails avec une parfaite clarté, cet épisode tout à fait anodin et oublié qui s'est néanmoins imprimé dans un groupe de cellules cérébrales de mon hippocampe, comme tous les autres moments et expériences qui constituent ma vie. Je peux activer ces neurones à volonté et revivre n'importe quel souvenir avec une clarté sensitive totale.

C'était un jour comme un autre, à Harvard, il y a trente-huit ans.

Pour être précis : il y a trente-huit ans, quatre mois,

quinze heures, cinq minutes et quarante-deux secondes. Quarante-trois. Quarante-quatre.

Je baisse ma main, j'éprouve l'extension et la contraction de chacun de mes muscles.

Le monde vibre dans mon corps.

Manhattan, le coin de la 42e et de Lexington. Des voitures, des bruits de chantier, la foule des individus-lemmings, l'air froid de décembre et quelques mesures de Bing Crosby chantant « Silver Bells » qui proviennent de la porte d'un café que l'on ouvre, les odeurs de détritus, de falafels et d'urine. Un déluge de sensations, non filtrées, irrésistibles.

Comme oublier la dernière marche en descendant un escalier, et ne sentir que du vide là où on s'attendait à trouver un appui solide.

Comme s'asseoir sur un siège, et réaliser qu'il s'agit du cockpit d'un avion de chasse capable de voler trois fois plus vite que le son.

Comme soulever un chapeau abandonné, et s'apercevoir qu'il était posé sur une tête tranchée.

La panique dégouline par tous mes pores, la panique enveloppe mon corps. Mon système endocrinien pulse de l'adrénaline, mes pupilles s'élargissent, mes sphincters se contractent, mes doigts se crispent…

Contrôle.

Équilibre.

Respiration.

Mantra : *Tu es le professeur Abraham Couzen. Tu es la première personne de l'histoire à transcender les frontières entre les normaux et les Brillants. Ton sérum à base d'ARN non codant a radicalement modifié l'expression de tes gènes. Tu étais déjà un génie hors norme, tu es désormais bien plus que cela.*

Tu es un Brillant.

Je suis debout à l'angle de la rue, les gens passent devant moi, je vois le vecteur qui anime chacune de leur trajectoire, je peux prédire l'instant où ils vont se croiser, se bousculer, ralentir, jouer des épaules. Si je le désire, je peux tout traduire en équations de mouvements et de forces, en carte d'interactions, comme un tissu qui se tresse lui-même.

L'épaule d'un homme percute la mienne et j'ai la brève lubie de lui briser la nuque, je vois instantanément les gestes qu'il faudrait effectuer : la paume sur le menton, empoigner ses cheveux de l'autre main, assurer mon équilibre, un mouvement pivotant sec et rapide qui part des hanches, pour un maximum de puissance.

Je le laisse en vie.

Une femme passe et je lis ses secrets en observant ses épaules affaissées, ses mèches de cheveux qui font écran à sa vision périphérique, le sursaut qui l'anime lorsqu'un taxi klaxonne, sa veste informe, son doigt sans alliance, ses chaussures confortables. Les poils accrochés à son pantalon appartiennent à trois chats différents. Je visualise l'appartement où elle vit seule, le trajet en train depuis Brooklyn, sans doute, mais pas les quartiers à la mode. Je vois les maltraitances subies dans son enfance – un oncle ou un ami de la famille, mais pas son père – qui ont construit son isolement. Sa légère pâleur et les tremblements de ses mains révèlent qu'elle boit, la nuit, surtout du vin, à en juger par ses dents. Sa coupe de cheveux suggère qu'elle gagne au moins soixante mille dollars par an, mais son sac à main indique que ce chiffre est inférieur à quatre-vingt mille. Un travail de bureau avec peu d'interactions sociales, quelque chose concernant les chiffres. De la comptabilité, sans doute dans une grande entreprise.

Ce doit être ce que Dieu ressent.

Alors, je comprends deux choses. Je saigne du nez. Et on m'observe.

Ça se manifeste sous la forme d'un picotement, du genre de ceux que les imbéciles attribuent à la notion d'« inconscient collectif ». En vérité, il s'agit simplement de signes rassemblés par les sens, mais pas par le lobe frontal du cerveau : le tremblement d'une ombre, un fragment de reflet sur une vitre, une chaleur quasiment indétectable et le bruit d'un autre corps à proximité.

Pour moi, il est facile d'analyser les stimuli originels, sur lesquels je me concentre comme si je les observais au travers d'un microscope. Je convoque mon sens de la mémoire immédiate, la texture de la foule, l'odeur de l'humanité, les mouvements des véhicules. Les lignes de force me racontent une histoire, tout comme les ondulations à la surface de l'eau révèlent la pierre engloutie. Je ne me trompe pas.

Ils sont nombreux, ils sont armés. Ils sont là pour moi.

Je fais rouler ma nuque et craquer mes doigts.

Ça devrait être intéressant.

Chapitre 1

Ils n'avaient vraiment pas le temps, mais Cooper ne parvenait à détacher son regard.

La corde n'avait rien d'inhabituel, c'était le genre de cordon jaune qu'on utilisait pour arrimer les toiles goudronnées. Ce qui sortait de l'ordinaire, c'était qu'on y avait pratiqué un nœud coulant avant de la faire passer par-dessus un réverbère.

Ce qui sortait de l'ordinaire, c'était le corps qui y était pendu. En plein Manhattan.

Il avait peut-être dix-sept ans. Un gamin de belle allure, svelte et solide. Il portait un uniforme McDonald's et en travers de sa chemise jaune vif, celui ou ceux qui l'avaient tué avaient écrit le mot ANORMAL. Un Brillant. Pas un fait du hasard, donc. Lynché par des gens du quartier, des collègues, peut-être même des amis. Il avait perdu une chaussure et Cooper ne cessait d'observer sa fine chaussette blanche exposée au froid de décembre.

« Bon sang. » Ethan Park avait prononcé ces mots en haletant. Ils avaient couru aussi vite qu'ils avaient pu vers la foule regroupée autour du cadavre.

Cela faisait deux semaines que soixante-quinze mille soldats avaient été abattus par leurs propres armes dans le désert du Wyoming. C'était le résultat d'un virus informatique mis au point par les Brillants. L'humanité n'a jamais su faire face aux événements exceptionnels. Et elle supporte encore moins que des gens exceptionnels se rebiffent.

Ce n'était qu'un gamin, pensa Cooper. Le ciel chargé de neige avait une couleur d'étain. Le corps tournoyait lentement dans le vent d'hiver. Une basket éraflée, une insupportable chaussette blanche, une basket éraflée.

« Bon sang, répéta Ethan. Jamais je n'aurais cru voir un truc pareil. »

Toute ma vie, j'ai craint de voir ça. C'est ce qui a motivé chacun de mes actes et de mes choix : j'ai traqué certains de mes semblables, j'ai opéré sous couverture en tant que terroriste, j'ai tué plus de fois que je suis capable de m'en souvenir. J'ai reçu un coup de poignard dans le cœur. Ma fille a été détectée pour être placée dans une académie de Brillants et mon fils est tombé dans le coma.

Et je n'ai toujours pas réussi à arrêter ça.

« Allons-y.

— Mais…

— Tout de suite. » Sans attendre de réponse, Cooper se remit à courir. Ils avaient parcouru près d'un kilomètre dans Manhattan en moins de cinq minutes, depuis l'instant où l'information leur était parvenue. Pas mal, mais pas suffisant. Parce que le professeur Abraham Couzen n'était qu'à quelques blocs de là.

Il était dix heures du matin et il faisait froid, le vent fouettait l'avenue, canalisé par les immeubles en briques rouges et les barricades en cours de construction. Cooper bousculait des piétons qui tenaient un gobelet de café, un sac à main, vérifiaient l'heure sur leur montre ou parlaient au téléphone. À ses yeux, ils étaient tous empreints de l'hésitation nerveuse des otages auxquels on a ordonné d'avoir l'air normal. Sur la vitrine d'une épicerie, il vit qu'on avait scotché un journal qui montrait en pleine page une photo des ruines fumantes de ce qui avait été la Maison-Blanche, les colonnes de marbre renversées comme des jouets autour du cratère creusé par l'impact, sous les mots NOUS N'OUBLIERONS JAMAIS.

Aucun danger, se dit Cooper qui s'élançait déjà à travers la 3e Rue, ignorant les hurlements des klaxons. Le tuyau était venu de Valerie West, son ancienne collègue du DAR. En murmurant comme si elle avait peur d'être entendue, elle l'avait prévenu que plusieurs caméras de sécurité venaient de repérer le visage de Couzen. « Debout dans la rue, comme s'il prenait l'air. Le con. »

Il partageait ce dernier commentaire. Le professeur Couzen représentait le dernier espoir d'empêcher une guerre à grande échelle. Toutes les horreurs des dernières années n'étaient que des symptômes. Les académies qui pratiquaient des lavages de cerveau sur les enfants surdoués, l'ascension de John Smith et de son mouvement terroriste, la législation concernant l'implantation de micropuces sur les Brillants, la mise à sac de trois villes, le massacre des soldats qui avaient attaqué la Réserve de la Nouvelle Canaan… La cause première de tout cela, c'était l'iniquité entre les normaux et les Brillants.

Abe Couzen et Ethan avaient trouvé la solution. Ils avaient réussi à répliquer le génie des Brillants. Ils étaient parvenus à donner des capacités hors du commun à des gens normaux. Une fois que cela serait disponible à grande échelle, la guerre perdrait toute raison d'être. La majorité n'aurait plus à craindre les dons d'une infime minorité et, par conséquent, cette dernière n'aurait plus à redouter le courroux du plus grand nombre. Le monde n'aurait plus aucune raison de s'embraser.

Sauf qu'au lieu de partager cette découverte, Abraham Couzen avait plié bagage et disparu. Et le monde avait bel et bien pris feu.

Il n'est peut-être pas trop tard. Si tu peux arriver le premier.

Cooper atteignit le carrefour à toute vitesse et bifurqua vers le sud, tandis qu'Ethan faisait de son mieux pour le suivre. Valerie leur avait fait une faveur exceptionnelle, mais l'analyse d'images qui l'avait alertée avait également été reçue par d'autres personnes du Département Analyse et Réaction, sans parler des taupes infiltrées dans le DAR qui soutenaient la Réserve de la Nouvelle Canaan ou pire, l'organisation terroriste de John Smith. Il ne faisait aucun doute qu'une armée de l'ombre convergeait au croisement de la 42e et de Lex.

Vu les circonstances, établir un plan était un luxe hors de portée. On pouvait tout juste appeler ça une intention : trouver Couzen en premier et espérer qu'Ethan soit en mesure de convaincre son ancien mentor de se rendre à la raison. Si ça ne marchait pas, le plan B était de l'assommer et de le kidnapper. Ce qui pourrait être marrant, en plein cœur de Manhattan.

Lexington avait cinq voies à cet endroit, filant toutes vers le sud, une masse mouvante de taxis et de bus. Il passa à toute allure devant une pharmacie Duane Reade, se fraya un chemin entre un couple de touristes et leurs appareils photo, fit un écart vers la rue puis un autre vers le trottoir pour éviter un groupe d'écolières. Il y avait tant de monde que toute l'attention de Cooper était focalisée sur sa trajectoire. Son don lui procurait un énorme avantage en face à face, mais la multitude le perturbait. Inconsciemment, il essayait de lire les intentions de tous les individus en même temps. Il grinça des dents et continua à jouer des épaules jusqu'à ce que, soudainement, il finisse par s'extirper de la foule.

Trop soudainement. Et trop tard.

Cinq mètres devant lui, plusieurs hommes formaient un cercle sous haute tension. Celui qui était au centre était frêle et avait les épaules voûtées. Ses petits gestes brusques rappelaient ceux d'un oiseau. Malgré tout ce qu'il avait accompli, le professeur Abraham Couzen ressemblait à un de ces clochards irascibles qui injurient les distributeurs automatiques.

Les quatre hommes qui l'entouraient étaient larges d'épaules et paraissaient en état d'alerte maximale. Leurs costumes étaient corrects mais pas haut de gamme, et taillés pour dissimuler un holster pectoral. Des agents de terrain. Et, surprise des surprises, leur chef était Bobby Quinn, son ancien partenaire. Ce qui voulait dire que le Département Analyse et Réaction venait de le battre, à l'instant. Pas de beaucoup, mais parfois tout ne tient qu'à quelques…

Le dernier espoir d'éviter la guerre, c'est de rendre publics les travaux de Couzen.

Je pourrais sûrement convaincre Bobby, mais il n'a sans doute aucune marge de manœuvre.

Alors, quoi ? Attaquer quatre agents du DAR, dont ton ami ?

Ils sont concentrés sur l'arrestation de Couzen. Si tu…

Putain de merde !

… secondes.

Ça s'est produit à une telle vitesse, Cooper n'avait jamais rien vu de comparable. Le cœur du professeur battait à soixante-quinze pulsations par minute, un rythme un peu élevé mais acceptable, vu la situation. Et la seconde suivante, il était passé à cent cinquante.

Cooper voulut hurler un avertissement mais n'eut pas le temps d'émettre le moindre son. Le scientifique avait raidi l'index et le majeur de chacune de ses mains pour les enfoncer jusqu'à la première phalange dans les yeux d'un agent, avant de frapper simultanément la trachée des deux autres du plat de la main et de projeter son genou dans l'aine de Bobby, à deux reprises. Avant même d'avoir commencé, le combat était terminé. Les agents s'écroulaient, s'étouffaient et gémissaient.

Abe Couzen prit une profonde inspiration. Ses doigts tremblaient et un mince filet de sang coulait de l'une de ses narines. Pourtant, Cooper sentait qu'il était parfaitement calme. Le scientifique venait de mettre hors de combat quatre professionnels armés en moins de deux secondes, et il était impassible.

Jusqu'à ce qu'Ethan arrive en titubant et s'arrête à côté de Cooper. À la vue de son ancien protégé, les émotions se succédèrent à un rythme rapide sur le visage d'Abe : plaisir, étonnement, suspicion, colère. « Tu es avec eux ?

— Quoi ? demanda Ethan, à bout de souffle. Non, je… c'est… c'est lui qui…

— Je ne suis avec personne, professeur Couzen. » Cooper gardait ses mains baissées et en évidence. « Je suis là uniquement pour vous aider. »

Autour d'eux, les gens venaient de réaliser qu'il y avait eu une altercation. La plupart commençaient à s'éloigner. Quelques-uns poussaient pour voir ce qui se passait. Quelque part, une femme lâcha un cri d'exclamation. Cooper les ignora et se concentra sur sa cible. Il n'était pas un lecteur, il ne pouvait pas percevoir les secrets les plus profonds d'Abe à partir de son langage corporel. Mais ses pensées ne faisaient aucun mystère. Il soupesait l'idée de les tuer. Tous : les agents, lui, et même Ethan. Un calcul froid et reptilien, élaboré avec assurance.

Au lieu de quoi, il tourna les talons et se mit à courir.

Des klaxons hurlèrent et des pneus crissèrent lorsque Couzen s'engagea dans la circulation. Un taxi écrasa sa pédale de frein, la voiture dérapa dans un brouillard jaune et percuta une Honda. Abe ne prit même pas la peine de ralentir et poursuivit sa course tandis que les véhicules le frôlaient. Cooper se lança à sa poursuite, mais sa trajectoire n'était pas idéale et lorsqu'il atteignit le trottoir d'en face, sa proie avait pris plus de trente mètres d'avance. Il accéléra sans lâcher des yeux le dos de l'homme qui évitait les piétons, soudain de plus en plus nombreux, une foule de plus en plus dense qui sortait de…

Merde. La gare de Grand Central. Abe poussa une porte et fit tomber une femme. Au moment où Cooper l'atteignit, elle était en train de se relever et l'interpella : « C'est quoi ton problème, connard ? », juste avant qu'il ne l'envoie valdinguer une deuxième fois. Il sprinta tout le long de l'allée, passant devant des présentoirs pour d-pads et la nouvelle ligne de vêtements Lucy Veronica, puis déboula dans la fraîcheur du hall principal.

Un grondement le submergea, les échos de milliers de conversations entremêlées. Dans les haut-parleurs, une voix tendue suppliait : « Attention ! Il n'y a plus de places sur la ligne Metro-North Hudson. Je répète, il n'y a *plus de places* sur l'Hudson Line. S'il vous plaît, arrêtez d'envahir le quai… »

C'était comme si tout le monde essayait de quitter Manhattan. Sous le dôme étoilé du hall principal, les files d'attente s'étaient transformées en regroupements anarchiques et le calme était tout juste maintenu par des soldats en uniforme, fusil d'assaut en bandoulière. Sur le tableau d'affichage, tous les trains en partance étaient annoncés complets, mais la voix dans les haut-parleurs n'empêchait aucunement les gens de s'agglutiner et de pousser pour accéder aux quais, avec ou sans ticket. Ce n'était pas une foule, c'était une meute, hurlante, convulsive, puante, tout le monde se débattait et braillait, les bagages sur les épaules et les enfants dans les bras.

Et comme si ça ne suffisait pas, Cooper *détestait* les foules, la tête lui tournait et il était désorienté. Son don, qu'il ne pouvait pas contrôler, lisait les élans et les intentions de tout le monde en même temps. Ça revenait à essayer de se concentrer alors que le chien aboyait, le bébé hurlait, le téléphone sonnait et la radio beuglait, sauf qu'il y avait un millier de chiens, de bébés, de téléphones et de radios en même temps.

Il prit une profonde inspiration, crispa ses poings puis étendit ses doigts. Près d'un mur, il y avait une poubelle. Il grimpa dessus et observa la foule, à la recherche d'un visage, d'une aiguille dans un tas d'aiguilles. Un soldat lui hurla de descendre mais il l'ignora et continua à chercher…

Vu. Abe venait de jeter un œil par-dessus son épaule pour vérifier où en était son poursuivant, et c'est à ce moment que Cooper entraperçut son visage.

Malgré la foule, le scientifique avait réussi à doubler son avance.

Impossible. La masse de gens formait un mur vivant, compact, épaules contre épaules. Personne ne pourrait le traverser.

Pas tout à fait exact. Shannon en serait capable.

Avant qu'il sache son prénom, avant qu'ils se sauvent mutuellement la vie, avant qu'ils deviennent amants, Cooper l'avait baptisée la Fille Qui Passe À Travers Les Murs. Shannon lisait les gens comme des vecteurs, pouvait anticiper la soudaine ouverture d'un passage, prédire l'endroit exact que les autres allaient éviter, sentir qui allait bousculer qui et provoquer un ralentissement. « Se décaler », comme elle appelait ça. Lui haïssait la foule, mais elle s'y épanouissait, évoluait sans être touchée ni vue.

Abe Couzen se déplaçait comme elle.

Le scientifique fit un pas de côté pour éviter un homme qui tombait, se coula comme du mercure dans l'espace vacant, tourna à gauche, s'arrêta jusqu'à ce qu'un étroit passage s'ouvre miraculeusement entre deux femmes qui poussaient les autres. Il se faufila dans l'interstice, se courba pour passer sous l'arme d'un garde, continua son chemin à travers la cohue.

Cooper continua d'observer, à la recherche…

Si tu ne peux pas l'attraper, il faut que tu devines où il va.

Les trains qui quittent la ville sont complets, mais le métro peut l'emmener à peu près partout en ville.

Il doit exister une centaine d'endroits où se cacher en toute sécurité, surtout avec ce chaos.

Il a massacré quatre agents en une seconde, mais toi, il te fuit.

Pigé.

… d’une solution. Il sauta de la poubelle et emprunta le chemin par lequel il était venu. Une fois qu’il eut quitté le hall principal, la foule fut moins dense et il atteignit la rue en un rien de temps, percutant presque Ethan qui demanda : « Est-ce que tu… »

Cooper secoua la tête et se mit à courir vers l’ouest, puis vers le nord sur Vanderbilt. S’il avait correctement lu la situation, Abe croyait qu’il appartenait au DAR. Après tout, ils étaient arrivés au moment pile où Bobby Quinn essayait de l’arrêter. Abe avait dû penser que Cooper était là en soutien, parmi d’autres agents.

Abe Couzen était un génie. S’il fuyait le DAR, il savait que l’élément-clé était la mobilité. Cache-toi, et le département boucle Grand Central, accède aux caméras de surveillance, fouille l’endroit pièce par pièce s’il le faut. Monte dans un métro, et on peut le stopper à distance, transformant ainsi la rame en prison. Engage le combat, et il y aura toujours un autre agent à affronter. Non, si Cooper avait raison, Abe essaierait de rejoindre la rue le plus vite possible, et la sortie la plus proche était…

Juste là. Le scientifique était en train de l’emprunter. Cooper sourit, puis s’approcha à petites foulées. « Comme je le disais…

— C’est lui ! C’est l’homme qui a une arme ! » Abe était pâle et tremblant, et il pointait un doigt dans sa direction.

Cooper comprit qu’il s’adressait aux soldats qui marchaient derrière lui. Ils étaient trois, jeunes, à cran, le doigt sur la détente de leur fusil d’assaut.

Il ne lui fallut que trente secondes pour sortir son ancien badge et éclaircir la situation.

Mais à ce moment, Abraham Couzen avait déjà disparu.

Chapitre 2

« Je ne comprends pas », dit Ethan pour la neuvième ou dixième fois. Ils étaient dans un taxi qui se frayait un chemin vers l'ouest. « Abe a *mis une raclée* à ces types ?

— Qu'est-ce que tu crois, qu'ils ont glissé sur des peaux de bananes ?

— Je pensais que c'était toi. C'était des agents du DAR, pas vrai ? Abe a plus de soixante ans. Et ce n'est pas un ninja. »

Cooper renifla. Il avait l'habitude de voir des gens fuir – c'était généralement ce qu'il se passait lorsqu'il les traquait –, mais cette fois, c'était différent. Il avait mal calculé son coup, et les enjeux étaient très élevés. Il repensa au moment où il avait vu le pouls du professeur doubler de rythme, quasiment en l'espace d'un battement de cœur. *Contrôle du système endocrinien pour réguler son niveau d'adrénaline. Probablement la norépinéphrine aussi, pour la concentration. Et peut-être le cortisol et l'ocytocine. Avec des niveaux suffisamment élevés dans le corps, tout le monde est un ninja.* « On aurait dû le deviner. Merde.

— Deviner quoi ? Cooper, qu'est-ce qui se passe ?

— Ton vieux pote a disparu et il est devenu un Brillant.

— *Quoi?*

— Le petit projet scientifique que vous avez concocté ensemble. La potion magique qui transforme les normaux en anormaux. Il a dû en prendre. »

La mâchoire d'Ethan se décrocha. Pendant quelques instants, il resta assis, les yeux dans le vague. « Putain de merde. » Un sourire s'élargit sur son visage. « Ça marche. Je veux dire, les résultats des tests étaient extraordinaires, je le savais, mais on n'avait pas procédé aux essais cliniques.

— On dirait qu'Abe a sauté cette étape.

— Qu'est-ce que tu peux me dire au sujet des manifestations physiques? Je me demande quels effets il ressent. Quelle est la particularité de son don? Est-ce que tu as remarqué des…

— Prof. »

Ethan se reprit et se mit à rire. « Ouais, désolé. C'est juste… que je viens d'avoir un orgasme scientifique.

— Essaie de respirer. » Cooper soupira, se frotta les yeux. « La particularité de son don, c'est qu'il en a tout un catalogue.

— Tu veux dire, des capacités corollaires?

— Non. Je parle de dons distincts.

— C'est impossible. Je veux dire, chez les enfants, bien sûr. C'est pour ça que le test de Treffert-Down n'est pratiqué qu'à partir de l'âge de huit ans. Avant ça, les dons sont des propensions variables envers les schémas, qui se manifestent au travers des mathématiques un jour, de la notion d'espace le lendemain. Mais au fur et à mesure que le cerveau se développe…

— Tu ne comprends pas ce que je dis. » Cooper détourna son regard de la vitre pour fixer Ethan. « J'ai vu la fréquence des pulsations cardiaques d'Abe doubler. Instantanément. Il s'agit de contrôle endocrinien conscient.

— Et alors ? Quelque chose comme 13 % des Brillants possèdent le CEC.

— 12,2 %. Mais le plus important, c'est qu'il a dérouillé quatre agents. Tu crois que ces types ne sont pas suffisamment entraînés pour faire face à un vieux scientifique ? En plus, l'un de ces agents était Bobby Quinn. Je sais qu'il ne te revient pas mais crois-moi, c'est vraiment un professionnel. Le contrôle hormonal ne peut pas être la seule explication. Mais si Abe est également devenu physiolinguiste, alors il peut lire leur langage corporel et concevoir une série d'attaques basées sur leurs positions respectives.

— Les deux pourraient coexister, dit Ethan. Ton don pour les schémas n'est pas simplement physique. C'est une super-intuition, pas vrai ?

— Mais ensuite, dans Grand Central, il a été capable de se déplacer comme Shannon. Il lit les mouvements de la foule avant qu'ils ne se produisent.

— Il a peut-être juste trouvé une bonne trajectoire.

— Ce n'était pas une question de chance. Il y avait tellement de monde qu'on ne pouvait presque pas respirer. Et pourtant, ça l'a à peine ralenti. Et, cerise sur le gâteau, il préparait une diversion en même temps. C'est comme résoudre une équation quadratique tout en jonglant et en courant un marathon. »

Ethan resta silencieux un moment. « Si tu vois juste…

— C'est le cas, dit Cooper en soupirant. J'ai raison. Et ce n'est pas simplement une question de dons multiples. Il s'agit également de leur puissance. Je suis niveau un et j'ai trente ans de moins que lui. Après ce que je viens de voir, je ne suis pas sûr de pouvoir l'attraper. Ce qui veut dire, à toutes fins pratiques, que le bon professeur Couzen est un niveau zéro. Et j'aimerais bien savoir comment c'est possible. »

Ethan hésita. « Il me faut une minute pour réfléchir.

— Tu m'étonnes. » Derrière la vitre, la ville défilait. Le même New York qu'il avait visité un nombre incalculable de fois et pourtant, tout était différent. Tout était soumis à une tension désagréable, une fébrilité nerveuse. L'Amérique était capable d'encaisser un coup, mais l'année précédente se résumait à une série d'uppercuts magistraux. L'explosion de la Bourse en mars, qui avait fait plus d'un millier de morts. Des terroristes Brillants qui avaient pris le contrôle de Tulsa, Fresno et Cleveland, laquelle avait intégralement brûlé suite aux émeutes. La destruction de la Maison-Blanche et le massacre de soixante-quinze mille soldats. Sans parler de la dislocation de l'ordre social : fermeture des marchés financiers, services de base démantelés, méfiance accrue envers le gouvernement, violences tribales croissantes.

L'Amérique était capable d'encaisser plusieurs coups, mais elle chancelait et on en voyait des signes partout. Les sacs-poubelle s'entassaient aux coins des rues, des sacs noirs qui craquaient aux jointures. Les appartements de luxe étaient gardés par des milices privées. Les panneaux publicitaires présentaient Madison Square Garden comme un havre pour « ceux qui se sentent menacés ». Cooper avait l'impression qu'on les observait depuis tous les immeubles, et il lui fallut un moment pour comprendre que c'était parce que nombre d'entre eux avaient des vitres brisées. Un complexe de bureaux avait été incendié, les fenêtres étaient défoncées. Sur la porte tambour roussie, un graffiti disait : ON VAUT MIEUX QUE ÇA.

Il se mit à en douter en ayant la vision flash d'une chaussette blanche.

« D'accord, dit Ethan. C'est juste une théorie, OK ? Sans données précises, je ne peux rien avancer de certain.

— Annonce la couleur.

— Ça fait trente ans qu'on cherche les bases génétiques qui caractérisent les Brillants. On ne les a pas trouvées, parce qu'elles n'existent pas. Elles ne sont pas dans le code génétique. Notre grande avancée, ça a été d'en découvrir les bases épigénétiques. C'est pour ça que la réponse nous échappait, parce que l'épigénétique concerne la façon dont l'ADN s'exprime, pas les gènes en eux-mêmes. L'ADN, c'est les ingrédients de base, mais on peut cuisiner plein de recettes différentes à partir des mêmes ingrédients, et l'ADN humain possède vingt et un mille gènes. Ce qui fait beaucoup d'ingrédients. Le truc, c'est de localiser la cause spécifique. Abe appelait ça "la théorie des trois pommes de terre".

— Exact, tu me l'as déjà dit, répondit Cooper. Si la cause des dons est de manger trois pommes de terre d'affilée, c'est difficile à élucider, parce qu'il existe une infinité de possibilités et de combinaisons. Mais une fois qu'on a trouvé la bonne, tout ce qui reste à faire, c'est de manger trois pommes de terre.

— Tout est là. La nature est un bordel sans nom. L'évolution est une suite d'erreurs aléatoires, qu'on appelle des mutations, qui finissent par donner un avantage pour la survie et qui sont ensuite transmises aux générations suivantes. Mais il en va de même pour plein d'autres choses, et la plupart sont à peu près inutiles. Alors, on se retrouve avec trois patates. Mais il y a des patates hideuses. Grumeleuses, déformées. Ce que nous avons développé est différent. On a procédé à une ingénierie à rebours, en développant une théorie génétique soigneusement ciblée. »

Alors, Cooper comprit. « Vous avez créé la pomme de terre parfaite. L'idéal platonique de la pomme de terre. »

Ethan haussa les épaules. « C'est juste une supposition.

— Mais si tu as raison, alors Abe n'est pas simplement surdoué. Il est l'expression génétique ultime des Brillants. Il peut se déplacer comme Shannon, analyser comme Erik Epstein, planifier comme John Smith.

— Je… C'est possible. »

Cooper inspira un bon coup. Puis souffla. « Eh bien. J'imagine qu'on ferait mieux de le retrouver, non ? »

*

L'immeuble résidentiel était situé dans Hell's Kitchen, cinq étages sans ascenseur dans une rue aux vieilles briques rouges et aux arbres miteux. Alors qu'ils marchaient vers l'entrée, Ethan demanda : « J'ignore les rapports que ce type entretenait avec Abe. C'est pas un peu hasardeux ?

— Quand on a plus que le hasard, on tente sa chance. À moins que tu aies une autre idée ? »

Ethan secoua la tête. « Sa discrétion frôle la paranoïa. Vincent est la seule personne qu'il ait jamais mentionnée en parlant de sa vie privée. »

La porte principale était verrouillée. Cooper vit

le nom LUCE, VINCENT sur l'interphone et sonna. Aucune réponse.

Eh bien, tu peux toujours briser la vitre d'un coup d'épaule, et ensuite défoncer d'un coup de pied la porte du couloir. Bruyant, en effet. Ou tu peux…

Ethan Park s'avança pour presser cinq boutons d'appel en même temps. Au bout d'un moment, une voix demanda : « Oui ? »

Ethan répondit : « C'est UPS, un colis pour vous.

— Vous vous foutez de moi ? Jamais de la vie je ne… »

Il y eut un grésillement électrique et la porte se déverrouilla.

« Pourquoi installer une serrure, demanda Cooper, si c'est pour ouvrir à la première sonnerie ?

— Ça s'appelle le *facteur Manhattan*. Tu boucles ton appartement avec une chaîne et trois verrous, et ensuite tu te sens un peu seul. J'habitais par ici, tu te souviens ? L'arrivée d'un colis, c'est pas comme la visite d'un ami, mais ça fait aussi l'affaire. »

Ils longèrent une rangée de boîtes aux lettres et trouvèrent les escaliers. Ils en avaient gravi la moitié lorsqu'ils croisèrent un type qui se précipitait vers le rez-de-chaussée à la rencontre du livreur d'UPS. Le cinquième étage était faiblement éclairé et recouvert d'une moquette pourrie. L'une des portes était entrouverte, l'encadrement explosé.

« Merde », s'exclama Cooper en prenant les devants, Ethan à couvert derrière lui. Il poussa la porte. C'était une pièce typique de Manhattan, dans le sens où un homme suffisamment grand pouvait cuisiner depuis son futon. Les murs étaient peints avec des nuances élaborées, décorés avec des photos de musiciens soigneusement encadrées. Mais maintenant, elles gisaient par terre.

Du verre brisé et des éclats de bois jonchaient le sol. Le rembourrage dégueulait par les entailles faites dans le canapé. Les étagères avaient été balayées, les tiroirs béaient, les rideaux étaient en lambeaux. Un piano droit était renversé. L'archer d'un violon transperçait un abat-jour. Lorsque Cooper entra, les débris crissèrent sous ses pas.

« Oh, merde, dit Ethan. Tu crois que c'est Abe qui a fait ça ? »

Cooper pivota lentement et assembla les pièces du puzzle. Les assiettes fracassées, les rideaux déchirés, le miroir brisé. Il s'avança vers le futon et s'agenouilla. Le tissu était imprégné d'urine. Il y avait une tache de sang sur l'oreiller, assez grande mais concentrée en un point précis, comme si quelqu'un avait saigné tout en étant resté allongé. *Ou avait été maintenu allongé. Obligé de regarder.*

« Salopard, dit une voix d'homme. On t'avait dit de pas revenir… » Sur le seuil de la porte, il y avait un type au torse bombé qui portait un tee-shirt des Yankees. Deux autres hommes étaient derrière lui, le premier avec la même allure imbécile, l'autre plus petit et râblé. Yankees déclara : « Vous êtes qui ? »

Cooper se redressa. Sciemment, il observa l'appartement ravagé, puis riva ses yeux sur ceux de l'homme. Il perçut le changement de ses pupilles, le léger afflux de sang sur son visage, l'augmentation de son pouls, et comprit toute l'histoire. Il se força à sourire. « Pas de problème, dit-il en montrant son badge. On cherche Vincent Luce. Vous le connaissez ?

— Vincent ? répéta l'homme avec un regard de travers. Oui, je croyais le connaître. Je l'entendais tout le temps jouer du piano. De la musique bizarre, mais plutôt chouette. En fait, c'est un anormal. Il n'en a jamais parlé. Il vivait là mais il n'en a jamais rien dit à personne.

— Comment êtes-vous au courant ?

— Les murs ne sont pas épais. Ils se criaient dessus, lui et un vieux type. Le vieux type l'a dit, et Vincent essayait de le faire taire. Il disait qu'il fallait que personne ne soit au courant. »

Cooper hocha la tête, sortit son d-pad de sa poche et l'ouvrit d'un mouvement du poignet. Il afficha une photo d'Abraham Couzen. « C'est ce type ?

— Ouais, c'est lui.

— D'accord. Écoute-moi bien. Je ne me suis pas déplacé pour une porte défoncée ou des assiettes cassées. Je veux dire, on est tous des normaux ici, pas vrai ? »

Yankees acquiesça.

« Donc, tu es un voisin, et les murs ne sont pas épais. J'imagine que tu en as sans doute entendu davantage. »

L'homme le fixa, puis afficha un léger sourire. « Compris. Oui, bien sûr.

— Parle-moi de la bagarre. »

Yankees eut un rictus. « J'appellerais pas ça une bagarre.

— Ils ont défoncé la porte de Vincent, dit Cooper. Ils l'ont frappé. Puis ils l'ont maintenu pendant que les autres cassaient tout. Et ensuite ?

— Nous… L'un d'entre eux lui a dit de s'en aller et de ne jamais revenir.

— C'est ce qu'il a fait, à ton avis ?

— Quand tout a été terminé, dit Yankees en empoignant son entrejambe pour mimer une lance à incendie. Il a compris le message. »

Cooper fut submergé par un flash violent. Le souvenir de toilettes, la porcelaine blanche teintée de rouge, le visage brûlant de coups, le nez cassé, deux doigts fracturés, la rate éclatée. Il avait douze ans, c'était en Californie, l'un des nombreux postes de son père militaire. Une brute et ses potes se tenaient au-dessus de lui.

La pire façon de voir le monde : une proie, soumise, brisée, levant les yeux vers les autres qui le regardaient de haut, le méprisaient et riaient. Lentement, Cooper hocha la tête. « Ton aide a été précieuse.

— Eh, de rien. J'espère que vous trouverez ce taré. »

Cooper les laissa avancer vers le couloir avant de déclarer : « Au fait, j'ai menti.

— Hein ?

— Nous ne sommes pas tous des normaux, ici. » Il roula des épaules et décontracta les muscles de ses bras. « Tous les trois, vous avez humilié et tabassé un Brillant. Voyons si vous êtes capables de recommencer. »

Cooper laissa ses mots faire leur effet, puis se tourna vers Ethan. « Prof, fais-moi plaisir, s'il te plaît. » Il afficha un sourire. « Ferme la porte. »

… et nous sommes de retour. Je n'ai pas à espérer votre soutien, parce que je sais qu'il est là. C'est ici que vous trouverez la vérité. Pas les radotages relayés par les médias sous contrôle, mais les infos brutes. La vérité vraie, ni censurée ni manipulée, une diffusion à l'échelle nationale et sans baratin. Préparez-vous à déguster, parce que El Swifto est en forme, ce matin.

Ça fait deux semaines depuis les événements du 1er décembre, jour où les ennemis ont frappé le cœur de notre nation en retournant contre nous nos propres armes.

Et la réponse de l'Amérique, ça a été… que dalle, mes amis, et j'utilise des mots polis parce que ceux auxquels je pense seraient malvenus à la radio.

Ce pays a été fondé par des hommes d'action. Des hommes pourvus d'une vision et d'une force, qui ont fait face à tous les aléas. La voilà, l'Amérique que j'aime. Et dans cette Amérique-là, on aurait déjà fait pleuvoir la mort dans le Wyoming. On aurait vitrifié la Réserve de la Nouvelle Canaan et planté la tête d'Erik Epstein sur une pique. On aurait renvoyé toute cette meute de lâches et de déviants directement à l'âge de pierre.

Mais au lieu de ça, nos politiciens poussent des cris d'orfraie et bavassent, bavassent, bavassent encore. Une bande de bureaucrates, c'est ça qui nous tient lieu de gouvernement. Pas d'hommes forts, pas de chefs, pas de visionnaires. Des gamins apeurés qui n'ont pas les couilles pour agir.

Voilà l'Amérique d'aujourd'hui, mes amis. Ce n'est plus le Rêve américain, c'est le Cauchemar américain.

Prenons des appels téléphoniques. Dave, qui habite Flint, c'est cool de t'avoir dans l'émission.

« Monsieur Swift, c'est le pied total. Merci de nous dire les choses comme elles sont.

— Je ne fais que mon boulot, Dave.

— Ce que je veux savoir, c'est les gens normaux, qu'est-ce qu'ils peuvent faire ? Je suis d'accord avec tout ce que vous dites, je suis prêt à m'engager pour régler cette histoire d'anormaux, mais je ne sais pas quoi faire.

— Eh bien, que ce soit clair. Les médias de gauche se complaisent à me traiter de raciste. Ils disent que je suis intolérant et alarmiste. Ils balancent les mêmes insultes à tous les patriotes qui osent se tenir debout.

« Mais ils ne peuvent pas m'empêcher de dire la vérité, et la vérité, c'est que la Réserve de la Nouvelle Canaan, dans le Wyoming, est un ramassis d'anormaux qui ont massacré nos soldats, assassiné notre président et détruit le siège de notre gouvernement. Fondée par des anormaux, financée par des anormaux, dirigée par des anormaux.

« Les Enfants de Darwin, qui ont affamé trois villes et détruit l'une d'elles par le feu, sont un groupe d'anormaux.

« John Smith est un anormal – oh, je sais, les politiciens de droite aiment répéter qu'il a été manipulé, mais c'est Swift qui vous parle : c'est un terroriste.

« Des gens disent que tous les anormaux ne sont pas mauvais. Peut-être. Mais c'est la guerre, maintenant, et même si tous les anormaux ne sont pas nos ennemis, tous nos ennemis sont anormaux.

« Si certains d'entre vous sont de bonne volonté, des patriotes qui tiennent à leur pays, à notre pays, au tien, Dave, et au mien, alors je dis : très bien, vous êtes mes frères.

« Mais je pense sincèrement que nous sommes quatre-vingt-dix-neuf citoyens honnêtes, normaux, pour un seul putain d'anormal – oups, le FCC va me rappeler à l'ordre pour ça – et qu'il est temps que nous en prenions vraiment conscience. Alors, si notre gouvernement est trop faible, trop mou, bloqué dans une impasse et incapable d'agir, eh bien, c'est peut-être le moment que nous prenions les choses en main.

« Merci d'avoir appelé, Dave. Et nous accueillons maintenant Anne-Marie de Lubbock, au Texas… »

Chapitre 3

« Vous pouvez entrer, dit l'adjoint. Puis-je... » Le hurlement d'une scie circulaire le coupa. Lorsqu'elle s'interrompit, il dit : « Puis-je vous ... » À nouveau, les dents de la scie mordirent le bois. Quand elles s'arrêtèrent, l'homme tenta de finir sa phrase.

« Je vais me débrouiller », dit le secrétaire d'État à la Défense Owen Leahy en se levant pour entrer dans ce qui avait été le bureau du président.

Derrière un bureau en bois massif, Gabriela Ramirez lui fit un signe de tête, leva un doigt et continua de parler au téléphone. « Je comprends. Oui. J'essaie en ce moment même de vous fournir cette aide. » Une pause. « Eh bien, Gouverneur, peut-être que si vous aviez déclaré l'état d'urgence à la première attaque des Enfants de Darwin, vous n'en seriez pas là. Oui, merci. » Elle enleva son oreillette et la jeta sur le bureau.

« Madame la présidente, dit Leahy.

— Owen », le salua-t-elle. Dehors, dans le couloir, un pistolet à clous émit des *tchac, tchac, tchac* à peine assourdis. « Désolée pour le vacarme. De prime abord, on pourrait croire que le bureau du président serait un endroit sûr, mais manifestement les services secrets ne sont pas du même avis. »

En 1947, le Congrès avait déterminé l'ordre de succession des dix-sept personnes aptes à remplacer le président, bien que, depuis lors, il n'ait jamais été nécessaire d'aller au-delà du vice-président. Et soudain, en l'espace de trois mois, un président avait été déchu, son successeur assassiné, et désormais c'était Gabriela Ramirez, présidente de la Chambre des Représentants, qui était à la tête des États-Unis.

« Je pense que les services secrets ont raison, dit Leahy. Vous devriez vous installer à Camp David dès maintenant.

— L'Amérique a besoin de savoir que le gouvernement est toujours aux commandes.

— L'Amérique a besoin que vous restiez en vie.

— Que pensez-vous de ces rustres dans le désert ?

— Sérieusement, madame, Camp David est une forteresse…

— Dans le Wyoming, juste aux abords de Rawlins. Ce matin, le compte-rendu des renseignements disait qu'ils sont plusieurs milliers, maintenant ?

— Environ cinq mille, répondit Leahy. Il en arrive chaque jour. Ils affrètent des bus, viennent avec des pick-up blindés d'armes à feu. Le camp est à moins de deux kilomètres de la clôture de la Réserve de la Nouvelle Canaan. Les infos relayées en 3D n'ont pas arrangé les choses. Ça ressemble même à de la publicité.

— Tous des civils ?

— Ça dépend de ce que vous entendez par là. Ce sont des extrémistes, des réactionnaires, ce genre d'individus. Beaucoup sont d'anciens soldats. Mais ils ne sont pas structurés. Des groupes disparates. Ils boivent de la bière et hurlent des insultes contre les Brillants, tirent des coups de feu en l'air.

— Ça ne vous concerne pas.

— Je ne vois pas ça comme ça.

— Qu'est-ce que vous voulez dire ?

— Que je contrôle la situation.

— Très bien. Continuons à discuter en marchant un peu, si vous voulez bien. J'ai une réunion avec la fédération des syndicats indépendants », dit Gabriela Ramirez en se levant. Elle prit la veste de son tailleur gris foncé et l'enfila. « Où en est-on au niveau du désarmement ?

— Dans les délais. Toutes les têtes nucléaires ont été sécurisées, après le 1er décembre. Ce matin, tous les missiles terrestres ont été désactivés. Ceux portés par…

— Une seconde. Quand vous dites "désactivés", cela signifie qu'Erik Epstein ne peut pas les réactiver ?

— Non, madame.

— Vous en êtes sûr ? Son virus informatique a lancé un missile qui a détruit la Maison-Blanche, et personne n'imaginait qu'il était capable de faire ça. »

Leahy fit un effort pour ne pas grincer des dents, puis il déclara : « Ils ont été physiquement désactivés. Comme si on enlevait les bougies du moteur d'une voiture. Aucun ordinateur ne peut réparer ça. »

La présidente avala une dernière gorgée de café, posa sa tasse sur son bureau et prit la direction de la porte. Ramirez dit à son assistant : « Geoff, dis-leur que j'arrive. » Dans le couloir, la cacophonie des bruits de chantier se répandait en échos sur le marbre poli. De la sciure flottait dans l'air. Deux agents des services secrets ouvrirent aussitôt la marche, et deux autres leur emboîtèrent le pas.

« Et en ce qui concerne les navires militaires ?

— Les missiles à longue portée ont été désactivés sur les navires comme dans les sous-marins. Ce qui nous rend plus vulnérables pour les ennemis étrangers…

— Les forces aériennes ? »

Leahy soupira. « Hormis les missions cruciales, tous les avions sont cloués au sol. Et lorsqu'ils volent, ils ne sont pas armés. Dans tous les corps d'armée, l'intégralité des communications se fait en réseau fermé. Les véhicules dotés d'un système d'aide à la navigation sont déconnectés, la technologie de pointe a été vidée de sa substance… En fait, m'dame, mon bureau a envoyé un rapport détaillé, mais pour le dire de façon concise, on est en train de remonter le temps jusqu'en 1910.

— Vous avez l'affaire en main, Owen ? demanda Ramirez en lui lançant un regard de biais. Dites-moi le fond de votre pensée.

— Je suis secrétaire d'État à la Défense de notre pays. J'ai consacré ma vie pour que l'Amérique soit dotée d'une armée forte, et je n'aime pas voir ça partir à vau-l'eau.

— Je comprends, dit-elle. Mais pour une raison que j'ignore, le 1er décembre, Erik Epstein a limité son attaque à la Maison-Blanche et aux soldats qui menaçaient la Réserve de la Nouvelle Canaan. Son virus informatique a causé près de quatre-vingt mille morts, mais il aurait pu tuer des dizaines de millions de personnes. Epstein avait un contrôle opérationnel total. Il aurait pu annihiler notre armée et vaporiser nos villes, avec nos propres armes. Il affirme qu'il ne l'a pas fait parce qu'il a choisi de s'en tenir à la légitime défense. Croyez-moi, Owen, je ne compte pas lui laisser l'occasion de changer d'avis. »

La légitime défense, pensa Leahy. *Elle l'ignore, mais Epstein n'a fait que répondre à mon propre ordre d'attaque. Mon ordre illégal.*

Depuis 1986, année de la découverte de l'existence des Brillants, l'Amérique se dirigeait vers un conflit ouvert. Ces surdoués étaient tout bonnement trop forts. Bien qu'ils ne forment que 1 % de la population, ils étaient nettement meilleurs que les 99 % restants. Des demi-dieux dans un monde de mortels. Sans contrôle, ils allaient transformer les Américains normaux en anachronismes – ou en esclaves.

Avec d'autres personnes qui partageaient sa vision, Leahy s'était battu pour les contenir. Ils avaient semé les graines de la peur et provoqué le rejet du public à leur égard. Des académies spéciales avaient été créées pour rééduquer les plus puissants d'entre eux. Et après que John Smith avait posé les bombes qui avaient détruit la Bourse et tué plus de mille personnes, une loi était passée pour implanter une micropuce à chacun des Brillants d'Amérique. Dans les mois qui avaient précédé les attaques du 1er décembre, Leahy croyait avoir les choses sous contrôle. Ils avaient été si près du but.

Mais c'est alors que le rôle du président Walker avait été dévoilé au grand jour. Il avait été destitué et encourait un procès. Le vice-président Lionel Clay était un homme honnête, mais pas à la hauteur de son rôle. Il n'avait été associé à Walker que pour des motifs de calculs électoraux. D'autres attaques terroristes avaient ébranlé l'Amérique, et un groupe d'anormaux, terroristes et dissidents connus nous le nom des Enfants de Darwin, avait isolé trois villes.

Clay avait tergiversé, hésité. Il avait même été sur le point d'accorder l'indépendance à la Réserve de la Nouvelle Canaan, l'enclave pour Brillants d'Erik Epstein.

Il n'y avait alors plus eu d'autre choix que de forcer la main à Clay. Et Leahy avait ordonné l'attaque contre la RNC.

Il avait pris la décision seul. Il devait sa carrière à Terence Mitchum, pour lequel il avait une loyauté sans faille, et qui était officiellement le numéro trois de la NSA. En réalité, il avait été le chef de leur gouvernement de l'ombre, un patriote lucide qui avait compris que protéger une nation exigeait des actes fermes. Malheureusement, Mitchum était dans la Maison-Blanche au moment où le missile avait frappé. *Une victime de plus dans une guerre que le reste du pays commence seulement à comprendre.*

Leahy répondit : « Légitime défense ou pas, une fois que nous aurons fait repasser nos armées au stade des bottes et des baïonnettes, il faudra les envahir.

— Ce n'est pas la décision que j'ai prise.

— Madame la présidente, les gens veulent…

— Je sais que tout le monde veut se venger. Mais ce serait s'engager sur une voie désastreuse. Il doit exister une autre solution que le génocide. »

Ils sortirent par Longsworth et prirent la direction du Capitole. Les services secrets avaient ordonné la construction d'une rue étroite, fait construire de lourdes portes avec des postes de garde à chaque extrémité. Les seuls véhicules autorisés à entrer étaient ceux qui formaient le cortège présidentiel. Ce jour-là, quatre Escalade blindées, six motos et la limousine. Le matin était froid, les gaz d'échappement s'élevaient et des nuages bas filaient dans le ciel.

« Je comprends, dit Leahy. Je ne désire pas nous débarrasser des Brillants. Mais nous devons démanteler la Réserve de la Nouvelle Canaan. Tout comme nous devons mener à terme l'Initiative Surveillance et Contrôle. Si vous signez, on peut implanter ces micropuces à 95 % des anormaux dans les trois mois. Je sais que ça a l'air vieux jeu, mais ça va marcher.

— Et s'ils refusent ? S'ils préfèrent se battre jusqu'à la mort ?

— Dans ce cas… »

D'abord une détonation, puis une force qui le fit basculer.

Le ciel et le marbre gris tourbillonnèrent, puis le béton qui se précipita vers lui, il tombait, tombait et tendit ses mains en s'écrasant au sol, un bourdonnement déchirant dans les oreilles, comme un cri sans fin, et tout autour, de la fumée, du feu, des cadavres et des corps titubant, saignant, un agent observait son épaule gauche d'où son bras avait disparu, le visage éclairé par la carcasse en flammes de la limousine.

Leahy haleta, toussa, vit du sang et un morceau de chair s'écraser au sol – il s'était sectionné la langue en tombant. Et elle gisait là, par terre.

Des mains le saisirent violemment et le soulevèrent, il se débattit et ses bras furent bloqués par les deux hommes qui l'emmenaient. Il essaya de leur dire d'attendre, qu'il devait récupérer sa langue, mais une Escalade était déjà devant lui, les agents s'abritaient sous le capot et tiraient avec leur arme de poing, des coups de feu qu'il entendait à peine, ils visaient dans plusieurs directions – ce n'était pas simplement une bombe, c'était un assaut –, puis ils le poussèrent à l'intérieur du SUV où il percuta quelqu'un, c'était la présidente, leurs deux corps étaient enchevêtrés, quelqu'un claqua la portière, on frappa contre la vitre et avant que Ramirez ou lui ne puissent réagir, le chauffeur enfonça l'accélérateur et l'Escalade bondit en les collant sur la banquette arrière. Encore des coups de feu, il les entendait plus nettement maintenant, des détonations rapides, puis un crissement violent et ils furent à nouveau projetés, mais vers l'avant cette fois, le SUV avait accroché quelque chose, la limousine, dehors c'était l'enfer, puis à nouveau une violente accélération lorsque le chauffeur repartit.

Leahy baissa les yeux et se rendit compte qu'il était sur la présidente. Il commença à se dégager puis se reprit pour couvrir son corps du sien, allongé sur elle comme un amant, leurs visages à quelques centimètres l'un de l'autre. Elle avait les yeux dilatés et une joue entaillée. Il sentait la fumée et son parfum tandis que sa bouche se remplissait de sang. L'Escalade prit de la vitesse, le chauffeur dit quelque chose qu'il n'entendit pas à cause du bourdonnement dans ses oreilles et de cette pensée obsédante : une voix dans sa tête qui répétait, encore et encore, que c'était à lui de jouer, désormais.

Chapitre 4

Luke Hammond se réveilla en poussant un hurlement muet.

Le hurlement, c'était parce que ses fils brûlaient vifs.

Joshua brûlait dans le ciel alors que son Wyvern se fracassait et que des jets d'essence explosaient dans un grand remous de lumière, l'air inspiré dans ses poumons le grillait de l'intérieur tandis qu'il tombait, indéfiniment. Zack brûlait dans son tank, piégé dans le métal broyé, les cheveux en feu et la peau qui faisait des bulles tandis que la fumée noire du polymère étouffait le monde.

Depuis deux semaines, à chaque fois qu'il fermait les yeux, il les voyait mourir.

Le silence : quarante années de service, d'abord dans des patrouilles de reconnaissance à long rayon d'action, au Viêt-Nam. C'était l'enfer permanent et à dix-neuf ans, il avait appris à se réveiller tout à fait conscient et en pleine possession de ses moyens, parce que ceux qui se réveillaient groggy mouraient.

Un soleil blafard se levait dans le ciel blanc du Wyoming. Il était à cent cinquante millions de kilomètres, ce soleil, et depuis que ses fils étaient morts, il avait l'impression que ce chiffre signifiait à peu près quelque chose. Pas les nombres en eux-mêmes, mais la distance, la façon dont une chose qui signifiait tout pouvait disparaître à jamais.

« Il est là. »

Luke s'assit sur le lit et s'adossa contre l'habitacle de son pick-up. Décembre, le froid, même s'il n'y avait pas trop de neige, heureusement. Elle aurait pu jouer contre eux. Cela faisait deux ans qu'il avait quitté l'armée et il faisait immédiatement une évaluation de la situation, comme chaque fois qu'il se réveillait, même si depuis peu le rapport donnait quelque chose comme : 03H17, RÉVEILLÉ PAR UNE TERRIBLE ENVIE DE PISSER.

Aujourd'hui, eh bien, il avait quand même réussi à dormir un peu plus longtemps.

Rapport de situation : les superbes garçons qui couraient vers toi, les bras grands ouverts en hurlant : « Debout ! Debout ! », ces garçons sont morts. Les heures ensoleillées passées à les pousser sur la balançoire, à tamponner leurs genoux d'eau oxygénée, n'ont pas suffi à les protéger. Ces moments où ils s'endormaient dans tes bras et toi, le corps brisé de fatigue, tu ne bougeais pas d'un pouce parce que tu savais que ces instants de douceur devaient être vécus à fond – ces moments-là non plus ne les ont pas sauvés. Les milliers de fois où tu leur as dit que tu les aimais ne leur ont été d'aucun secours.

Tes fils sont morts. Brûlés vifs. Ils sont à cent cinquante millions de kilomètres d'ici.

Et maintenant, tu es un homme de cinquante-neuf ans. Avec des abdos d'acier et un passé de soldat. Tu viens de dormir dans le lit froid de ton pick-up, garé à huit kilomètres de Rawlins, Wyoming, une ville qui sert de point de passage. Entouré par des milliers d'hommes et de femmes portant les mêmes blessures que les tiennes, tous rassemblés dans un but qu'aucun de vous ne serait en mesure de nommer.

« Il est là. »

Luke repoussa la couverture et se glissa hors du camion. Il dit au soldat qui venait de le réveiller : « Ils arrivent toujours ?

— Oui, monsieur. De plus en plus nombreux. »

Il acquiesça. Inspira une grande bouffée d'air froid – *les poumons de Josh ont été brûlés par un feu d'un millier de degrés* – et alla voir son ancien chef.

Le général de division Samuel Miller, un vétéran lui aussi, avait une allure cabossée que Luke associait aux cow-boys, mais ses yeux possédaient une perspicacité capable de jauger une situation et d'analyser un environnement. Il était vêtu d'un treillis orné des insignes indiquant son grade, deux étoiles côte à côte, et avait l'air plus à l'aise en uniforme de combat que dans les jeans et le polo qu'il portait la dernière fois que Luke l'avait vu.

Le général lui serra la main avant de lui donner l'accolade. « Je suis vraiment désolé. Josh et Zack étaient des types bien. De bons soldats.

— Merci. »

Son vieil ami l'étudia. « Tu tiens le coup ?

— Je suis incapable de répondre à ça. »

Le général hocha la tête. « Question stupide. Désolé.

— Laisse-moi te montrer le coin. »

Ils grimpèrent dans son pick-up, dont l'habitacle était aussi impeccable que la carrosserie. Il tirait fierté de ce genre de choses, qu'il tenait pour importantes. Luke monta le chauffage et se mit en route. Le sol sec crissait sous ses pneus. « Il y a plus de huit mille personnes ici, maintenant. Et il en arrive davantage toutes les heures. »

Le campement était dépourvu d'ordre, les tentes poussaient là où les gens s'arrêtaient. Ils discutaient par petits groupes, appuyés contre les voitures, se réchauffaient les mains au-dessus de feux de camp. La plupart avaient des fusils en bandoulière ou des pistolets à la hanche, dans leur holster. Ils passèrent devant un club de motards, cinquante engins garés avec précision. De gros durs en train de boire de la Budweiser à côté d'une montagne de canettes vides qui ne cessait de grandir. Les bikers firent un signe de tête à Luke, qui le leur rendit.

« T'es allé causer à tous ces gens ?

— Ouais. Dès l'instant où tu m'as dit que tu venais. Pour préparer le terrain.

— Quel genre d'individus ?

— Leurs histoires sont toutes différentes, et pourtant c'est toujours exactement la même. »

Luke fit visiter le campement au général, le laissant se faire une idée d'ensemble d'après les différents groupes qui le composaient :

Une milice du Michigan qui pratiquait des manœuvres en tenue de camouflage, dont la couleur verte jurait dans les broussailles jaune-brun. Ils étaient arrivés à bord d'un ancien bus scolaire, aux flancs ornés de peinture fraîche : LES NOUVEAUX FILS DE LA LIBERTÉ. Des lettres d'un mètre cinquante de haut, prises dans les serres d'un aigle en train de glatir.

Autour d'un énorme feu de camp, un groupe de péquenauds était en train de brûler en un après-midi l'équivalent d'une semaine de bois, et ils faisaient beugler Creedence Clearwater comme s'ils étaient en train de vivre leur plus grande fête de bouseux.

Un homme démontait une Kalachnikov tandis qu'une femme l'observait en fumant une cigarette.

Un groupe de soldats, depuis longtemps rayés des registres mais qui portaient malgré tout leur uniforme, échangeaient un genre de rire rauque que Luke connaissait. C'était celui qui remplaçait les larmes.

Le général Miller déclara : « Ils sont à la ramasse.

— C'est exact. Et d'autres comme eux ne cessent d'arriver. Tout ce qu'il leur faut, c'est un chef. » Il fit demi-tour et ajouta : « Je vais te montrer un autre truc. »

Cinq minutes plus tard, ils avaient à nouveau traversé le campement et atteignirent sa limite nord. Au-delà, il n'y avait rien, sinon le désert rocailleux et un ciel gris – et, moins de deux kilomètres plus loin, une clôture de sept mètres de hauteur, surmontée de fil barbelé concertina. La frontière de la Réserve de la Nouvelle Canaan. Une surface de soixante mille kilomètres carrés, 24 % de l'État du Wyoming, et tout appartenait à Erik Epstein, qui en avait fait un genre de Terre promise pour anormaux. Luke coupa le moteur. « C'est différent quand on le voit de ses propres yeux, pas vrai ? »

Sans le bruit du moteur, ils entendaient maintenant le vent, un souffle sourd et lugubre qui donnait l'impression de venir de très loin. Miller dit : « Je ne te ferai pas offense en te disant que ça ne te ramènera pas tes fils. Mais j'ai besoin de savoir si c'est la seule raison.

— Pourquoi ?

— C'est une raison suffisante pour que tu t'engages. Mais je veux plus. Je veux que tu m'aides à les diriger. »

Le regard de Luke se perdit au-delà du pare-brise. L'un après l'autre, il fit craquer les cinq doigts de sa main gauche. Quand ce fut terminé, il passa à la droite. « La semaine dernière, je me suis réveillé sur mon canapé. J'avais picolé la nuit d'avant, je m'étais dit que ça pouvait peut-être arranger un peu mes cauchemars. Résultat, je devais en plus me taper une gueule de bois. Je m'étais endormi avec la 3D allumée, c'était l'une de ces émissions d'info du dimanche matin. Un débat de roquets, tu vois le genre. Et il y avait ce gamin. Belle coupe de cheveux, superbe chemise, Rolex. Il expliquait que la meilleure chose à faire, c'était sans doute d'accorder la sécession à la RNC. Reconnaître leur souveraineté, laisser les choses se faire. » Durant quelques instants, Luke revécut tout cela, la tête prise dans un étau, la bouche pâteuse, les hurlements de Zack résonnant dans ses oreilles, et ce gamin dans la 3D. « Et j'ai ressenti cette vague de… Ce n'était pas de la colère ou de la haine. C'était… de la tristesse. Je me sentais triste pour ce gamin qui était prêt à tout abandonner, et puis j'ai compris qu'ils devaient être un paquet dans le même cas que lui. L'instant d'après, j'étais dans mon pick-up et je me suis retrouvé ici, à observer cette clôture. Et je n'étais pas le seul. »

Luke se tourna vers son ancien chef. « Est-ce que je suis en colère ? Bien sûr. Est-ce que je veux me venger ? Oh que oui, bordel. Mais ce n'est pas seulement ça. La terre juste là, derrière cette clôture, c'est toujours l'Amérique. Et j'ai passé ma vie à défendre ce pays. Je ne suis pas prêt à laisser Erik Epstein le détruire, peu importe les milliards qu'il possède et la surface du Wyoming qui lui appartient. »

Durant un long moment, le général Miller garda le silence. Il observait le désert et la clôture de ses yeux si perspicaces.

Puis il dit : « Bonne réponse. »

Elvis a joué ici.
Led Zeppelin a joué ici.
Les Rolling Stones ont joué ici.

Maintenant, c'est à votre tour d'être une rock star.

Vous voulez simplement que votre famille soit en sécurité. En ces temps incertains, quoi de mieux qu'un lieu où elle serait à l'abri ? Un lieu où vous pourriez vous décharger de votre fardeau et vous concentrer sur l'essentiel.

On souhaite tous le meilleur. Mais si une personne que vous aimez est Brillante et se sent menacée, il est temps de chercher un REFUGE.

REFUGE

@ Madison Square Garden

Chapitre 5

Le visage de Natalie emplissait l'écran. « Zut, dit-elle. J'espérais vraiment t'avoir. Hmm… Il y a quelqu'un qui veut te dire un mot. »

Cooper avait déjà regardé trois fois le message vidéo, mais sa poitrine se gonfla tout de même de joie lorsque l'image montra un flash de couleurs, puis que le visage souriant de Todd apparut. « Salut, Papa ! »

Son fils, son magnifique fils de dix ans, était non seulement en vie, mais conscient, dans un lit d'hôpital, avec une vilaine coupe de cheveux à cause de l'opération.

« Je vais bien, déclara-t-il. Ça ne fait pas tellement mal. Et les médecins disent que je peux courir et même jouer au foot…

— Ils ont dit *bientôt*, chéri…

— Et Maman m'a dit que tu l'as eu, t'as eu ce type ! C'est génial, Papa. » Son fils se mordit la lèvre. « Je suis désolé de m'être mis dans tes pattes. Je sais que je t'ai fait foirer le truc. »

Non, Todd, mon gars, tu n'as rien fait foirer. Tu es un gamin de dix ans qui a essayé de protéger son père d'un monstre. Tu n'as rien fait foirer du tout…

« Tout le monde est vraiment sympa, mais la maison me manque. J'espère qu'on pourra vite rentrer. Je t'aime ! »

L'écran montra à nouveau Natalie. Son ex avait l'air fatiguée. « Ici, les choses vont bien. Erik est plein d'attentions pour nous. Il a rendu cet appel possible – j'imagine que les lignes sont… Bref. On va bien. » Elle prit une inspiration et Cooper y lut tout ce qu'elle ne pouvait pas dire. C'était en partie une question de discrétion : sa famille était toujours dans la Réserve de la Nouvelle Canaan, et les communications pouvaient être tracées. Mais il savait qu'il y avait autre chose. La dernière fois qu'il l'avait vue, c'était juste après qu'un tueur du nom de Soren Johansen lui avait planté un poignard dans le cœur et mis son fils dans le coma. Le même jour, Erik Epstein avait détruit la Maison-Blanche et tué soixante-quinze mille soldats. L'Amérique avait basculé dans un précipice, et il savait que Natalie se demandait comment il fallait le comprendre. Ce que ça signifiait pour lui, pour eux, pour leurs enfants.

Elle finit par déclarer : « Sois prudent, Nick », puis la vidéo se figea sur l'image déformée de sa main qui coupait la communication.

L'appel avait été passé pendant qu'il poursuivait Abe Couzen dans Grand Central. *Une raison de plus pour en coller une au bon professeur.* Cela faisait deux semaines que Cooper n'avait pas parlé à sa famille, et bien qu'il ait essayé tous les jours, il n'avait jamais réussi à la joindre. Les informations accusaient la RNC, disaient qu'Epstein avait coupé toute communication avec le reste de l'Amérique, mais Cooper pensait plutôt que c'était l'inverse. Si le gouvernement préparait une attaque contre la Réserve, l'isoler constituait une étape importante de la campagne psychologique.

Par acquis de conscience, il tenta de les rappeler. « Nous sommes désolés, annonça la voix enregistrée, des difficultés techniques perturbent actuellement le réseau. Nous ne pouvons donner suite à votre appel. Merci de réessayer ultérieurement. »

Touche rappel.

« Nous sommes désolés, des difficultés techniques… »

Touche rappel.

« Nous sommes désolés… »

Cooper raccrocha, rempocha son téléphone et imagina Abe Couzen en train de mourir dans les flammes. C'était une vision apaisante.

« C'était ton ex ? demanda Ethan qui venait de mordre dans son sandwich grec.

— Ouais. Natalie

— Elles s'entendent bien, elle et Shannon ?

— Qu'est-ce que tu veux dire ?

— Tu sais, l'ex-femme, la nouvelle petite amie. »

La nouvelle petite amie. Cooper se souvint de la dernière fois qu'il avait vu Shannon, deux semaines plus tôt. Lors d'une fusillade, un soldat de John Smith le tenait en joue et il pensait vivre ses derniers instants. Lorsqu'il avait entendu les détonations, il s'était attendu à sentir les balles. Au lieu de quoi, il s'était aperçu que Shannon était sortie de nulle part, une mitraillette dans les mains. Elle lui avait lancé ce fameux sourire en coin et avait dit : « Salut. »

Le problème, c'est qu'une demi-heure plus tard, on se disait au revoir. C'était comme ça que ça marchait, entre eux. Ils étaient soldats dans une guerre fantôme et vivaient tous les deux sur la brèche. En théorie, ça avait l'air romantique, mais en réalité, c'était une relation infernale. Elle était intelligente, sexy et terriblement douée. Ensemble, ils formaient une équipe incroyable. Pourtant, ils n'avaient vraiment pas passé beaucoup de temps ensemble. L'un des deux devait toujours filer, qu'il s'agisse d'une mission secrète ou d'un combat désespéré. À la façon dont se passaient les choses, c'était difficile d'imaginer une quelconque amélioration.

« C'est compliqué, répondit-il.

— Tu m'étonnes. »

Pour changer de sujet, Cooper demanda : « Des nouvelles d'Amy ? »

Ethan s'essuya les lèvres et hocha la tête avec des gestes chargés de tristesse. « Elle est toujours chez sa mère, à Chicago. Elle dit que les choses sont vraiment étranges là-bas aussi, mais elles vont bien. Elle m'a envoyé une photo de Violet. » Il tendit son téléphone à Cooper. La petite fille était jolie, comme les bébés informes peuvent l'être, et il repensa à sa propre fille au même âge. Kate, si petite et légère qu'il pouvait la tenir sur son avant-bras, ce qu'il faisait souvent en lui parlant pendant qu'il préparait le petit déjeuner dans la cuisine pleine de soleil, lorsqu'il vivait avec Natalie. Ils parlaient de Kate comme d'une « surprise », jamais comme d'un accident. Son arrivée leur avait rudement compliqué les choses pendant un moment, puis leur relation avait commencé à se déliter. C'est aux alentours du premier anniversaire de Kate que Nat et lui avaient convenu qu'il valait mieux se séparer en bonne intelligence plutôt que de laisser les choses se dégrader.

« Elle est magnifique », dit Cooper en rendant le téléphone à Ethan. Il étira ses doigts. Ses jointures lui donnaient une impression de meurtrissure, sans parler de la ligne de feu à l'endroit où sa main avait été coupée en deux jusqu'à la paume. Elle avait été réparée avec des tissus fusionnels dans cette clinique souterraine, tout comme son cœur, après que Soren l'avait tué. Même si ça faisait parfois un mal de chien, même si son cœur ratait parfois un battement, sa guérison avait été quasiment miraculeuse. *Il faut reconnaître ça à Erik Epstein.*

« Comment tu te sens ?

— Suffisamment en forme pour bosser pour le gouvernement.

— Marrant, dit Ethan en froissant le papier alu de son sandwich, avant de le jeter dans une poubelle. T'as été plutôt dur avec eux. Les types dans l'appartement de Vincent.

— Ils l'ont frappé, ont brisé toutes ses affaires, ensuite ils lui ont pissé dessus. Tout ça parce que c'est un Brillant. » Cooper secoua la tête. « J'aime pas les brutes, Prof. »

Le froid pénétrait à travers sa veste. Son café était trop léger et âcre. Derrière l'une des fenêtres de l'immeuble de pierres grises en face d'eux, des guirlandes de Noël clignotaient en illuminant de vert et de rouge des flocons en papier. C'était surprenant de constater que quelqu'un avait fait cet effort, était allé chercher les décorations au fond d'un placard et avait tout installé. Même en tombant en morceaux, le monde continuait à tourner.

« Comment est-ce que tu fais ça ? » La question d'Ethan semblait faire référence à quelque chose d'évident.

« Comment est-ce que je fais quoi ?

— Ça, répondit Ethan avec un geste qui désignait

tout. Ça fait deux semaines que je suis loin d'Amy et de Violet, et elles me manquent tellement que j'en deviens fou. Je veux les serrer contre moi. Je veux retourner au travail, je veux cuisiner un plat d'enfer, je veux dormir dans mon lit. Comment tu fais pour vivre comme ça ?

— Il faut bien que quelqu'un sauve le monde.

— C'est ce que t'arrêtes pas de dire. » Ethan se tut un instant. « Et si on n'arrive pas à retrouver Abe ?

— On doit le retrouver.

— Ouais, mais… Ça ne peut pas dépendre seulement de nous. Les choses vont s'arranger. Comme toujours. »

Cooper comprenait ce qu'il voulait dire. Un an plus tôt, il aurait dit la même chose. Il y avait certes des problèmes et des tensions, mais également de l'espoir. Les structures étaient en place et la société possédait une masse critique, un mouvement, une inertie qui allaient garantir sa survie. Et même si le monde affrontait une épreuve, il n'était pas fragile au point d'exploser.

Un an plus tôt, il aurait tenu ce genre de propos. Il croisa le regard d'Ethan, sans prononcer un mot.

« Très bien, dit celui-ci. Donc. On sait qu'Abe est ici. Et qu'il est niveau zéro. Et que le DAR est à ses trousses.

— C'est là que ça coince, dit Cooper en aspirant une gorgée de son mauvais café. Ce n'est pas pour rien que le logo du DAR est un œil. Même avec des ressources amoindries, Bobby Quinn reste en mesure d'exploiter les caméras de contrôle, les nouveaux drones, les caméras qui surveillent la circulation. Il y a des centaines d'objectifs braqués sur chaque carrefour. Manhattan est le pire endroit pour essayer d'échapper au DAR.

— On peut s'en servir ? Appeler ton amie, celle qui nous a rencardés sur Abe ce matin ?

— Non. Valerie nous a rendu service, mais je ne peux pas lui demander de jouer contre son propre camp. En plus, en admettant qu'elle le fasse, on aurait les mêmes éléments que le DAR. Il faut que nous les devancions.

— Comment ?

— L'angle personnel. Tu connais Abe, pas eux. Ils n'entendront jamais parler de Vincent, et nous devons le retrouver. »

Ethan réfléchit à la question tandis que les ombres des nuages glissaient sur les gratte-ciel et que les vibrations du métro faisaient trembler le sol, un peu plus loin. « Je ne le vois pas retourner dans son appartement. Est-ce qu'il tenterait de fuir la ville ?

— Peut-être. Ce ne serait pas facile, en tout cas. » Les vols commerciaux avaient été annulés depuis qu'Epstein avait fait la démonstration qu'il pouvait faire s'écraser n'importe quel engin muni d'un ordinateur. C'était l'une des raisons pour lesquelles les trains étaient pris d'assaut. Sans parler du sentiment croissant qu'un conflit ouvert n'allait pas tarder, et que les villes deviendraient alors un endroit dangereux.

« Il pourrait avoir une voiture…

— Nan, l'interrompit Cooper. Les pianistes professionnels, même les Brillants, ne gagnent pas assez de blé pour entretenir une voiture dans cette ville. » C'était bon de s'atteler au problème. Il avait l'impression que c'était dans une autre vie, mais moins d'un an plus tôt, il traquait encore ses semblables pour le compte du service le plus secret du DAR. Adopter à nouveau cette manière de penser était chose facile.

Les trous-du-cul de voisins racistes de Vincent ne lui ont sans doute pas laissé le temps de remplir un sac, ni même de prendre son portefeuille. Il est probablement à la rue, complètement démuni.

Un ami ? Possible. Mais dans l'immédiat, Vincent n'est pas forcément disposé à faire confiance à quelqu'un.

Il est terrorisé, sans argent, coincé. Il cherche…

Un refuge.

Cooper se leva, avala le reste de son café, froissa le gobelet et le jeta dans la poubelle. « On y va. »

*

Il n'était allé qu'une seule fois au Madison Square Garden, c'était quelques années plus tôt pour un match des Knicks[1]. Avec environ vingt mille autres personnes, il avait pénétré par le grand hall de verre brillant. Cette fois, ils prirent une entrée latérale qui avait sans doute servi pour les employés, une double porte en métal cradingue sur le côté dénudé du bâtiment massif. Sur une remorque garée là, un panneau lumineux annonçait : REFUGE DE MADISON SQUARE GARDEN, et en dessous : TOUS LES BRILLANTS SONT LES BIENVENUS. Deux soldats en tenue de camouflage actif discutaient devant les portes, les motifs digitaux de leur uniforme se déformaient et se modifiaient au rythme de leurs gestes.

« Messieurs, dit l'un d'eux en ouvrant la porte. Préparez vos papiers d'identité, s'il vous plaît. »

1. *New York Knicks*, franchise de basket américaine évoluant en NBA et disputant ses matches au Madison Square Garden.

La pièce était une étroite antichambre de sécurité. Des caméras en surveillaient chaque recoin et d'autres soldats manipulaient un scanner corporel et un tapis roulant à rayons X. Une mère épuisée portait une fillette de six ans pendant que son mari parlementait avec une jolie femme en tenue civile.

« Mais je ne comprends pas, disait-il. Je croyais que les familles étaient acceptées.

— C'est le cas, répondit la femme. Mais pour votre sécurité, nous séparons les membres surdoués de leur famille.

— Je ne quitte pas ma femme et ma fille.

— Ce n'est qu'une question d'attribution de couchette. Vous serez toujours ensemble.

— Si nous sommes hébergés séparément, comment est-ce que nous allons…

— Chéri. » Sa femme lui toucha l'épaule. « Nous n'avons pas le choix. À moins que tu veuilles retourner chez nous et attendre que quelqu'un vienne fracasser notre porte pour t'emmener ? »

La petite fille réagit immédiatement : « Qui va emmener Papa ?

— Personne, mon amour, répondit l'homme. Personne. » Il lui caressa les cheveux. Aux yeux de Cooper, sa rage et son impuissance brûlaient d'une dangereuse nuance de rouge, mais il dit : « Très bien.

— S'il vous plaît, avancez par ici. » La jolie femme se tourna vers Cooper. « Bienvenue au Refuge. Vous souhaitez demander une admission ?

— Non », répondit-il en ouvrant son portefeuille. La photo était celle d'un homme radicalement différent. Un homme plein de certitudes, qui n'*espérait* pas faire ce qui était juste, mais qui le *savait*. Mener le bon combat. Porter des choix difficiles pour le bien de tous. Incarner tout ce qui le faisait pleurer aux moments héroïques d'un film – le déferlement de la musique, le sacrifice déterminé de soi, la croyance que la cause défendue valait la mort –, tous les clichés de soldat auxquels il avait cru depuis qu'il était gamin appartenaient à :

COOPER, NICHOLAS, J.
AGENT SPÉCIAL
DÉPARTEMENT ANALYSE ET RÉACTION
DIVISION DES SERVICES ÉQUITABLES

À côté de la plaque, il y avait un badge qui portait en son centre l'œil omniscient du DAR. Techniquement, même s'il n'était pas en service actif, il était toujours un agent du gouvernement en congé prolongé. Il avait pensé à démissionner du département lorsqu'il avait accepté le boulot de conseiller spécial du président Clay, mais il doutait fort de rester longtemps dans les sphères de la politique.

Ce qui est un euphémisme délirant.

La femme examina la plaque d'identification. « Bienvenue, monsieur. » Elle leur tendit des badges en plastique. « Gardez-les sur vous en permanence. Ils vous garantissent un accès complet au Refuge. Si vous portez des armes, il faut que vous les laissiez ici.

— Pourquoi ?

— Simple précaution. Nous avons plusieurs milliers de résidents et nous ne pouvons pas nous permettre de risquer un incident. »

Cooper se demanda ce qu'elle voulait dire par là. « Nous ne sommes pas armés. Mais peut-être pouvez-vous m'aider à trouver un… résident. Vincent Luce. »

Elle tapa sur des touches qui étaient hors de sa vue. « Section C, rangée 6, chambre 8. Prenez l'ascenseur jusqu'au cinquième étage et suivez le couloir depuis l'entrée située au milieu du terrain. »

Ils bipèrent leur badge au poste de sécurité, où des soldats passaient des scanners manuels autour des tristes sacs de la famille qu'ils avaient vue à l'entrée. Ça avait dû être un crève-cœur de les préparer. Comment est-ce qu'on décide quelle partie de sa vie abandonner ? Le père observa Cooper, et celui-ci lui adressa un hochement de tête. L'homme ne le lui rendit pas.

Ils montèrent dans l'ascenseur. Lorsque les portes se refermèrent, Ethan déclara : « Je ne pige pas.

— Quoi ?

— Il n'est pas question que j'amène ma famille ici.

— Vraiment ? demanda Cooper en pressant le bouton du cinquième étage. Tu as tenté de fuir Cleveland au milieu de la nuit en passant à travers la quarantaine imposée par les militaires. Tu es en train de me dire que s'il y avait eu un endroit sûr et chaud où aller, tu n'y aurais pas réfléchi ?

— On n'a pas *tenté*. On a réussi. Et toutes les prisons sont sûres et chaudes, au début.

— Une prison ? Allez…

— Regarde à quelle vitesse tout cela s'est organisé. À peine quelques jours après l'attaque, il y avait déjà un endroit sécurisé où dormir, et même une campagne publicitaire. C'était prévu à l'avance.

— Et donc ?

— Donc, quelles sont les chances qu'ils fassent cela par bonté de cœur ? »

Les portes de l'ascenseur s'ouvrirent et ils sortirent dans un couloir de béton brut. Des soldats et des civils allaient et venaient dans les entrailles grossières de l'arène : conduits électriques apparents, transpalettes garés dans des alcôves, de vagues relents de vieille urine.

« En parlant des résidents et de l'intérêt collectif, déclara Cooper. Vincent est littéralement notre seule piste, et on s'apprête à lui demander de trahir Abe. Selon ce que ton ancien boss représente pour lui, il se peut qu'il refuse.

— Je vois où tu veux en venir, dit Ethan en exagérant un accent de mauvais film noir. Tu veux dire qu'on va peut-être être obligés de le secouer et de lui montrer le mauvais côté d'une pince coupante.

— Je veux dire qu'il va nous aider, point.

— Attends. Tu déconnes pas ? demanda Ethan en s'arrêtant. Allez, mec. C'est de la merde de Gestapo. »

Ce fut peut-être à cause du reliquat de frustration du matin, ou de la façon dont le monde semblait avoir désespérément envie de se détruire, ou de l'odeur d'urine dans le couloir. Ce fut peut-être simplement parce qu'il était fatigué et qu'il avait mal partout, et qu'il n'avait pas vu ses enfants depuis trop longtemps. Quelle qu'en fût la raison, la colère jaillit comme un serpent et, sans avoir consciemment pensé son geste, Cooper pivota et plaqua Ethan contre le mur. Le scientifique lâcha un cri de surprise.

« J'en ai assez d'être comparé à la Gestapo », dit-il lentement et fermement. Une voix dans sa tête disait *Tranquille, tranquille*, mais une autre lui rappelait qu'il avait eu deux occasions de tuer John Smith, qu'il avait fait tomber un président et contribué à l'échec de son successeur. Aussi durement qu'il se soit battu pour offrir un monde meilleur à ses enfants, il n'avait fait qu'en précipiter la fin. « L'Amérique est en guerre parce que je ne me suis pas comporté comme la Gestapo. Soixante-quinze mille soldats sont morts parce que je ne me suis pas comporté comme la Gestapo. Ce gamin a été lynché parce que je ne me suis pas comporté comme la Gestapo. »

Ce fut seulement en le disant qu'il se rendit compte que c'était ce qui le hantait. Un adolescent mort, à qui il manquait une chaussure. C'était la véritable raison pour laquelle il avait absurdement dérouillé ces trois types, ce matin. Et c'était aussi pour cela que ses muscles venaient d'agir en prenant de court sa raison. Il se força à prendre une grande inspiration, vit la peur dans les yeux d'Ethan, et sa propre rage disparut aussi vite qu'elle était venue.

« Je suis désolé, dit-il en lâchant le scientifique. J'en ai juste marre que des gens qui n'ont jamais à assumer la moindre décision me traitent de monstre. »

Ethan l'observa. Il ouvrit la bouche, puis la referma. « Soren aurait tué toute ma famille. Tu as sauvé ma femme et ma fille. On n'est peut-être pas toujours d'accord, mais je ne te considérerai jamais comme un monstre. »

Cooper hocha la tête et se remit en marche.

« Un tout petit peu imprévisible, peut-être. »

*

Cooper s'était attendu à une foule grouillante de milliers d'individus, des conversations bruyantes et des cris d'enfants – peut-être même quelques rires. Au lieu de quoi, il découvrit une centaine de personnes en train d'errer de façon apathique dans l'arène. Ils parlaient à voix couverte, les yeux prudemment baissés. Des dizaines de soldats en armes les observaient.

Ça donnait l'impression d'une cour de prison, ou d'un zoo.

Sur les gradins, les sièges avaient été enlevés et remplacés par des paliers de chambres préfabriquées comme des blocs de Lego, qui, rangée après rangée, s'élevaient vers la pénombre. Un calme obsédant emplissait le stade caverneux, les murmures s'évanouissaient dans l'immensité de tout cet espace.

C'était prévu à l'avance. Cooper avait encore les mots d'Ethan dans la tête. *Quelles sont les chances qu'ils fassent cela par bonté de cœur?*

Le soldat en bas des escaliers de la section C avait le menton mitraillé de points noirs. Il scanna leur badge puis déclara : « Vous désirez que j'en libère un, monsieur?

— Ils sont enfermés?

— Oui, monsieur. Par mesure de sécurité. »

Cooper l'observa puis répondit : « C-6-8. »

Le garde se mit en route et il lui emboîta le pas, une main sur la rambarde. Il humait l'odeur de bière éventée et comptait. *Sept par rangée, vingt rangées par section, vingt sections, soit presque trois mille. Trois mille cages.*

Des cages pour des gens comme toi.

Lorsqu'ils atteignirent celle de Vincent, le garde glissa sa carte d'identification puis tint son fusil prêt et dit : « C-6-8 ! Il y a du monde. » Il approcha sa main de la poignée. Cooper l'arrêta. « C'est bon, je m'en occupe.

— Vous êtes sûr?

— Certain. » Il attendit que le garde s'éloigne, puis ouvrit la porte.

Le préfabriqué faisait peut-être deux mètres cinquante sur un peu plus d'un mètre, la taille d'un dressing ou d'une planche de contreplaqué. Une boîte sans fenêtre avec juste assez d'espace pour une couchette et des toilettes chimiques, dont la puanteur emplissait l'air. L'homme allongé là avait la constitution déliée des acteurs qui jouaient dans les pubs pour whisky, bien que son cocard et son nez cassé diminuent l'impact de sa belle allure. Sans quitter le néon des yeux, Vincent Luce dit : « Vous n'êtes pas un garde.

— Je m'appelle Nick Cooper. Il faut qu'on parle.

— De ? »

Cooper fit un geste vers la porte. « Vous voulez prendre un peu l'air ? »

*

L'ancienne salle de presse fut l'endroit le plus calme qu'ils purent trouver, là où les caméras 3D filmaient jadis les matches des Knicks. Vincent était adossé contre le mur extérieur, les yeux rivés sur le stade transformé en prison. Son visage meurtri se reflétait sur la vitre. « C'est ici que vous faites le waterboarding[1] ? Si c'est le cas, je dois vous dire que je ne connais aucun des plans secrets des anormaux.

— Je veux qu'on parle du professeur Abraham Couzen.

— Vous plaisantez ? demanda Vincent, le regard brûlant. C'est pas croyable… »

Cooper était sur le point de s'expliquer, mais il se retint. *Ce n'est pas une attitude défensive.*

« D'abord, il me dénonce comme Brillant à mes connards de voisins fascistes, qui… » Il ne termina

1. Méthode de torture par simulation de noyade.

pas sa phrase. « Et lorsque, sous le coup de la peur, je prends la décision stupide de venir ici, il veut rattraper le coup ? J'emmerde Abe. Je préfère encore rester ici plutôt que de sortir grâce à lui.

— Je pensais… » Cooper fit une pause. Il était en train de rater quelque chose, quelque chose d'évident.

« Quoi ? C'est sa conception de la noblesse du geste ? »

Ah. Cooper jeta un regard de côté à Ethan, qui lui répondit par un haussement d'épaules signifiant *Eh, je n'en savais rien.* « Alors, vous et Abe êtes en couple ?

— On s'est séparés il y a un an. Si on pouvait appeler ça un couple. Pour être ensemble, il faut que chacun respecte l'autre. Il ne m'a jamais vu comme une personne. Plus comme un fétiche.

— Qu'est-ce que vous voulez dire ? » Cooper tira une chaise à roulettes et s'y assit.

« Il aime les anormaux. Ce n'était pas moi qui l'attirais, c'était mon don. Regardez ses travaux. Il aurait pu guérir des cancers, mais il consacrait toute son énergie à trouver le moyen de transformer les gens normaux en Brillants.

— Attendez, intervint Ethan. Il vous a parlé de ses recherches ? »

Vincent baissa la tête. Ses doigts, longs et fins, tapaient un rythme sur la vitre. « Vous êtes Ethan Park.

— Euh… Oui.

— J'ai beaucoup entendu parler de vous. À tel point que j'en étais presque jaloux.

— Je… moi aussi. De vous. »

Vincent eut un sourire froid. « Ça m'étonnerait. Abe ne parlait pas de ce dont il se fichait comme d'une guigne. Mais vous étiez son petit génie. Il disait que vos travaux sur les séquences de télomères étaient d'une importance cruciale. C'est l'une des raisons pour lesquelles il sait ce que Dieu ressent, maintenant. Connard.

— C'était quand ?

— Avant-hier, pendant qu'il me faisait visiter son labo.

— *Quoi ?* » demanda Cooper en même temps qu'Ethan s'exclamait : « *Son labo ?*

— Ouais. » Le regard de Vincent passait de l'un à l'autre. « Je viens de comprendre. Ce n'est pas Abe qui vous envoie. C'est vous qui le traquez. »

Cooper songea à mentir, mais repoussa l'idée. « Vous pouvez me parler de son labo ?

— C'est pour ça que vous le cherchez ? À cause de ses travaux ?

— Oui.

— Vous allez lui faire du mal ?

— Non.

— Si je vous le dis, vous me ferez sortir d'ici ? demanda Vincent d'une voix lente.

— Vous avez ma parole. »

Il se tourna vers Ethan : « Je peux lui faire confiance ?

— Oui », dit le scientifique sans la moindre hésitation et, malgré tout, Cooper dut admettre que ça lui faisait du bien.

Une alarme retentit, assourdie par la vitre. Les gens qui erraient sur le terrain réagirent comme s'ils venaient de recevoir un coup de pied, se dépêchèrent de former des lignes, le regard baissé et les mains le long du corps, puis retournèrent un à un dans leur cage. Tout en regardant l'arène, Vincent déclara : « Ma musique est trop en avance pour la plupart des auditeurs, mais Abe aimait me voir jouer. Il me demandait toujours d'interpréter un double solo. Un solo différent avec chaque main, en même temps. » Il secoua la tête. « Je pensais qu'il aimait la musique. Mais non. Il voulait juste observer mon don en action. »

Il se tourna face à eux. « Il était fier d'avoir organisé un détournement de fonds pour le construire, et de l'avoir tenu secret au point que même Ethan n'était pas au courant. Je ne me souviens plus de l'adresse exacte, mais c'est un bâtiment en briques d'un étage, sans fenêtres, en face d'une casse. »

Cooper tira son d-pad de sa poche, le déplia d'un mouvement sec et afficha une carte. La rue était au bord de la rivière et longue de moins d'un kilomètre. Il éprouva cette vieille et violente sensation qui lui disait qu'il tenait sa cible, sans le moindre doute.

« Qu'est-ce que vous allez lui faire ? »

Les yeux toujours rivés sur la carte, Cooper répondit : « Vous voyez à quel point en sont les choses. On va droit vers une guerre, ou pire. Les travaux d'Abe pourraient empêcher ça.

— Comment ?

— En mettant tout le monde à égalité.

— Vous ne craignez pas les effets secondaires ? »

Cooper regarda Ethan, puis Vincent. « Les effets secondaires ? »

« Sénateur, avec tout mon respect, garder les avions au sol et déconnecter les missiles, ce n'est pas la question. Le système qui vous apporte l'eau courante est contrôlé par des ordinateurs. Pareil pour les eaux usées. Le réseau électrique est géré par des ordinateurs. De même que les communications locales, régionales et nationales. Les puits de pétrole. Les chaînes de télévision. Les feux qui régulent la circulation. Les distributeurs automatiques. La conservation et le transport de la nourriture. Les serrures automatiques. Les soins médicaux. La limousine dans laquelle vous êtes arrivé. La montre que vous êtes en train de regarder en cet instant même. Il n'y a pas un aspect de la vie moderne qui ne soit contrôlé par un ordinateur, à un certain niveau.

« Alors, quand vous demandez comment nous prémunir d'un nouveau 1er décembre, la seule réponse que je puisse vous donner est : achetez un fusil et allez vous installer dans une grotte. »

— Gisela Bracq, « Cyber-Tsar » du FBI, au Sénat des États-Unis

Chapitre 6

Habituellement, elle aimait le train. Cela avait à voir avec la dissonance entre le calme apparent du trajet et le flou du monde extérieur. La juxtaposition des deux était apaisante – et symbolique, peut-être, de la façon dont elle avait choisi de vivre. Mais aujourd'hui, toute l'attention de Shannon se portait sur l'un de ses plus anciens amis, et sur la question de savoir si elle serait capable de le tuer.

Elle était retournée dans la Réserve depuis plus d'une semaine, qu'elle avait passée à arroser ses plantes en plastique et à regarder par la fenêtre de son appartement dans lequel elle n'habitait que rarement. Et Erik lui avait demandé de venir le voir. Son studio était situé à Newton et lui vivait à Tesla, mais lorsque l'homme le plus riche du monde appelait, on se mettait en route sans tarder et elle avait pris un planeur pour le rencontrer l'après-midi même.

L'idée qu'il lui avait exposée était intrigante.

Non, chérie. Apprendre que ton auteur préféré sort un nouveau livre est intrigant. Un restaurant dans lequel tu n'as encore jamais mangé est intrigant. Le sourire de Nick quand tu as descendu le type qui l'avait en ligne de mire était intrigant.

Mais là, il s'agit de tout autre chose.

« Statistiquement, c'est très faible, avait dit Erik Epstein. Capturer John Smith vivant : 83,7 % de probabilité d'échec. Le tuer : 77,3 % de probabilité d'échec. Et 65,1 % de chances d'un retournement de situation, qui aurait sans doute pour résultat votre propre mort.

— Vous savez, vous vous ressemblez beaucoup, vous et John, avait dit Shannon.

— Négatif. Nous constituons des matrices de personnalités radicalement différentes…

— Peut-être, l'avait-elle interrompu. Mais il y a une chose que vous avez en commun. Vous êtes vraiment nazes pour me vendre le boulot. » Ce n'était que la deuxième fois qu'elle rencontrait Erik, le vrai Erik, pas son frère Jakob, qui était son incarnation publique. La première fois, c'était neuf jours plus tôt, lorsqu'elle lui avait livré un Soren Johansen drogué et brisé. Cooper lui avait demandé de le faire, croyant que Soren aurait pu leur procurer un moyen d'action ou des informations à utiliser contre Smith. Shannon n'était pas convaincue de la pertinence d'une telle démarche, alors. Mais maintenant, elle se posait la question.

Néanmoins, Erik n'avait pas réagi à sa pique. Il était resté avachi, le visage illuminé par les scintillements des hologrammes qui flottaient dans l'air autour d'eux : un schéma topographique du prix de la poitrine de porc corrélé avec les incidents terroristes, des images d'orages dans la mer de Chine méridionale, des cartes vectorielles de balles tirées de différents types d'armes, un enregistrement accéléré de la mousse grimpant sur le tronc d'un arbre, une séquence extraite des informations télévisées montrant une limousine en feu – celle de la nouvelle présidente, Ramirez, remarqua Shannon qui crut reconnaître l'instant précis où la première femme présidente de l'histoire des États-Unis avait failli mourir dans une explosion, deux semaines après avoir prêté serment. Ce sanctuaire était un lieu souterrain qui ressemblait plus à un planétarium qu'à un bureau, et même si elle avait essayé de la jouer relax, il était ardu de ne pas être complètement submergé par le volume d'informations purement démentiel qu'il contenait. « Pourquoi est-ce que j'accepterais de faire quelque chose qui va me mener à la mort de façon presque certaine ?

— La situation est de plus en plus fluide, avait répondu Epstein d'une voix aiguisée par la frustration. Les schémas reposent sur les données, mais les données changent trop vite. Impossible de les trier, de les analyser, de les préciser. Mais statistiquement, une attaque de la Réserve est une quasi-certitude.

— Et vous pensez que livrer John Smith au gouvernement va empêcher ça ?

— L'empêcher, non. Le retarder. »

Elle avait aspiré un mince filet d'air, observé la schématisation du train léger qui flottait devant elle. « John sait que je ne suis plus dans son camp. Pourquoi accepterait-il de me rencontrer ?

— La tentation. Des enjeux supérieurs.

— Quels enjeux ?

— Union. Moi. Vous. Nous tous, ensemble. »

Cela pouvait en effet constituer une tentation. John menait sa propre révolution, et à en croire l'état déconnant du monde, il s'en sortait vraiment bien. Mais dans quelle mesure serait-il encore plus efficace avec Erik Epstein à ses côtés ?

« Je ne suis pas certaine d'y être disposée. C'est une chose de le rencontrer, et une autre d'essayer de le tuer.

— La capture serait préférable.

— Pour le livrer à des gens qui vont le tuer.

— Les subtilités d'hier n'ont plus cours. Il n'y a que deux positions. Pour la guerre, ou contre la guerre. Ne pas choisir revient à choisir. »

C'était un argument qu'elle n'avait pas pu réfuter, et qui l'avait conduite ici et maintenant, à bord de ce train léger qui quittait Tesla, un train magnétique sans bruits ni vibrations. La seule preuve de mouvement, c'était la ville qui filait tout autour. Shannon regarda par la fenêtre et réfléchit à ce que signifiait vraiment le fait que John veuille une guerre. Il était le plus grand stratège qui soit. C'était un homme qui ne pensait pas cinq coups d'avance, mais cinq *années* d'avance. S'il voulait une guerre, c'était parce qu'il pensait pouvoir la gagner.

C'était là une pensée peu réjouissante. Les Brillants constituaient une minorité de 1 pour 99. Une victoire se ferait au prix d'océans de sang.

Concentre-toi, Shan. Tu es déjà dépassée. Ne te laisse pas distraire, en plus.

Tu ne sais même pas si ton atout en est vraiment un.

Et John est censé monter à la prochaine station.

Normalement, lorsqu'elle était en mission, les couleurs brillaient plus intensément et l'air avait un goût sucré. Mais là, elle ne ressentait que de la nervosité.

Le train entra dans la station d'Ashbury sans un bruit. Une poignée de passagers en descendirent, d'autres montèrent. Midi, et la rame était presque pleine. Shannon avait posé une de ses bottes sur le siège en face d'elle et secouait la tête lorsqu'un passager l'interrogeait du regard. Elle observait les gens qui montaient, ceux qui se déplaçaient. Deux ados flirtaient. Une jeune femme murmurait doucement à l'oreille de son bébé. Une vieille dame somnolait, la tête basculée en arrière avec un angle bizarre. Un homme avec un chapeau de cow-boy remontait le couloir. Il cachait son visage sous le bord de son Stetson et il avait la corpulence de John. Shannon se détendit, prête à se glisser dans son personnage, mais l'homme la dépassa. Merde.

Lorsqu'elle se retourna de nouveau, quelqu'un était assis sur le siège en face d'elle. Un garçon d'environ seize ans, qui la fixait droit dans les yeux, les jambes de part et d'autre de sa botte.

Eh bien, si tu n'es pas audacieux…

« Écoute, je suis flattée, mais j'attends quelqu'un », dit-elle.

Le garçon ne répondit rien. Mais maintenant il tenait un d-pad entre ses mains, qui ne s'y trouvait pas l'instant précédent. Sans un mot, il le lui tendit.

Son cœur s'arrêta de battre. Bien sûr. Eh bien, ça faisait partie des possibilités. Elle prit le d-pad, qui s'alluma aussitôt.

« Salut, Shannon, dit John Smith sur l'écran. Je dois dire que je suis déçu.

— *Tu* es déçu ? Au moins, je suis venue au rendez-vous. Je suis là. Et toi, où es-tu ?

— Je ne suis pas dans la Nouvelle Canaan en ce moment, répondit-il. Ce qui vaut sans doute mieux, puisque je vois que tu as de nouveaux amis. Je compte six des meilleurs agents tactiques d'Epstein, y compris le type avec le chapeau de cow-boy que tu as pris pour moi. Je suppose que c'est leur trajet quotidien ?

— Simple protection. On ne savait pas à quoi s'attendre…

— Arrête, dit-il. C'est moi. »

Elle prit une profonde inspiration, puis expira. « Très bien.

— On va discuter une minute. Mais d'abord, il faut que tu voies quelque chose. Colin ? »

Le garçon en face d'elle eut un mouvement flou. Sa main entra et sortit de sa poche. Lorsqu'il l'ouvrit, elle vit dans sa paume un petit cylindre qui se terminait par un bouton. Son estomac se contracta.

« Pour gagner du temps, laisse-moi t'énumérer tes pensées actuelles. Non, tu ne peux pas bouger aussi vite que Colin, pas plus que tu ne peux te décaler sans qu'il te voie. Il a un don qui est très, très puissant. Et oui, les scanners de ce train léger détectent les explosifs conventionnels, donc Colin n'a pu embarquer aucun d'eux. C'est la raison pour laquelle, il y a une demi-heure, il s'est injecté des nanorobots explosifs radiocommandés. Séparément, ils ne représentent pas grand-chose, mais lorsqu'ils se regroupent en maillage dans le corps hôte, ils possèdent une force d'impact impressionnante. L'explosion pulvérisera presque toute cette rame. »

Elle observa Colin, ses joues creuses, son regard ardent, la sueur sur ses tempes et sur sa gorge. « Pourquoi ?

— Je te pose la même question. Ce qui nous ramène loin en arrière.

— Ce n'était pas facile. Mais je ne veux pas la guerre, et toi, si.

— Je ne *veux* pas la guerre, Shannon. Je l'*ai*.

— Alors pourquoi perdre ton temps à me parler ? »

Sur l'écran, John soupira. « Dans l'éventualité

improbable où tu m'aies dit la vérité à propos de l'offre d'Epstein. Je pensais qu'il y avait une possibilité qu'il vienne me voir et comprenne qu'on est dans le même camp. Car il n'y en a que deux, au final : les Brillants et les normaux. Tout le reste, c'est de la poudre aux yeux, et tôt ou tard le monde entier se ralliera à mon point de vue.

— Tu veux plutôt dire que tu vas l'y forcer.

— Personne ne sait exactement pourquoi le néandertalien s'est éteint, dit John. Certains scientifiques mettent en cause le climat, d'autres prétendent que c'est le résultat d'un conflit avec l'*Homo sapiens*, d'autres encore soutiennent que ses ressources étaient épuisées. Quelle qu'en soit la raison, le fait est que certaines espèces sont plus aptes que d'autres à la survie. C'est aussi simple que ça. Les Brillants constituent le nouvel ordre mondial, Shannon. Le conflit est inévitable. Je ne fais qu'accélérer un tout petit peu les choses. Et je nous garantis la victoire.

— Jolie leçon d'histoire, répondit-elle. Mais tout ce que tu as fait, ça a été de nous mettre le reste du monde à dos. On va se faire décimer, John. »

Il rit. « Non, je ne crois pas. »

Elle observa celui qui fut longtemps son ami et mentor. Un homme pour lequel elle avait combattu et tué, à l'époque où elle était persuadée qu'il se battait pour l'égalité entre Brillants et normaux. Un homme qui avait échappé à la capture pendant des années, bien qu'il fût le fugitif le plus recherché d'Amérique, et qui avait mis une armée révolutionnaire sur pied. *Un homme qui a battu trois grands maîtres d'échecs en simultané, alors qu'il n'avait que quatorze ans.*

Depuis le début, elle était nerveuse. Maintenant, elle avait peur. Et pas pour elle-même.

« Quoi qu'il en soit, je suis désolé que ça se passe de cette façon. J'ai horreur de tuer des Brillants, et je te considère comme une amie. Mais tu es dans l'autre camp, et tu es dangereuse. »

Shannon sentit son pouls s'accélérer, sa main commencer à trembler. Elle regarda Colin. « Ne fais pas ça. Tu n'es qu'un gamin, ne…

— C'est un guerrier, coupa Smith. Prêt à sacrifier sa vie pour le bien commun. »

Colin ne sourit pas vraiment, mais ces mots l'illuminèrent, une lueur fiévreuse se dégagea de sa personne, irradia de ses yeux et fit trembler son pouce sur le détonateur. Il voulait le faire. Elle le vit clairement. Il croyait suivre un prophète, il y croyait avec toute la passion de l'adolescence.

« John, ce sont des civils », dit-elle en prenant soin de parler à voix basse. Si quelqu'un l'entendait et se mettait à paniquer, Colin appuierait immédiatement sur le bouton. « Ils sont innocents. Dans le couloir, il y a une femme avec un bébé.

— Je te le répète. C'est la guerre. Il y aura du sang. Pourquoi est-ce que tu n'arrives pas à comprendre ça ? »

Il ne bluffe pas.

Il est temps de vérifier si cet atout vaut quelque chose.

« Je comprends, John. Et j'ai quelque chose à te montrer. » Très lentement, pleinement consciente du pouce frémissant de Colin, elle sortit son propre d-pad, l'activa et le plaça de sorte qu'il puisse voir la vidéo.

Une grande pièce blanche, un bloc opératoire, trop éclairé.

Un chariot avec des instruments brillants : scalpels, pinces, fils.

Une table avec un homme attaché dessus.

« *Soren?* demanda John, incrédule.

— Tu croyais qu'il était mort, hein? On m'a dit qu'il possède un T-néant de 11,2. Une seconde de douleur pour nous, c'en est plus de onze pour lui. Tu imagines ? »

Il y eut un long moment de silence. Lorsque John reprit la parole, sa voix était gutturale. « J'avais tort. Je ne suis pas déçu. Je suis dégoûté. C'est indigne de toi.

— Je suis d'accord. Mais ce n'est pas ma faute. C'est la tienne. »

Shannon resta assise, parfaitement calme. Chaque cellule de son corps hurlait. La vie de tous ceux qui étaient dans la rame dépendait de deux choses : à quel point John se souciait de son ami – et à quel point il pensait que la tuer était utile.

« Vous le laisserez partir ? »

Elle rit. « Aucune chance. Mais tu remarqueras qu'on ne l'a pas touché, il n'a aucune marque – à part celles que Nick lui a faites en le dérouillant, bien sûr. Epstein l'a soigné, et ils le traitent avec dignité. Alors, si Colin rangeait sa télécommande, sortait du train, et si tout le monde continuait son chemin ? »

Le visage de Smith resta impassible, mais elle devinait les calculs : il pesait les coûts et les bénéfices. Elle ne doutait pas qu'il soit capable d'envoyer Soren à l'agonie et de tuer tout le monde dans ce train, s'il croyait que c'était utile. Par les fenêtres, le paysage se mit à ralentir. Ils arrivaient à la station suivante. *S'il déclenche la bombe ici, encore plus de gens vont mourir.*

« John, dit-elle, je ne suis pas si importante que ça. »

Dans le couloir, le bébé poussa un cri perçant.

« Très bien. Colin, tu as fait du bon boulot. Descends. Si quelqu'un essaie de t'arrêter, fais tout sauter. »

Le garçon parut presque déçu, mais il remit la main dans sa poche et se leva prestement. Lorsque le train s'arrêta, il se fondit dans la foule, près de la porte.

« Je t'ai mal jugée, Shannon. Ça fait comment de se sentir sale ?

— Minable, répondit-elle. Mais au moins, je peux me consoler en me disant que j'ai sauvé la vie de tous ces gens. » Elle raccrocha avant qu'il puisse répondre.

Et enfouit son visage dans ses mains.

« Je n'ai aucune information à ce sujet. Notre rôle se limite à enquêter sur les crimes. »

— Jarrett Evans, commissaire de police de Birmingham, répondant aux allégations selon lesquelles des officiers de police ont, hors service, kidnappé et tué trois Brillants en Alabama.

Chapitre 7

Bay Avenue était un alignement d'entrepôts en briques, de petits bâtiments industriels et de garages. La nuance des couleurs allait du brun au gris et l'air sentait vaguement le poisson. Lorsque le soleil d'hiver perçait à travers les nuages, des scintillements mats enflammaient les pare-brise défoncés de la casse auto.

Le bâtiment d'Abe Couzen était trapu et laid. Pas de plaque, pas de boîte aux lettres, et à la place de la traditionnelle serrure, un scanner à empreintes digitales. Exactement ce que Vincent avait décrit.

Le seul problème, c'était que la porte était entrouverte.

« Reste derrière moi », dit Cooper, et Ethan le suivit avec empressement.

Le quartier était calme, à part un camion de livraison qui grondait près d'un quai de chargement, une cinquantaine de mètres plus loin. Toutefois, il était difficile d'imaginer des raisons positives pour que le bon professeur laisse son laboratoire secret ouvert au public.

Une seule façon de le savoir.

Cooper ouvrit la porte en grand. La lumière du

soleil ressemblait à du thé très léger et cet éclairage ne révélait pas grand-chose. Il entra prudemment.

Il y avait un faible bourdonnement en fond sonore et une odeur d'antiseptique. Une rangée d'interrupteurs au mur. Il hésita un instant, finit par choisir une vision claire plutôt que l'effet de surprise et les actionna. Les tubes fluorescents cliquetèrent en s'allumant.

Sur les tables, il y avait des centrifugeuses, des capteurs et des appareils dont il ne pouvait que deviner la fonction. Une rangée de combinaisons stériles étaient suspendues comme des cadavres avachis. Au centre de la pièce, l'une des paillasses avait été renversée, le matériel rutilant était resté là où il était tombé. Du verre brisé scintillait. En travers d'une paillasse, il y avait une traînée pourpre satinée, ainsi qu'au sol et sur le mur le plus proche, comme tracée par un pinceau géant. Une chemise et un sweat à capuche maculés de sang gisaient par terre, près d'un réfrigérateur en inox.

Il n'y avait aucune trace du professeur Abraham Couzen.

Cooper posa un index sur ses lèvres, puis fit signe à Ethan de rester là où il était. Il marcha jusqu'au mur opposé. La première porte donnait sur une petite salle de bains. Il y avait un demi-rouleau de papier toilette sur le réservoir des W.-C., une brosse à dents et du dentifrice sur le lavabo, un rasoir jetable et de la mousse à raser. L'autre pièce était une chambre à coucher rudimentaire, à peine plus grande qu'un débarras, avec un lit pliant. Personne à l'intérieur, nulle part où se cacher.

Merde.

Au centre de la pièce principale, Ethan posa un doigt sur la traînée de sang et l'examina. Rouge et brillant. Récent. Cooper s'approcha des vêtements abandonnés par terre. À côté du sweat à capuche, il trouva la moitié d'un sandwich jambon-beurre, fait avec du pain industriel. Il était en train de se diriger vers une rangée de serveurs informatiques lorsqu'il entendit le murmure du moteur d'un camion.

Idiot. Comment as-tu pu passer à côté de ça?

Il se tourna vers Ethan et eut tout juste le temps de lui dire : « Prof, ne fais rien de stupide », avant que des hommes jaillissent par la porte en hurlant.

Ils portaient des tenues d'intervention complètes et des casques. Leurs fusils d'assaut balayaient la pièce en arcs mortels, une chorégraphie d'une précision mécanique, et Cooper savait que c'était dû à leurs interminables entraînements, mais aussi parce que leurs casques possédaient un affichage tête haute qui leur montrait la position de chacun de leurs coéquipiers et une assistance vidéo dotée d'une vision thermique, d'un protocole d'identification des armes…

« Les mains sur la tête ! Immédiatement ! »

De manière bien visible, il leva les mains et entrecroisa ses doigts.

« À genoux ! Par terre, par terre ! »

Il s'exécuta en se disant : *Ce camion de livraison avait le moteur en marche et le conducteur était trop baraqué et trop vif.*

En se disant : *Un escadron de Sans-Visage. L'unité tactique d'élite du DAR. Je me demande s'ils ont tué Abe.*

En se disant : *Et si je serai le prochain.*

Le commandant portait la même tenue que les autres, mais avait une arme de poing au lieu d'un fusil d'assaut. Il marcha vers Cooper, s'arrêta devant lui et l'observa. La pièce se reflétait sur sa visière. « Surprise. »

Même modulée par le système audio du casque, la voix était familière. Cooper secoua la tête et dit : « Hé, partenaire. »

Bobby Quinn leva une main à la hauteur de son oreille et pressa un bouton qui commanda la rétractation de la visière. Il affichait un sourire de loup. « Ouais, Coop. Toujours en train d'essayer de sauver le monde ?

— Comme d'habitude.

— Et qu'est-ce que ça donne ?

— Comme d'habitude. »

Quinn jeta un œil vers Ethan Park, à genoux et très pâle, puis se tourna vers son escadron. « Ils sont avec nous. Sécurisez l'endroit. »

Les Sans-Visage se mirent à l'œuvre avec efficacité, chacun des commandos s'occupant d'une tâche précise. Cooper saisit la main de Bobby et se laissa hisser. « Ça va, tes couilles ?

— Éclatées, répondit Bobby Quinn en observant le désordre du labo. C'est toi qui as fait ça ?

— Non. C'était comme ça quand on est arrivés. Depuis combien de temps tu surveilles cet endroit ?

— On ne le surveillait pas.

— Alors comment… » Il s'interrompit, remarqua le rictus de Quinn. « Et merde. Tu nous pistais.

— Seulement depuis ce matin. Je ne savais même pas que tu étais à New York. Mais quand je t'ai vu te lancer à la poursuite de Couzen, je me suis dit : "Eh bien, mon vieux Bobby, tu peux courir après des fantômes, ou bien tu peux rester allongé là les mains sur tes couilles et laisser Coop faire le boulot à ta place." VMR, mon pote, VMR.

— La voie de la moindre résistance, dit automatiquement Cooper. C'est bon de te voir.

— Pareil. Mais ça ne signifie pas que je ne vais pas te botter le cul. Professeur Park, vous pouvez vous lever, maintenant. »

Ethan se leva et s'approcha de Bobby, hésitant. « Agent Quinn.

— Vous aussi, je vais vous botter le cul.

— Je suis désolé de m'être enfui. J'essayais de protéger ma famille.

— La ferme. Où est votre boss ? »

Ethan haussa les épaules.

L'un des Sans-Visage approcha et dit : « Le bâtiment et les alentours sont sous contrôle, monsieur. Aucune trace de la cible. »

Quinn hocha la tête. « Fermez la porte et nettoyez la rue. Si Couzen revient, ne l'effrayons pas. En attendant, on sécurise et on saisit. Emballez tout, chaque ordinateur, tout le matériel, y compris les serviettes à cocktail.

— Attendez, vous ne pouvez pas faire ça…

— Professeur Park, vous devriez *vraiment* surveiller vos paroles. »

Ethan inspira et tendit les paumes en avant. « Désolé. Je veux dire, il ne faut pas déplacer le matériel maintenant. Certains équipements vont perdre leurs paramètres si vous les débranchez, et on a besoin de savoir à quoi ils correspondent. »

Quinn siffla entre ses dents. « Très bien. Vous venez d'être nommé assistant. Aidez l'équipe à tout sécuriser. »

Ethan regarda Cooper. Puis acquiesça. Le scientifique s'activa soudain : « Attendez, ne touchez pas à ça, s'il vous plaît… »

Quinn enleva son casque et le cala sous un bras. « Comment va Todd ?

— Il est conscient. Les médecins ne prévoient pas de dommages permanents.

— Mec, c'est une *excellente* nouvelle. Où sont-ils ?

— À Tesla. »

Le visage de Quinn s'assombrit. « Ils sont dans la Réserve ? Mais alors, qu'est-ce que tu fais ici ?

— Pas le choix. Les travaux de Couzen sont le meilleur espoir d'arrêter la guerre.

— Monsieur. » Le soldat qui venait de les interrompre avait rétracté sa visière et Cooper se souvint alors à quel point la plupart d'entre eux étaient jeunes. « Tout a été effacé. Le disque dur du serveur a disparu, les paramètres des machines ont été remis à zéro.

— Des notes manuscrites ?

— Non, monsieur. Mais on a réussi à pénétrer dans le système de sécurité. » L'homme hésita. « Je crois que la cible ne reviendra pas. »

Quinn encaissa ces nouvelles, puis il pivota et s'approcha du terminal. Cooper le suivit.

Sur les vidéos de sécurité, le labo était en ordre, la paillasse était debout, l'équipement intact. L'horodateur indiquait qu'elles avaient été enregistrées à peine une demi-heure plus tôt. Le professeur Couzen entra en titubant et enleva ses vêtements imprégnés de sang. Il avait l'air épuisé, et trop concentré sur le sandwich qu'il sortait du réfrigérateur pour s'apercevoir qu'il n'était pas seul.

Non pas que ça aurait fait une grande différence, du reste.

« Puutaain de merde, s'exclama Quinn en fixant l'écran. C'est… »

John Smith sortit de la chambre, flanqué d'un

homme et d'une femme que Cooper reconnut. Et pour cause : il avait l'ordre permanent de les tuer, lorsqu'il était au DAR. Haruto Yamato et Charly Herr. Deux niveau un recherchés pour de nombreuses charges de terrorisme et d'assassinats.

Abe dut entendre quelque chose, car il se retourna. Durant une fraction de seconde, tous les quatre se regardèrent. Puis Abe jeta le sandwich et se rua vers la porte. Il avait parcouru la moitié du chemin lorsqu'un type baraqué s'interposa pour bloquer la sortie.

« Je ne le connais pas, celui-là.

— Paul York, dit Quinn, les yeux toujours rivés sur l'écran. Il a fait exploser les centres de recrutement de Cali. »

Trois terroristes notoires, sans compter John Smith lui-même. Ça fait beaucoup pour un seul scientifique.

Surtout que *tout est calculé, chez Smith.*

Les trois combattants s'approchèrent. Face à eux, Abe avait l'air fragile, avec son torse maigre, marqué par l'âge.

Lorsqu'il empoigna l'une des lourdes paillasses du labo, la force qu'il lui imprima la souleva de plusieurs dizaines de centimètres et la projeta violemment sur Herr. Dans le même instant, le scientifique saisissait un scalpel, pivotait et entaillait profondément la poitrine de York. Une giclée cramoisie s'écrasa en travers d'une paillasse, sur le sol et le mur voisin. Le type baraqué tituba en reculant et Abe se tourna face à Yamato, qui avait évité la chute du matériel et se tenait à distance de combat. Ses yeux étaient fermés, mais ses mains exécutaient une variété vertigineuse de blocages et de contres face aux coups que le professeur faisait pleuvoir…

John Smith leva un pistolet effilé et pressa la détente.

Abe porta aussitôt ses mains à sa nuque et elles effleurèrent la petite fléchette qui venait de s'y planter.

Puis il s'écroula.

Sur la vidéo, chacun se mit à l'œuvre sans la moindre instruction. York vaporisa son torse blessé avec un spray pendant que Yamato ligotait Abe Couzen. Après avoir rejeté ses cheveux en arrière, Charly Herr se mit au travail sur les ordinateurs. Elle les démonta rapidement et retira leur unité de stockage. John Smith marchait en décrivant un lent cercle au milieu du laboratoire. Lorsqu'il remarqua les caméras de surveillance, un infime sourire s'épanouit sur ses lèvres. Éloignés dans le temps mais pas dans l'espace, lui et Cooper se fixaient.

Puis John Smith lui envoya un baiser.

Pendant un instant, Cooper ne put plus parler ni respirer. Ses mains tremblaient et il entendait un rugissement dans ses oreilles qui paraissait plus fort que les pulsations de son sang. Il avait à peine conscience d'être en train de se déplacer lorsque Quinn demanda : « Où est-ce que tu…

— Il y a un bar de l'autre côté du carrefour. »

*

Cooper ne pensait pas vraiment que le bourbon puisse être d'une aide quelconque. Cependant, pour autant qu'il ait raison, il se représentait l'obstination comme une vertu. À côté de lui, Quinn sirotait un club soda et regardait son verre avec convoitise. « Et maintenant ?

— Maintenant, je vais en boire un autre. » Cooper termina son verre d'une gorgée, puis se mit à le secouer à l'attention du barman.

« Je voulais dire…

— Je sais ce que tu voulais dire. » La lumière des néons tombait sur des bouteilles poussiéreuses. Il se frotta les yeux. « Il y a trois semaines, on avait coincé John Smith dans une cave et on tenait un flingue sur sa tempe. On a décidé de faire le “bon choix”. On aurait dû le tuer.

— Il y a trois semaines, tout était différent. Drôle de monde, hein ?

— Hilarant. » Ils restèrent silencieux pendant que le barman remplissait le verre. Cooper attendit qu'il s'éloigne pour boire une gorgée de bourbon. « Quel est votre plan pour Smith ?

— Aucun plan.

— Vous allez le laisser s'en aller ?

— Le monde entier est en feu, et on est à court d'eau. » Quinn haussa les épaules. « Smith nous a échappé pendant sept ans. Aucune raison de croire que ça va changer. En plus, il n'est plus la priorité qu'il était.

— Qu'est-ce que tu veux dire ? »

Quinn lui lança un regard bizarre. « T'as peut-être vu les nouvelles ? Un grand bâtiment blanc soufflé par une explosion ?

— Le problème n'est pas Erik Epstein, ni la Réserve de la Nouvelle Canaan.

— Il y a beaucoup de cadavres qui ne verraient pas les choses comme ça.

— C'était de la légitime défense, dit Cooper. Si la brute de la cour d'école s'en prend à toi, échanger des coups de poing, ça ne suffit pas. Il faut l'étendre pour de bon et le frapper fort. Pour montrer à tout le monde qu'on ne t'agresse pas sans en payer les conséquences.

— Et donc, dans cette analogie, répondit Quinn en se raidissant, la brute, c'est l'Amérique ?

— Je veux juste dire qu'Epstein a *arrêté*. Il n'y était pas obligé. Il aurait pu ordonner des frappes de missiles sur toutes les bases militaires, faire pleuvoir les bombes atomiques sur le pays. Au lieu de quoi, il s'est montré mesuré. »

Les phalanges de Quinn blanchirent autour de son verre. Pendant un long moment, il garda le silence. Lorsqu'il reprit finalement la parole, sa voix était cassante. « Je suis incapable de prendre en considération ces subtilités. Et mon ancien partenaire aurait été comme moi. »

C'était vrai. L'homme que Cooper avait été aurait voulu faire sauter à coups de poing les dents de l'homme qu'il était aujourd'hui. *Sacrée différence, en une année*.

« Tu n'es pas allé à la Réserve de la Nouvelle Canaan, répondit-il doucement. Tout le monde en parle comme s'il s'agissait d'une armée de violeurs enragés. Mais ce ne sont que des gamins, Bobby. Un paquet de gamins, des Brillants, qui essaient de construire un nouveau monde dans le désert, parce que celui-ci leur fait peur. Et ils ont raison d'avoir peur. Tu te souviens ? »

Quinn était prêt à répliquer, mais cette question finale le prit au dépourvu et Cooper put constater qu'il était en train de repenser aux choses qu'ils avaient apprises ensemble, l'abus de pouvoir de ceux qui étaient censés les protéger. Le président qui avait ordonné l'assassinat de ses propres citoyens ; quelqu'un au gouvernement qui avait déclenché l'explosion de la Bourse pour faire accuser John Smith ; le projet d'implanter des micropuces dans le cou de chaque Brillant ; les académies où les enfants subissaient un lavage de cerveau. Toutes ces choses, les gens normaux les avaient faites non pas parce qu'ils étaient diaboliques, mais parce qu'eux aussi avaient peur.

« Peut-être que tu as raison, dit Quinn. Mais ils nous ont attaqués. Ils ont tué notre président et nos soldats.

— Malgré ce que tendent à démontrer les cinquante dernières années de l'histoire politique américaine, "Ils nous ont frappés, donc on les frappe en retour" ne constitue pas une stratégie militaire. On m'a appris que les guerres couronnées de succès sont menées dans des buts tangibles. Quel est le but, ici ? J'aimerais vraiment le savoir. À quoi ressemblerait la victoire ? Raser le Wyoming ? Tuer tous les Brillants ? »

Son partenaire soupira. Il attrapa son soda et souffla : « Et merde », avant de faire signe au barman. « Servez-moi un de ces trucs qu'il boit, voulez-vous ? » Tandis que l'homme préparait son verre, il dit : « Très bien, je prends. Explique-moi pourquoi je devrais m'occuper de Smith ?

— À cause de Couzen. Tu sais qu'il s'est injecté son propre sérum, pas vrai ? Ce qui a fait de lui un Brillant.

— J'ai compris ça ce matin, dit Quinn. Il n'y a pas d'autre explication à sa façon de se battre. Mais ensuite ?

— La théorie d'Ethan, c'est que le sérum ne se contente pas de transformer les gens en Brillants. Il fait d'eux les Brillants ultimes, avec un spectre complet de dons.

— Alors, tu penses que c'est ce que Smith cherche, pour lui-même ? Boire la potion magique, s'acheter une cape, devenir un super-méchant ?

— Non, dit Cooper. Selon Ethan, leurs travaux seraient sans effets sur les Brillants. Quelque chose en rapport avec la structure épigénétique existante des surdoués. Il a essayé de m'expliquer, mais je n'ai pas suivi. Le truc, c'est que ça n'affecte que les gens normaux.

— Qu'est-ce qu'on doit comprendre ? demanda Quinn en secouant la tête. L'interprétation de l'agence, c'est que faire disparaître la barrière entre les normaux et les Brillants apaiserait les tensions. Si n'importe qui peut devenir surdoué, il y a moins de raisons d'avoir peur. Ça n'entre pas dans les plans de Smith. À moins qu'il veuille faire disparaître tout ça ?

— En aucun cas. Il est venu en personne. Il n'y a qu'une seule raison qui puisse le pousser à s'exposer de la sorte : c'est la victoire. Les travaux de Couzen sont cruciaux pour le but qu'il poursuit.

— C'est-à-dire ? »

Cooper soupira et se frotta les yeux. « Je ne sais pas.

— Tu ne sais pas.

— Je ne sais pas *maintenant*. Mais j'ai raison. C'est du John Smith tout craché. Il ne joue pas, il planifie. L'équivalent stratégique d'Einstein, tu te souviens ?

— Je n'en sais rien, mon pote. Je crois que tu t'égares. John Smith est un connard, mais il a quoi, peut-être, *peut-être* quelques milliers de disciples dévoués ? Je ne vois pas comment il peut faire face à trois cents millions d'Américains.

— Ce n'est pas une question d'affrontement sur un champ de bataille. Regarde ce que les Enfants de Darwin ont accompli. Une minuscule ramification de son organisation, peut-être trente personnes en tout. Et pourtant, ils ont réussi à isoler trois villes, à faire sauter le réseau électrique, à monter les gens les uns contre les autres. La civilisation est *fragile*. Aujourd'hui, il y a de la nourriture à Tulsa et à Fresno, mais Cleveland est réduite en cendres. Et ce n'était qu'une étape dans le plan global de John Smith. »

Quinn vida son whisky, posa le verre sur le bar. Pendant un moment, ils restèrent assis dans un silence complet, sauf le claquement des boules de billard et le murmure de la 3D. Il avait toujours été le planificateur de Cooper, et celui-ci le laissa réfléchir.

Finalement, Quinn déclara : « Il ne s'en faudrait pas de beaucoup. Les gens stockent de la nourriture, fuient les villes. Et on entre dans l'hiver.

— Quoi que Smith ait prévu, il ne fera qu'empirer les choses. La confusion et le désarroi sont ses armes favorites. Il veut que l'Amérique glisse dans le chaos. Il veut que chaque quartier devienne SON propre État-nation. Il ne peut pas nous combattre frontalement, mais si les choses se dégradent suffisamment, s'il y a des pillages, des émeutes, du tribalisme, des seigneurs de guerre locaux, des famines, des épidémies...

— Alors, il n'aura pas besoin de nous affronter. Il abattra une cible après l'autre. » Quinn fit un bruit qui n'était pas un rire. « Et même si tu as raison, le DAR ne peut rien y faire. On sera heureux de lui coller une balle s'il traîne devant nos viseurs, mais le département – bon Dieu, le pays tout entier – est focalisé sur la Réserve. Comme je te l'ai dit, le monde entier est en feu.

— Je sais, répondit Cooper. Mais il se peut que je te demande de l'aide.

— Pour faire quoi ?

— Finir ce que j'ai commencé. » Il posa son verre sur le bar et se leva. « Je vais trouver John Smith. Et je vais le tuer. »

Chers camarades !

En continuant à faire la démonstration de l'esprit et de la force de la grande République populaire démocratique de Corée grâce à notre éternelle avancée vers les glorieuses lumières d'une victoire certaine, nous délivrons un message d'espoir aux surhommes oppressés du monde entier.

Dans les ténèbres des systèmes en faillite dans lesquels vous êtes nés, vos dons ont joué contre vous, comme c'est toujours le cas lorsque les chiens dominent les tigres. Et il en va ainsi dans les nations corrompues où la puissance de l'âme et la détermination sont maltraitées, couvertes de honte, bafouées.

Aussi, j'envoie une invitation débordante d'amour à ceux qui souhaitent vivre sous les lumières de la révolution. Venez chez nous, amis surdoués, venez chez nous, Brillants compatriotes. Rejoignez votre véritable maison et votre véritable peuple, qui vit une vie pure dans sa finalité et claire dans son esprit.

Car le moment est venu de révéler un secret longtemps

conservé : la République populaire démocratique de Corée est entièrement composée de surdoués. Chaque homme, femme et enfant est un Brillant. En effet, c'est grâce au combat sage, bienveillant et dévoué du Parti que les soi-disant « anormaux » ont vu le jour, développés par nos scientifiques, qui dominent le monde et sont l'une des nombreuses raisons pour lesquelles notre pays brille comme un phare.

Ainsi, nous invitons tous nos frères et sœurs à renoncer au chemin de l'échec qui suit leur nation corrompue, et à rentrer à la maison pour prendre part à la marche en avant le long de la route du destin. Le glorieux présent de notre peuple peut devenir l'avenir prospère de tous, car nous engageons notre nation immortelle sur le chemin de l'éternité…

— Extrait du discours du 3 décembre du leader suprême Kim Jong-un, Premier secrétaire du Parti des travailleurs de Corée, président du Comité de la Défense nationale de la République populaire démocratique de Corée, et Commandant suprême de l'armée populaire de Corée.

Chapitre 8

Owen Leahy avait gravi les échelons des renseignements, mais il n'avait jamais été un agent de terrain et le côté espionnage et clandestinité commençait déjà à lui peser.

Il avait quitté Camp David au beau milieu de la nuit, seul passager d'un vol rempli de caisses de matériel médical. Après avoir atterri à Denver, il était monté à l'arrière d'une Honda banalisée. Pendant que les agents des services secrets conduisaient, Leahy avait passé plusieurs heures à lire sous une couverture, comme un gosse après le coucher.

À Cheyenne, les agents s'arrêtèrent dans une station de lavage et le dirigèrent sous les tuyaux dégoulinants jusqu'à une salle d'attente préalablement aménagée. Il sirota un café brûlé tandis qu'une jeune femme efficace passait une demi-heure à le maquiller : un genre de colle au caoutchouc craquelé qui le faisait paraître quinze ans plus vieux, de l'ombre pour creuser ses yeux, de la poudre pour assombrir sa peau, et une fausse moustache bien taillée. Elle termina en lui posant une casquette de base-ball sur la tête puis recula pour évaluer son bricolage.

« De quoi j'ai l'air ? » Parler était douloureux, mais

il se disait qu'il devait s'estimer heureux. Il s'était sectionné les deux premiers centimètres et demi de la langue lors de l'attentat contre la présidente Ramirez. Le simple fait qu'il puisse parler témoignait de la magie dont était capable l'équipe médicale présidentielle.

La femme répondit : « Passe-partout. Votre double vient d'arriver, monsieur. »

On n'aurait pas pu les prendre pour des jumeaux, mais l'homme avait la même carrure et portait les mêmes vêtements que lui. Leahy prit ses clés et se dirigea vers le pick-up qui attendait. La femme sur le siège passager paraissait avoir dans les soixante ans, mais ses gestes démentaient cette impression : elle avait la grâce d'une athlète professionnelle et une mitraillette était posée à ses pieds. Son apparence à elle non plus ne révélait pas la moindre trace de personnalité, et il était content que le trajet jusqu'à Rawlins, Wyoming, ne dure qu'une heure.

Malgré toutes les précautions prises, ils étaient dans une situation critique. Dieu seul savait ce qui arriverait si Erik Epstein découvrait que le secrétaire d'État à la Défense des États-Unis allait rencontrer la milice civile qui campait à ses portes.

Ils arrivèrent presque à l'aube. Il savait que Miller avait commencé à organiser les miliciens, à les unifier et à les motiver, mais c'était une chose d'analyser des images satellite, et une autre de rouler à travers le campement. L'endroit était exclusivement composé de tentes, des milliers et des milliers de résidents les uns sur les autres. Des panneaux de contreplaqué peints à la main indiquaient les aires de logement, l'emplacement des cantines, les terrains d'entraînement. Un drap tendu entre deux piquets annonçait :

NOUVEAUX ARRIVANTS, traversé d'une flèche qui pointait vers l'est, où une immense tente avait été installée. Une masse grouillante de gens campaient, parlaient, s'entraînaient, et il en arrivait davantage à chaque heure de la journée. Principalement des hommes, bien sûr, qui couvraient tout l'éventail social, depuis les marginaux vêtus de cuir jusqu'aux banlieusards en blouson de ski. Tous étaient armés.

Epstein a semé le vent, et maintenant il va récolter la tempête.

Et cette pensée en amena une autre : *On pourrait dire la même chose de toi.*

Lorsqu'il avait donné l'ordre d'attaquer la Réserve d'Epstein, ses intentions étaient simples : forcer le président à agir et à répondre à la menace grandissante que constituaient les Brillants. Il voulait une petite guerre bien propre, facilement circonscrite, au terme de laquelle pourrait naître un monde plus stable. Un monde dans lequel les surdoués étaient valorisés, mais également sous contrôle total. Ce n'était pas qu'il les haïssait. C'était juste qu'il leur préférait ses petits-enfants.

Bien sûr, les choses ne se sont pas passées comme prévu. Le but était de gérer les Brillants, pas de les annihiler. Mais après le massacre dans le désert et la destruction de la Maison-Blanche, eh bien… Cette petite guerre bien propre menaçait maintenant de submerger tout le pays. La majorité des citoyens voulait que les soldats prennent leur baïonnette et se mettent en marche.

Ce qui serait un désastre. Il y avait beaucoup de raisons complexes, et une très simple : les anormaux étaient à l'origine de la plupart des avancées des dix dernières années. Éliminer la masse des Brillants américains revenait à se tirer une balle dans la tête.

Il est toujours temps. Tu as une chance de modifier le cours des choses.

Et cette armée hétéroclite va t'aider.

Futilement, Leahy se demanda comment ils faisaient pour les sanitaires.

Après tout, quinze mille hommes généraient beaucoup de merde.

*

« Monsieur le secrétaire. C'est une surprise. » Le général portait un uniforme poussiéreux. Il avait de la crasse sous les ongles et une paire de lunettes de lecture glissée dans la poche de sa chemise. Un autre soldat marchait derrière lui, dans les cinquante ans, svelte, avec l'instinct du tueur dans les yeux.

« On peut se passer du protocole, Sam. Owen, ça ira très bien », dit Leahy en tendant la main.

Miller la saisit. Sa poigne était solide, comme d'habitude. « Voici Luke Hammond. Mon numéro deux. »

Hammond fit un signe de la tête mais ne dit rien. Il se déplaça à travers la tente sans faire le moindre bruit et s'installa à l'écart. Le matériau de la tente était en camouflage actif, et les motifs du tissu incrusté de nanorobots se modifièrent derrière lui.

« J'ai vu la tentative d'assassinat sur la 3D, déclara Miller. Une attaque coordonnée ? »

Leahy acquiesça. « Trois hommes, des Brillants. Deux fusils d'assaut et un lance-grenade. Les services secrets les ont abattus.

— Vous allez bien ?

— Je me suis sectionné la moitié de la langue. Ils

m'ont fait une greffe de tissus. Nouvelle technologie, un genre de muscle cultivé *in vitro* à partir de cellules souches. Ça fait un mal de chien. Le médecin a dit que j'avais de la chance de pouvoir encore parler. » Leahy fit une pause. « Ç'aurait été une blessure qui aurait mis fin à ma carrière. Un secrétaire d'État à la Défense qui zézaie n'est d'aucune utilité. »

Miller eut un léger sourire mais s'abstint de rire. « Et la présidente ?

— Des coupures, des hématomes, et un respect tout neuf pour les conseils concernant la sécurité. Elle a déplacé son bureau à Camp David.

— Bien. » Samuel Miller se comportait toujours comme s'il était un général à deux étoiles. Un homme habitué à prendre des responsabilités dans toutes les situations. « Donc. J'imagine que cette conversation n'a jamais eu lieu.

— Je vous en suis reconnaissant.

— Et moi, je vous suis reconnaissant de vous déplacer ici en personne. Mais je dois vous prévenir, nous sommes déterminés. » Avant que Leahy n'ait pu répondre, Miller avait levé une main. « Nous sommes une organisation civile sur un terrain privé. De plus, nous sommes presque quinze mille, et il en arrive tous les jours. Des hommes et des femmes normaux qui sont décidés à se battre pour leur pays. Même si, pour cela, ils doivent braver leur présidente. On ne va pas gentiment baisser les armes. Si vous voulez vous débarrasser de nous, vous devrez envoyer vos soldats.

— Vous vous trompez, Sam. Je ne suis pas venu vous demander de dissoudre votre armée. » La toile de la tente ondula et claqua sous l'effet d'un coup de vent d'ouest. « Je suis venu vous demander de la mettre en marche. »

*

« On pourrait parler toute la journée de moralité démocratique et de la doctrine de l'usage de la force, dit Leahy. Le climat politique, l'impact médiatique, les coûts et bénéfices des guerres larvées. Mais le point fondamental, c'est que pour protéger l'Amérique, il faut parfois faire des choses dans lesquelles le gouvernement ne peut pas être impliqué. Nous sommes dans un de ces cas. Peu importe ce que l'on pense des Brillants ou d'Erik Epstein, la Réserve de la Nouvelle Canaan représente une menace directe pour la sécurité du pays.

— Je comprends. » Miller acquiesça lentement. « Il vous faut quelqu'un qui tire les marrons du feu.

— Comme toujours, admit Leahy. L'Amérique a besoin de soldats qui feront tout le nécessaire pour la défendre.

— Tout en offrant une possibilité de démenti », dit Luke Hammond.

Leahy avait presque oublié sa présence, tant il était resté discret. « Il ne s'agit pas d'une manœuvre politique, mais pratique. Si les États-Unis d'Amérique attaquent directement, Erik Epstein se servira de tous les moyens à sa disposition pour répliquer. Nous sommes en train de prendre des mesures pour limiter les dégâts, mais au cours des cinquante dernières années, la nation est devenue si dépendante de la technologie qu'il nous est impossible de nous protéger contre la RNC. Des ordinateurs sont connectés partout, jusqu'à nos *égouts*. Une victoire serait forcément une victoire à la Pyrrhus. À moins que nous ne souhaitions revenir à une société agraire basée sur la force des chevaux, car les anormaux peuvent causer beaucoup trop de dommages. Mais une milice civile agissant sans mandat officiel peut vaincre, tout en évitant que les enjeux s'élèvent à ce niveau.

— Quel genre d'assistance est-ce que vous offrez ? demanda Miller.

— Aucune.

— Aucune ?

— Pas d'équipement, pas de soldats, pas de conseillers, pas de logistique, pas de soutien aérien. Il ne peut pas y avoir de lien entre nous. En fait, je crois que la présidente condamnera toute attaque contre la Nouvelle Canaan et vous ordonnera de déposer les armes. Et lorsque vous refuserez, elle ordonnera à l'armée de vous stopper. »

Hammond et Miller échangèrent un regard. Puis le général dit : « Dans ce cas…

— Mais l'armée n'obéira pas. » Leahy marqua un temps, laissant ses paroles faire leur effet. Des détonations d'armes à feu résonnèrent au loin, des claquements réguliers provenant d'un champ de tir. « L'armée n'interviendra pas. C'est ce que je vous offre. »

Miller se caressa le menton. Hammond observait avec ses yeux aux lueurs de mort. Finalement, le général déclara : « Owen, ce que vous proposez ressemble à un coup d'État.

— Non. Les militaires ne prendront pas le pouvoir, pas plus que je ne le ferai. C'est le cœur de l'idée. Nous ne vous arrêterons pas *parce que nous n'en aurons pas les moyens.*

— La rétrogradation », dit Miller.

Leahy acquiesça. « La présidente Ramirez a ordonné que les forces nationales soient ramenées à un niveau subtechnologique. Foncièrement, aux bottes et aux baïonnettes. C'est moi qui gère ça. Et je peux vous garantir que nous pourrons apporter la preuve que, malgré notre désir d'obéir à la présidente, nous en serons tout bonnement incapables. Sans quoi, nous donnerions à Epstein les capacités de contrôle informatique dont il s'est servi il y a deux semaines.

— Et c'est un risque qui ne peut évidemment pas être pris, ajouta Miller en hochant la tête. Mais cette situation ne tiendra pas.

— Non. Tout est basé sur votre rapidité d'action, Sam. Si les choses évoluent suffisamment vite, l'armée pourra affirmer de façon crédible qu'elle ne peut rien faire. Et que, malgré la légitime indignation de la présidente, la précédente attaque d'Epstein nous montre que nous n'avons pas intérêt à nous impliquer.

— Qu'est-ce qui l'empêchera de déclencher d'ultimes frappes ? demanda Luke Hammond en se penchant en avant. S'il voit que la Réserve va être détruite, pourquoi ne pas emmener le reste du pays avec lui ?

— Deux raisons. D'abord, il faudrait être un sociopathe de première bourre pour attaquer des civils innocents à travers tout le pays alors qu'ils ne lui ont rien fait. On peut dire beaucoup de choses d'Epstein, mais ce n'est pas un monstre. Ensuite, la RNC en tant qu'entité ne sera pas détruite. Votre armée ne pourra pas franchir l'Anneau de Vogler, pas sans soutien militaire en tout cas, et ça, Epstein le sait très bien.

— Alors, où est-ce que vous voulez en venir ? Vous nous demandez de mener une guerre tout en sachant que nous ne pouvons pas la gagner.

— Le génocide n'est pas une victoire, répondit Leahy. Mon Dieu, est-ce que vous pensez que je veux que vous détruisiez intégralement la Réserve de la Nouvelle Canaan ? Non, le but est de faire rentrer Epstein dans le rang.

— C'est votre but, dit Hammond. Pas le nôtre. Qu'est-ce qu'on y gagne ?

— La revanche. Votre armée apporte la vengeance que nous voulons tous, désespérément. Vous flanquez une dérouillée à la Réserve, vous montrez aux Brillants que leurs actes ont des conséquences. Et ce faisant, vous protégez l'Amérique. Ce n'est pas ce que vous avez passé votre vie à faire ? »

Hammond s'apprêtait à répondre mais Miller leva une main pour le faire taire. « Et au bout du compte ? »

Une petite guerre bien propre. Et un avenir pour mes petits-enfants.

« La paix, dit Leahy. Quoi d'autre ? »

Chapitre 9

«… et j'affirme qu'ils ne peuvent pas tuer nos frères sans que nous réagissions. Ils ne peuvent pas assassiner notre président sans que nous réagissions. Parce que *nous* allons réagir. » Avec une posture rigide et du feu dans les yeux, l'homme fit quelques pas sur le toit du bus peint d'un aigle et des mots : LES NOUVEAUX FILS DE LA LIBERTÉ. Le véhicule était garé au milieu d'une marée humaine qui dépassait largement les bords de l'écran, en bas duquel un bandeau identifiait l'orateur comme étant le major général Sam Miller, vétéran de l'US Army.

« Il y a deux cent cinquante ans, un groupe s'est rebellé contre la tyrannie. Bien qu'ils aient affronté la plus grande puissance militaire de l'époque, ce n'était pas des soldats professionnels : ils étaient fermiers, commerçants, banquiers. C'était des hommes et des femmes ordinaires et ils ont dit : "Ça suffit ! Ça se termine *maintenant*." Ils se sont unis et ont changé le monde.

« Aujourd'hui, nos ennemis ne se trouvent pas au-delà des mers. Ce ne sont pas des communistes ni des souverains étrangers. Les ennemis modernes de l'Amérique ont grandi chez nous. Ils ont mangé notre nourriture, sont allés dans nos écoles, ont prié dans nos églises. Et lorsqu'ils en ont l'opportunité, ils nous attaquent de la façon la plus lâche qui soit. Ils n'ont même pas eu le courage de nous affronter en face. Ils ont tué avec un ordinateur. » Le mot était chargé de dégoût et la foule répondit par des huées.

« Non, reprit-il une fois le calme revenu, les ennemis modernes de l'Amérique ne sont pas de l'autre côté de la planète. Ils se trouvent au cœur même de notre grande nation. Ils sont juste à cent quarante kilomètres » – il pointa son pouce derrière lui – « dans cette direction, dans la ville de Tesla. C'est de là que les terroristes ont lancé les attaques qui ont tué nos fils et nos filles sous nos yeux.

« Ceux qui sont au pouvoir nous disent de ne rien faire. De tendre l'autre joue. De pardonner à ceux qui nous ont volé non seulement notre terre, mais aussi notre futur.

« Et alors, nous nous retrouvons face à un choix. Allons-nous nous coucher et regarder le rêve qu'est l'Amérique se flétrir et mourir ? Ou bien, comme ces anciens patriotes, allons-nous nous lever ?

« Ne vous méprenez pas. Battez-vous à mes côtés, et les mauviettes qui sont au pouvoir vous condamneront. Battez-vous à mes côtés, et vous serez peut-être blessés. Battez-vous à mes côtés, et vous aurez peut-être à faire le sacrifice ultime.

« Mais dans les livres d'histoire des petits-enfants de nos enfants, ce moment vivra à jamais. Il vivra à jamais comme le moment où l'Amérique s'est écroulée dans les ténèbres – ou comme le moment lumineux où un groupe de gens ordinaires, de fermiers, de commerçants et de banquiers, s'est dressé et a dit : "Ça suffit ! Ça se termine *maintenant*." »

Miller baissa le micro et attendit.

Les acclamations s'élevèrent depuis les premiers rangs. « Ça se termine maintenant. »

Rapidement, la foule commença à reprendre le slogan : « Ça se termine maintenant ! »

Jusqu'à ce que, d'une seule voix, vingt mille personnes hurlent : « Ça se termine ! Maintenant ! »

« Ça se termine ! MAINTENANT ! »

« ÇA SE TERMINE ! MAINTENANT ! »

Miller se tenait droit dans les vagues de hurlements, observant son armée. Puis il exécuta un salut militaire parfait.

L'image montra un reporter en tenue de campeur qui affichait une expression des plus sérieuse. « Le général deux étoiles à la retraite Samuel Miller, s'adressant à la foule aux abords de la Réserve de la Nouvelle Canaan, a rassemblé plus de vingt mille personnes au cours de ces deux dernières semaines. Le soutien aux Nouveaux Fils de la Liberté afflue, avec des donateurs comme le célèbre milliardaire Ryan Fine, fondateur et P-DG de Finest Supplies, la grande chaîne d'épiceries… »

Cooper replia le d-pad et se frotta les yeux. C'était un hélicoptère civil, plus silencieux et plus maniable que ceux dont il avait l'habitude. Sur le siège à côté de lui, Ethan Park avait clairement l'air mal à l'aise. « C'est là que nous allons ?

— Nous allons *au-delà*. Ce que Miller a oublié de dire, c'est que ces cent quarante kilomètres sont protégés et défendus par des clôtures sacrément balèzes. »

Il avait fallu bien plus longtemps que Cooper ne l'aurait souhaité pour se rendre dans la RNC. Il fut un temps où Epstein aurait mis à sa disposition un jet privé. Étant donné les circonstances, le voyage avait pris deux jours, nécessité deux voitures, un train, et maintenant cet hélicoptère.

« Quand même. Tu es certain que c'est l'endroit le plus sûr ?

— Honnêtement, Prof, je ne comprends même pas le sens de la question, ces jours-ci.

— Ça veut dire, trou-du-cul, que tu m'as convaincu d'emmener ma famille ici. Ça veut dire que maintenant, ma femme et ma fille de quatre mois sont dans un deuxième hélicoptère qui vole vers ce qui ressemble à une zone de guerre.

— Tu te sentirais plus en sécurité à Manhattan ? demanda Cooper en le fixant. J'ai épuisé toutes mes cartes pour convaincre Bobby Quinn de te laisser venir avec moi, et s'il avait su où je t'emmenais, il n'aurait jamais accepté. Tu préférerais être traqué par le DAR ? Sans parler de John Smith ?

— Non, admit Ethan en soupirant. C'est juste… Je n'ai jamais signé pour aller faire la guerre.

— Ça ne te met pas à l'abri des bombes pour autant. » L'hélicoptère effectua un virage et, à travers la vitre, il put voir la ville-miroir de Tesla, le verre solaire qui brillait au soleil de midi. « La seule issue, c'est de foncer. Tu as aidé Abe à comprendre comment transformer les gens en Brillants. Si tu refais ce travail, le général Miller et sa petite troupe ne seront plus un problème. »

Tesla grandissait sous ses yeux. La ville formait un réseau impeccable déployé autour d'un complexe scintillant d'immeubles rectangulaires qui formaient le cœur institutionnel du pouvoir d'Erik Epstein. Plus de trois cents milliards d'actifs, répartis dans chaque secteur industriel. Une richesse comme une entité vivante, une richesse qui grandissait, se métamorphosait et s'adaptait, qui nourrissait des sociétés plus petites et étendait ses tentacules dans chaque aspect de la vie américaine. Ce n'était pas facile d'évaluer tant d'argent. Ça représentait davantage que les capitalisations de marché combinées de McDonald's et de Coca-Cola, et ça avait donné naissance à cette nouvelle Terre promise, au cœur du désert américain. Un endroit où les Brillants pourraient vivre et travailler sans peur.

Ou, du moins, c'était l'idée. Cooper se disait que l'ambiance devait avoir quelque peu changé.

La piste d'atterrissage lui était familière. Il s'y était déjà posé deux fois – la première en planeur avec Shannon, lorsqu'il était sous couverture, et la deuxième quelques semaines plus tôt, à bord d'un jet diplomatique américain, en tant qu'ambassadeur et conseiller spécial du président des États-Unis.

Et maintenant, t'y revoilà. Ni agent ni politicien, mais quelque chose d'autre.

Au moment où le train d'atterrissage toucha le sol, Cooper commença à défaire sa ceinture. Il n'était pas certain que son message soit bien passé, mais si c'était le cas, ils devaient l'attendre…

« Ça s'arrête là, alors ? Pour toi et moi ? »

Sans cesser d'observer à travers la vitre, Cooper répondit : « Pour le moment, en tout cas.

— Alors. Eh bien. Je ne t'ai jamais vraiment remercié. » La voix sombre d'Ethan le ramena à la réalité du moment, et lorsqu'il se tourna vers lui, il vit que le scientifique lui tendait la main. « Pour avoir sauvé ma famille. Je t'en dois une sacrée.

— Pas de quoi.

— En fait, j'ai l'impression que le monde entier aussi t'en doit une sacrée. »

Cette déclaration inattendue et sans doute exagérée toucha quelque chose en lui. « Merci, Prof. » Il saisit la main d'Ethan et la serra. « T'as fait du bon boulot. »

Ils restèrent comme ça un instant et cette poignée de main le remplit de cette chaleur qu'il avait toujours ressentie lors des manifestations d'amitié et de loyauté, le même sentiment qui l'avait rendu fier d'être un soldat durant toutes ces années.

Puis la porte s'ouvrit et Cooper vit trois silhouettes qui couraient vers lui. Il bondit sur le tarmac et se précipita à leur rencontre, souleva son fils et sa fille dans ses bras, les hissa contre sa poitrine, tout le monde riait et pleurait comme s'ils venaient de trouver le dernier refuge sur Terre. Il les serra jusqu'à ce que leurs os soient sur le point de craquer, Kate s'accrochait à lui et Todd hurlait : « Papa, Papa, Papa ! » en lui martelant le dos.

Lorsqu'il ouvrit les yeux, il vit Natalie. Elle affichait un sourire, malgré la peur qu'il lisait dans son attitude. « Eh, toi, dit-elle.

— Eh, toi. » Il reposa ses enfants et embrassa son ex-femme. Tous les deux se laissèrent aller à leur émotion tandis que les enfants leur serraient la taille et que la froide grisaille de l'après-midi balayait la piste d'atterrissage.

« Monsieur Cooper », dit une voix derrière lui.

Il se retourna et vit une femme de grande taille possédant la beauté aérienne des mannequins. Il lui fallut un moment pour la remettre : la directrice de la communication d'Epstein, son nom était…

« Patricia Ariel, dit-elle. J'ai une voiture. M. Epstein vous attend. »

Il enlaçait toujours Natalie d'un bras et il la sentit se raidir. Todd et Kate le dévisageaient avec la même expression de déchirement. Cooper les regarda, puis s'adressa à Ariel :

« M. Epstein va encore attendre un petit peu, répondit-il.

— Monsieur, il a été très clair…

— Je pense avoir mérité une journée avec ma famille. Si ça ne convient pas à Erik, il peut toujours envoyer des soldats pour venir me chercher. » Il eut un sourire décontracté. « Mais il ferait mieux d'en envoyer beaucoup. »

*

Natalie et les enfants étaient toujours logés dans les quartiers diplomatiques, un appartement élégant situé au troisième étage et qui donnait sur un square. Il y régnait un désordre qui lui avait manqué, ce côté vivant qui était dû aux enfants : jouets, livres et couvertures dans tous les sens, assiettes dans l'évier, odeur de cuisine.

Todd et Kate bavardaient sans relâche, se coupaient la parole, parlaient en même temps, racontaient des histoires et posaient des questions auxquelles il répondait de la façon la plus succincte possible : où il était allé, s'il allait bien, s'il allait regarder leurs dessins, s'il avait vu cette culbute, s'il avait rencontré la nouvelle présidente, s'il était retourné dans leur maison, s'il voulait jouer au foot…

Oui. Oui, il en avait envie.

Le Wyoming était froid en décembre – moins deux degrés, selon le thermomètre de la fenêtre –, mais il avait à peine besoin d'une veste. Le simple fait de jouer dans le square avec sa famille lui tenait chaud.

Cooper fit rebondir la balle sur son pied, puis sur

chacun de ses genoux avant de faire une passe à Todd. « Comment tu te sens, fiston ?

— Je vais bien, répondit son fils. Ça ne fait pas mal. Mais bon, je déteste ma coupe de cheveux. » Les chirurgiens avaient rasé une partie de son crâne, qui avait l'air d'un stigmate.

« Ce qui est bien avec les cheveux, c'est qu'ils repoussent, dit Natalie.

— Lentement.

— Je trouve ça cool, déclara Cooper. T'as l'air d'un dur.

— T'as l'air d'un pauvre mec », dit Kate en gloussant. Todd lui tira la langue, puis frappa doucement la balle dans sa direction. C'était un bon gamin, un bon grand frère. Cooper et Natalie échangèrent un bref regard complice, l'un de ces moments de communication télépathique dus aux années passées ensemble. *Regarde ce que nous avons accompli.*

« Et vous, qu'est-ce que vous avez fait ? Des nouveaux copains ? »

Todd haussa les épaules. « Moi ça va, j'ai envie de rentrer à la maison.

— Moi j'aime bien ici, dit Kate. C'est différent d'avant.

— Comment ça ?

— Tous les adultes ont peur. »

Il savait que Kate avait un don et il était presque certain qu'elle était niveau un. Mais ça ne rendait pas les choses plus faciles pour autant quand il entendait sa fille de cinq ans affirmer que ceux qui étaient censés la protéger étaient terrorisés. « Et toi, tu as peur, ma chérie ?

— Non. Tu prendras soin de nous. » Elle parlait avec la confiance d'une enfant, la certitude toute simple que ses parents tiendraient le monde à distance. Qu'ils la rattraperaient toujours avant qu'elle ne tombe, qu'ils chasseraient toujours le mal. Ce qui était une bonne chose : c'était exactement comme ça qu'elle était censée se sentir. Et pourtant, ses mots le remplirent d'un mélange de fierté et de terreur plus profond et plus puissant que tout ce qu'il avait jamais connu.

« N'est-ce pas ?

— Bien sûr, ma chérie », répondit-il. Mais comme elle était capable de lire en lui, la seule façon de donner un sens aux mots était de les ressentir sincèrement. S'engager de tout son cœur dans ce qu'ils signifiaient. À ce moment, il savait qu'il aurait embrasé le monde entier si cela avait pu maintenir sa fille en sécurité et la rassurer quant au bien-fondé de cette sécurité.

« Papa », dit Todd. Son expression était à la fois ferme et indécise, comme quelqu'un qui regarde au fond d'un gouffre tout en restant calme. « Comment est-ce que c'est arrivé, tout ça ?

— Je ne sais pas, mon pote. » Il fit une pause. « Je veux dire, on a déjà parlé des différences entre les gens, pas vrai ?

— Ouais, mais… Maman nous a dit que le président et plein d'autres gens sont morts. Ce n'est pas simplement parce qu'ils étaient différents, hein ? »

Il regarda Natalie, vit son infime haussement d'épaules et dans un autre élan de télépathie il l'entendit presque dire : *Bonne chance sur ce coup-là, Papa.*

Il y avait la tentation du mensonge. Mais vu l'état du monde…

Kate lui envoya la balle d'un coup de pied et il la bloqua. « Il n'y a pas de réponse simple à ta question. T'es prêt à en entendre une compliquée ?

— Ouais. »

Cooper regarda Kate, qui acquiesçait d'un air sombre.

« D'accord. La vie, ce n'est pas comme dans les films. Vous savez, avec les méchants qui veulent juste être des méchants. Pour la plupart, les gens croient qu'ils font les bons choix. Même ceux qui font des mauvaises choses pensent en général qu'ils sont des héros, et qu'ils font une mauvaise chose pour en éviter une pire. Ils ont peur.

— Mais si personne n'est vraiment un méchant, de quoi ont-ils peur ?

— C'est comme un cercle. Lorsque les gens ont peur, ça devient facile de décider que quelqu'un de différent est méchant, d'oublier que tout le monde est fondamentalement pareil, que nous aimons tous notre famille et que nous voulons vivre normalement. Et ce qui aggrave les choses, c'est que certaines personnes se servent de ça. Elles font tout pour que les gens aient peur, parce que les gens qui ont peur font des choses stupides.

— Mais pourquoi est-ce qu'ils font ça ?

— C'est une façon de contrôler les gens. Une façon d'obtenir ce qu'ils veulent.

— Et le type au restaurant qui a essayé de te tuer. C'est un méchant ?

— Oui, dit Cooper. C'est un méchant. Il est brisé. C'est le cas de la plupart des méchants dans la vraie vie. Généralement, ce n'est pas de leur faute. Mais ça ne fait rien. Ils sont brisés et ils font des choses impardonnables. Comme te blesser. »

Todd médita là-dessus en se mordillant les lèvres. « Est-ce que des fois les méchants gagnent ? »

Wouaw. Cooper hésita. Et finit par dire : « Seulement si les bons les laissent gagner. Et les bons sont beaucoup plus nombreux. » Il se pencha et ramassa la balle. « Maintenant, à mon tour de poser une question importante.

— Quoi ?

— Ça fait plusieurs semaines que vous êtes là. » Il pencha la tête. « Est-ce que vous avez trouvé un endroit où manger une pizza digne de ce nom ? »

C'était le cas.

*

Après avoir murmuré les ultimes *Bonne nuit* et fermé la porte de la chambre, Cooper trouva Natalie dans la cuisine avec une bouteille de vin et deux verres. Elle les remplit sans lui demander s'il en voulait. Il prit le verre, trinqua et s'assit en face d'elle. Durant un bon moment, ils se dévisagèrent. C'était comme rentrer à la maison après de longues vacances, arpenter les pièces, tirer les rideaux, faire courir ses doigts sur les tables. Se réapproprier l'espace.

« J'ai été fière de toi, aujourd'hui, dit-elle. De la façon dont tu leur as parlé.

— Bon Dieu. Pourquoi est-ce qu'ils ne demandent pas d'où viennent les bébés, comme des gamins normaux ?

— Ils n'ont pas une vie normale. »

L'une des choses qu'il avait toujours aimées chez Natalie, c'était que ses mots, ses actes et ses sentiments étaient plus en harmonie que chez la plupart des gens qu'il connaissait. Elle n'avait pas le gène de l'agressivité passive dans son ADN. S'il l'emmerdait, elle le lui disait.

Il comprit donc qu'elle ne faisait que souligner un

fait, qu'il ne s'agissait en rien d'une accusation. *Mais quand même. C'est toi le responsable de cette situation. Ton boulot, ta croisade, ta mission pour sauver le monde. Si tu avais été un père normal, les enfants auraient des vies normales.*

Bien sûr, s'il avait été un père normal, Kate serait dans une académie, son identité lui aurait été volée, sa force et son indépendance anéanties, ses peurs démultipliées. Il avait constaté de ses propres yeux à quoi ressemblaient ces endroits et il s'était juré que sa fille n'y mettrait jamais les pieds.

Très bien, mais un assassin anormal a mis ton fils dans le coma. Et tu as emmené tes deux enfants au milieu d'une zone de guerre. Alors, ne te réjouis pas trop vite.

Natalie but une gorgée de vin. « Tu restes combien de temps ?

— Juste cette nuit. »

Elle soupira et se pencha en travers de la table. Leurs mains se rejoignirent, leurs doigts se mêlèrent naturellement. « C'est important ?

— Je vais traquer John Smith. »

Il la sentit se raidir. « C'est trop. Pourquoi est-ce que ça ne dépend que de toi ?

— Je ne sais pas, Nat. Crois-moi, j'aurais bien envie de faire une pause.

— Tu es sûr de ne pas pouvoir en prendre une ? »

Il réfléchit à sa question, repensa au garçon lynché à Manhattan. Aux soldats qui brûlaient dans le désert. À la façon dont Abe Couzen s'était comporté ce matin, à la certitude du scientifique d'être capable de tous les tuer. À John Smith en train de sourire aux caméras de sécurité avant de lui envoyer un baiser.

« Oui, dit-il. J'en suis sûr. »

Elle l'observa un long moment et il put lire sa tension, son combat. Cela faisait si longtemps qu'il la connaissait. Ils étaient quasiment des ados quand ils s'étaient mis ensemble, et il avait lu ses schémas les plus intimes pendant une décennie. C'était l'une des choses qui s'étaient immiscées entre eux : le fait qu'il puisse souvent formuler ce qu'elle s'apprêtait à dire, avant même qu'elle ne parle.

Comme maintenant.

« D'accord », dit-elle.

Il hocha la tête et serra sa main un peu plus fort. Puis il libéra ses doigts pour prendre son verre et…

« Emmène-moi au lit. »

… avala une gorgée de travers. Il toussa, recracha le reste du vin dans le verre. Lorsqu'il put respirer à nouveau, il demanda : « Pardon ?

— Emmène-moi au lit. »

Il eut une vision flash : c'était un mois auparavant, tous les deux dans un château fort qu'ils avaient construit avec les enfants, le baiser qu'ils avaient échangé. À ce moment précis, il avait compris que quelque chose avait changé en eux. Ils avaient réveillé les possibilités d'une vie en commun. Mais les semaines qui avaient suivi ne leur avaient pas laissé la possibilité d'explorer ces sentiments.

« Nat… » Il la fixa, brûlant du désir d'accepter son offre. Ce n'était pas un coup de tête, il désirait vraiment Natalie. Elle était la femme la plus forte et la plus séduisante qu'il ait connue, et bien qu'ils aient fait l'amour un millier de fois, des années s'étaient écoulées depuis. Cette perspective combinant expérience et nouveauté submergea son corps comme une montée opiacée.

Mais c'était la mère de ses enfants, pas une personne à traiter à la légère. Il ne s'agissait pas d'un réconfort occasionnel. En plus, il y avait Shannon. Ils avaient partagé quelques moments intimes et s'étaient mutuellement sauvé la vie, avaient fait tomber un président, s'étaient battus côte à côte pour empêcher une guerre. Leur relation n'avait rien de conventionnel et ils n'avaient pas eu le temps d'en discuter, ni de parler d'avenir, mais cependant…

« Nick, arrête. » Elle posa son verre et se pencha en avant, les yeux brillants et intenses. Ses cheveux décoiffés tombaient sur une épaule, elle sentait le vin rouge et la fraîcheur. « Je n'entends pas que nous nous remariions. Mais tu vas encore partir je ne sais où, traquer l'homme le plus dangereux du monde. J'ai horreur de ça, mais j'ai compris. Et je sais que tu vas le faire pour nous. Mais avant que tu t'en ailles… » Elle le fixa durant un moment qui devint électrique.

Puis elle se leva et eut un rire enroué.

« Avant que tu t'en ailles, rejoins-moi dans la chambre et baise-moi. »

SAVEZ-VOUS QUI SONT VOS VOISINS ?

Le DAR le sait. Ils ont une liste de tous les anormaux de ces États-Désunis. Demandez-la-leur, et ils répondront des trucs comme : « rendre lesdites informations publiques n'est pas dans l'intérêt commun », parce que ça pourrait « compromettre le bien-être des citoyens américains, à la fois commercialement et personnellement ».

Igor, apporte l'Outil à Décaper la Connerie. Oui, c'est bien, mon drôle de petit ami. Tape dessus, et voyons la traduction.

Quoi ? Tu es sûr, espèce de boiteux rance ?

Eh ! Igor dit que ça se traduit par : « On se soucie plus des couilles des anormaux que de la vie de vos enfants. »

Heureusement, il reste encore quelques héros pas zéros dans notre monde de défoncés sans forcer, et certains d'entre eux sont membres de notre petite communauté de hackers.

Donc, tout chaud des réseaux du DAR, tendue comme une jupe de gothique pendant la nuit des lames de rasoir, voici une liste de 1 073 904 anormaux – et leur adresse. De rien.

Vous feriez bien de vous montrer reconnaissants, bande de salopes, parce que ça ressemble au chant du cygne. Le Gouverne*MENT* est déjà en train de soupirer et de souffler pour détruire ta maison. À charge de revanche. Faites un peu de chaos pour kOS, voulez-vous ?

Prenez-la. Je suis sérieux, prenez-la. Téléchargez-la, partagez-la, répandez-la comme si c'était de l'argent post apocalyptique.
Voici toute la liste.
Voici la liste par État.
Par ville.
Par code postal, bande de connards paresseux.

Cet acte de désobéissance civile vous est offert par les joyeux farceurs et les lutins dévoyés de Konstant kOS. Tous droits violés.

Chapitre 10

La pièce avait la taille d'un grand planétarium, mais au lieu des étoiles, c'était des données holographiques qui flottaient dans l'air, des diagrammes, des graphiques, des vidéos, des topographies en trois dimensions et des défilés de nouveaux symboles, une multitude vertigineuse d'informations brillant dans les ténèbres souterraines. Pour un non-initié comme Cooper, ça n'avait aucun sens. C'était tout simplement trop, trop de notions éparses superposées les unes aux autres.

Mais pour Erik Epstein, qui absorbait les données aussi facilement que d'autres regardent un programme télé, cela contenait tous les secrets du monde. Le Brillant avait gagné ses milliards en découvrant des schémas dans l'évolution du marché financier, obligeant finalement les Bourses du monde entier à fermer et à se réinventer.

« Hier, dit Erik. Votre retard est déplacé. Le temps est un facteur crucial.

— Le temps est toujours un facteur crucial. » Cooper regarda autour de lui, ses yeux s'adaptèrent à la pénombre. Vêtu d'un sweat à capuche et portant une paire de Chuck Taylors, Erik était debout au centre de la pièce, pâle maître de cérémonie de son cirque digital. Ses yeux paraissaient plus fatigués que d'habitude, comme s'il n'avait pas dormi depuis une semaine. À côté de lui, son frère Jakob était l'image même du raffinement décontracté, dans son costume Lucy Veronica à cinq mille dollars. Tous les deux n'auraient pas pu être plus dissemblables : l'allure de geek absolu d'Erik à côté de l'aisance et de la maîtrise de Jakob, alors qu'en fait ils fonctionnaient comme une équipe – Erik était le cerveau, l'argent, les visions, et Jakob était le visage et la voix, l'homme qui dînait avec les présidents et les magnats. « De plus, je ne suis pas votre employé.

— Certes, admit Jakob. Votre attitude ne laisse aucun doute à ce sujet. En fait, à chaque fois que nous vous avons demandé quelque chose, vous avez échoué.

— Ce n'est pas tout à fait exact. J'ai convaincu le président Clay de vous accorder la sécession. Bien sûr, c'était avant que vous ne l'assassiniez. » Ce n'était peut-être pas une bonne idée de se montrer si désinvolte, vu qu'il était en train de parler avec les deux hommes les plus puissants du monde. Mais Cooper ne parvenait pas à se freiner. Une part de cette désinvolture lui permettait de tempérer sa fureur bouillonnante : peu importe ce qu'il avait dit à Quinn, peu importe qu'il comprenne leurs actes d'un point de vue philosophique, ils avaient tué des soldats et ça, il ne pourrait jamais le leur pardonner.

Et l'autre part pourrait être liée avec la nuit dernière. Il y avait de bonnes raisons pour lesquelles Natalie et lui avaient divorcé, mais elles n'avaient aucun rapport avec la chambre à coucher. Cela venait d'être démontré de façon approfondie et indiscutable la nuit précédente, laissant Cooper dans une humeur légère et insouciante.

Ils n'en avaient pas parlé ce matin. Les enfants étaient levés et aucun d'eux ne voulait semer la confusion dans l'esprit de Kate et de Todd. Toutefois, il savait maintenant que Natalie pensait à l'avenir. Et elle n'était pas la seule. Ce n'était pas qu'une question de sexe, ni de la personnalité de Natalie à proprement parler. Ils étaient bien ensemble. Tout fonctionnait facilement. Il y avait eu un moment, alors qu'il faisait une pause dans la cuisson des pancakes pour lui tendre une tasse de café, où il avait ressenti le confort que l'on éprouve en se glissant dans une vieille paire de jeans et en enfilant son tee-shirt préféré. Il se sentait chez lui.

« Tu es différent », dit une petite voix. Cooper plissa les yeux, puis découvrit la fille blottie dans un fauteuil, les genoux repliés sous son corps, un écran de mèches violettes masquant son visage incliné vers le bas. Millicent, qui accompagnait Erik Epstein quasiment en permanence, était l'une des lectrices les plus puissantes que Cooper ait jamais rencontrées. Elle sentait les peurs intimes et les sombres secrets de tout le monde, avait compris les faiblesses de Papa et la cruauté de Maman avant même d'être en âge de parler. Une fille de onze ans dont les perceptions pesaient sur des contrats de plusieurs milliards de dollars et sur des assassinats. Comme à chaque fois qu'il la voyait, Cooper éprouva un accès de pitié pour elle.

« Salut Millie. Comment vas-tu ?

— Tu es différent. Il s'est passé quelque chose ? » Elle leva la tête et le fixa de son regard trop vieux pour son visage de petite fille.

Natalie à califourchon sur toi, ses cuisses serrées contre tes hanches, la tête rejetée en arrière…

« Oh, dit-elle. Sexe. Mais je croyais que c'était Shannon et toi qui faisiez ça ensemble. »

Pour la première fois depuis une décennie, Cooper se surprit à rougir. Il se tourna vers les frères Epstein. « Vous avez pris soin d'Ethan Park ?

— Oui, répondit Jakob. Nous lui avons fourni du matériel et des équipements qui surpassent tout ce qu'il connaissait jusque-là, de même qu'une équipe composée de Brillants. Avec ses connaissances des travaux du professeur Couzen, ce n'est qu'une question de temps avant qu'il ne redécouvre la thérapie génique qui produit des surdoués.

— Et du temps, vous n'en avez pas.

— Ce n'est pas sûr, dit Erik. Les données ne sont pas claires. Des facteurs disparates, des matrices personnelles soumises à un stress extrême, des variables inexplorées. Les prédictions se situent sous le seuil du pragmatisme.

— Ah ouais ? » demanda Cooper en désignant une vidéo qui flottait entre des graphiques. C'était une vue aérienne des étendues rocailleuses au sud de la frontière de la Nouvelle Canaan. Le campement bourdonnait d'activité, vingt mille personnes se préparaient à la guerre. « Ils ont l'air plutôt sûrs d'eux.

— Ce n'est pas important.

— Une armée s'apprête à vous envahir, et vous dites que ce n'est pas important ?

— Non. C'est le terme *armée* que je réfute. Il s'agit d'une milice. Statistiquement parlant, bien moins efficace.

— Ouais, dit Cooper. Mais c'est justement l'aspect que vous n'avez jamais compris, Erik. Les données ne vont pas jusque-là. Les émotions ne peuvent pas être quantifiées. Vous avez assassiné des milliers de gens, tout le pays l'a vu sur les 3D. Vous voulez une prédiction ? » Il enfonça ses mains dans ses poches. « Je prédis qu'ils en ont après vous.

— Ça a presque l'air de vous rendre heureux », dit Jakob.

T'as foutrement raison, sombre connard. C'est mon pays que vous avez attaqué, mes soldats que vous avez tués, mon président que vous avez assassiné…

Il prit le temps de respirer à fond. « J'en ai vraiment marre que les gens ne cessent d'aggraver la situation.

— Cooper, dit Erik d'une voix hésitante. Je… Je ne voulais pas le faire. Ils m'y ont obligé. » Le milliardaire balaya la pièce du regard comme pour y trouver de l'aide, comme s'il cherchait quelqu'un qui le rassure. « Ce n'était pas facile. Ça ne l'est toujours pas. Je suis… Je les ai entendues, les explosions, et je les ai vus mourir. Je ne leur voulais pas de mal, mais ils voulaient nous détruire. Ils allaient le faire. J'étais obligé. Ils m'ont forcé. »

Les cernes noirs sous ses yeux, l'hyperactivité, les épaules plus basses que d'habitude. Il souffre. Cette constatation ne l'inclina pas à la compassion. « Je comprends pourquoi vous avez agi de la sorte, dit Cooper d'une voix égale et froide. Mais les gens que vous avez tués n'étaient pas des monstres. Ils servaient le pays. Les dirigeants. Les soldats. Si vous cherchez de l'empathie, vous vous trompez de bonhomme. »

Epstein ouvrit la bouche comme s'il venait d'être giflé. Il l'observa pendant un moment puis se détourna et se frotta les yeux avec le dos de la main. Derrière lui, les données tourbillonnaient et pivotaient, des hologrammes précis qui flottaient dans le vide. Jakob le regarda avec dédain puis s'approcha de son frère et lui posa une main sur l'épaule.

Tournant toujours le dos à Cooper, Erik dit : « La milice n'est pas un facteur important. Pas d'armement sophistiqué, pas de support aérien. Pas un facteur important.

— Vous sous-estimez à nouveau le paramètre émotionnel. Surtout la haine.

— Et vous, répliqua Jakob, vous nous sous-estimez. À nouveau. La Réserve est loin d'être sans défense.

— Même si…

— D'autres ont essayé de s'en prendre à nous. Ils sont morts. Si ces gens essaient, ils mourront également. » Erik se tourna face à lui. « Ils brûleront dans le désert. »

Brûler dans le désert ? Cette formulation ne peut pas être accidentelle. Cooper dit : « Alors, c'est vrai ? La rumeur au sujet de votre petit périmètre défensif. Le Grand Mur de Tesla.

— Si par "petit périmètre défensif", répondit Jakob, vous entendez un réseau redondant de dix mille générateurs de micro-ondes produisant des radiations ciblées capables de réduire chair et os en cendres, alors oui, c'est vrai.

— Ce n'est pas ce que je veux, dit Erik. J'aime les gens. »

Cooper eut une nouvelle fois envie de le frapper. De lui balancer des coups de poing et de le faire souffrir pour ce qu'il avait fait. Il se contrôla. Malgré tout, la sincérité dans la voix d'Erik était indiscutable. *Il n'a pas commis d'actions agressives, seulement défensives. Brutales, sans le moindre doute, mais c'était pour protéger les siens.*

En outre, que ça te plaise ou non, tu as besoin de son aide.

« John Smith », dit Millie. Elle l'observait de nouveau, ses yeux brillaient des données qui s'y reflétaient.

Cooper soupira. « Ouais. Même si les choses ont l'air vraiment mal en point maintenant, il va encore les empirer. » Il leur raconta la traque d'Abe Couzen, la bagarre dans la rue, la poursuite dans la gare, la façon dont les dons d'Abe s'étaient manifestés, et il continua jusqu'à son enlèvement. « Maintenant, il est possible que Smith veuille simplement nous empêcher d'accéder au sérum.

— Non, dit Erik. Ce serait une stratégie de débutant. Smith est un grand maître. Chaque mouvement développe une efficacité maximale à de multiples niveaux.

— Je confirme.

— C'est pourquoi je vous ai demandé de le tuer, il y a trois mois. »

Mon Dieu. Trois mois. Seulement ? Cooper se remémora cette conversation, à l'occasion de sa première rencontre avec Erik Epstein. Celui-ci lui avait parlé de l'histoire ancienne, des terroristes dans la Judée du premier siècle de l'ère commune qui tuaient des Romains et des collaborateurs. Comment cela avait provoqué une réaction qui s'était abattue non seulement sur les tueurs, mais sur tous les Juifs. Il les avait comparés à John Smith. Il avait dit que s'il restait en vie, l'armée américaine allait attaquer la RNC dans les trois ans.

Seulement, parce que tu as épargné Smith – bon Dieu, tu l'as disculpé –, c'est arrivé en trois mois.

Tu as fait ce que tu pensais être juste, comme ton père te l'a appris. Et le monde en paie les conséquences.

De façon très directe, c'est de ta faute.

« Oui », déclara Millie.

Il se retint de leur lancer un regard furieux, de s'adresser à eux d'un ton trop brusque, de leur expliquer qu'il avait fait de son mieux. Il lutta intérieurement jusqu'à ce qu'il puisse s'exprimer d'une voix normale.

« J'ai conscience de mes erreurs. Et des vôtres. Pour l'instant, nous devons laisser ça à part et nous concentrer sur la meilleure issue possible. Parce que c'est aussi ce que John Smith est en train de faire, de son côté. »

Durant un instant, les deux frères se regardèrent. Puis Erik se tourna vers lui. « Qu'est-ce que vous proposez ?

— D'abord, nous devons trouver John Smith. Je suppose que vous ignorez où il est.

— Effectivement.

— Avant, vous le saviez.

— C'était avant. »

Très bien. Passons aux choses sérieuses.

« Il faut que je parle à quelqu'un qui sait où il se trouve. » Cooper prit une profonde inspiration et souffla lentement. « Je dois voir l'homme qui a essayé de me tuer. »

« Je voulais juste voir si ça pouvait marcher. »

— Ernie Ito, 11 ans, expliquant pourquoi il a dispersé au milieu de la cafétéria de son école une souche de botulisme qu'il avait lui-même cultivée, ce qui a provoqué l'hospitalisation de plus de quatre cents enfants et causé la mort de trois d'entre eux. Ito, un Brillant niveau deux, a développé la souche bactérienne dans le cadre d'un projet d'exposition scientifique.

Chapitre 11

Lorsque la chaîne se tendit, Luke Hammond sentit que quelque chose s'épanouissait dans sa poitrine. Une sensation brute dont il avait déjà fait plusieurs fois l'expérience par le passé.

À dix-neuf ans, tapi dans des broussailles au Laos, en train d'observer un village qui brûlait, la fumée noire qui masquait un ciel humide.

Sur un toit en ruines à Beyrouth, alors qu'une vieille mosquée s'écroulait dans un nuage de poussière.

Surveillant l'écran d'un ordinateur tandis que des soldats rasaient un camp d'entraînement au Salvador.

Ce n'était pas une sensation qu'il recherchait. Et elle ne lui procurait aucune fierté. Il n'avait pas essayé de la transmettre à ses fils, et même s'ils n'en avaient jamais parlé ensemble, il se doutait que tous les deux la connaissaient bien.

La terrible et furieuse joie de la destruction. Le hurlement triomphant de la victoire – *non, pas vraiment* – du… pouvoir. Le pouvoir que l'on possède et dont l'ennemi est dépourvu.

Il fit baisser le régime moteur du pick-up, regarda à gauche et à droite, les dizaines d'autres véhicules, Jeeps et semi-remorques, tous reliés par de froides chaînes d'acier à la clôture derrière laquelle se cachaient les gens qui avaient assassiné ses enfants.

Puis il donna un long coup de klaxon. Et un deuxième.

Au troisième, il mit les gaz et entendit le rugissement de tous les autres moteurs.

Un hurlement s'éleva lorsque l'acier atteignit son point de rupture et il relâcha la pression, passa la marche arrière, recula de trois mètres, repassa la première en même temps que tous les autres, et la force conjuguée se répercuta sur la clôture par l'intermédiaire des chaînes, le métal se courba, la terre jaillit, les lames de rasoir des barbelés chantèrent et vingt poteaux furent arrachés du sol en même temps. Dans son rétroviseur, il vit s'effondrer une centaine de mètres de la frontière de la Réserve de la Nouvelle Canaan.

Et une ovation s'éleva de la foule.

« Ça se termine. Maintenant ! »

Des milliers de voix à l'unisson.

« Ça se termine ! Maintenant ! »

La clameur martelait sa poitrine, se diffusait dans ses veines, hurlait dans ses poumons.

« Ça se termine ! Maintenant ! »

*

Les jours précédents avaient été un enivrement d'activité. Il y avait toujours cinquante choses à faire, une centaine de tâches urgentes. Ils avaient établi une hiérarchie de commandement, pas tant une structure formelle de grades qu'une délégation de responsabilités. Miller était le chef, et Luke son bras droit, mais en dessous d'eux il y avait dix autres anciens soldats qui formaient l'équipe principale. Ensuite, les leaders étaient choisis par les groupes qu'ils représentaient. Miller s'était montré inflexible sur ce point, insistant pour que le commandement soit léger et diversifié. Il y avait des analystes et des publicitaires, des présidents de clubs de motards et des chefs de milices de seconde zone, des responsables de surveillance de quartier et des chefs scouts. Ceux qui étaient venus avec un groupe restaient généralement avec lui. Les autres s'assemblaient au hasard comme pour former une équipe de basket. Il en résultait des escouades disparates qui allaient de dix à deux cents hommes.

Jusque-là, le système fonctionnait. Malgré toutes leurs différences, ils étaient unis par la colère, la douleur et la perte. Il y avait eu quelques échauffourées, mais moins que Luke ne l'avait imaginé.

« Tant que nous sommes en action, avait dit Miller, nous sommes unis.

— Au moins jusqu'à ce qu'il y ait des morts. Ce n'est pas une armée. »

Le général avait eu un sourire sinistre. « Ce sont les morts qui consolideront notre unité. »

Le temps le dira, pensa Luke, mais depuis toutes ces années qu'il connaissait Miller, il avait appris à ne pas parier contre lui. En outre, il y avait tant de choses à faire.

Ce qui avait commencé comme un rassemblement impromptu était devenu un phénomène de masse. Les gens adaptaient grossièrement leurs expériences : les comptables s'occupaient de logistique, les professeurs d'histoire enseignaient la stratégie, des employés de fast-food nourrissaient des milliers de personnes. Mais c'était les soutiens privés qui faisaient vraiment la différence.

« Regardez un peu ça, chef, on reçoit du mécénat

d'entreprise», avait plaisanté Ronnie Delgado lorsque les camions de Finest Supplies avaient commencé à arriver. Des remorques pleines de marchandises, de bouteilles d'eau, de couvertures, de fusils, de munitions, le tout offert par Ryan Fine, le P-DG que les médias appelaient «le milliardaire excentrique».

«C'est ce qui est génial quand on est plein aux as, ajouta Delgado. Les gens pauvres trouvent ça dingue.»

Ancien membre de la Garde nationale, Delgado était employé dans un ranch. C'était un type de vingt-huit ans qui s'était révélé providentiel. Il travaillait sans relâche et ses boutades continuelles allégeaient quelque peu l'ambiance. Plus que tout, c'était son savoir-faire avec les chevaux qui était précieux.

Lorsque le général Miller avait annoncé qu'il avait convaincu Ryan Fine de vider ses écuries pour eux – *Delgado : « C'est quoi le problème de ces hommes d'affaires qui veulent chausser des bottes de cow-boy dès qu'ils deviennent riches ? »* –, Luke avait accueilli la nouvelle plutôt froidement. Un millier de chevaux, ça ressemblait à un fardeau bruyant et puant. Même si Luke n'avait pas fait partie de la nouvelle génération de soldats, qui ressemblaient plus à des pirates informatiques qu'à des guerriers, cette option lui paraissait rudimentaire à l'extrême.

«Les chevaux ne tombent pas en panne, avait dit Miller. Les virus informatiques ne peuvent rien contre eux et ils n'ont pas besoin d'essence.

— Et lorsque nous n'aurons plus de quoi les nourrir ?

— Alors, on aura de la viande fraîche.»

*

Maintenant, après un enivrement d'activité constante et de rapides décisions, après tout ce travail harassant et des litres de mauvais café, c'était le moment. Les cent mètres de clôture qu'ils avaient abattus étaient la première étape.

Les camions ouvrirent la marche. En plus du conducteur, il y avait un homme armé. Envoyer le matériel en premier, c'était une inversion des stratégies classiques, mais les véhicules devaient rouler au pas.

Derrière eux, les Nouveaux Fils de la Liberté suivaient à pied. Avec sacs et fusils, ils marchaient en groupes informes. Vingt mille personnes qui s'introduisaient par la clôture brisée, les bottes qui écrasaient le métal dans la poussière. La température était juste en dessous de zéro mais le ciel était clair, et les hommes – les femmes aussi, mais bien moins nombreuses – avançaient avec une énergie nerveuse, parlant, criant et chantant comme s'ils se rendaient à un stade de foot, pas comme s'ils allaient en guerre.

« Et on y va, dit Delgado. Le plus grand lynchage du monde.

— Eh, intervint Luke d'un ton cassant. Arrête ça.

— Je déconne, chef…

— Même pas pour déconner. On n'est peut-être pas l'armée continentale[1], mais on n'est pas non plus le Ku Klux Klan. Ce n'est pas une question de haine. »

Deldago répondit : « Mon frère était le premier à aller à l'université. Princeton. Il a dû battre cinq

1. Nom donné aux troupes placées sous le commandement de George Washington et qui combattirent l'Empire britannique durant la guerre d'indépendance, à laquelle le général Miller faisait référence dans sa harangue.

cents candidats pour avoir un poste de stagiaire à la Maison-Blanche. Il allait surtout chercher des cafés et il répondait au téléphone. C'était sans doute ce qu'il était en train de faire lorsque Erik Epstein l'a fait sauter. Alors ne…

— Mes fils ont brûlé vifs, dit Luke en essayant de contrôler les tremblements dans sa voix. L'un était pilote de chasse, l'autre artilleur dans un char. On a tous perdu quelqu'un, Ronnie. » Il prit une inspiration. « Vérifie les chevaux, tu veux ? » Il fit une pause. « Eh, je suis désolé pour ton frère. »

Delgado acquiesça. « Moi aussi. Pour tes fils. »

Luke se déplaça dans la foule, serrant des mains, répondant à des questions. Tout le monde savait qui il était et plus d'un lui dirent : « Ça se termine maintenant. » Il répondit de la même façon, le sens des mots lui échappait, transformés en simples sons.

Il lui fallut une heure pour rejoindre Miller. Le général était à l'avant de la colonne dépenaillée, à pied. Il sourit lorsqu'il vit Luke. « "La Crépin Crépinien ne reviendra jamais, à compter de ce jour jusqu'à la fin du monde, sans que de nous on se souvienne."

— "De nous, cette poignée, cette heureuse poignée d'hommes, cette bande de frères", poursuivit Luke. "Car quiconque aujourd'hui verse son sang avec moi sera mon frère." *Henry V* [1]. Tu crois que ça va commencer à saigner cet après-midi ? »

Miller haussa les épaules. « Ça commencera toujours assez tôt.

— On aurait pu prendre une Jeep, tu sais. Tu n'es pas obligé de marcher.

1. William Shakespeare, *Henry V*, acte IV, scène 3, tirade du roi Henry.

— MacArthur n'était pas obligé de patauger dans les Philippines non plus. Les ingénieurs de l'armée avaient construit des pontons pour lui. Mais le vieux Douglas savait ce qu'il faisait. » Le général vérifia sa montre, observa l'horizon. Il n'y avait rien d'autre que des broussailles poussiéreuses qui s'étendaient sous un ciel lugubre, jusqu'aux lointaines montagnes. Très lugubre : lorsque la destruction commencerait, elle viendrait d'en haut.

Ça va être le moment, pensa Luke. *Soit nous allons gagner, soit nous allons ployer et les Nouveaux Fils de la Liberté n'occuperont même pas une note de bas de page dans les livres d'histoire.* « Je peux te demander quelque chose ? Le secrétaire Leahy ? Tu lui fais confiance ?

— Pas particulièrement, répondit Miller. Owen est un politicien. Mais il tiendra parole et empêchera l'armée d'intervenir. Ça sert ses intérêts. Il s'imagine que si nous pénétrons suffisamment profondément dans la Réserve, Epstein viendra présenter ses excuses au gouvernement. Pour échanger la liberté des siens contre leur vie.

— C'est aussi ma lecture des choses. Mais s'il se sert simplement de nous…

— Pourquoi s'embarrasser de ça ? D'abord, il sert notre objectif. Mais il y a mieux : quand il se rendra compte que nous avons d'autres plans, il sera trop tard. »

Luke tourna brusquement la tête vers lui. « Tu n'as pas l'intention de t'arrêter ?

— Tu as fait le Viêt-Nam. Qu'est-ce que tu y as appris au sujet des demi-mesures ?

— Elles ne fonctionnent pas. »

Miller acquiesça. « On va jusqu'au bout. On réduit la RNC en cendres.

— Mais… l'Anneau de Vogler. Si même la moitié des rumeurs sont vraies…

— Elles sont vraies. J'ai appelé un vieil ami au DAR, j'ai eu le rapport de l'agence. Dix mille générateurs de micro-ondes. On a l'impression d'avoir chaud, au début, puis un mauvais coup de soleil, et ensuite tes globes oculaires éclatent et ton sang bout.

— Le gouvernement l'a laissé construire ça ? demanda Luke en secouant la tête. Politiciens…

— En effet. Epstein a dû faire de généreuses donations, aucun doute là-dessus. Mais surtout, je pense qu'il a eu les mains libres parce que c'est purement défensif, et inefficace contre les forces armées américaines.

— Un bombardement pourrait nous déblayer le chemin en dix minutes. » Luke aspira de l'air entre ses dents serrées. « Mais nous n'avons pas d'artillerie ni de support aérien. On peut le contourner ?

— Ils l'ont construit de façon à faire de Tesla le dernier refuge. Toute la population de la Réserve peut se retrancher dans la capitale. Le réseau entoure la ville comme un parfait anneau de mort.

— Alors, comment est-ce qu'on va le franchir ? »

Miller sourit.

« Bon Dieu, je suis votre voisine ! Pourquoi est-ce que vous faites ça ? »

— Lee Parker, 32 ans, aux assaillants masqués qui l'ont tenue en joue pendant qu'ils mettaient le feu à sa maison de Portland. Les agresseurs l'avaient prise pour Leigh Parker, 25 ans, une Brillante niveau trois dont le nom apparaissait sur la liste des anormaux diffusée par le groupe de pirates informatiques Konstant kOS.

Chapitre 12

Le hall était spacieux, avec de grands tuyaux de ventilation en métal qui vibraient en aspirant l'air. Un mètre au-dessus, il y avait un plafond en béton et le câblage des panneaux solaires installés sur le toit formait des faisceaux colorés qui lui rappelaient le ruban dont se servait sa mère pour emballer les cadeaux de Noël. Entre le système de ventilation et le toit, il y avait des entretoises, et c'était le poste d'observation de Hawk, perché hors de vue sur un coude de métal. Il avait toujours aimé escalader et avait été ravi de découvrir qu'il pouvait monter le long d'une conduite, basculer ses jambes et s'asseoir dans les entretoises. Hawk y passait des heures, surtout dans le hall, mais parfois il rampait dans d'autres pièces du bâtiment et suivait les gens qui se déplaçaient en dessous.

Les autres se moquaient de cette manie, mais généralement ce n'était pas de façon méchante. Une fois, Tabitha avait même dit : « Laissez-le tranquille. Aaron veille. » Elle avait dix-neuf ans et on lui confiait des missions. Lorsqu'elle avait dit ça, elle lui avait souri d'une façon qu'il aimait interpréter à sa guise, même s'il n'était pas dupe.

On t'enverra en mission aussi, se disait Aaron Hakowski. *Peut-être toi et Tabitha ensemble.*

Il aurait voulu lui dire de l'appeler Hawk, mais il avait peur qu'elle se moque de lui. Toutefois, il restait le plaisir du mot qu'elle avait employé. *Veille*. Comme s'il était un chevalier. Un saint guerrier. Le Faucon[1], veillant avec un dévouement silencieux. Après tout, ils étaient derrière les lignes ennemies. Enfin, peut-être pas vraiment des ennemis, parce que la Réserve était pour les Brillants, mais quand même, les forces de sécurité d'Erik Epstein pouvaient les découvrir à n'importe quel moment, tout le monde le disait. Aaron ne souhaitait pas vraiment que ça arrive, mais si ça devait être le cas, il surveillait tout et pourrait peut-être prévenir les autres. Ou même les aider. Sauter derrière les assaillants et voler l'une de leurs armes.

Idiot. Ce sont des Brillants. Qu'est-ce qu'un garçon normal de quatorze ans peut faire contre eux ?

Quand même. Ils ne s'y attendraient pas. Et s'il maîtrisait celui qui serait à la porte, il pourrait prendre les autres par surprise. Il savait bien tirer, il s'était entraîné jusqu'à ce que son index saigne. S'il avait un fusil et se retrouvait derrière les soldats, ils seraient habillés en noir et auraient des casques qui les faisaient ressembler à des insectes, et ils pointeraient leurs armes vers Tabitha, qui pour une raison ou une autre portait une chemisette blanche déchirée…

Des bruits de pas rapides attirèrent son attention. Deux scientifiques se hâtaient dans le hall en poussant un lit à roulettes. Hawk vit la porte principale s'ouvrir brutalement. Haruto Yamato, qu'ils appelaient *sensei* lorsqu'il donnait des cours de combat

1. *Hawk*, en anglais.

au corps à corps, entra en compagnie de Miss Herr, qui faisait peur à Aaron. Ils soutenaient un vieux type qu'ils allongèrent sur le lit à roulettes. Entra ensuite un homme grand et costaud qui se déplaçait avec précaution, comme si quelque chose lui faisait très mal.

John fermait la marche mais, comme d'habitude, il donnait l'impression d'être le premier. Aaron s'efforça de comprendre pourquoi et il se dit que ça devait avoir un rapport avec la façon dont les gens le regardaient. Comme s'ils étaient tous des boussoles et lui, le pôle Nord. John s'adressa aux scientifiques qui attachèrent promptement les poignets et les chevilles du vieil homme.

« Charly, Haruto, occupez-vous de la sécurité. Vous avez vu de quoi Couzen est capable. Je ne veux aucune surprise. Paul, va avec eux et fais soigner cette blessure.

— Non, je vais rester avec…

— Paul. » John posa une main sur l'épaule du grand homme. « Je vais avoir besoin de toi. »

Aaron ressentit une pointe de jalousie, s'imagina que John s'adressait à lui, lui posait une main sur l'épaule, le regardait dans les yeux et lui disait : « Je vais avoir besoin de toi, Hawk. »

Ne sois pas débile.

Le vieux type sur le lit à roulettes était pile en dessous de lui et Aaron l'observa, attentif à ce que Maman avait toujours dit, que la plupart des gens déambulaient dans la vie les yeux fermés. Cela fit jaillir un souvenir dans son esprit, c'était en voiture, quelques années plus tôt, il y avait un soleil doré, ils revenaient du McDonald's et mangeaient des frites, et elle le questionnait, lui demandait le nom qui était écrit sur le badge du caissier, combien avait coûté leur commande, la couleur des voitures garées à côté de la leur, et il y avait eu la façon dont elle l'avait regardé, avec un sourire, lorsqu'il avait donné toutes les bonnes réponses, ce sourire généreux, pas celui qu'elle avait sur les photos, mais le vrai sourire lorsqu'il la faisait rire…

Stop.

Le vieil homme était maigre, à moitié chauve, avec un gros nez. Il était inconscient mais avait quand même l'air en colère. De vilaines éraflures recouvraient son visage, ce qui était étrange parce que Aaron n'imaginait pas Haruto sensei le griffer comme une fille, et Miss Herr ne l'aurait pas fait non plus, même lorsqu'elle était petite, si jamais elle l'avait un jour été, et il regarda donc encore plus attentivement. C'est alors qu'il remarqua les traces sous les ongles du vieux.

Les deux scientifiques se mirent à pousser le lit à roulettes. Sensei, Miss Herr et le type musclé les suivirent. Ils marchaient vers le laboratoire et il pensa les suivre. Mais John n'allait pas avec eux. Il resta près du mur jusqu'à ce qu'ils disparaissent, puis il s'affaissa comme si un poids venait de tomber sur ses épaules. Il s'assit sur un banc, les coudes sur les genoux, le regard dans le vide.

Sans lever les yeux, il dit : « Salut, Hawk. »

Aaron eut une bouffée d'émotion qu'il ne put nommer, mais qui ressemblait à ce qu'il avait ressenti lorsque Tabitha lui avait souri. Il pensa à repartir vers la gaine électrique, au lieu de quoi il saisit la partie inférieure de l'entretoise et se suspendit dans le vide. Il regretta immédiatement ce geste car, au lieu de se rapprocher, le sol parut plus loin. La seule option était de se tortiller pour remonter sur l'entretoise, mais il était hors de question qu'il fasse ça devant John Smith, alors il prit une grande inspiration et lâcha prise avant de trop réfléchir. Ce fut une chute d'un peu plus de trois mètres. L'atterrissage fut douloureux, mais il n'en laissa rien paraître. « Bonjour, monsieur Smith.

— John. »

À nouveau, cette bouffée d'émotion. « Salut, John. C'était qui ?

— Un scientifique qui s'appelle Abraham Couzen.

— Un Brillant ?

— Non. Juste un génie.

— Il va nous aider ?

— On pourrait dire ça comme ça. »

Aaron réfléchit. « Alors, il n'est pas des nôtres, mais il sait quelque chose. »

Le sourire qui barra le visage de John Smith fut bref, mais sincère. « C'est exact. Il a développé quelque chose de très important. Peut-être la chose la plus importante depuis plusieurs siècles.

— Waouw. » Aaron réfléchit à nouveau. « Il va la partager avec nous ?

— Pas besoin. Je l'ai déjà.

— Alors, pourquoi est-ce qu'on a besoin de lui ?

— En partie, pour qu'il ne la partage avec personne d'autre. Et aussi parce que je veux voir ce qui va lui arriver.

— Ce qui va lui arriver ?

— Il va mourir.

— Oh. »

John leva alors les yeux vers Aaron. Il était différent de la plupart des autres adultes, qui ne regardaient vraiment les enfants que lorsqu'ils étaient en colère. C'était l'une des choses qu'il aimait chez lui, le fait que John le *voyait*, le regardait et lui parlait comme s'il comptait vraiment, pas comme s'il était juste un gamin, un autre orphelin de guerre dont la maman avait…

Stop.

« Tu vas bien ? »

Aaron se balança d'un pied sur l'autre. « Pourquoi est-ce qu'il va mourir ?

— Il est trop vieux.

— Mais il n'a pas l'air si vieux que ça. »

John semblait sur le point de dire quelque chose, mais il se tut et tapota le banc à côté de lui. Aaron s'assit.

« Tu sais, ta maman était très fière de toi. »

Je sais, c'était ce qu'il voulait dire, mais lorsqu'il ouvrit la bouche, il ne put prononcer un mot. Il regarda ses chaussures. *Ne pleure pas, ne pleure pas, petite mauviette, ne pleure pas.*

Il entendit le bruit d'un briquet, puis sentit l'odeur âcre de la fumée de cigarette. John dit : « Tu veux connaître un secret ? »

Hawk leva les yeux, hocha la tête avec plus d'empressement qu'il ne l'aurait voulu.

« On est sur le point de gagner.

— Vraiment ? Grâce au professeur Couzen ? »

John Smith aspira une longue bouffée de sa cigarette. « En partie. Il est la dernière pièce d'un plan que j'élabore depuis très longtemps. Un plan qui change tout.

— Et qui est ?

— C'est compliqué.

— Je suis plutôt intelligent.

— Je sais, Hawk. » La voix de John parut presque offensée. « Je le sais très bien.

— Je veux dire, bien sûr, je suis juste un normal. J'aimerais être un Brillant, mais je n'y peux rien. Mais je ferais n'importe quoi pour… » Aaron se reprit juste avant de prononcer le mot *toi*, et dit : « … la cause. » Puis il se demanda s'il avait réagi à temps, parce que la façon dont son ami le regardait avait changé. « Quoi ? »

Pendant un long moment, John le fixa en tenant sa cigarette devant ses lèvres.

Comme s'il l'avait oubliée.

Chapitre 13

Soren avait le regard fixe.

Sa cage était faite de plaques de métal de quarante-cinq centimètres de large. Six plaques de hauteur, six de large, dix de long. Le sol était en béton. Une porte en métal occupait l'espace d'exactement dix plaques.

Chaque plaque était émaillée de blanc satiné et percée d'un maillage de petits trous, qui constituaient la seule source de lumière. Une lumière pâle brillait en permanence derrière elles. Le seul changement de luminosité se produisait lorsque du gaz était propulsé à travers les trous de chacun des murs, et il se retrouvait alors dans un tourbillon de brouillard, comme s'il volait dans un nuage ensoleillé.

Quand cela se produisait, il n'y avait pas d'autre solution que de respirer et d'attendre.

Deux fois par jour, un plateau avec une épaisse soupe de protéines et d'acides aminés était glissé à travers une fente aménagée dans la porte. Le plateau était attaché et le seul couvert était une grosse paille en papier. Des toilettes en plastique étaient fixées au sol. Aucun doute qu'il était surveillé, que ses signes vitaux étaient enregistrés par des capteurs cachés derrière les plaques de métal.

La première fois que le gaz fut propulsé, ce fut après qu'il eut refusé la nourriture plusieurs fois d'affilée. Il s'était réveillé sur sa couchette (deux plaques de largeur sur quatre de longueur), toujours nu, la gorgée irritée par le tube dont ils avaient dû se servir pour l'alimenter de force. À plusieurs autres occasions, il était clair qu'on l'avait lavé. Une autre fois, de légères marques autour de ses poignets et de ses chevilles suggéraient qu'il avait été attaché pendant qu'il était inconscient, et sans doute emmené quelque part, bien qu'il n'y ait aucun moyen d'en être sûr.

Soren avait recherché le néant le plus clair de sa vie. C'était sa malédiction et sa torture. Se noyer dans un océan de temps. Aucun livre, aucune fenêtre, aucune visite, pas même une araignée dont il aurait pu vampiriser la conscience. Ses souvenirs n'étaient vraiment pas un territoire dans lequel se réfugier. Il avait connu quelques moments de vraie joie et même de bonheur, et il les chérissait, luttait pour retrouver chaque détail d'une partie d'échecs avec John, ou la façon dont le soleil jouait sur la douce nuque de Samantha. Mais il avait déroulé ce cinéma intérieur de si nombreuses fois que les couleurs s'affadissaient et il avait peur qu'elles disparaissent tout à fait. Il pouvait faire de l'exercice, méditer, se masturber, mais cela n'entamait en rien la masse du temps.

Alors il comptait.

Il y avait 48 petits trous par rangée, soit 2 304 trous par plaque. 182 plaques faisaient un total de 419 328 trous. Moins les 3 456 obturés par sa couchette. Restait 415 872 trous.

Le chiffre en lui-même n'avait aucun sens. Il servait juste à fournir un repère. Un moyen de constater qu'il s'était trompé, avait oublié un trou ou avait compté deux fois le même. Il fallait alors recommencer de zéro. Comme Sisyphe, qui faisait indéfiniment rouler son rocher au sommet d'une montagne du Tartare et qui devait perpétuellement recommencer.

Camus a écrit qu'il faut imaginer Sisyphe heureux, car son combat absurde reflète les efforts de l'humanité pour trouver un sens à un monde qui en est dépourvu, et il faut ainsi considérer le combat pour lui-même. Mais Camus n'avait jamais été enfermé dans cette cage. Pas plus cette cage de métal que celle qui était dans la tête de Soren et qui multipliait chaque seconde par onze. Sans rien pour distinguer un jour du suivant, il était difficile de dire précisément depuis combien de temps il était là. Peut-être deux semaines de temps « réel ».

Presque six mois pour lui. Six mois passés à compter les petits trous.

Aussi, lorsque la porte commença à s'ouvrir, il ne put y croire. Il avait déjà eu des hallucinations. Mais quand il tourna la tête, il constata qu'elle était bel et bien en train de s'ouvrir. Il lui fallut vingt de ses secondes pour apercevoir l'homme qui se tenait sur le seuil. Ils se regardèrent durant une minute de son temps à lui.

Nick Cooper dit : « Salut. »

*

Cooper s'était préparé du mieux qu'il avait pu.

Lorsque des civils disent ça, ça signifie prendre une bonne inspiration et serrer les poings. Mais il fallait aller beaucoup plus loin. Imaginer les possibilités en détail, bonnes et mauvaises. Les visualiser comme les astronautes préparent une sortie dans l'espace, savoir quoi faire si tel joint fuyait ou si telle valve était défaillante. C'était une méthode qui lui avait réussi dans le passé, qui lui permettait d'entrer dans une pièce en sachant à l'avance à quoi il aurait affaire et comment y réagir.

Mais là, aucun exercice de visualisation n'aurait pu le préparer.

Il éprouva d'abord de la peur. Une peur primaire, brute, profonde. À un niveau largement hors de son contrôle, son subconscient reconnut en Soren l'homme qui l'avait tué, qui lui avait enfoncé une lame en fibre de carbone dans le cœur. Même s'il avait survécu, même s'il avait fini par riposter et par vaincre, la peur initiale possédait toujours une pureté terrifiante.

Cependant, d'autres émotions se manifestèrent rapidement. Une colère envers ce monstre qui avait attaqué son fils, qui avait presque tué son magnifique garçon. Un vilain sentiment de puissance chatouillait son cerveau reptilien. Il avait la certitude que Soren savait quelque chose qui pouvait l'aider, et une voix dans sa tête lui rappelait les enjeux.

Et enfin, aussi inattendue que malvenue, il éprouva de la pitié. Une part de lui-même était désolée pour cette carcasse nue qui tremblait.

« Salut. » Il referma la porte et installa la chaise. Une chaise toute simple, mais qui avait l'air complètement déplacée dans cette prison blafarde. Ce qui était en partie la raison pour laquelle il l'avait apportée, bien sûr. Une chaise en bois abîmée, le genre de chose que personne ne remarque, et pourtant elle semblait presque posséder sa propre force gravitationnelle. Il passa les doigts sur les lattes, puis s'assit.

« Je parie que tu ne t'attendais pas à me revoir, hein ? » demanda Cooper.

Soren le fixait. Toute son attitude avait quelque chose de la vacuité reptilienne. C'était comme ça qu'il avait eu le dessus sur Cooper, la première fois. Le corps de tout un chacun trahissait des intentions, mais la perception du temps de Soren faisait qu'il en était fondamentalement dépourvu.

Souviens-toi du restaurant. Tu es en train de prendre le petit déjeuner en famille, et la seconde suivante ce sont des hurlements et une pluie de sang, et ce type manifeste une absence totale d'expression alors qu'il est en train d'analyser le mouvement du second garde du corps et d'enfoncer son couteau là où la lame fera le maximum de dégâts.

Il a tué deux gardes, coupé la paume de ta main en deux, t'a poignardé dans le cœur, et l'unique moment où tu as su ce qu'il faisait, c'était quand il a frappé Todd.

« Est-ce que tu sais où tu es ? »

Rien.

« Je me rends compte que tu n'es pas vraiment une personne sociable, dit Cooper, mais l'interaction fonctionne mieux si tu utilises des mots. »

Rien.

Cooper se pencha en arrière et croisa les jambes. Il étudia l'homme. Peau livide, pouls régulier, bien qu'élevé s'il en croyait les moniteurs qu'il avait vus à l'extérieur. Pas de tremblement des mains. Pas de pupilles dilatées.

Est-ce qu'il aurait pu perdre tout contact avec la réalité ? Cet endroit pourrait largement rendre fou un homme normal, alors Soren…

Il y avait une cicatrice sur son tibia gauche, en voie de guérison mais toujours brillante. Pas surprenant : la dernière fois qu'ils s'étaient rencontrés, Cooper lui avait cassé l'os d'un coup de talon, jusqu'à lui déchirer les muscles et la peau. Avec un sourire suffisant, il désigna la cicatrice : « Je vois qu'ils t'ont réparé. »

Les muscles autour des yeux de Soren se contractèrent et ses narines frémirent. À peine un tremblement, mais suffisant pour que Cooper le remarque et pousse son avantage : « Et ta main ? Tu te branles de la gauche depuis que j'ai cassé tous les doigts de la droite ? »

À nouveau, une infime réaction.

« Je sais que tu me comprends, déclara Cooper. Tu ne manifestes rien, mais je sais que tu es là. Alors, allons droit au but. Assieds-toi. »

Pendant un moment, l'homme resta immobile. Puis il s'approcha du bord de la couchette et s'assit. Chaque mouvement musculaire était précis, chaque geste gracieux.

Évidemment. Il a onze fois plus de temps pour les effectuer.

« Alors. Par où commencer. » Cooper croisa les doigts sur sa nuque. « Tu es à la Nouvelle Canaan et je dois t'avouer que chaque jour qui a passé depuis que je t'ai dérouillé a été meilleur que le précédent. D'abord, la Réserve et les États-Unis sont arrivés à un accord, et l'armée s'est retirée sans le moindre coup de feu. Ensuite, en gage de bonne volonté, Erik Epstein a mis ses formidables ressources à l'œuvre. Jeudi dernier, John Smith a été abattu. »

Avec un regard plein d'assurance tranquille, Cooper ne quittait pas le visage de Soren. Il vit l'accélération du pouls, l'inspiration involontaire, la légère coloration de ses joues et la lueur dans ses yeux. Durant un instant, il eut presque l'air humain. *Je te tiens.*

Smith et Soren étaient allés dans la même académie

et Shannon les avait décrits comme des amis. Mais il était impossible de dire ce que cela signifiait vraiment dans le cas de Soren. Le but de la manœuvre, c'était de le découvrir.

Et tu viens de le faire. Il s'avère que quelqu'un compte pour ce psychopathe aux yeux de pierre.

Laissons-le ruminer cette perte pendant un moment.

« Il s'est passé énormément de choses, mais ce sont les grandes lignes. La crise a été évitée, la révolution est terminée, ce dont on peut se réjouir. En gros, nous en sommes au stade du nettoyage. Je t'en informe pour que tu puisses réfléchir à la position que tu veux adopter. » Il y avait la tentation d'en rajouter, mais la technique d'interrogatoire de base stipulait qu'il fallait laisser le type mijoter, que le résultat n'en serait que meilleur. Cooper se leva et s'étira. « On parlera plus tard. Et alors, tu pourras m'aider, ou pas. Franchement, je m'en fous un peu, ce n'est pas moi qui suis dans une cage. » Il prit la chaise et se dirigea vers la porte.

« Attends. »

À ce moment, Cooper se rendit compte qu'il n'avait jamais entendu sa voix. Il se retourna. « Ouais ?

— Tu sais ce que je fais dans ma cage ?

— Pas grand-chose, d'après ce que j'ai vu.

— Je revis certains moments du passé. Encore et encore. Comme le moment où tu es mort. » La voix de Soren était monotone. Il le fixait avec des yeux vides. « À côté du fils blessé que tu n'as pas su protéger. »

Cooper sourit.

Il pivota en soulevant la chaise et les pieds craquèrent en s'écrasant sur le visage de Soren. L'impact le projeta de côté, ses mains cherchèrent vainement un appui dans le vide. Il dégringola de la couchette et heurta lourdement le sol tandis que Cooper faisait un pas en avant, soulevant la chaise des deux mains et visualisant son geste, un violent coup vertical, puis un autre, et un autre, les solides pieds en bois déchirant la peau du cou de Soren, écrasant sa trachée, des spasmes musculaires agitant…

Soren possède un T-néant de 11,2.

Il te faut peut-être une demi-seconde pour abattre cette chaise. Ce qui représente dans les six secondes pour lui.

C'est une éternité pour un combat. Mais il n'a pas bougé.

Et il ne bouge toujours pas.

… un cadavre.

« Non. » Les doigts crispés, les dents serrées, Cooper se força à respirer. Il recula. Lentement, sans se retourner, il approcha de la porte. « Ça ne va pas être facile. »

Au sol, Soren s'appuya sur un coude et cracha du sang.

En regardant Cooper droit dans les yeux, il se mit à rire.

*

Lorsque la porte se referma derrière lui et que le verrou pneumatique se remit en place, Cooper se retrouva face à face avec Soren.

Le monstre s'était échappé.

Cooper se positionna à distance de combat, se préparant à frapper avec la chaise…

C'était un hologramme. Une projection haute résolution en 3D établie à partir des enregistrements des centaines de caméras minuscules fixées derrière les murs de la cellule. À l'intérieur, Soren riait silencieusement tout en essuyant le sang de son nez.

La salle de contrôle était typique de la nouvelle façon de concevoir les choses qui définissait la Réserve. Pas de barreaux, pas de fenêtres, aucun besoin de gardes. Des rangées de moniteurs affichaient les paramètres vitaux de Soren ainsi que de la demi-douzaine d'hommes et de femmes enfermés ici. Chaque mur de la pièce octogonale avait une porte qui donnait sur une cellule, et à l'extérieur de celle-ci, une projection holographique précise de la personne qui y était enfermée. Ils marchaient, faisaient des pompes, fixaient le vide. L'un des murs de la pièce était en verre et derrière, il y avait une station médicale complète, y compris un robot chirurgien prothétique, une dizaine de bras repliés qui pendaient du plafond comme une araignée au bout de son fil. L'ensemble était commandé à distance par ordinateur – les plateaux de nourriture remplis et livrés, l'environnement contrôlé, le gaz administré.

Cooper observait Soren qui retournait sur sa couchette et s'allongeait avec une expression indéchiffrable. Derrière l'image, il y eut un flash violet.

« Vas-y et frappe l'hologramme, dit Millie en se couvrant les yeux de ses mèches éclatantes. Si c'est ce que tu veux. »

Cooper inspira, puis souffla. « Je passe mon tour.

— Tu pourrais aller dans ma salle de jeux. C'est Erik qui l'a conçue. Il y a la même résolution, mais les personnages sont contrôlés par un réseau prédictif. Tu bouges et le système fait réagir l'hologramme. Il tombera, saignera, criera. Mais tu ne sentiras pas l'impact de la chaise.

— Ils n'ont pas encore réussi à répliquer ça, hein ?

— Si, ils l'ont fait, répondit Millie. Mais ça nécessite un implant cérébral. On y branche un câble et tu vois et ressens tout comme si c'était réel. C'est pas mal, mais je n'aime pas l'idée d'avoir quelque chose dans le cerveau.

— Moi non plus. » *Et je n'aurais pas dû laisser Soren pénétrer dans le mien.* Cooper posa la chaise, se laissa tomber dessus et se frotta les yeux. « Désolé.

— Ça va, dit-elle. J'ai bien aimé. »

Il leva les yeux vers elle, surpris. En apparence, elle avait l'air d'une fille de onze ans comme les autres. Un mètre trente-cinq, des joues de bébé, des épaules rondes, des jambes folâtres. Les cheveux violets étaient inhabituels, mais c'était clairement une diversion – regardez mes cheveux, pas moi – et sa frange lui permettait de se cacher.

Cependant, ses yeux étaient différents. Ils étaient plus vieux. Ça se remarquait à la façon dont elle examinait les choses. Ils n'avaient rien de la timidité et de l'embarras d'une petite fille.

Et c'est une tragédie, se dit Cooper. *Parce que peu importe ce qu'elle a vu, peu importe que ses visions aident l'homme le plus riche du monde à définir l'avenir, elle est toujours une petite fille qui devrait être en train de jouer au lieu d'identifier des monstres.* Il vit un sourire vaciller sur ses lèvres et sentit qu'elle était en train de lire ses pensées. Pour changer de sujet, il demanda : « Tu as aimé ?

— Oui.

— Je ne comprends pas, pourquoi est-ce que tu…

— Parce que tu es pur. »

Il rit sans pouvoir se retenir. « Désolé, Millie, mais je me situe à peu près à l'opposé de la pureté. »

Elle s'assit sur la chaise en face de lui et passa ses

bras autour de ses genoux. Une posture de petite fille, mais tout comme ses yeux, son sourire semblait appartenir à une femme plus âgée. C'était une expression qui disait : *Oh, tu es adorable. Je vais m'amuser avec toi un moment.* « Pourquoi est-ce que tu l'as frappé ?

— J'ai perdu le contrôle de moi-même.

— Pas seulement. Ensuite, tu l'aurais tué.

— Je l'ai presque fait. Jusqu'à ce que je comprenne que c'était ce qu'il voulait me pousser à faire.

— Bien sûr que c'était ce qu'il voulait, dit-elle. Mais tu le voulais aussi. Ce n'était pas simplement de la colère. Je l'ai vu. Tu veux le tuer parce qu'il a blessé ton fils. Parce qu'il a blessé beaucoup de monde. Mais aussi parce que tu as pitié de lui.

— Tu étais là pour le lire, lui, dit Cooper sèchement. Pas moi.

— Je n'y peux rien. La façon dont je perçois le monde, je ne… C'est comme regarder quelqu'un à travers un kaléidoscope. Ce que je vois n'est pas correct. C'est déformé et flou et faux. » Elle haussa les épaules. « Alors, c'est toi que j'ai lu à la place. »

Cela donnait à réfléchir. Une lectrice avec les capacités de Millie qui l'observait lors d'un moment aussi intense que celui-là devait avoir perçu ses moindres secrets : les impulsions pour lesquelles il savait qu'il se détesterait, les élans qui logeaient dans sa part sombre, même la part de lui qui se délectait du rôle qu'il venait d'endosser.

Cette pensée, comme une voix issue de son subconscient, le choqua. *C'est vrai ? Tu te sens à l'aise dans le rôle du bourreau ?*

Parce que tu ne devrais pas te leurrer. C'est la suite des événements. Soren sait quelque chose qui t'aidera à trouver John Smith. Tu en es certain, comme tu es certain qu'il n'est pas disposé à te le dire.

« Tout va bien, dit-elle.

— Vraiment ? » Il secoua la tête. « Je n'ai pas aimé la personne que j'étais à l'intérieur de la cage. Enfin, en grande partie, du moins. Je sais pourquoi c'est important, et je serais capable de faire pire s'il le fallait. Mais je ne crois pas que tout aille bien.

— Pourquoi ? »

Sa question n'avait pas tout à fait l'air sincère, comme si elle voulait l'amener à comprendre quelque chose. Venant d'une fille de onze ans, ç'aurait dû être agaçant, mais Millie n'était pas n'importe quelle enfant et il décida de répondre sincèrement.

« Parce que ce n'est pas sa faute. Il n'a pas choisi de naître monstre. Il n'a jamais eu la moindre chance. Tout ce qu'il est, ça a été façonné par son don. Ça le sépare du reste de l'humanité, à jamais. »

En disant cela, il comprit que la même chose s'appliquait à elle.

Puis il la vit lire cette pensée en lui. « Je suis désolé.

— Tout va bien, répéta-t-elle.

— Non, ce n'est pas vrai. Tu mérites une vie normale. »

Pendant un long moment, aucun des deux ne parla, puis Millie passa une main dans sa frange et se cacha derrière. Elle dit : « Je viens ici, de temps en temps. Pour le regarder.

— Soren ? Pourquoi ?

— Parce que je ne peux pas le lire. Parfois, les voix de tous les autres, même celles des gens qui se soucient de moi… » Elle soupira. « C'est calme, ici. C'est calme, mais je ne suis pas seule. »

Il laissa cette phrase en suspens au milieu des

bourdonnements des ventilateurs des ordinateurs et des mouvements des hologrammes. Finalement, il regarda l'heure. « Je suis désolé, Millie. Je dois y aller.

— Ah ? » Elle leva les yeux vers lui. « Tu vas voir Shannon, hein ? »

Il acquiesça.

« Tu vas lui dire que tu as couché avec Natalie ? »

Cooper ouvrit la bouche puis la referma. Imagina une douzaine de réponses. « Tu penses que c'est une erreur ?

— Comment je pourrais le savoir ? J'ai onze ans. »

Il s'esclaffa et se leva. Il tendit la main vers elle comme pour la toucher mais n'était pas certain qu'elle apprécie. En voyant qu'elle ne reculait pas, il posa sa paume sur son épaule et effectua une légère pression. « Ne reste pas trop longtemps, d'accord ?

— D'accord.

— Au fait, tu avais raison. J'ai pitié de Soren.

— Même s'il a blessé ton fils.

— Oui. » Il haussa les épaules. « Ça ne m'arrêtera pas. Mais ça ne rend pas les choses plus faciles pour autant.

— Tu vois ? dit-elle. Pur. »

Chapitre 14

Les Nouveaux Fils de la Liberté avaient progressé de près de huit kilomètres avant d'entendre la voix de Dieu.

Il leur avait fallu sept heures pour parcourir ces huit kilomètres. « Il y a une raison pour laquelle Epstein a pu acheter la moitié du Wyoming, avait dit Ronnie Delgado. C'est parce que c'est un tas de merde. »

Luke Hammond ne pouvait pas lui donner tort, du moins pas au sujet du coin où ils marchaient. Il savait qu'il y avait de majestueuses montagnes pourpres quelque part, mais ici le paysage était laid, accidenté et froid. Les hommes à pied s'adaptaient au sol inégal, mais les camions étaient conçus pour les autoroutes. Tous les cent mètres environ, l'un d'eux restait bloqué, crevait un pneu, cassait un essieu.

Les quelques routes qui existaient avant la Nouvelle Canaan avaient généralement été tracées en lignes droites et traversaient l'État, avec des chemins de rocaille qui les reliaient aux ranches et aux mines. Depuis, Epstein avait construit un réseau de voies rapides, mais elles commençaient aux points d'entrée fortifiés. Rien d'insurmontable pour les Nouveaux Fils, mais le général Miller estimait qu'une attaque frontale pouvait causer des pertes inutiles, et Luke était d'accord avec lui. Ils auraient largement leur compte de combats, plus tard. Mieux valait parcourir le plus de distance possible sans verser de sang, enfoncer le couteau de la milice dans le corps de la Réserve avant d'avoir à se battre pour conquérir chaque mètre.

Lorsqu'ils entendirent la voix de Dieu, Luke marchait à côté de Delgado et écrivait mentalement un e-mail à Josh et à Zack. Une vieille habitude datant de l'époque où il était fréquemment à l'étranger. En faisant carrière dans les opérations spéciales, il ne pouvait pas assister à tous les matches de base-ball. Mais il compensait du mieux qu'il pouvait en passant du temps avec eux, en leur parlant honnêtement et sans détour, en partageant avec eux ses expériences du monde, comme si tous les trois formaient une équipe et les vivaient ensemble. À travers les e-mails, ils avaient exploré un souk marocain, trouvé des soies rares à côté de postes de radio chinois, dans un mélange d'odeurs qui allaient du cumin au bois de santal. À travers les e-mails, ils avaient été stupéfaits par les bruits nocturnes de la jungle salvadorienne, une symphonie d'insectes, les appels à l'accouplement lancés par des ailes frémissantes, la danse interminable des prédateurs et des proies illuminés de vert par les lunettes de vision nocturne.

Comment vous décrire, mes chers enfants, ce que c'est de marcher dans le Wyoming ? Avec de la rhétorique et des discours ? En évoquant notre sens aigu du devoir et de la droiture ?

Mieux vaut vous parler des pieds endoloris et de la brûlure des ampoules.

De la cacophonie de vingt mille hommes qui avancent prudemment dans ce paysage lunaire. Conversations, bruits des pas, de la rocaille qui glisse, rires. Le balancement régulier du canon du fusil. Le grondement des semi-remorques qui se traînent à moins de deux kilomètres-heure, ponctué par le sifflement des freins. L'air vif, l'odeur de poussière, de café et de pets.

Ma représentation de la Réserve a été construite par les médias, qui se concentraient principalement sur les villes, surtout Tesla. Vous avez vu les mêmes reportages, sans aucun doute : comment trois cents milliards de dollars ont transformé une plaine désertique en un Disneyland pour anormaux, avec de larges avenues et des jardins publics, des voitures électriques et des arbres génétiquement modifiés, des condenseurs d'eau et des champs de capteurs solaires, et tout ça se déploie autour du château de verre d'Epstein Industries. Bien que j'aie accumulé davantage d'informations, une part de moi imaginait que tout cela ne se situait pas très loin de la frontière et que l'on atteindrait rapidement ce monde étrange.

Au lieu de quoi, j'ai passé la plus grande partie de la matinée le dos collé à un camion, avec trente autres hommes, pour essayer de lui faire franchir une ornière…

Il en était là lorsqu'ils entendirent la voix de Dieu.

Elle n'avait pas de source précise, émanait de toutes les directions à la fois : par-devant, derrière, au-dessus, elle semblait même vibrer à travers ses bottes, si puissante que les hommes se bouchèrent les oreilles. Une voix de femme, cristalline, récitait un bref message dont chaque syllabe lui faisait mal jusque dans les os.

ATTENTION.

VOUS ÊTES SUR UNE PROPRIÉTÉ PRIVÉE.

VOUS N'ÊTES PAS DES LIBÉRATEURS. VOTRE PRÉSENCE N'EST PAS SOUHAITÉE. VOUS VOUS ÊTES INTRODUITS CHEZ NOUS POUR NOUS NUIRE.

NOUS ALLONS NOUS DÉFENDRE.

QUITTEZ IMMÉDIATEMENT LA RÉSERVE DE LA NOUVELLE CANAAN.

CECI EST NOTRE SEUL ET UNIQUE AVERTISSEMENT.

Aussi soudainement qu'elle s'était élevée, la voix se tut, laissant le dernier mot rebondir à travers la plaine, jusqu'aux lointaines montagnes.

Tout se figea. L'atmosphère de carnaval s'évapora instantanément. Les hommes s'observaient, le regard furtif et plein de doute. D'un air penaud, ils ôtèrent leurs mains de leurs oreilles. Ceux qui s'étaient jetés à terre se relevèrent.

Pendant un moment, Luke se demanda comment les Brillants avaient fait ça. Si c'était un genre de système audio enterré qu'ils avaient déclenché en marchant dessus, ou des avions très haut dans le ciel, ou si la Réserve avait trouvé le moyen d'orienter des faisceaux sonores. Puis il se rendit compte que tous les hommes autour de lui étaient en train de le regarder. Une centaine ou plus et, derrière eux, des milliers, qui attendaient des encouragements.

Il n'avait pas le don de Miller pour les discours. Alors il fit la seule chose qui lui vint à l'esprit. Il se remit à marcher.

Ronnie Delgado l'imita promptement, ensuite les autres derrière lui, puis il y eut une exclamation rauque et quelqu'un se mit à hurler : « Ça se termine !

Maintenant ! » Il reprit le slogan en chœur avec les autres et ces mots signifiaient vraiment quelque chose, une seule voix portée par une centaine de gorges, puis des milliers, puis tout le monde. Chacun pressa le pas. Les véhicules firent brailler leur klaxon en signe de mépris envers Erik Epstein, les anormaux et le nouveau monde qui avait usurpé l'ancien. Luke sentit sa poitrine se gonfler et son cœur hurler, et les mots de Shakespeare résonnèrent dans son esprit, *Nous, cette poignée, cette heureuse poignée d'hommes, cette bande de frères*, accompagnés par le rugissement de centaines de klaxons de camions…

… qui cessèrent net.

Tous en même temps. Comme si un interrupteur avait été éteint.

Luke s'arrêta. Regarda sa montre. L'écran était vide.

Quelque chose attira son regard, un point brillant qui tombait du ciel. Un genre d'oiseau, sauf qu'il était en métal et en plastique. Il tournoyait sur lui-même et Luke aperçut les lettres CNN juste avant qu'il ne s'écrase dans la rocaille.

Un drone vient de tomber du ciel. Ce qui signifie IEM. Impulsion électromagnétique. Exactement comme Miller l'avait prédit. Et ensuite ce sera…

Le monde explosa.

Quelque chose l'éclaboussa, dur et froid, sale, le son d'une frappe de missile juste après que les débris et la vague de chaleur l'avaient projeté de côté. Luke heurta le sol, l'impact vibra dans ses genoux et écorcha ses paumes. Il tenta de se remettre debout, les réflexes prirent les commandes, il hurla aux autres de se ressaisir, de s'éloigner des camions, comme si quelqu'un pouvait l'entendre, comme s'il y avait un endroit où s'abriter. Il n'entendait même pas sa propre voix sous les sifflements et les explosions des mini-missiles qui pleuvaient du ciel, chaque bombe projetant des corps dans des boules de feu, puis un missile frappa le camion le plus proche, le réservoir d'essence explosa avec une telle violence qu'il se retrouva à nouveau plaqué au sol, sur le dos cette fois, la chaleur boursouflait sa peau, les bruits étaient réduits à un vague bourdonnement ponctué de sifflements et de déflagrations incessants, la terre était projetée en nuages dans la fumée noire de l'essence en flammes, les camions explosaient les uns après les autres, ils se cabraient et bondissaient comme des taureaux de rodéo avec le dos brisé, le matériel qu'ils contenaient était pulvérisé en une pluie de boîtes de conserve, de morceaux de couvertures et de papier en feu. Il réussit à se remettre sur ses jambes et quelque chose de lourd le heurta. Il fut encore plaqué au sol, l'impact vida ses poumons, ce qui l'avait percuté était lourd et humide, il le repoussa et s'aperçut qu'il avait la main enfoncée dans ce qui restait de la tête de Ronnie Delgado. Son visage avait une étrange expression de surprise, comme s'il avait finalement compris la grande blague qui résumait la situation, puis Luke se mit à ramper, quelqu'un lui marcha sur le dos, un autre lui piétina la main, des armes à feu tiraient tout autour de lui. Les hommes visaient le ciel pour essayer d'abattre les drones, ce qui était un ridicule gaspillage de munitions étant donné l'altitude et la vitesse auxquelles ils volaient, sans parler du fait qu'ils étaient blindés contre les impulsions électromagnétiques et que les balles ne pouvaient rien contre eux, puis la fumée et les tourbillons de poussière l'aveuglèrent, il plissa les yeux et ferma la bouche, se dégagea de ce qui restait de Delgado, l'ancien garde national, employé de ranch et déconneur dont le frère avait été le premier de leur famille à aller à l'université, puis il fut debout, étouffé par une puissante toux, attendant les prochains sifflements et les prochaines déflagrations, les tremblements du sol qui les suivaient, le feu, le sang et la fumée.

Il ne se passa rien.

Il ne se passa rien.

Il ne se passa rien.

Luke se raidit, regarda autour de lui. Son crâne palpitait et sa vue était brouillée, sa main était tordue et saignait, son dos était comprimé, il lui fallait faire un effort pour rester debout. Dans la soudaine absence d'explosions, il entendit surtout des sifflements dans ses oreilles, et ensuite, le crépitement des flammes des camions en feu et les cris des hommes démembrés.

Puis la voix de Dieu fit à nouveau trembler le désert :

LES TIRS VONT RECOMMENCER SOUS PEU.

ALLEZ-VOUS-EN.

MIEUX : COUREZ.

Luke eut un sourire. *Foutre Dieu, Miller avait raison.*

Du sang lui coula dans l'œil et il l'essuya. Il devait trouver le général. Si Miller était mort dans le bombardement, tout était perdu. Le plan s'écroulait. Luke avait proposé une centaine de stratégies pour le protéger : le placer à l'arrière-garde, placer des hommes comme leurres, une équipe de gardes du corps pour le protéger en se jetant sur lui. Miller avait tout refusé en bloc.

« Lorsque le moment viendra, avait-il dit, je tenterai ma chance comme tous les autres. Il faut juste franchir ce cap.

— Et ensuite ? avait demandé Luke.

— Ensuite, nous montrerons que l'empereur est nu. »

Luke se fraya un chemin entre les hommes dispersés et titubants, contourna des cratères fumants et des camions en feu. Il devait trouver Miller, absolument, parce que sinon le bluff des anormaux leur ferait gagner la partie…

« EPSTEIN ! »

La voix n'était pas aussi forte que celle de Dieu, mais elle transperçait les sifflements dans ses oreilles. Le porte-voix amplifiait les mots du général Sam Miller qui hurlait à pleins poumons.

Luke se tourna et vit son vieil ami. Ce cinglé de fils de pute était monté sur un semi-remorque, l'un de ceux qui ne brûlaient pas, même si le camion avait été durement touché : la partie marquée SUPPLIES avait disparu et il restait le mot FINEST, ainsi qu'un trou béant par lequel la nourriture se déversait.

« JE SUIS LÀ, EPSTEIN ! »

En marche, dit Luke à ses jambes, et elles obéirent. D'abord il tituba, puis il trottina, et enfin il put courir jusqu'à l'avant du véhicule.

« TU VEUX UNE CIBLE ? TU VEUX METTRE FIN À TOUT ÇA ? »

Luke escalada le capot, attrapa un tuyau d'échappement en chrome qui lui roussit les doigts, réussit à atteindre le sommet de la remorque. Miller le vit et lui adressa un sourire lugubre.

Il avait le même regard que deux jours plus tôt, lorsqu'ils avaient établi le plan. Assis dans la tente de Miller, dont le vent incessant faisait onduler la toile, le général avait dit : « Très bien, analyse stratégique. Tu es à la tête d'une force technologiquement supérieure dotée d'importants moyens de défense. Cependant, tes capacités d'*attaque* sont limitées. Tu es assailli par un ennemi nombreux et déterminé, mais tu n'as pas l'armement nécessaire pour faire un travail de sape. Dit simplement, tu as juste un petit paquet de bombes. Qu'est-ce que tu fais ?

— Facile, avait répondu Luke. Tu balances tout d'un coup. Tout ce que tu as. Tu frappes le plus fort possible, le plus vite possible, et tu comptes sur la peur pour faire le reste. On a fait pareil en bombardant Hiroshima *et* Nagasaki, on a balancé l'intégralité de notre arsenal atomique. » Luke avait fait une pause. « On va s'en prendre plein la gueule.

— En comptant les blessés et les déserteurs, on aura dans les 20 % de pertes. Et ceux qui resteront ne seront plus une milice, mais une armée.

— Évidemment, si on se trompe, tout sera perdu.

— Si on se trompe, c'est déjà perdu. »

C'est le moment de tester ce raisonnement. Sur le toit de la remorque, Luke se sentit nu, son instinct lui hurlait de trouver un abri mais il pensa à ses garçons en train de brûler et il se mit au garde-à-vous.

« NOUS SOMMES LES CHEFS DES NOUVEAUX FILS DE LA LIBERTÉ, s'époumona Miller. VOUS VOULEZ METTRE UN TERME À TOUT ÇA ? ALLEZ-Y ET RECOMMENCEZ À TIRER. »

Puis il abaissa le porte-voix, bascula la tête en arrière et écarta ses bras en forme de croix. Il avait du sang sur la joue et de la poussière plein son uniforme.

Au milieu de la fumée et des incendies, il ressemblait à un dieu de la guerre primitif.

Debout à côté de lui, Luke l'imita. Il garda les yeux ouverts, observa le ciel froid et les nuages, au-dessus desquels des drones volaient en cercles invisibles.

Les flammes crépitaient. Les hommes gémissaient. Quelque part, un oiseau cria.

Puis il entendit la première voix.

« Ça se termine maintenant ! »

Et une deuxième, et une troisième, et un millier, noyant les cris et le feu et tout ce qui aurait pu les empêcher de continuer.

Chapitre 15

L'excitation commença sur le terrain d'aviation, lorsque Cooper négocia avec l'un des pilotes qui tuait le temps dans le bar.

« Newton, hein ? » La femme pencha la tête, glissa les mains dans les poches de son blouson. « Vous avez de la chance. La nuit est claire, les thermiques sont bons. Je peux vous y amener en deux heures. Quatre cents.

— Deux cents.

— Le prix, c'est quatre cents.

— Trois cents en liquide, si vous m'y emmenez en une heure.

— En liquide ? » Elle leva un sourcil. « Très bien. Mais vous n'avez pas intérêt à vomir dans mon aile.

— Je n'ai pas le mal de l'air.

— Vaudrait mieux, vu la façon dont je vais devoir voler pour faire le trajet en une heure. »

Deux minutes plus tard, il l'aidait à pousser le planeur sur la piste. Construit en fibre de carbone de l'épaisseur d'une serviette de table, l'engin pesait dans les cent kilos, pas plus. La pilote l'attela à un épais câble métallique, vérifia les instruments de bord et appela la tour de contrôle avant même qu'il ait fini de prendre place.

Le câble se tendit d'un coup sec et les tira sur un kilomètre et demi en trente secondes. Ils furent propulsés dans le ciel assez vite pour que son estomac reste sur place.

C'était son deuxième voyage en planeur et il ne l'apprécia pas davantage que le premier, lorsque Shannon était aux commandes. Cooper n'avait aucun problème avec les avions, mais l'absence de moteur le contrariait. Et la pilote ne faisait rien pour arranger les choses. Elle l'avait pris au mot et le vol était costaud, ils faisaient des bonds de plusieurs centaines de mètres dans les thermiques avant de faire des plongeons vertigineux durant lesquels le sol craquelé filait droit vers eux. Après un de ces cycles particulièrement gratiné, il demanda : « Qu'est-ce qui se passe si vous calculez mal votre coup ?

— Alors, on verra comment les mousses de sécurité fonctionnent, répondit-elle. Elles sont censées remplir le cockpit en dix secondes, se solidifier au moment de l'impact, puis se dissoudre. Après tout, c'est vous qui avez dit que vous étiez pressé.

— Au moins, je n'ai pas la gueule de bois, cette fois.

— Quoi ?

— Rien. »

Le vol dura un peu plus d'une heure mais il paya les trois cents dollars convenus, puis sauta dans l'un des taxis électriques qui attendaient près du terrain d'aviation de Newton. Il se mit à neiger durant le trajet, de fins flocons qui faisaient des halos sous les lampadaires. Quinze minutes plus tard, il arrivait au milieu d'un alignement d'immeubles à deux étages, des appartements et des commerces en rez-de-chaussée. Il passa devant un bar et pressa le pas. Cooper prit le temps de se recoiffer et de vérifier son haleine, puis il frappa à la porte.

Il attendit, le cœur battant et le corps bouillant.

La porte s'ouvrit.

Il était clair que Shannon n'attendait pas de visite. Elle portait ce qui pouvait passer pour un pyjama – pantalon de yoga noir moulant, haut en coton léger qui glissait sur une épaule, dévoilant sa clavicule. Quelques mèches de cheveux étaient négligemment coincées derrière ses oreilles et, bien qu'il ne puisse voir sa main droite, l'angle de son bras lui disait qu'elle tenait un pistolet.

« Salut », dit-il.

Elle le dévisagea. Lui fit son sourire en coin. Avec une parfaite économie de gestes, elle posa son arme sur la table de l'entrée, s'avança vers lui, saisit sa chemise à deux mains et le tira à l'intérieur.

Son corps était chaud et serré contre le sien, tout en muscles de danseuse et l'épiderme frémissant, son odeur l'enveloppa, un parfum féminin avec une pointe de shampooing. Elle le saisit par les cheveux et colla ses lèvres contre les siennes, sa langue papillonnait doucement tandis qu'il la soulevait, elle l'entoura de ses jambes et il saisit ses fesses. D'un coup de talon, il referma la porte et ils chancelèrent jusqu'au mur, puis elle eut un rire de gorge. « Je t'ai manqué ?

— Devine », dit-il, et il l'embrassa à nouveau, plus doucement, prit sa lèvre inférieure entre les siennes. Elle gémit et s'immobilisa contre lui, ce qui le fit gémir à son tour. Elle fit glisser ses mains jusqu'à sa ceinture et *oui*, se dit-il, *bon Dieu oui*, il en avait envie, ils en avaient envie tout les deux, vite, un désir insouciant et irréfléchi, et ensuite ils pourraient prendre leur temps, passer toute la nuit à prendre leur…

Désir. Aussitôt, l'image de Natalie en train de le chevaucher lui traversa l'esprit. Les doigts de Shannon tiraient sur son pantalon et son autre main glissait dans…

« Attends. »

Shannon rit. « Ouais. » Sa main continuait à descendre et bon Dieu que c'était bon, là tout…

Non. Il lui saisit le poignet.

Il vit alors quelque chose briller dans ses yeux. « C'est quoi, le problème ? »

Il la reposa au sol et se passa une main dans les cheveux.

« Nick ?

— Il faut que je te parle. »

*

Shannon était debout dans la cuisine, près du plan de travail, et elle ne le regardait pas. Ses doigts faisaient tourner un verre de bourbon duquel elle n'avait pas bu une gorgée. Sa 3D était allumée sur la chaîne pirate d'information de la Réserve, le son éteint.

« Ce n'était pas prévu. C'est arrivé comme ça. Je suis…

— Stop, le coupa-t-elle d'un ton sec. Ne dis pas que tu es désolé.

— Ce n'est pas ce que j'allais dire.

— Elle mérite mieux que ça.

— Je suis d'accord.

— J'ai compris, dit-elle. Tous les deux, vous avez un passé. Et toi et moi, on n'a jamais parlé de… »

Non, pensa-t-il. *Non, on ne l'a jamais fait. J'étais*

occupé à faire tomber un président et à travailler pour son successeur, j'essayais de protéger le monde. Tu te battais au sein d'une révolution et tu libérais des enfants de l'esclavage, sans parler du fait que tu m'as sauvé la vie.

« Si seulement nous y avions pensé, dit-il. Si seulement nous en avions parlé. »

Shannon haussa évasivement les épaules, toujours sans le regarder. « C'est presque drôle. Je l'ignorais jusqu'à ce que Natalie vienne me voir.

— Je ne savais pas… attends. Qu'elle vienne te voir ? C'était quand ?

— Il y a deux semaines. Après que tu es mort.

— Ah. » Il n'était pas au courant. Lorsque Todd était blessé et que lui était sur le point d'abandonner la partie, c'est Natalie qui l'avait soutenu. Elle lui avait remis les idées en place et l'avait envoyé se battre pour l'avenir de leurs enfants. Elle avait dû rendre visite à Shannon ensuite. Il voyait la scène. Une autre femme serait venue pour l'insulter et la menacer, pour la mettre en garde. Mais Natalie s'était simplement dit que Shannon avait le droit de savoir qu'il avait survécu.

À ce moment, Shannon avait déjà quitté les rangs de John Smith. Elle avait pris un avion et était arrivée juste à temps pour lui sauver la vie.

Les femmes de sa vie étaient fascinantes.

Lorsque les dieux veulent vraiment te compliquer la vie, ils te donnent trop de bonnes choses.

« Je comprenais que vous fassiez attention l'un à l'autre, continua Shannon, mais jusqu'à ce que Natalie vienne me voir dans ma chambre d'hôtel, je ne savais pas qu'elle était encore amoureuse de toi. »

Il hésita. « Je ne suis pas certain que ce soit vrai.

— Ça l'est, dit-elle sur le même ton qu'elle lui aurait dit qu'il neigeait.

— Je ne t'ai pas raconté d'histoires. Depuis le divorce, c'était terminé. Mais je pense que tout ce qui est arrivé a peut-être eu un effet sur ses sentiments. Ça l'a poussée à se demander si on méritait une deuxième chance.

— Et toi ?

— Je… Elle est la mère de mes enfants. Je l'aimerai toujours.

— Comme je disais, j'ai compris. » Shannon but une gorgée de bourbon. « Je suis une adulte, Cooper. Pas une lycéenne qui a le béguin. »

Et voilà. Elle l'avait appelé Cooper.

« Shannon, je…

— Je suis sûre que c'est déroutant. »

Il mourait d'envie d'abonder dans son sens, mais il connaissait suffisamment les femmes pour savoir que c'était une très mauvaise idée. Il parvint à se retenir d'acquiescer.

« Je vais te dire. Tu ferais mieux de ne pas jouer avec elle. C'est quelqu'un de bien. » Shannon prit une inspiration, puis une autre gorgée de bourbon. « Tu veux un verre ? »

Il la regarda et sentit un déchirement dans sa poitrine. Tout s'était précipité, un genre de vélocité fuyante qui semblait hors de son contrôle et fonçait droit vers un mur. Il savait qu'il pouvait empêcher le crash. Tout ce qu'il avait à faire, c'était de dire, clairement et fermement, qu'il choisissait Shannon. Qu'il aimerait toujours Natalie, qu'il ne regrettait pas la nuit dernière, mais que c'était un adieu. Que c'était Shannon qu'il voulait, point barre.

Les secondes défilèrent. Sur la 3D, l'image changea

et la présidente Ramirez fut remplacée par une marée humaine.

« Tu vois ça ? » demanda Shannon en contrôlant sa voix. Elle ouvrit un placard, prit un verre et le remplit de bourbon. La bouteille tremblait légèrement. « Ils le repassent en boucle, mais je n'arrive pas à l'éteindre.

— Shannon…

— Tiens. » Elle lui tendit son verre, trinqua avec le sien. « Aux Nouveaux Fils de la Liberté. Bande de connards, je leur en foutrais. Monte le son. »

Cooper allait protester mais il se retint en voyant son expression. *Il n'y a qu'une seule façon de mettre fin à tout ça, c'est de prendre ta décision. Maintenant. Pour de bon.*

Bon Dieu, il n'y arrivait pas. Pris de vertiges, il avala la moitié de son verre d'un trait.

La commande vocale de la 3D réagit aux paroles de Shannon, le son augmenta alors que le présentateur pirate était au beau milieu d'une phrase : « … bande de branleurs à huit kilomètres à l'intérieur de la clôture de Rawlins. » L'image était prise d'un angle élevé mais ne parvenait pas à saisir l'ensemble des minuscules silhouettes qui marchaient dans les broussailles du Wyoming. Cooper reconnut la voix de Patricia Ariel, la directrice de la communication d'Epstein, qui lançait un avertissement, déclarant à la milice qu'elle n'était pas la bienvenue et que la Réserve allait se défendre. Durant un instant, tous les hommes hésitèrent, puis un cri s'éleva, le slogan des Nouveaux Fils, « Ça se termine maintenant ! Ça se termine maintenant ! Ça se termine… »

« Bravo, les gars, continua le présentateur. Très accrocheur. Peut-être qu'à la prochaine leçon on pourra étudier des mots un peu plus compliqués.

Ah, bien, les klaxons des camions, allez-y, il n'y a rien de plus effrayant. Et maintenant, accrochez-vous, accrochez-vous… »

L'image fut instantanément coupée. C'était une impulsion électromagnétique qui grillait tout ce qui était électronique, Cooper le savait. Il avait lu les détails de la bataille sur le chemin du terrain d'aviation.

Lorsque l'image revint, il était une ou deux heures plus tard, après qu'un nouveau drone avait été envoyé sur place. Le paysage était dévasté, les camions tordus et renversés, les broussailles transformées en champ de bataille truffé de corps.

« Oh, bon sang ! Eh bien, vous savez ce qu'on dit, poursuivit le présentateur. Tout ça n'est qu'un jeu jusqu'à ce que quelqu'un balance une frappe de drone. Désolé, les enfants, tant pis pour la Charge de la brigade des Débiles… »

Bien essayé, se dit Cooper. *Mais ce que vous voyez, mes amis pleins de suffisance, c'est une armée qui installe un camp de base.*

« Coupe le son, dit Shannon en secouant la tête. Ce que je ne comprends pas, c'est pourquoi Epstein a cessé les frappes. Les infos parlent d'un millier de morts, de deux mille blessés et déserteurs. Ce qui n'est pas mal, j'imagine, mais le virus Proteus en a tué cinquante fois plus. Quel est le sens de la pitié, à ce stade ? »

Apparemment, la discussion intime avait été ajournée. Il pensa à la remettre sur la table, mais il ne voyait pas vraiment ce qu'il pouvait ajouter. Mieux valait laisser les choses se calmer. « Ce n'était pas de la pitié. Il n'a plus de bombes, c'est tout.

— Tu crois ?

— Le gouvernement ne laisserait pas la RNC avoir des armes offensives. Erik en a acheté quelques-unes au marché noir, en a construit d'autres en cachette, mais il ne pouvait pas prendre le risque d'en avoir beaucoup. Ce n'est pas une théorie, c'est un fait. Je bossais au DAR, tu te souviens ?

— Si je me souviens ? Tu ne me laisses pas le choix. »

Ne t'embarque pas là-dedans. Elle a le droit d'être de mauvaise humeur. « De toute façon, il ne s'en fait pas pour les Nouveaux Fils. Peu importe combien d'hommes ils ont, ils ne passeront pas l'Anneau de Vogler. Il a été construit pour protéger la Réserve des villageois armés de fourches. » Il secoua la tête. « C'est Smith qui me préoccupe. »

Quelques instants plus tôt, lorsqu'ils regardaient les ravages des bombardements, Shannon n'arrivait pas à fixer son attention. Elle avait fait bonne figure, mais il était facile pour Cooper de voir que ce n'était qu'un masque. Maintenant, toute trace de leur romance était balayée. « Raconte-moi.

— Il a été plus vite que nous pour trouver Abe Couzen.

— Ce n'est pas bon.

— C'est encore pire. » Il lui raconta les événements depuis le moment où ils s'étaient séparés. Elle écouta attentivement, posa des questions précises. C'était pour eux un territoire sécurisé : analyser une situation et essayer de trouver des solutions. C'était ce qu'ils avaient fait au lieu de jouer le jeu de la séduction. Lorsqu'il en était au passage concernant le laboratoire d'Abe, elle venait de finir son verre et s'en servit un autre. Lorsqu'il raconta sa conversation avec Soren, son verre était vide et elle fit glisser la bouteille vers lui de façon machinale. « Au fait, dit-il, merci d'avoir amené Soren ici. Ça n'a pas dû être drôle.

— Il ne m'a pas vraiment tenu compagnie. Il a passé son temps dans le coffre de la voiture. » Elle eut son demi-sourire, brièvement. « Tu penses vraiment qu'il peut t'aider ?

— J'en suis sûr.

— John est son meilleur ami. Il ne va pas le balancer facilement. Est-ce que tu vas…

— Je n'ai pas tellement le choix. Smith a tout fait pour qu'on en arrive là. Je ne sais toujours pas pourquoi, mais j'ai la certitude qu'il n'engage jamais une partie qu'il ne peut pas gagner.

— Il y a quelque chose que tu peux offrir à Soren ? Une carotte plutôt que le bâton ?

— Comme quoi ? »

Elle marcha jusqu'à la fenêtre et regarda dehors. Les flocons de neige filaient dans une bourrasque. « Tu devrais parler à Samantha.

— Qui ? » Le nom lui était vaguement familier.

« Ne me dis pas que tu ne te souviens pas d'elle. »

Pourquoi est-ce que tu me regardes de cette… ah. Il s'en souvenait, exact. L'amie de Shannon, pâle, blonde, débordant de sex-appeal. Elle était niveau un, un genre de lectrice dotée d'une empathie tordue qui lui permettait de saisir les désirs de tout un chacun et de les satisfaire à la perfection. « Elle et Soren se connaissent ?

— Bibliquement. Depuis l'académie Hawkesdown, dit Shannon en grimaçant. Une relation foutue en l'air. »

Tu ne plaisantes pas. Il n'avait rencontré Samantha qu'une seule fois, mais il avait été évident que son addiction aux analgésiques était le moindre de ses troubles. Entre son don et son passé – séduite par un mentor de l'académie à treize ans, puis transformée en prostituée –, son estime de soi passait exclusivement par son besoin d'être désirée.

Qui pourrait avoir plus besoin d'elle qu'un anormal doté d'un don temporel pour qui chaque seconde en représentait onze ? L'intensité de l'attention que Soren lui accordait devait agir sur elle comme de l'héroïne. Et son aptitude à sentir ce qu'il désirait sans passer par toutes les conventions sociales pour lesquelles il était inapte devait la rendre unique à ses yeux.

« Tu peux imaginer comment il ressent le monde ? continua Shannon. Il ne peut pas tenir une conversation. Il ne peut pas regarder un film. S'il prend une cuite, la gueule de bois dure une semaine. Bon Dieu, le sexe a dû être l'une des seules choses qui marchent pour lui. Surtout avec Sam.

— Est-ce qu'elle l'aime ? »

Shannon acquiesça. « Presque autant qu'elle aime John.

— Ah. » Il avait vaguement envisagé de jouer sur ses sentiments et de la convaincre qu'elle pourrait avoir Soren. Mais il avait oublié que c'était Smith qui les liait. C'était Smith qui avait tué le mentor et le proxénète de Samantha. Il n'y avait aucune chance qu'elle le trahisse.

« Qu'est-ce que tu vas faire ?

— Je ne sais pas. » Cooper soupira. « J'ai vu Millie aujourd'hui. Tu te souviens d'elle ?

— La petite fille aux cheveux verts ?

— Ils sont violets, maintenant. Bref, elle m'a dit qu'elle ne pouvait pas lire Soren, que sa perception du temps l'en empêchait. Je m'étais dit que la pression pouvait arranger les choses, mais au final, c'est moi qu'elle a lu.

— Pauvre gamine. »

Il lui fit face. « En fait, elle a dit que j'étais pur.

— Elle ne te connaît pas comme moi je te connais.

— Très drôle. Ensuite, on a discuté et j'ai merdé, j'ai dit la chose la plus stupide qui soit : que Soren était un monstre, que son don l'avait brisé, mis à l'écart de la société. J'avais à peine fini de parler que je me suis rendu compte que ça s'appliquait également à elle. »

Shannon grimaça. « Et bien sûr, elle t'a lu pendant que tu pensais ça.

— Ouais. Je suis tellement désolé pour elle. C'est beaucoup trop de pression pour une petite fille. Elle essaie de faire face en se cachant derrière ses cheveux et ses jeux vidéo, mais… » Une pensée le frappa avec une force telle qu'il eut l'impression de la ressentir physiquement. Il avait le pressentiment d'une idée, l'impression d'être hors du monde pour mieux l'examiner.

Était-ce possible ?

Millie semblait le croire. Et on était dans la Réserve. L'endroit du monde le plus avancé au niveau technologique, une société fermée où les Brillants travaillaient avec des budgets énormes et peu de contraintes. Ils l'avaient ramené d'entre les morts, ici.

« Cooper ? » Shannon le regardait avec un mélange d'inquiétude et de curiosité. « Tu vas bien ? »

Il prit son verre et avala le reste du bourbon, quasiment sans en sentir le goût. Puis il se tourna vers elle.

« Carotte. »

TIME Magazine

10 Questions à Sherman VanMeter

Le professeur Sherman VanMeter a consacré sa carrière
à rendre accessibles les avancées scientifiques les plus ardues.

Vous avez écrit des livres sur de nombreux sujets,
de l'astrologie à la zoologie.
Comment accédez-vous à un niveau d'expertise
dans des domaines si différents ?

On croit que les disciplines scientifiques
sont des territoires cloisonnés,
alors qu'en fait la science est un passeport universel.
Il s'agit d'explorer et de penser de façon critique,
pas de mémoriser. Un point d'interrogation, pas un point.

Vous pouvez me donner un exemple ?

Bien sûr. Les enfants apprennent le système solaire
en mémorisant le nom des planètes. C'est un point.
C'est également inutile au niveau scientifique,
parce que les noms ne veulent rien dire.
Par contre, le point d'interrogation demanderait :
« Il y a des centaines de milliers d'énormes corps célestes
en orbite autour du Soleil. Lesquels sont exceptionnels ? Pourquoi ?
Quelles sont leurs similitudes ? Que révèlent-elles ? »

Mais comment apprenez-vous aux enfants
à saisir cette complexité ?

On leur apprend à s'imprégner d'une façon de penser.
Il n'y a pas de réponses, uniquement des questions
qui façonnent notre compréhension, et qui à leur tour
débouchent sur d'autres questions.

Ça ressemble plus à du mysticisme qu'à de la science. Où situez-vous la frontière entre les deux ?

C'est là qu'intervient la pensée critique.

Je comprends comment cela s'applique à la classification des corps célestes de notre système solaire. Mais pour les questions plus abstraites ?

Ça s'applique de la même façon. Prenez l'amour, par exemple. Les artistes vont vous dire que l'amour est une force mystérieuse. Les prêtres affirment que c'est une manifestation du divin. Les biochimistes, d'un autre côté, vont vous dire que l'amour est une boucle de rétroaction de dopamine, de testostérone, de phényléthylamine, de norépinéphrine et de sexe. La différence, c'est qu'on peut voir ce dont on parle.

Vous n'êtes donc pas romantique ?

En tant qu'espèce, c'est l'évolution qui a fait de nous ce que nous sommes. Fondamentalement, l'évolution consiste en la production de machines à tuer de plus en plus efficaces.

N'est-il pas plus exact de parler de « machines à survivre » ?

Les deux vont de pair. Mais le premier paramètre qui entre en ligne de compte, c'est la capacité de tuer. Sans quoi, il ne pourrait même pas être question de survivre.

C'est une façon plutôt froide de voir le monde, n'est-ce pas ?

Non. En fait c'est une vision optimiste. Il y a une citation de l'anthropologue Robert Ardrey que j'aime beaucoup : « Nous sommes les fils des premiers singes qui se sont mis debout, pas des anges, et les singes étaient du reste des tueurs pourvus d'armes. Et alors, de quoi devons-nous nous émerveiller ? De nos meurtres, de nos massacres et de nos missiles,

de nos armées irréconciliables ?
Ou de nos traités, quoi qu'ils puissent valoir ?
De nos symphonies, quelle que soit la façon dont on les interprète ?
De nos plaines paisibles, que l'on transforme
régulièrement en champs de bataille ?
De nos rêves, quand bien même ils ne se réalisent quasiment jamais ?
Le miracle de l'homme, ce ne sont pas les abysses dans lesquels
il a coulé, mais la magnificence avec laquelle il s'est élevé. »

Vous mettez cette citation en épigraphe de votre nouveau livre, *Dieu est un anormal*. Mais j'ai remarqué que vous avez omis la dernière phrase : « Nous brillons parmi les étoiles par nos poèmes, pas par nos cadavres. » Pourquoi ?

C'est là que la licence poétique d'Ardrey prend le pas sur sa science, ce qui est une dangereuse erreur. Nous ne brillons absolument pas « parmi les étoiles ». Le Soleil ne médite pas sur la nature humaine, la galaxie n'émet pas de jugement. L'Univers se fiche complètement de nous. L'évolution a fait de nous ce que nous sommes parce que le modèle actuel de l'humanité a survécu et les versions précédentes ont disparu. C'est aussi simple que ça.

Pourquoi ce petit enthousiasme poétique constituerait une dangereuse erreur ?

Parce que les artistes sont plus dangereux que les assassins. Le tueur en série le plus prolifique a fait quelques dizaines de victimes, mais un poète peut décimer des générations entières.

Chapitre 16

Soren rêvait.

Il se promenait dans une ville étrangère et marchait sur des pavés antiques. Des bâtiments érodés en pierre blanche, de hautes portes peintes en vert foncé, des rideaux qui voletaient aux fenêtres des étages, des vieillards qui regardaient le monde passer. Rome ? Il n'était jamais allé à Rome. Un vol direct aurait duré huit ou neuf heures de temps « normal », soit près d'une centaine d'heures selon sa perception du temps, mais ce n'était pas le problème. Le temps était une mer dans laquelle il nageait. Seul, il pouvait méditer, à la poursuite du néant.

Le problème, c'était de passer du temps enfermé dans un endroit exigu avec d'autres personnes.

La souffrance de les voir bouger comme s'ils étaient paralysés, chacune de leurs expressions les défigurait, leurs lèvres comme des vers qui se tordaient en syllabes torturées, leurs jets de salive traçant des arcs à partir de leurs bouches dégoûtantes. Corps gras et crânes bosselés. La simple et horrible énergie de leur être, leur être si bruyant, tapageur et médiocre. Même en dormant, leurs ronflements remplissaient le monde, leurs pets l'empuantissaient. La seule et unique grâce existait là où ils n'étaient pas.

C'était comme ça qu'il savait que c'était un rêve. À de rares occasions, sa malédiction en était absente. Il n'avait pas à subir la lenteur de chaque pas, n'avait pas à attendre dans la prison de sa conscience pendant que le monde se mouvait péniblement. Il pouvait marcher parmi les humains sans les détester.

Les plus cruels étaient les rêves lucides, où il avait le contrôle. Il pouvait s'arrêter devant un restaurant et savourer les riches odeurs de basilic et d'ail qui s'échappaient des portes ouvertes. Il pouvait se gratter la nuque et sentir son ongle. Remarquer la petite chapelle un peu plus haut et admirer ses proportions, chaque pierre éprouvée par les vents, les pluies, le soleil et le temps. En approchant de la chapelle, Soren entendit des bruits à l'intérieur. Par réflexe, il grimaça. Les bruits n'étaient pas agréables. Des voix, des soupirs, des rires qui crissaient comme du métal sur les dents.

Seulement.

Ces bruits.

Il n'avait jamais rien entendu de pareil.

Un gonflement stratifié, un jaillissement de textures et d'ambiances. Ils possédaient un rythme qui se développait comme l'amour, comme lorsqu'il bougeait dans Samantha, chaque mouvement lent était une extase dans laquelle il se perdait, chaque sensation était un monde à part entière. Le rythme semblait presque posséder un thème, comme si quelqu'un avait trouvé une façon d'exprimer la clarté de l'aube après une nuit si froide et si longue qu'elle avait paru ne jamais devoir finir. Les tonalités les plus basses étaient les ténèbres d'encre, la perte et la peur, mais par contraste les notes plus hautes étaient insistantes, foisonnantes, et se mouvaient ensemble au point de lui faire mal à la poitrine.

Il franchit la porte de la chapelle, s'émerveillant des échos du son sur les pierres antiques. L'intérieur était éclairé par de gros cierges blancs dont les flammes dansaient avec vivacité, au point que c'en était libérateur, et leur parfum était suave et réconfortant, un mélange de cire, de consomption et d'encens. À l'avant de la pièce, une chorale chantait.

Des gens ? Des *gens* produisaient ces sons ?

Il longea l'allée, trouva un banc dans un coin obscur et s'assit. La chorale chantait et les sons se déployaient d'une façon inédite. Un savant enchevêtrement de voix, pures, douces et fortes. Il fut fasciné, secoué, transporté. Ses mains tremblèrent sur ses genoux et sa poitrine se souleva. Il pleurait.

Ce serait le plus cruel de tous ses rêves, se dit-il, mais pour le moment il était à l'intérieur. S'il devait en payer le prix, au moins il pourrait ensuite le savourer, s'en imprégner, laisser les sons déferler sur lui comme une mer chaude, cette pureté, cette substance, cette sainte…

Musique.

Il se rendit compte que c'était de la musique. À la façon dont les autres l'entendaient. Pour lui, ça n'avait jamais été que des bruits interminables, d'horribles grincements qui résonnaient dans ses os. Les gens aimaient ça, mais il ne faisait pas partie des gens.

Bien trop tôt, les voix commencèrent à s'atténuer. Lorsque la musique s'acheva, il eut l'impression qu'une force physique, qui jusque-là le soutenait, venait de disparaître. Puis il entendit autre chose.

Derrière lui. Un autre son qui lui était inconnu. Une voix, comme dans un haut-parleur.

« C'est quelque chose, pas vrai ? »

Soren sut alors que le rêve était sur le point de se terminer. Il voulait juste rester un peu plus longtemps, un tout petit peu plus longtemps, pour toujours. Mais c'était ce genre de rêves qu'il affectionnait, de toute façon. Nick Cooper s'assit sur le banc à côté de lui. Un homme qu'il avait tué et qui était revenu d'entre les morts pour le piéger, lui briser les os et l'envoyer dans ce purgatoire blanc où il passait son temps à compter les petits trous.

« Cette musique, dit Cooper. J'ai pensé que ça pourrait être la meilleure façon de te faire comprendre. Tu n'as jamais rien entendu de pareil, pas vrai ? »

Le rêve allait bientôt prendre fin. Soren se détourna et regarda à nouveau la chorale. Peut-être allait-elle encore chanter.

« Tu possèdes un T-néant de 11,2. Si je dis "Mississippi", ça me prend une seconde. Mais ce n'est pas ce que tu entends d'habitude, n'est-ce pas ? D'habitude, tu entends "Mmmmmmmmmmiiiiiiiiiiiiiiiiiiiiiiiiiisssss ssssssssssssssssssiiiiiiiiiiiiiiiiiiiiiiiiiiiiiiiiiiiiissssssssss sssssssssssssssssss…" » Cooper s'interrompit. « Tu ignores ce qu'est la vie. »

La nuque de Soren le démangea à nouveau et il se gratta. Il avait fait l'expérience de nombreux rêves, mais celui-ci était singulièrement limpide et devait être soumis à un certain niveau de contrôle conscient. Il décida de bannir Nick Cooper de la chapelle et de concentrer son attention sur la musique jusqu'à ce que le rêve disparaisse.

« Laisse-moi deviner, dit Cooper. Tu crois que c'est un rêve. »

Malgré lui, Soren se tourna.

« C'est comme l'apologue de l'homme qui rêve qu'il est un papillon. Lorsqu'il se réveille, il se demande s'il n'est pas un papillon en train de rêver qu'il est un homme. » Cooper eut un léger sourire. « Eh bien, je vais mettre fin au mystère. Tu n'es pas en train de rêver.

— C'est quoi, alors ?

— C'est joli, n'est-ce pas ? L'occasion de marcher, parler et penser sans avoir à regarder le reste du monde se traîner. Imagine comment auraient été les choses si tu n'étais pas né comme ça. Tu aurais pu avoir une vie. Des amis, des amours. Tu pourrais écouter de la musique ou te promener sur la plage ou discuter avec des gens. Les choses que tout le monde considère comme allant d'elles-mêmes. Toutes les choses qui t'ont toujours été refusées.

— Qu'est-ce que c'est ?

— Tu sais, dit Cooper, tu n'es pas obligé de t'en tenir à des phrases de trois ou quatre mots. Déploie tes ailes. Essaie de faire une phrase complète. »

Soren le fixa et attendit.

Cooper soupira. « C'est la possibilité d'une vie réelle.

— Réelle ? » Soren jeta des coups d'œil autour de lui, à la chapelle, à la chorale, aux rues romaines par-delà les portes ouvertes.

« Tu devrais savoir mieux que quiconque que le mot *réel* est variable. Le reste du monde fait l'expérience d'une chose pendant que tu fais l'expérience d'une autre. Qu'est-ce qui est réel ? Nous ? Toi ? Aucun des deux ? » Cooper haussa les épaules. « La perception n'est qu'une affaire de signaux électriques dans le cerveau. Les philosophes, les poètes et les prêtres disent que ça ne se limite pas à ça, et ils ont peut-être raison. Mais ça ne change rien au fait que la conscience relève d'une question de flux. Il n'y a pas de vérité objective, seulement des expériences subjectives perçues par notre esprit. Après tout, quand tu pensais que ceci était un rêve, tu voulais qu'il continue, n'est-ce pas ? »

Plus que tout, et pour le reste de ma vie. Mais Soren se contenta de répéter : « Qu'est-ce que c'est ?

— C'est une simulation. Conçue par les meilleurs ingénieurs de la Réserve. Ça donne tout son sens à l'expression *nouvelles technologies*, hein ? C'est comme un jeu ultra-performant, généré par des réseaux prédictifs qui ont toujours une longueur d'avance. Je ne suis pas bio-ingénieur, mais d'après ce qu'on m'a expliqué, ça stimule directement les parties de ton cerveau qui traitent les informations sensorielles. Les lobes occipitaux, temporaux, frontaux et pariétaux, les neurones du tronc cérébral et d'autres choses, qui sait ? Le truc, c'est que dans ton esprit, c'est tout aussi réel que n'importe quoi d'autre. Et comme c'est artificiel, on peut modifier ta perception du temps.

— Comment ?

— On t'a anesthésié pendant que tu dormais et l'équipe de chirurgiens d'Erik t'a implanté une petite interface.

— Pourquoi ?

— Je crois que ce que tu veux dire c'est “merci”. » Cooper eut un autre sourire bref et froid. « Pour un type dont la seule distraction est de compter les trous dans les murs, dont le vœu le plus cher est que je le tue, c'est Noël. »

Alors, il comprit. « Une offre. »

Cooper acquiesça. « Et ceci n'est que la version 1.0. Avec un peu de temps, Epstein peut créer une interface permanente, un genre de traducteur mental qui pourrait te permettre d'expérimenter le monde de la même façon que nous. »

En se grattant la nuque, Soren demanda : « Quel est le prix ?

— Une information.

— Concernant John.

— Oui. »

Soren se tut.

Lorsqu'il était enfant, accablé par chaque seconde qui passait, incapable d'expliquer à son entourage ce qui n'allait pas, une voix lui avait promis qu'un jour, il serait guéri. Que quelqu'un trouverait une façon d'éradiquer l'enfer qu'il vivait. Qu'un jour, il serait capable de faire l'expérience du monde de la même façon que les autres. Des choses simples et des joies simples.

C'était la seule raison pour laquelle il ne s'était pas tué. Et bien qu'il ait fini par cesser de croire cette voix, elle avait laissé une empreinte assez profonde pour qu'il continue à vivre, comme par habitude.

Maintenant, il s'avérait qu'il avait raison. La guérison était possible.

La chorale recommença à chanter. Des murmures timides dont les échos emplissaient la chapelle. C'était la plus belle chose qu'il ait jamais connue, aussi belle que les moments partagés avec Samantha, mais ce n'était pas des souvenirs qui s'évanouissaient, c'était là, c'était réel, et juste devant lui.

Toute ta vie, tu as essayé de devenir une feuille emportée par le courant.

Et si, à la place, tu devenais un aigle qui montait en flèche dans le vent ?

« Je sais que tu le considères comme ton ami, mais

Smith s'est servi de toi. Il t'a envoyé tuer pour lui, et le jour où tu as échoué, il t'a abandonné. Il ne ressent pas plus d'amour pour toi que le joueur d'échecs envers une pièce puissante, sachant pertinemment qu'il te sacrifiera pour gagner.»

Un souvenir lui revint alors. John lui avait dit : «Tueslatour. Oubliésurlarangéedufond.» Il parlait vite pour faciliter les choses à Soren. C'était dans l'appartement de Tesla, celui qui était rempli de livres et où John avait fait venir Samantha.

La démangeaison se manifesta à nouveau.

Soren regarda l'élégante chapelle illuminée de cierges, pleine de l'odeur de la cire, le mobilier verni, la chanson, la beauté qu'il n'avait jamais connue. Il porta les deux mains à sa nuque.

Cooper inclina la tête. «Qu'est-ce que tu fais ?»

Soren l'ignora. Sa nuque avait l'air normale, mais il savait qu'il y avait quelque chose et il se concentra de toutes ses forces. Comme pour essayer de sortir d'un rêve, cet instant où les deux mondes sont réels, où la frontière entre les deux est malléable, et au moment où cette pensée naissait dans son esprit, ses mains touchèrent quelque chose de froid et de dur. Il regarda Cooper droit dans les yeux, referma ses doigts sur l'objet et tira.

Le monde s'immobilisa, tressaillit et ressembla à un appel vidéo de mauvaise qualité, puis il disparut.

La chapelle, les cierges, la chorale : plus rien.

Il ne restait que Cooper, assis face à lui dans la cage blanche aux murs percés de 415 872 petits trous. Il le regardait avec une expression mêlant la confusion et l'horreur.

Lentement – tellement, tellement lentement –, Soren ramena la main devant lui et regarda le câble qu'il venait de débrancher de sa nuque. La voix à l'intérieur de son esprit s'emporta et hurla, lui dit de le remettre en place, qu'il n'était pas trop tard, que c'était ce dont il avait toujours rêvé.

Il ouvrit la main et le laissa tomber en disant : « Non. »

Mais il entendit : « Nnnnnnnnnnnnnnnnnnnn
ooooooooooooooooooonnnnnnnnnnnnnnnnnnnn
nnnnn… »

Chapitre 17

Le sol était dur et froid comme de la fonte sortie du réfrigérateur. Luke Hammond sentait la fraîcheur pénétrer dans ses poumons, les pierres s'enfoncer dans ses jambes, la douleur envahir ses muscles. Puis il balaya tout cela. C'était quelque chose qu'il avait appris quand il avait dix-neuf ans, lorsqu'il faisait des missions de reconnaissance au Laos. Analyser la situation, mais ne pas la ressentir. Se concentrer sur la mission.

La fonction vision nocturne des jumelles avait été détruite en même temps que tout le matériel électronique lorsqu'ils avaient été frappés par l'impulsion électromagnétique. Mais le ciel clair du Wyoming brillait d'étoiles et il distinguait l'avant-poste. Un rassemblement de caravanes et de préfabriqués entourait une structure gonflable située à une centaine de mètres de là et qui comportait des pièces et des couloirs. Le vent emportait le bourdonnement des générateurs. Une poignée de voitures et quatre grands bus étaient garés sur un parking improvisé. L'avant-poste n'était doté d'aucun panneau, aucune clôture, aucune structure permanente. L'ensemble paraissait avoir été assemblé une semaine plus tôt – ce qui était le cas.

Il n'y avait qu'un seul garde, qui battait la semelle en s'allumant une cigarette. Un vrai soldat n'aurait jamais fait une telle erreur en étant de veille, mais personne ici ne s'attendait à une attaque. C'était en partie la raison pour laquelle Luke et son équipe avaient parcouru près de quatre-vingts kilomètres pour arriver ici, perpendiculairement à la trajectoire des Nouveaux Fils. Dans ce désert, la « sécurité » consistait principalement à se protéger des coyotes.

Il baissa les jumelles et regarda autour de lui. Onze hommes l'observaient, tous allongés ventre contre terre et silencieux. Ils étaient habillés comme lui, couches de vêtements noirs et bonnet. Les seules parties visibles étaient leurs yeux et leurs armes.

Miller avait insisté pour qu'il prenne plus d'hommes, mais Luke tenait à avoir une équipe réduite. Epstein était peut-être à court de bombes, mais il ne faisait aucun doute que, depuis le ciel, chacun de leur mouvement était enregistré. « On aura l'air de déserteurs. Tu sais qu'il y en aura un paquet. C'est une chose de chanter des slogans, et une autre de subir le feu des drones. Epstein ne pourra pas pister chaque groupe.

— Non, avait dit le général Miller. Mais c'est capital pour notre victoire. Est-ce que douze hommes seront en mesure de contrôler la situation ?

— Oui, avait répondu Luke. Nos cibles ont l'habitude de suivre les ordres. »

Son équipe n'était pas l'unité d'élite qu'il avait l'habitude de commander, mais les gens qui avaient traversé le pays pour rejoindre la milice avaient généralement du caractère et il avait sélectionné des hommes qui avaient une expérience significative du combat. Ils étaient tous très différents : Gorecki était un ancien marine qui travaillait comme garde du corps pour des stars du rap, Decker était maître d'armes pour un club de bikers de San Diego, Reynolds avait dirigé une équipe d'intervention rapide de la police du Tennessee.

« Je m'occupe du garde qui est dehors, murmura Luke. Il y en a sans doute d'autres dans les dortoirs. Reynolds, tu t'en charges avec ton équipe. Fais ça en douceur. Gorecki, sécurise le périmètre avec tes trois hommes. Les autres seront dans les caravanes. Decker et moi on s'en occupe, l'une après l'autre. Compris ? »

Les chefs d'unité levèrent le pouce. Luke commença à se redresser, puis s'immobilisa. « Identifiez bien vos cibles. Aucun gamin ne doit être blessé. » Il attendit que les onze hommes acquiescent avant de jeter un dernier coup d'œil dans les jumelles – le garde était toujours appuyé contre le capot d'une voiture et il leur tournait le dos – puis il les passa à Gorecki.

Toujours baissé, Luke se dirigea vers le parking. C'était bon de bouger après avoir passé une heure et demie allongé sur le sol froid. Le fait d'être en mission générait de la lucidité, exacerbait la conscience et aiguisait la concentration. Combien de fois avait-il vécu cela ? Des douzaines ? Il avait cessé de compter les pays dans lesquels il s'était battu. Bien des fois au cours de son existence, il avait eu l'impression d'être vivant uniquement lorsqu'il était en opération.

Du moins, jusqu'à ce qu'il ait des enfants.

Les bruits des générateurs couvriraient ceux de son déplacement, mais il marcha tout de même d'un pas léger. Lorsqu'il atteignit le bus le plus proche, il se jeta à plat ventre et regarda sous le véhicule. Il ne voyait que l'arrière des jambes du garde. Luke pensa à faire le tour, puis décida d'emprunter le chemin le moins évident : ramper sous le bus. Plus il avançait, mieux il voyait le garde. À en juger par le nombre de mégots à ses pieds, ça faisait un moment qu'il était là. La surveillance de nuit était fastidieuse et l'attention se dissipait facilement.

Luke se releva, un fantôme parmi les ombres. Il laissa son arme dans son holster mais sortit de sa poche une longueur de corde, l'enroula quatre fois autour de chacune de ses mains gantées. Un pas, deux, trois, et il était derrière l'homme, suffisamment proche pour sentir la puanteur âcre du tabac et entendre le bruit de râpe de sa respiration. Luke attendit qu'il tire une dernière bouffée sur sa cigarette et souffle la fumée. Puis il croisa les bras pour faire une boucle, la passa par-dessus la tête du garde et tira d'un coup sec des deux mains tout en le soulevant.

En moins d'une seconde, le poids de l'homme et toute la force de Luke s'exerçaient sur la mince corde tendue contre sa gorge, comprimant sa trachée et sa carotide. Il leva les mains vers son cou, griffant l'air en vain tandis que ses jambes étaient animées de spasmes dans la poussière. En trois secondes, ses forces l'avaient abandonné. Au bout de huit, il cessa complètement de bouger. Luke compta vingt secondes supplémentaires, déroula la corde et termina le travail au couteau.

Puis il se leva et fit signe à son équipe d'avancer.

Ils arrivèrent rapidement, leurs armes automatiques prêtes à tirer. Conduits par Reynolds, six d'entre eux se dirigèrent vers la structure gonflable. L'équipe de Gorecki se déploya pour entourer le campement. Decker était le genre de biker amaigri par les amphétamines, un épouvantail tatoué avec de longs cheveux retenus en arrière par son chapeau. Ses pupilles ne se dilatèrent même pas lorsqu'il vit le cadavre du garde et la tache de sang qui fumait sur le sol glacé.

Luke désigna la caravane la plus proche. Il avait espéré que la porte ne soit pas fermée à clé, mais une légère pression sur la poignée ne donna rien. La quatrième clé du trousseau du garde arrangea les choses. Luke ouvrit la porte et se glissa à l'intérieur, Decker à sa suite.

À travers les fenêtres, la nuit éclairait un modeste espace de vie. La cuisine était sur la gauche, et à droite il y avait une porte ouverte sur ce qui devait être la chambre. Luke s'y faufila sans faire de bruit et jeta un coup d'œil. Noir complet. Il sortit la lampe de sa poche, la couvrit de sa main et laissa se diffuser un filet de lumière orangée. Un bureau, une porte donnant sur la salle de bains, une silhouette allongée sur le matelas double. En six pas, il fut à côté du lit.

D'un mouvement rapide, il chevaucha le dormeur, lui plaqua la main gauche sur la bouche et, de la droite, l'aveugla avec sa lampe. L'homme se réveilla dans un soubresaut et haleta sous la main gantée de Luke.

« Ne lutte pas. »

L'homme s'immobilisa, le visage pâle et les yeux vides, les pupilles contractées à cause de la soudaine luminosité.

« Je vais enlever ma main de ta bouche. Tu cries, tu meurs. Compris ? »

Un hochement de tête apeuré.

« Quel est ton rôle ?

— Qu… quoi ? demanda l'homme d'une voix cassée.

— Ton boulot. C'est quoi ?

— Je suis conseiller.

— Ton nom ?
— Gary.
— Combien d'enfants ici, Gary ?
— Hmm. » Pour la première fois, il hésitait.

Decker tira un long couteau type Bowie du fourreau noué à sa jambe, fit pivoter la lame pour attraper la lumière avant de la faire glisser sur la gorge de l'homme, dessinant une fine ligne de sang. Le conseiller sursauta et se mit à glapir, mais Luke lui avait à nouveau plaqué la main sur la bouche avant qu'il ait pu émettre un son.

« On a reçu un avertissement avant qu'Epstein essaie de nous tuer. Pareil pour toi. Essaie de nous cacher quelque chose ou de nous mentir, et on t'étripe. » Il enleva sa main. « Alors…
— Six cent quatre ! »

Durant un instant, Luke pensa ordonner à Decker de le tuer, mais la peur dans les yeux du conseiller était pure et spontanée. « Ça n'a aucun sens.
— Je jure…
— Moins fort.
— Je jure que c'est vrai, je le jure.
— C'est ici qu'Epstein a mis les enfants échappés de l'académie Davis il y a deux semaines. Mais il n'y avait que trois cents enfants dans toute l'école.
— On les a mis deux par deux. Avec d'autres enfants.
— Pourquoi ?
— Les académies… Ces gamins ont été enlevés à leurs parents, ils ont subi un lavage de cerveau. On leur a appris à se détester les uns les autres. Pendant des années. Ils ont besoin d'attention, d'aide. C'est pour ça que nous sommes ici, au milieu de nulle part. S'il vous plaît, ne me coupez plus.

— Quels autres enfants?

— Hein?

— Tu as dit que vous les avez mis deux par deux avec d'autres enfants.

— Ah. Des gamins de la Réserve. Des v-v-volontaires.»

Luke réfléchit à la question. C'était logique, et ce n'était pas tellement différent du genre d'aide à laquelle avaient accès les soldats atteints de stress post-traumatique. *C'est une bénédiction. Et ça rend le plan de Miller deux fois plus efficace.* «Tu es un anormal?

— Oui. Lecteur niveau quatre, avec une maîtrise en…

— Je vais te poser une question et je veux que tu me lises et réfléchisses minutieusement avant de me répondre.» Il se pencha en avant. «À quel point est-ce que tu tiens à la vie?»

L'homme le fixa. Durant un long moment, Luke put le voir lutter pour s'accrocher à des notions d'honneur et de devoir. Mais les concepts abstraits étaient fuyants, surtout au milieu de la nuit avec un couteau Bowie en travers de la gorge.

«Qu'est-ce que vous voulez que je fasse?

— Combien de thérapeutes composent l'équipe?

— Euh… Environ dix professionnels, plus les administrateurs.

— Si tu devais en choisir deux qui devraient survivre avec toi, qui seraient-ils et où dorment-ils?»

Vingt minutes plus tard, Luke et Decker avaient fini par recruter deux autres thérapeutes.

Ça aurait pu aller plus vite, mais les deux premiers ne tenaient pas à la vie autant que Gary.

*

Aussi bondé fût-il, le gymnase était étrangement calme. Les enfants étaient assis par terre, certains deux par deux, la plupart seuls. Ceux de l'académie Davis s'étaient mis en rangs et avaient tendu les bras pour qu'ils soient entravés, les uns après les autres. Gary et les deux autres conseillers s'étaient révélés utiles : en voyant des visages d'adultes qu'ils reconnaissaient, les enfants firent ce qu'il leur était demandé, en silence.

Les seuls qui avaient rechigné ou résisté étaient ceux de la Réserve. Mais la vue des commandos armés de fusils automatiques les avait calmés.

« Il n'y a pas à avoir peur, dit Gary d'une voix tremblante. Ces hommes ont promis que personne ne serait blessé. » Il se tenait au centre du gymnase, pivotant doucement au fur et à mesure qu'il parlait, essayant de ne pas regarder directement les hommes armés qui les entouraient.

Luke compta les enfants et se demanda à quoi pouvaient ressembler les académies pour les avoir à ce point terrorisés. Il se souvenait que les rassemblements dans son école étaient bruyants, et peu importait les cris des enseignants. Et eux avaient été des gamins normaux, tandis que ceux-ci étaient des Brillants, principalement des niveau un. Ce n'était pas simplement qu'ils étaient capables de faire des choses hors de portée des normaux, c'était qu'ils le *savaient*. Il s'était attendu à ce qu'ils soient arrogants, sûrs que leurs dons leur octroyaient des privilèges. Et bien qu'ils soient jeunes, ils étaient plus de six cents contre une douzaine de soldats.

Bien sûr, ils ignoraient qu'il n'avait aucune intention de blesser le moindre gamin. Les gens qui dirigeaient les académies devaient utiliser le même principe. Moche, mais efficace. Comme il l'avait dit au général Miller, ils étaient habitués à recevoir des ordres.

500, 502, 504.

Decker et deux hommes entrèrent dans une bourrasque de vent froid. Le biker hocha la tête vers Luke. Bien. C'était donc fait. Le reste du personnel avait été neutralisé, épargnant juste Gary et les deux thérapeutes.

L'endroit appartenait aux Nouveaux Fils de la Liberté.

Une vague d'épuisement s'abattit sur Luke. Il ne doutait pas que le reste de l'équipe soit dans le même état : c'était presque l'aube, et la journée avait été longue. Ils étaient partis au milieu de la nuit qui avait suivi l'attaque des drones et avaient marché à une cadence soutenue pour arriver ici, couvrant près de quatre-vingts kilomètres en vingt-quatre heures, avec des pauses pour les repas uniquement. Ils s'étaient allongés dans les broussailles pleines d'épines en attendant qu'il n'y ait plus de véhicules sur les routes qu'ils devaient traverser. Ils avaient scruté avec nervosité les planeurs qui montaient en flèche dans le ciel, au-dessus d'eux. En ajoutant à tout cela l'adrénaline générée par l'action, même une action sans résistance, ce qu'il voulait par-dessus tout, c'était voler quelques heures de repos.

Tu as encore une dure journée devant toi.

580, 582, 584.

Ils avaient mis ce raid sur pied parce que personne dans la Réserve ne s'y attendait. Le général Miller avait estimé que deux mille personnes déserteraient après les frappes de drones. La plupart repartiraient par où ils étaient venus, mais des groupes s'éparpilleraient dans toutes les directions, trop nombreux à pister et à intercepter, surtout que les Nouveaux Fils seraient en train de marcher sur Tesla.

Au moins, son équipe n'aurait pas à marcher. Les bus qu'il avait vus dans le parking, qui avaient sans doute amené les enfants ici, leur permettraient de rejoindre rapidement la milice.

« Je sais que tu as peur, dit Gary. Nous avons tous peur. Mais tout va bien se passer. Chacun reste avec son copain et fait ce qu'on lui dit, et on s'en sortira. »

598, 600, 602… 603.

Luke fronça les sourcils. Lorsqu'il avait compté pour la première fois, il s'était dit qu'un gamin avait changé de place ou que son esprit assailli de fatigue s'était trompé. Mais soit Gary lui avait menti, soit un gosse se cachait quelque part.

Ce n'était pas très important. Un seul gamin, ça ne changeait rien. Mais si le môme était suffisamment intelligent pour se procurer un téléphone, ils perdaient leur avantage. Ils ne pouvaient rejoindre la milice que si les dirigeants de la Nouvelle Canaan ne se rendaient compte de rien.

Tandis que Gary parlait, Luke s'approcha de Reynolds, l'ancien commandant de l'équipe d'intervention de la police. Il avait fait du bon boulot en s'occupant des gardes qui étaient à l'intérieur sans alerter personne. « Il en manque un. »

Reynolds jura. « Tu veux que je le cherche ?

— Non. Reste là et ouvre l'œil. » Luke coupa à travers l'assemblée en essayant d'ignorer le regard fixe des enfants effrayés. Le dôme était modulaire et le gymnase constituait sa plus grande surface. Des couloirs gonflables menaient vers des dortoirs et des salles de classe. La bonne nouvelle, c'était qu'il n'y avait pas beaucoup d'endroits où se cacher. Il ne doutait pas de trouver le gamin manquant sous un lit.

À la porte, une pensée le frappa. Il se retourna et compta à nouveau. 2, 4, 6, 8… 9. Dix en se comptant lui aussi.

Quelque chose en lui se glaça et il détacha la bride de son holster.

Le couloir était calme, tout juste le gémissement du vent contre la structure et, plus faible, le son d'une voix et ce qui ressemblait à une plainte. Luke avança en faisant le moins de bruit possible, puis décida d'envoyer au diable le silence et se mit à courir.

Il les trouva dans l'une des salles de classe, les gémissements provenaient d'une porte en toile. La fille était blonde et elle pleurait, allongée sur un bureau. Elle se débattait et donnait des coups secs, mais elle n'avait que seize ans environ et elle était menue. Gorecki était derrière elle et tirait sur son jean pendant qu'un autre type venu du Michigan qui s'appelait Healy lui bloquait les deux bras avec ses mains énormes.

Lorsque Luke écarta soudainement la toile de la porte, Healy se raidit et l'expression de son visage dit : *Oh, merde*. Gorecki se tourna maladroitement, le pantalon aux chevilles et la bite à l'air.

Durant un instant, ils se regardèrent, Luke, ses hommes et la fille, la tête tournée de côté et des larmes plein le visage.

Gorecki dit : « Mec, c'est juste une anormale. »

Luke pensa à ses fils, ses chers fils, brûlés vifs. Josh brûlé dans le ciel, Zack brûlé dans son tank. Des soldats, tous les deux. Tous les deux tués par des Brillants, par l'œuvre d'un informaticien niveau un. Un niveau un comme cette fille.

Il saisit son arme dans son holster, l'empoigna à deux mains et tira deux balles dans le thorax de Gorecki, puis une dans la tête. Il pivota et fit la même chose à Healy.

Il rengaina son arme et alla chercher une couverture pour la fille.

Chapitre 18

Cooper mourut à nouveau.

Le couteau était un Fairbairn-Sykes, un long poignard uniquement utilisé pour tuer. La lame en fibre de carbone était redoutablement aiguisée et transperça ses vêtements, sa chair et ses muscles pour aller perforer le ventricule gauche de son cœur. La mort fut presque instantanée.

Soren retira la lame et s'en alla, le visage totalement inexpressif.

« Répétition », dit Cooper.

La projection recommença dix secondes plus tôt. Il prenait le petit déjeuner avec Natalie et les enfants, deux semaines avant. C'était une vidéo de surveillance, mais filmée dans la Réserve : l'angle et la résolution étaient extraordinaires. Il se souvenait très bien de leur conversation, Todd parlait de la façon de jouer au foot, comment les règles étaient différentes avec les Brillants, et Cooper l'écoutait et blaguait, puis au bord de l'écran Soren trancha la gorge du premier garde du corps avant de faire trois pas et de sectionner l'artère brachiale du second. Des jets de sang s'abattirent sur les tables les plus proches.

Sur la vidéo, Cooper n'hésita pas. Il se leva et lança

une chaise en passant à l'attaque. Le combat fut bref et pitoyable : Soren évita la chaise, puis son coup de poing, ensuite son crochet du droit fut stoppé par le tranchant de la lame du poignard qui coupa sa main en deux. C'était tout ce qu'il était parvenu à faire.

La suite était un cauchemar. Voyant son père blessé, Todd se rua à son secours. Soren plia un bras et pivota avec une puissance terrible, son coude frappa la tempe de Todd et sa tête fut projetée de côté. Sur l'écran, Cooper hurla puis se jeta sur Soren, qui plaça précisément le poignard qui transperça ses vêtements, sa chair et ses muscles pour aller perforer le ventricule gauche de son cœur.

Cooper mourut à nouveau.

Même maintenant, en sachant que Todd allait s'en sortir, que Soren avait échoué – Cooper lui avait par la suite réglé son compte –, ça lui déchirait l'âme de regarder ce coude qui sifflait dans l'air, de voir les yeux vitreux de son fils.

C'est le but de l'exercice, pas vrai ? Te rappeler qui tu affrontes.

Il avait été si content de lui en élaborant l'idée de la carotte pour Soren. Il avait également détesté l'idée d'offrir du réconfort au monstre qui avait attaqué son fils. Mais en s'asseyant à côté de l'assassin dans la chapelle virtuelle, il avait à nouveau éprouvé une émotion dont il ne voulait pas : la pitié.

C'était les yeux humides de Soren. Les larmes qui étaient montées alors qu'il écoutait de la musique pour la première fois. *Imagine la force dont il a dû faire preuve pour s'arracher à ce rêve. Accéder à tout ce qu'il avait toujours désiré et qu'il n'avait jamais cru possible… et le refuser.*

Cooper était toujours chancelant. La volonté de

Soren avait suscité chez lui quelque chose qui ressemblait à de l'admiration, et il ne pouvait pas se permettre de ressentir ce genre de chose. C'est pourquoi il s'était réfugié dans cette salle de conférences pour revivre le pire moment de sa vie, encore et encore.

Il allait ordonner au terminal de repasser la vidéo lorsque son téléphone sonna. C'était bizarre, cet engin était pratiquement devenu un objet vivant, toujours en train de vibrer pour signaler l'arrivée d'un message, d'un e-mail, d'une alerte, d'une mise à jour. Mais au cours des derniers mois, il avait vécu en marge de la société, vraiment. Maintenant, c'était plutôt nouveau de recevoir un message.

QUINN : IL FAUT QUE JE TE PARLE. AU PLUS VITE !

Cooper commença à taper une réponse, puis il se souvint qu'il était dans une salle de conférences. « Appel vidéo. » Il dicta le numéro de Bobby.

« Toutes les communications à l'extérieur de la Réserve sont temporairement…

— Prioritaire.

— Veuillez entrer le code, s'il vous plaît.

— Demandez à Epstein. » Il attendit, imaginant un message qui surgissait dans le repaire souterrain d'Erik, une donnée de plus dans un fleuve d'informations. Sa tête pulsait d'une migraine assassine juste derrière les yeux et il se frotta les paupières.

Quelques instants plus tard, l'air scintilla et la vidéo de sa mort fut remplacée par l'image d'une pièce bien éclairée, des murs blancs avec des photos encadrées, des cartons de déménagement empilés à côté d'un bureau. Cooper sourit. « Bobby. T'as chopé un bureau dans le nouveau bâtiment, hein ? J'aime bien, t'as même une fenêtre et tout. Tes manœuvres de lèche-bottes ont fini par payer. »

Quinn portait un costume impeccable et arborait une expression amusée. « Ça a pris quoi, quarante secondes ? Tu sais, les gens t'apprécient plus quand tu sais te faire désirer.

— Quand c'est toi, je ne peux pas m'en empêcher.

— Il y a des amis qui veulent te dire bonjour. » Quinn se pencha en avant pour enfoncer une touche et la vidéo se sépara en deux.

« Putain, boss, s'écria Luisa Abrahams, t'as l'air d'avoir passé la nuit à sucer des sans-abri à la gare routière. » À côté d'elle, Valerie West étouffa un rire.

Il n'y avait pas si longtemps, tous les quatre formaient une équipe, la plus décorée des Services Équitables. Ils avaient traqué des terroristes et des assassins, planifié des opérations dans tout le pays, avaient incarné le long bras armé des États-Unis. Des années à chasser les méchants ensemble, à faire des heures supplémentaires, à se faire livrer des repas, à se mettre les nerfs à vif et à réussir leur mission à la toute dernière seconde. En les voyant tous là maintenant, Cooper se rendit compte à quel point cela lui avait manqué. À quel point *eux* lui avaient manqué. « Luisa, dit-il en se passant une main dans les cheveux. Toujours aussi poétique. Tu vas bien ?

— Oh, oui, il va falloir que je change de culotte. Désolée, chérie, dit-elle en donnant un petit coup de coude à Val, mais je n'arrive pas à lui résister.

— Ça suffit, dit Quinn. La ligne est sécurisée ?

— Pas qu'un peu. Je suis dans la Réserve.

— Quoi ? Pourquoi ?

— Devenir un cow-boy, c'est le rêve de ma vie. »

Cooper eut un haussement d'épaules. « À ton avis ? Je traque John Smith.

— Ah. À ce sujet, j'ai réfléchi, après notre dernière discussion, dit Quinn. La majorité des ressources du département sont focalisées sur Epstein, ces jours-ci, mais j'étais curieux de savoir ce que faisait notre vieux copain. J'ai demandé à Val de vérifier un peu les configurations.

— Ouais, euh… » L'analyste de données se redressa sur sa chaise. Elle avait la pâleur de quelqu'un dont la principale source de lumière provient de l'écran de son ordinateur. Ce qui était vrai, et qui expliquait en partie pourquoi elle était si douée dans son boulot. C'était Val qui les avait informés, Ethan et lui, qu'Abe Couzen se trouvait à Manhattan. « Écoute, c'est juste une théorie.

— J'évalue tes théories sur la base des faits. Qu'est-ce que tu as trouvé ?

— Je crois que John Smith est sur le point de passer à l'attaque. Du genre, sans délai. » Elle fit une pause. « Tu joues aux échecs, boss ?

— Je sais comment on bouge les pièces.

— D'accord, eh bien, il y a trois phases principales. Au début, les deux camps disposent leurs forces. Pour Smith, ça correspond à la période où il était fugitif, il construisait un réseau et recrutait des disciples. Puis vient le milieu de la partie, qui consiste surtout à tester les faiblesses de l'adversaire et à échanger des pièces. Ça peut être sanglant, mais ce n'est pas encore le vrai combat. Comme au cours de ces dernières années : assassinats, explosion de la Bourse…

— Les Enfants de Darwin ?

— Non, répondit-elle. Ils ont marqué le début de la dernière phase de la partie. Il n'y a alors plus aucune sécurité. Tes pièces les plus puissantes, les positions que tu as mis du temps à élaborer, tout ça peut être sacrifié. La seule chose qui compte, c'est de gagner. »

On dirait un résumé de John Smith. « Alors, à quoi il joue ?

— Je ne sais pas. Mais c'est énorme, et imminent.

— Dis-moi.

— Alors, la première alerte, c'est que les lieutenants de Smith ont disparu des radars. Ils nageaient en eaux profondes, de toute façon, mais on arrivait toujours à repérer des ondulations à la surface : une correspondance biométrique qui arrivait trop tard, des activités bancaires, des messages codés sur des réseaux sécurisés, ce genre de trucs. Au cours des derniers jours, tout s'est arrêté. Je veux dire, plus rien. Et puis, il y a l'aspect financier. Tu te souviens de ses comptes bancaires aux îles Caïmans et à Dubaï ? »

Il acquiesça. L'expression « suivre l'argent » avait été rendue célèbre par un film[1], mais c'était une procédure classique des renseignements et de l'antiterrorisme. Le DAR avait une vaste équipe de comptables judiciaires qui s'occupaient de geler l'argent blanchi. Dans le cas de Smith, ils n'avaient jamais réussi à prouver que les comptes lui appartenaient. Mais il y avait une différence entre une preuve et une certitude, et pendant des années, un certain nombre de comptes offshore suspects avaient été surveillés de près.

« Au cours des dernières quarante-huit heures, dit Valerie, quatorze d'entre eux ont été vidés.

— Ce qui fait combien au total ?

— Plus de cent millions de dollars.

— *Putain de*… Tu peux les tracer ? »

1. *Les hommes du président* d'Alan J. Pakula, 1976.

Elle secoua la tête. « Nos meilleurs programmeurs ont des procédures confidentielles pour empêcher tout retrait. Je parle de trucs souterrains, des interventions informatiques à peine légales qui pourraient provoquer des incidents internationaux. Toujours est-il que l'argent n'est plus là. Pire : ça n'a déclenché aucune alerte. Si Quinn ne m'avait pas demandé de vérifier, on ne serait même pas au courant. »

Il eut une aigreur à l'estomac, comme s'il venait de manger du poulet cru. Il l'observa en réfléchissant. « Alors, il va jouer le tout pour le tout. Une idée de ses intentions ?

— Rien de précis. On est en train de parler de John Smith, n'est-ce pas ? C'est toi qui as dit qu'il était l'équivalent d'Einstein au niveau de la stratégie. » Valerie haussa les épaules. « Quoi qu'il prépare, ce ne sera pas ce à quoi on s'attend. »

Et ce sera dévastateur. Cooper dit : « Bobby, il faut que tu en parles à la directrice.

— Vraiment ? demanda Quinn en secouant la tête. Je t'aime bien, mec, mais il y a écrit DAR sur ma paie. Je lui ai parlé avant de t'envoyer le message. Tu te souviens de ce que j'ai dit dans ce bar pourri ?

— Ouais, que le monde était en flammes.

— Et on est à court d'eau. La directrice comprend la menace. Mais dans tout le pays, des Brillants sont persécutés, brûlés vifs, lynchés. Il y a de graves pénuries de nourriture. Des émeutes dans une douzaine de villes. Une milice qui se déchaîne dans le Wyoming. Trois tentatives d'assassinat sur la présidente au cours des deux dernières semaines. Les menaces sont partout. »

Rien de tout cela n'arrangea le mal de tête de Cooper. Il posa ses coudes sur la table, pressa ses doigts sur ses paupières. « Tu as parlé de ma théorie sur les niveau zéro ?

— Bien sûr, dit Quinn. J'ai dû expliquer à mes supérieurs comment un intello m'avait mis une raclée.

— Une réaction ?

— Ils admettent que ça va être moche.

— Génial. » Cooper soupira, puis se redressa. « Écoutez, je sais que vous avez tous pris des risques pour partager ces infos avec moi. J'apprécie beaucoup.

— Oh, fais pas le trou-du-cul, dit Luisa. Je préférerais que tu sois là, boss. Ça devient sinistre.

— Ne t'inquiète pas, répondit Cooper. Je suis toujours au combat. »

Quinn dit : « Très bien, partenaire. Il faut qu'on aille mériter notre salaire.

— Ouais. Encore merci.

— Pas de quoi. Mais souviens-toi, les bières sont pour toi.

— Pour toujours, mon pote. Pour toujours. »

Son vieil ami sourit et ouvrit la bouche afin de répondre. Avant qu'il puisse prononcer un mot, tout devint blanc et la fenêtre de son bureau explosa en une pluie de feu et de verre brisé.

La connexion vidéo s'interrompit.

Mais dans la fraction de seconde précédente, Cooper entendit un hurlement.

Chapitre 19

Owen Leahy était sous la douche lorsque l'homme arriva.

Décembre n'était pas souvent synonyme de neige dans le nord du Maryland, pourtant c'était toujours comme cela qu'il s'était représenté Camp David : des arbres effeuillés couverts de givre, des tourbillons de légers flocons. Il avait cette image en tête même en été et il s'était surpris à avoir froid, à avoir besoin de couvertures supplémentaires et de douches chaudes. Il était resté une demi-heure sous les volutes de vapeur en réfléchissant, en passant futilement un doigt fripé par l'eau sur les taches de vieillesse de son avant-bras.

Et soudain, il y avait un officier en uniforme de la force navale dans sa salle de bains. « Monsieur le secrétaire ? Il y a eu une attaque. »

Six minutes plus tard, ils couraient entre les arbres nus et la végétation gelée, les cheveux mouillés de Leahy gouttaient sur son costume, sa cravate flottait derrière lui comme une traîne. Il y avait des agents et des soldats partout. Bien que ce soit officiellement une « maison de campagne », Camp David était en fait une forteresse, avec des batteries antimissiles positionnées dans les bois et un bunker antinucléaire souterrain.

Lorsque le président y résidait, la salle de conférences Laurel Lodge servait de salle de crise. Leahy entra et détailla rapidement l'équipe présente : des représentants des forces armées, des services de renseignement, le cabinet présidentiel. Beaucoup étaient nouveaux à leur poste, remplaçant des hommes et des femmes qui avaient été tués par la frappe du missile contre la Maison-Blanche, mais il les connaissait tous.

« Madame la présidente. » Et s'adressant à toute l'assemblée : « Que s'est-il passé ? »

Sharon Hamilton, conseillère à la sécurité nationale, dit : « Une vague d'attaques terroristes à travers tout le pays.

— Combien ?

— C'est difficile à dire.

— Pourquoi ?

— Elles sont toujours en cours. » Hamilton désigna d'un geste la rangée de 3D.

Après ce qu'il s'était passé au cours de l'année précédente, Leahy croyait dur comme fer que plus une seule vidéo de catastrophe ne pourrait le secouer. Il avait regardé le bâtiment de la Bourse s'effondrer, il avait vu Cleveland brûler, il avait vu les troupes américaines se massacrer entre elles. En un sens, ce qu'il voyait sur les écrans n'était pas très différent. C'était juste qu'il y en avait beaucoup plus. Les 3D ne montraient que chaos et flammes. Des immeubles dévastés, des brasiers qui faisaient rage, des gens terrorisés qui tentaient de fuir. Des civils couverts de sang qui marchaient, les yeux caves. Des enfants qui criaient dans les rues. Sur la carte des incidents, les points rouges brillaient à travers tout le pays.

« Bon Dieu. Un schéma des cibles ?

— Surtout politiques et militaires. Des tireurs dans

la mairie de Los Angeles. Un attentat-suicide dans un réfectoire de Fort Dix. Deux camions ont poussé la limousine du gouverneur de l'Illinois dans la Chicago River. Il y avait une bombe devant la Réserve fédérale, mais on a pu l'empêcher d'exploser. Les contrôles de sécurité sur les gazoducs des centres de contrôle et de prévention des maladies d'Atlanta ont été détournés et la majeure partie du complexe est en proie à un incendie. Mais l'action la plus dévastatrice pour le moment, c'est une explosion massive au DAR. Apparemment, des bombes ont été placées durant les travaux d'extension des bâtiments. Le nouvel immeuble a été soufflé.

— Des victimes ?» Il regarda Marjorie May. Malgré la douceur de son nom, la directrice du DAR possédait un mélange glacial de perspicacité politique et d'efficacité impitoyable. Pourtant, sa voix trembla lorsqu'elle déclara : « En pleine journée de travail. Un millier de personnes, peut-être davantage. »

Le monde chavira et, pendant un moment, Leahy pensa qu'il allait tomber. Il agrippa le bord de la table avec une telle force que ses phalanges blanchirent. « Les Brillants ?

— J'ai parlé à Erik Epstein, dit la présidente sans détacher les yeux des écrans. Il nous présente ses condoléances et nous assure que la Réserve n'est pas impliquée.

— Conneries. »

Ramirez le foudroya du regard, la tête inclinée en avant. Leahy dit : « Veuillez m'excuser, m'dame, mais ça semble peu probable.

— Avec tout mon respect, je dois vous dire que je ne suis pas d'accord, dit Marjorie May. Je pense qu'il est plus vraisemblable que ce soit l'œuvre de John

Smith. C'est son modus operandi, et nous avons des indicateurs qui suggèrent qu'il était sur le point de passer à l'attaque.

— Quand bien même, Epstein doit faire face à une invasion. Ce qui fait de lui la véritable menace.

— Monsieur le secrétaire, je vous assure, Smith représente…

— Je comprends, dit Leahy. Je suis simplement en train de suggérer qu'ils se sont alliés. Il se peut que Smith s'efforce d'attirer toute l'attention sur lui, ce qui laisse à Epstein une possibilité de démenti. D'un autre côté, peut-être que Smith craint qu'Epstein capitule pour protéger la Nouvelle Canaan. » Il fit une pause. « Quoi qu'il en soit, ça lui fournit la couverture politique dont il aurait besoin pour attaquer.

— Ça suffit. » Gabriela Ramirez avait cessé de fixer les écrans.

« Madame la présidente…

— Asseyez-vous. »

Leahy tira une chaise. Il ouvrit la bouche pour poursuivre son argumentation, mais la présidente l'en empêcha. « Écoutez-moi bien, vous tous. L'important, ce n'est pas *qui*. Des attaques ont lieu en Amérique *en ce moment même*. Nos citoyens meurent. L'urgence n'est pas de trouver un coupable, ni de partir en guerre. Notre boulot est d'arrêter les attaques et d'empêcher les suivantes. De sauver des vies. Je me fais bien comprendre ?

— Oui, m'dame.

— Très bien. Le DAR. Je suis désolée pour vos pertes, mais j'ai besoin que vous travailliez malgré tout. Vous avez des gens qui peuvent se mettre à la tâche ?

— Oui, m'dame.

— Parfait. Car dans l'immédiat, la priorité est d'empêcher d'autres attaques. Je veux que toutes les ressources soient dédiées à l'analyse de la menace et à la prévention.

— Je comprends. » La directrice May hésita. « On va faire le maximum. Beaucoup de personnes tuées aujourd'hui étaient des agents et des opérateurs. De plus, nos indicateurs font état de centaines de menaces. Si nous enquêtons sur chacune d'entre elles, nous ne pourrons rien faire d'autre, ni nous lancer à la recherche de l'instigateur des attaques d'aujourd'hui.

— Je veux d'abord que cette situation soit sous contrôle. Secrétaire Leahy ? demanda Ramirez en se tournant vers lui. Quel est votre plan pour arrêter l'attaque de la milice contre la Réserve ? »

Leahy s'assit tranquillement. C'était un truc qu'il avait mis au point avec les années : les doigts sur la table, le regard insistant mais légèrement dans le vague, comme s'il était en train de faire de complexes calculs mentaux. Il les fit attendre. C'était particulièrement efficace pour manipuler les gens qui avaient l'habitude de réponses immédiates à leurs questions – comme les présidents. Juste avant que le silence ne devienne gênant, il prit la parole : « Madame la présidente, je ne crois pas que nous devrions envisager ça.

— Expliquez-vous.

— Parfois, la meilleure défense consiste à maintenir votre adversaire en déséquilibre. Les Nouveaux Fils de la Liberté sont une possibilité de le faire.

— *Si* je prends la décision d'attaquer la Réserve, ce sera avec des soldats des États-Unis.

— L'opinion publique manifeste déjà son désir de riposte. Après la tragédie d'aujourd'hui, ils *exigeront* que nous répliquions. Les Nouveaux Fils nous permettent de le faire sans restreindre nos options.

— Nous n'appliquons pas la loi de la rue.

— Arrêter la milice sera perçu comme une démonstration de faiblesse. » Avant qu'elle puisse répondre, il ajouta : « Sans parler du fait que nous en sommes incapables. »

La présidente Ramirez haussa un sourcil.

Choisis soigneusement tes mots. « La rétrogradation des forces armées nous met dans une position délicate. » Les regards s'éparpillèrent dans la pièce. Tout le monde avait saisi la subtile pique. Ramirez avait ordonné la rétrogradation, et bien que Leahy n'ait fait que le suggérer, l'accusation n'était pas difficile à comprendre.

« Êtes-vous en train de dire que notre armée n'est actuellement pas en mesure de stopper une foule de civils ?

— Je dis, m'dame, que toute incursion dans la Réserve a de bonnes chances d'être perçue comme une attaque. Même si notre seul but est de faire faire demi-tour à la milice, Epstein ne peut pas en avoir la moindre garantie. De plus, la rétrogradation n'est pas achevée. Il y a toujours beaucoup de failles dans nos forces armées. » Leahy fit un geste vers la 3D qui diffusait en direct des images du DAR. L'immeuble en ruines avait l'air d'avoir été piétiné par Dieu. Une fumée étouffante s'élevait d'une centaine d'endroits, des corps étaient éparpillés un peu partout. « C'est un rappel de ce dont sont capables les Brillants. Si nous acculons Epstein, rien ne nous dit qu'il ne déclenchera pas une attaque généralisée. »

Il pensa en ajouter davantage, mais décida de s'abstenir. Après un long moment, Ramirez se tourna à nouveau vers les écrans.

Leahy se retint de sourire. Il n'avait pas souhaité les événements en cours, mais il pouvait les utiliser. Les terroristes persistaient dans leur erreur. Plus ils causaient de dégâts, plus ils renforçaient la position d'hommes comme lui. Ramirez avait ordonné au DAR de modérer ses actions et de jouer la défense, et dans le même temps, elle avait laissé la voie libre à ceux qui avaient compris qu'on ne gagnait jamais la partie avec une stratégie défensive.

Même maintenant, les Nouveaux Fils de la Liberté s'enfonçaient plus avant dans la Réserve. Le bombardement des drones ne les avait pas arrêtés. Le bluff d'Epstein avait échoué. La suite ne serait pas jolie, mais elle serait efficace.

Tu vas l'avoir, ta guerre. La guerre dont l'Amérique a besoin. Ciblée, maîtrisée et cruciale.

Et lorsque ce sera terminé, tu seras toujours là – en haut de l'échelle.

Chapitre 20

Cooper ne se souvenait plus comment il était arrivé là.

Il avait d'abord essayé de se convaincre qu'il s'agissait seulement d'une interruption d'appel. Un bug numérique. Mais même en recomposant frénétiquement le numéro, il ne cessait de repenser à l'explosion de verre et à la fumée.

Les cris.

L'image d'un appel vidéo pouvait se figer. Ou se distordre. Mais ça…

Après cinq tentatives infructueuses, il s'était mis à courir. Son équipe occupait toutes ses pensées. La fois où Luisa avait pris trois pruneaux dans son gilet pare-balles, comment le soir même, dans le bar, ils n'arrivaient pas à lui faire garder sa chemise, qu'elle soulevait sans cesse pour montrer ses hématomes en disant : « Tu veux bien regarder mes tétons ! » La voix de Valerie dans son oreille, quelques semaines plus tôt, qui lui expliquait qu'elle avait doublé l'équipe de sécurité de John Smith en la battant avec son propre système informatique, la fierté tranquille dans sa voix.

Et Bobby. Cooper n'avait jamais eu de frère de chair et de sang, mais il considérait son partenaire comme tel. Ils s'étaient saoulés ensemble, avaient eu la gueule de bois ensemble, avaient surmonté leur divorce ensemble. Ils avaient défoncé des portes ensemble. Fait tomber un président corrompu ensemble.

Une explosion et de la fumée. Et des hurlements. Sous l'effet de la douleur comme de la panique, les comportements sociaux disparaissaient, les hommes et les femmes criaient de la même façon. Ça pouvait être n'importe lequel d'entre eux. Ou eux tous.

Il s'était retrouvé dans le sanctuaire souterrain d'Epstein, sombre et frais, avec une odeur de nourriture et éclairé par des images d'horreur. Des vidéos de tout le pays montraient une nation consumée par la folie. Une limousine dans une rivière noire. Un commissariat défoncé par un semi-remorque à moitié renversé. Un violent incendie qui ravageait un complexe d'affaires. Des unités du SWAT tirant des gaz lacrymogènes par les vitres brisées d'un immeuble gouvernemental.

Le Département Analyse et Réaction en ruines. Déchiré comme si un géant l'avait évidé, mettant à nu l'intérieur des étages, des rangées et des rangées de bureaux dépouillés, des couloirs obstrués de débris, des toilettes fracassées. Le nouveau bâtiment s'était entièrement effondré, réduit à une montagne de gravats à moitié masquée par les volutes de fumée noire.

Le nouveau bâtiment. Il se souvenait de la vidéo du bureau de Bobby, les murs peints en blanc, les photos encadrées qu'il n'avait pas encore eu le temps d'accrocher.

Et il n'aurait plus jamais l'occasion de le faire.

Les genoux de Cooper heurtèrent le sol et un son s'échappa de ses poumons.

Quelqu'un l'enlaçait. Deux bras fluets autour de

son cou et une odeur de laque pour cheveux. « Je suis tellement désolée », dit Millie, la tête sur son épaule.

Il la prit dans ses bras et la serra. Ce n'était pas Millie qu'il enlaçait, c'était Natalie, et Shannon, et ses enfants, et son père, et Bobby et Luisa et Val. Il les tint contre lui un bon moment, le visage enfoui dans les cheveux de Millie.

Puis, doucement, il la relâcha. Elle se recula, les yeux rivés sur lui. Tout autour, les images d'apocalypse continuaient.

La voix de Val résonna dans son crâne. *On est en train de parler de John Smith. Quoi qu'il prépare, ce ne sera pas ce à quoi on s'attend.*

Des mots prononcés lorsqu'elle était encore en vie.

Des mots prononcés il y a quelques instants.

Lentement, il se releva.

« Je suis… Je suis désolé. » La silhouette d'Erik était illuminée par les lueurs des vidéos. Il avait les mains dans les poches. « Pour tes amis.

— Est-ce qu'ils… » Sa voix se brisa et il s'interrompit. Toussa. « Est-ce qu'ils sont morts ?

— Statistiquement…

— J'emmerde tes statistiques ! » Les mots étaient sortis tout seuls. Il se força à respirer. Au bout d'un moment, il dit : « Excuse-moi.

— C'est… Je suis désolé. » Erik attendit un instant. « Oui. »

— Tu es sûr ?

— L'appel était passé de l'angle ouest de… Oui. Ils ont disparu. Les victimes dans le DAR sont estimées entre mille deux cents et deux mille. »

Cooper hocha la tête. « OK.

— Non, dit Milie. Ce n'est pas…

— Combien d'attaques il y a eu ?

— Jusqu'ici, quinze. Elles étaient synchronisées.

— John Smith. »

Epstein acquiesça. « L'analyse de ton amie Valerie était correcte.

— Tu écoutais ?

— Bien sûr, répondit Erik, comme si c'était normal. Toutefois, elle était trompée par le biais institutionnel. John Smith ne combat pas le DAR. Et bien qu'il s'agisse de la dernière phase de la partie qu'il joue, ce n'est pas ça, le coup de maître.

— Non, dit Cooper. Il voit les choses en plus grand.

— Tout à fait. Statistiquement… » Epstein se reprit nerveusement. « Euh, je veux dire, logiquement, le but est d'affaiblir les structures de pouvoir existantes. Pour une plus grande efficacité, les terroristes profitent au maximum d'une nation désespérée.

— Ouais, soupira Cooper en regardant les écrans. Bien.

— Cependant, dit Epstein, tout cela ne nous rapproche pas de John Smith. Nous devrions peut-être utiliser des méthodes alternatives.

— Tu veux dire, torturer Soren ? Non.

— Les interrogatoires extrêmes ne correspondent pas à ta matrice personnelle. Compris. Mais il y a des gens qualifiés pour ça.

— Tu crois que je suis trop délicat ? » Cooper émit un son qui n'était pas un rire. « Après tout ce qui s'est passé ? » Il secoua la tête. « J'ai horreur de tout ce qui touche à la torture, et je taillerais Soren en morceaux si je pensais que ça pouvait marcher. Mais ça ne marchera pas.

— Explique.

— J'ai offert à Soren la seule chose dont il a toujours rêvé et qu'il n'imaginait même pas posséder un jour. Je suis sûr que tu étais en train de regarder. J'ai même menti et j'ai suggéré que ça pouvait être permanent. Et il a retiré le branchement de son propre crâne.

— Donc, peut-être que la douleur pourrait… »

Cooper secoua à nouveau la tête. « Il est trop fort. Je suis certain que tu pourrais le briser. Mais c'est son *esprit* que tu briseras, pas sa volonté. Il n'y a que deux personnes au monde dont il se soucie. Tu pourrais le rendre fou, mais aucune douleur ne pourrait le pousser à trahir… »

Il s'interrompit.

Millie le fixa. « Wouaw. Tu es sérieux ? »

Cooper se détourna de son regard accusateur. Il observa Erik Epstein, pâle, puissant et entouré d'images d'un monde en crise. « J'ai besoin que tu me trouves quelqu'un.

— Qui ?

— L'autre personne qui compte pour Soren, dit Cooper. Son amante, Samantha. »

Chapitre 21

Hawk était en train de lire le volume six d'une série de romans graphiques lorsqu'on frappa à sa porte.

Il ne savait pas vraiment s'il y avait une différence entre les bandes dessinées et les romans graphiques, mais ces derniers mots sonnaient mieux. Une bande dessinée pouvait raconter les aventures idiotes d'un canard riche et de ses trois neveux. Ce qu'il lisait, c'était une histoire avec une portée philosophique qui explorait la guerre perpétuelle entre le diable et le paradis. Ce diable-là n'était pas rouge ni couvert d'écailles, et il n'était pas exactement le diable, même si on ne pouvait pas dire non plus qu'il était bon. C'était plus comme s'il faisait son truc à lui, et peu importe les conséquences. Il voulait posséder son libre arbitre et le paradis n'était qu'une question de prédestination. Hawk savait de quel côté sa mère aurait penché, et il était enclin à suivre la même voie.

On frappa trois coups légers à sa porte, ça pouvait être n'importe qui et, en allant ouvrir, il s'imagina que c'était Tabitha. Elle avait peut-être besoin d'aide pour quelque chose. Il était un bon tireur, et peut-être qu'elle voulait s'entraîner…

John Smith était debout dans le couloir. « Salut, Hawk. »

C'était John qui lui avait donné ce surnom, et même s'il avait toujours bien aimé s'appeler Aaron Hakowski, ça n'avait rien à voir avec Hawk. Il se redressa et plaqua ses cheveux en arrière. C'était la première fois que John venait dans sa chambre. Pourquoi l'aurait-il fait, d'ailleurs ? Il était responsable de tout et Aaron n'était qu'un gamin dont la mère était…

« Je peux entrer ?

— Ah, ouais, bien sûr. » Il tint la porte ouverte.

John entra, observa la pièce et Aaron la vit soudain avec ses yeux : les couvertures en boule, les piles de trucs partout sur le bureau et, merde, une bande dessinée ouverte sur son lit.

« Qu'est-ce que tu lis ?

— Rien, juste…

— Ah. » John prit le livre et le regarda avec un sourire. « J'adore cette série.

— Je… Ah oui ?

— Très bien écrit. En plus, je m'identifie un peu à lui. Plein de gens pensent que je suis le diable, moi aussi. Ça fait partie des risques, quand on suit son propre chemin. » John reposa le livre sur l'oreiller. « Ça t'embête si je fume ?

— Non, non, vas-y.

— Merci. » Il tira une cigarette du paquet, ouvrit un Zippo en argent. « C'est une mauvaise habitude, mais ça m'aide à réfléchir.

— Ça ne t'inquiète pas de…

— D'en mourir ? »

Aaron acquiesça.

« La vérité ? » John haussa les épaules. « Ça m'inquiéterait si j'avais une chance de vivre assez longtemps. Je peux m'asseoir ?

— Ouais. » Aaron tira la chaise du bureau et enleva la pile de livres qui s'y trouvait. « Tu veux dire quoi en parlant de vivre…

— Je joue une partie d'échecs contre le monde entier, Hawk. Depuis que j'ai huit ans. Tu sais ce qu'il m'est arrivé, à cette époque ? »

Aaron secoua la tête.

« J'ai passé un test. C'était nouveau, à ce moment-là, le test de Treffert-Down. Tout le monde s'excitait là-dessus, c'était une échelle pour classifier les Brillants. On m'avait appris à bien réussir les tests, c'est donc ce que j'ai fait. J'ai si bien réussi, en fait… » John prit une canette de Coca dans la poubelle et y fit tomber sa cendre. « … que les agents du gouvernement m'ont enlevé à ma mère. Ils m'ont placé dans une académie. Ils m'ont donné un autre nom et ont commencé à essayer de me briser. J'y ai passé dix ans. Je les voyais détruire mes amis. Lavage de cerveau, ou pire. Parfois bien pire.

— Maman m'a parlé des académies, dit Aaron. Je suis vraiment désolé.

— Pas moi. » John le regarda droit dans les yeux. « C'est ce qui m'a construit. À huit ans, j'ai compris que ce n'était pas un monde dans lequel je pouvais vivre. J'ai décidé de le détruire et d'en construire un meilleur. Écrire une nouvelle histoire, en lettres de feu. Et je vais y parvenir.

— Je te crois, dit Aaron.

— Je vais y parvenir, poursuivit John, mais je ne vais pas y survivre. Ils vont me tuer. » Il tira une autre bouffée de sa cigarette. « C'est quasiment sûr. Alors, je ne m'inquiète pas trop pour le cancer des poumons, tu vois.

— Mais… Tu ne peux pas t'enfuir ? Te cacher ?

— Je me suis caché pendant une longue période. Mais maintenant, c'est le moment d'agir. Et je ne peux pas mettre mon plan à exécution tout en restant caché. » Il se pencha en avant. « L'autre jour, tu m'as questionné à ce sujet. Tu veux toujours savoir ?

— Oui !

— Tu te souviens de l'homme qu'on a amené ici ?

— Le professeur Abraham Couzen. Tu as dit qu'il avait découvert la chose la plus importante depuis des milliers d'années. »

John sourit. « C'est exact. Couzen a découvert pourquoi nous sommes des Brillants. Mieux que ça, il a trouvé un moyen de transformer les normaux en anormaux. L'ARN non codant qui altère l'expression des gènes. »

Ce devait être un rêve. S'il avait ouvert la porte pour découvrir Tabitha portant de la lingerie et agitant un préservatif, ça lui aurait paru plus réel que de voir l'extraordinaire John Smith assis sur son lit et lui parler de romans graphiques et d'ARN non codant, quoi que cela puisse être. « Est-ce que… ça marche ?

— Oui. Mais ce n'est que le début. Tu t'y connais un peu en chimie organique ? »

Venant de n'importe qui, la question aurait été une insulte, mais Aaron se rendit compte que John était sérieux et sincère. « Non.

— D'accord, très bien. C'était évident que quelqu'un allait finir par découvrir pourquoi nous sommes des Brillants. Je ne vais pas t'ennuyer avec les détails, mais il y avait des indicateurs qui montraient que c'était imminent. Certains des meilleurs scientifiques anormaux sont acquis à notre cause, et j'aurais pu les faire travailler sur le sujet. Mais les probabilités de succès étaient minces. Mieux valait laisser les autres développer ça. À la place, nous avons travaillé sur un mécanisme de transmission. On a commencé avec une souche de vilaine grippe, mais c'était il y a longtemps. Depuis, nous n'avons cessé de l'améliorer, encore et encore. Nous avons créé le rhume le plus contagieux que le monde ait jamais connu.

— Je ne comprends pas. À quoi ça sert de rendre les gens malades ? Est-ce que ça les tue ?

— J'ai dit contagieux, pas dangereux. Le problème avec les armes bactériologiques, c'est qu'elles sont difficiles à utiliser et à contenir, et si elles fonctionnent, elles exterminent les personnes infectées. Nous, c'est différent. Ça te fait juste renifler et tousser, pas grand-chose de plus. Mais c'est si incroyablement contagieux et résistant que si nous le diffusons correctement, le monde entier sera infecté.

— Je ne comprends pas. En quoi est-ce que ça nous aide ?

— Parce que la grippe est un virus ARN. Comme Ebola et le SRAS. Ce qui signifie que nous pouvons y injecter l'ARN non codant du professeur Couzen. »

Hawk voulait poser une question intelligente, il en brûlait d'envie, mais il sentait que s'il ouvrait la bouche, il n'en sortirait qu'un long *Euuuuhh*, alors il choisit de se taire.

« Ce qui veut dire que quasiment tout le monde attrapera ma grippe, poursuivit John. Et tout le monde deviendra un Brillant. »

La mâchoire d'Aaron se décrocha. Il ne comprenait pas que cela était bien réel, là, maintenant, dans la vie. « Tu… Tu vas transformer le monde entier en…

— En Brillants. » John jeta sa cigarette dans la canette de Coca. « Oui.

— Mais ça… Ça ferait… Je veux dire…

— Ce sera le plus important progrès de l'humanité depuis le développement de l'agriculture. Encore plus important, même. Parce que l'agriculture, comme l'écriture, les mathématiques, la médecine, ce n'est que du savoir. Et le savoir, ça peut se perdre. Ce qui va se passer maintenant est différent. Il s'agit d'*évolution*. La modification de l'expression des gènes sera héréditaire. Tu comprends ce que ça veut dire ?

— Je…

— Je ne transforme pas en Brillants ceux qui sont actuellement en vie. Je transforme l'humanité entière en Brillants, à jamais. »

Aaron avait réussi à refermer sa bouche, mais elle béait à nouveau. « Mon Dieu.

— Réfléchis-y. Un monde complètement nouveau. Un monde meilleur, avec des gens meilleurs. Plus intelligents, plus compétents et sans peur. Imagine à quoi ça pourrait ressembler. Imagine ce que l'humanité pourrait accomplir si tout le monde était un Brillant.

— C'est fascinant. » Il avait l'impression que le lit tournoyait sous lui. Il avait tant de questions. Mais en fait, elles se réduisirent à une seule : *Je peux en avoir ?* Il se serait coupé une roubignole pour être surdoué. « Qu'est-ce que je… Qu'est-ce que tu attends de moi ?

— Pardon ?

— Eh bien. » Aaron fit une pause. « Je veux dire, il doit y avoir une raison pour que tu me racontes tout ça, pas vrai ? »

Durant une seconde horrible, il crut avoir offensé John. Mais son ami sourit. « Tu es intelligent. Voici. Nous savons tout de la pathologie de notre grippe modifiée. Nos virologues l'ont perfectionnée pendant des années. Maintenant, nous avons les résultats des travaux de Couzen, et nous savons que ça fonctionne. Et nous avons aussi des modèles informatiques détaillés de la combinaison des deux. »

Soudain, tout devint clair. « Mais vous ne l'avez pas encore essayée.

— J'en prendrais moi-même, dit John, mais je suis déjà un surdoué.

— Alors, ça n'affecte pas les Brillants ?

— On aura les symptômes, le nez qui coule et la toux. Et le plus important : l'aspect héréditaire. Mais ça ne changera en rien nos dons.

— Alors, vous avez besoin d'un… d'un cobaye ?

— Non. Nous avons besoin d'un pionnier. Nous n'avons pas le temps de procéder aux essais cliniques, Hawk. Mais il faut que je sache combien de temps ça prend, s'il y a des effets secondaires que nous n'avons pas anticipés, des choses comme ça. Parce qu'il s'agit de ça : d'un coup de maître. Soit nous gagnons tout, soit nous perdons tout. Et je veux gagner. »

Aaron eut besoin de toute la force de sa volonté pour ne pas accepter immédiatement. C'était ce qu'il voulait plus que tout. Depuis que Maman lui avait expliqué la différence entre elle et lui. Ça l'avait rendue si triste, elle avait tout fait pour lui expliquer qu'elle ne l'aimait pas moins parce qu'il était normal. Et il savait qu'elle le pensait vraiment. Ce qui n'enlevait rien au fait qu'il était *inférieur*.

Une pensée le frappa. « Le professeur Couzen. Tu as dit qu'il allait mourir.

— Oui.

— Parce qu'il s'est injecté son truc ?

— Le sérum fait de toi un Brillant, ce qui modifie

fondamentalement la façon dont ton cerveau fonctionne. Couzen est trop vieux pour qu'il n'y ait pas de conséquences. Mais tu as quatorze ans. Je ne dis pas que ça ressemblera à une sortie à Disney World, mais ça se passera bien. Mieux que ça : tu seras un Brillant. »

La phrase parut suspendue en l'air. Aaron se demanda ce que ça voulait dire, concrètement. Comme devenir un super-héros. « Alors les vieux qui auront cette grippe, ils mourront ?

— Certains, dit John. Mais ce sont eux qui ont façonné ce monde. Si, pour bâtir un monde meilleur, il faut sacrifier ceux qui ont construit les académies, eh bien, je préfère que ce soit eux plutôt que toi. »

Aaron se mordit l'ongle du pouce.

« Faire ça, continua John, ce serait une aide capitale pour la cause. Une aide capitale pour moi. Mais c'est à toi de décider. »

Il savait que Maman aurait voulu qu'il le fasse. Mais c'était sa mère, c'était son rôle de vouloir qu'il soit parfait. À la vérité, c'était lui qui savait le mieux quoi faire. En plus, c'était sa vie. Son choix. Il pointa un doigt vers les cigarettes. « Je peux en avoir une ?

— Tu fumes, Aaron ?

— Je ne sais pas. »

John le regarda avec un air dubitatif. Puis il lui tendit le paquet.

Aaron parvint à en extraire une et la coinça entre ses lèvres. John Smith fit de même, puis il les alluma toutes les deux avec son Zippo.

« Tu veux me faire plaisir ? » demanda Aaron. La cigarette avait l'air bizarre entre les doigts, mais c'était un truc agréable, dans son genre. « Appelle-moi Hawk. »

Chapitre 22

Lorsque Natalie ouvrit la porte, ses yeux rougis et enfoncés brillèrent de soulagement. « Oh, Dieu merci, dit-elle. Viens ici », ajouta-t-elle, même si c'était elle qui allait vers lui, les bras grands ouverts.

Cooper la serra fort, le parfum familier de ses cheveux se mêlait à une légère odeur de larmes. Ses pleurs contenaient un genre de consentement, et il sentit ses yeux s'embuer. Quand avait-il pleuré pour la dernière fois ? Lorsque son père était mort ?

« J'ai regardé les informations, dit-elle au creux de son épaule. Je savais que tu n'y étais pas, mais je n'ai pas pu m'en empêcher, quand j'ai vu cet immeuble, identique à celui où tu allais travailler tous les jours, j'ai craqué.

— Je vais bien », dit-il.

Elle perçut les choses qu'il ne pouvait pas dire et se raidit. Ses yeux s'écarquillèrent. « Bobby ?

— Et Val. Et Luisa. »

Elle plaqua ses mains sur sa bouche ouverte, comme pour contenir un cri. En vain. « Est-ce qu'ils… Tu es sûr ?

— J'étais en train de leur parler quand c'est arrivé. Je… J'ai vu… » Il ferma les yeux, aspira de l'air.

« Mon Dieu, chéri. Oh, Nick. » Elle se pressa contre lui, les mains serrées dans son dos. Sa poitrine se souleva lorsqu'il expira en hoquetant et il eut l'impression que quelque chose se déchirait. Elle pivota doucement. « Viens avec moi. »

Cooper se laissa guider dans l'appartement, à travers la cuisine et le long du couloir, jusque dans la chambre. Il avait bizarrement conscience qu'ils avaient fait l'amour la dernière fois qu'il était là, puis il se rendit compte qu'il n'avait même pas eu l'occasion de le dire à Bobby, de partager sa confusion et d'entendre une blague déplacée de son vieil ami, quelque chose de drôle et de méchant qui les aurait fait rire, et c'est alors qu'il se mit à pleurer. Natalie s'allongea sur le lit, adossée au mur, et lui fit signe de venir dans ses bras. Il la rejoignit et posa la tête sur ses genoux, passa les bras autour de ses jambes et les serra tandis qu'elle lui caressait les cheveux en lui disant mieux que personne que tout allait bien.

Cela faisait bien longtemps qu'il n'allait pas bien, et il doutait que ça puisse s'arranger un jour.

Les larmes ne durèrent pas longtemps – ça ne lui posait pas de problème de pleurer, c'était juste un phénomène bref –, mais il resta comme il était, la tête sur ses cuisses, observant ses pieds et les rideaux vaporeux derrière lesquels le jour mourait lentement. Elle passait ses mains dans ses cheveux et attendait, infiniment patiente et présente.

« C'est injuste, finit-il par dire. C'est tout simplement injuste. Tu sais combien de fois Bobby et moi avons affronté le danger ? Combien de portes nous avons défoncées, combien de suspects nous avons arrêtés ? Bordel, le jour de l'explosion de la Bourse, il a pris un coup de fusil dans la poitrine, ça lui a cassé deux côtes. J'étais là, je l'ai plaqué au sol et… » Il s'interrompit.

Natalie continuait à lui caresser les cheveux. Au bout d'un moment, il dit : « On était des agents. On connaissait les risques. Mais… pas comme ça. Pas une bombe en pleine journée de travail. Pas d'avertissement, pas moyen de se défendre. Juste boum, mort. Il méritait mieux que ça. Une meilleure mort.

— Ça n'existe pas, une meilleure mort, chéri. C'est juste la mort.

— Ouais, mais pour Bobby Quinn, ça aurait dû être différent. Il aurait dû être en train de faire quelque chose d'important.

— C'était le cas, dit Natalie. Il était en train de travailler, d'essayer de protéger le pays.

— Ce n'est pas pareil. Il ne s'y attendait pas.

— Qui s'y attend ? » Elle haussa les épaules. « Bobby était un héros, tout comme Val et Luisa et tous les autres. Mais c'est seulement dans les films que les héros peuvent se préparer au grand moment du glorieux sacrifice. La vraie vie est plus compliquée que ça.

— Je sais, mais… En une seconde. Je veux dire, on était en train de blaguer quand c'est arrivé. Il disait que les bières seraient pour moi. Ce furent ses derniers mots. "Souviens-toi, les bières sont pour toi." »

Natalie émit un son qui était presque un rire. « Désolée, c'est juste… » Elle fit une pause, et cette fois elle rit pour de bon, bien que ce fût un rire chargé de désespoir. « Si tu demandais à Bobby, il te dirait que c'était plutôt pas mal, pour des dernières paroles. »

La remarque le surprit et il imagina son partenaire assis dans un bar, en train de faire tourner entre ses doigts une cigarette qu'il n'avait pas l'intention d'allumer, et il disait : *Eh, mec, arrête avec ça.*

« Je ne voulais pas rire.

— Non, tu as raison. Il aurait aimé ça. » Ils restèrent allongés pendant un moment, son visage pressé contre ses jambes, son propre pouls résonnant dans son oreille.

« Bon Dieu, dit Natalie. Sa fille.

— Merde. » Bobby avait divorcé, mais il n'était pas dans les mêmes termes que Natalie et lui avec son ex. Sa fille vivait avec sa mère et cela faisait longtemps que Cooper ne l'avait pas vue. « Maggie doit avoir… onze ans, maintenant ?

— Douze, dit Natalie. Elle est née en juin.

— Tu te souviens de ça ?

— Je l'aimais aussi, Nick. Pareil pour les enfants. »

De pire en pire. Il allait devoir leur dire qu'Oncle Bobby était mort. Comme s'ils n'en avaient pas eu assez. « Kate et l'académie. Todd dans le coma. Maggie sans son père. Et jusqu'aux gamins qui étaient dans le Monocle, le restaurant. Pourquoi est-ce que ce sont toujours les enfants qui dégustent ? » Une pensée le frappa et il se tourna vers elle.

« Attends, où sont…

— Ils jouent avec des amis. Ils vont bien. » Elle attendit un instant. « C'était John Smith ?

— Oui.

— Il n'arrêtera jamais, n'est-ce pas ? »

Les mots eurent un impact quasiment physique. Quelque chose dans sa poitrine, pas son cœur biologique mais son cœur métaphorique, parut devenir dur comme de la lave en train de refroidir. « Si, dit-il en se relevant. Si, il va arrêter.

— Nick…

— Je dois y aller.

— Reste. Il n'y a pas urgence. Je n'essayais pas de…

— Non, je… » Il renifla et s'essuya le nez avec le dos de la main. « Ça n'a rien à voir avec ce que tu as dit.

— C'est normal d'accepter de l'aide, chéri. De me laisser t'aider.

— Merci. » Il la regarda, ce genre de regard long et profond qui affleurait lorsqu'on connaissait si bien une personne qu'il était difficile de situer la frontière entre elle et soi-même. « Maintenant, c'est à mon tour.

— De faire quoi ? »

Cooper pensa à ce qu'Epstein était en train d'accomplir en ce moment, au kidnapping de Samantha – une cagoule sur sa tête et l'odeur de produits chimiques avant qu'elle ne perde conscience. Il pensa à la fumée et aux flammes qui éclataient la vitre et tuaient ses amis, ainsi qu'un millier d'autres personnes. Il pensa au cadavre d'un adolescent qui se balançait au bout d'une corde pendant que Soren comptait les petits trous dans sa cellule. « Ce que je dois faire. »

Elle le fixa et son expression s'assombrit. « Tu ne veux pas me le dire.

— Non.

— Pourquoi ?

— Parce que je n'en suis pas fier.

— Ça te mènera à John Smith ?

— Il le faut.

— Alors, fais-le. » La voix de Natalie était ferme. « Quoi que ce soit. »

Durant un long moment, ils se regardèrent dans la pénombre de la chambre. Puis il lui caressa la joue et acquiesça.

LES NOUVEAUX FILS DE LA LIBERTÉ APPROCHENT DE TESLA

La présidente Ramirez condamne les NFL, mais a « les mains liées ».

Depuis qu'ils ont ouvert une brèche dans la clôture de la Nouvelle Canaan le 17 décembre, les NFL ont parcouru plus de cent quarante kilomètres et approchent maintenant de la capitale, Tesla. La milice civile, qui compte environ dix-sept mille membres, a subi de lourdes pertes lors d'un bombardement de drones, mais a par ailleurs progressé sans rencontrer de résistance. Sur l'ordre d'Erik Epstein, les habitants de la Réserve se sont regroupés à Tesla, depuis longtemps réputée pour la technologie de ses moyens de défense.

Lors d'une brève allocution aujourd'hui, la présidente Ramirez a condamné la milice civile, mais a ajouté que du fait de la rétrogradation en cours de la technologie de l'armée des États-Unis, le gouvernement ne pouvait pas intervenir directement…

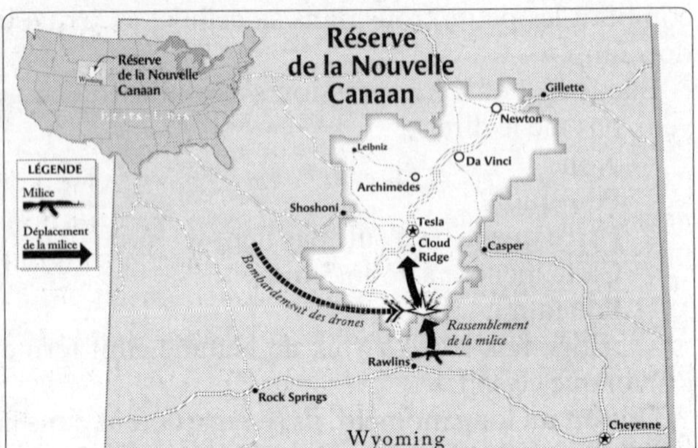

Chapitre 23

Le vieil homme était assis sous le porche et tenait le fusil sur ses genoux avec ses mains gantées de mitaines. Il le tenait bien, comme si c'était un outil. Le genre de type qui en parlait comme d'une alarme anti-intrusion chargée.

D'après ce que constatait Luke, il était l'unique habitant resté à Cloud Ridge, le dernier avant-poste avant Tesla.

Au cours des jours précédents, les Nouveaux Fils avaient parcouru près de cent dix kilomètres, et ils s'étaient battus pour chacun d'eux. Epstein était peut-être à court de bombes, mais il continuait à les harceler. Des snipers leur tiraient dessus de loin, de bien trop loin et avec trop peu d'entraînement pour faire beaucoup de morts, mais à chaque fois qu'un coup de feu claquait, toute l'armée sursautait. À longueur de journée, des planeurs les survolaient et les pilotes jetaient tout et n'importe quoi, des boules de bowling aux cocktails Molotov. Durant la nuit, les Brillants se servaient de leur système de projection audio et faisaient retentir des railleries, des sirènes et de la musique. Rien de tout cela ne causait de réels dégâts, mais ça usait les hommes. Ils étaient fatigués et irradiaient de violence.

Quant aux chevaux, ils s'étaient révélés être un coup de génie. Comme l'impulsion électromagnétique avait rendu les véhicules inutilisables, ils tiraient tout le matériel. Miller avait ordonné que l'on dépouille des centaines de camionnettes et de SUV, que l'on en retire les moteurs et les sièges pour les transformer en chariots improvisés. Le symbolisme de la situation n'échappait pas à Luke. Une armée disparate menant un convoi de chevaux pour aller écraser une minorité capable de projeter sa voix depuis les cieux. C'était une métaphore sanglante du conflit entre les normaux et les Brillants.

Cloud Ridge était davantage un village qu'une ville, avec à peine plus de deux mille habitants. Ça ne ressemblait à aucun endroit que connaissait Luke. Au lieu de grandir de façon organique décennie après décennie, comme la plupart des localités, elle avait été conçue par des architectes en urbanisme et construite comme un tout en l'espace de quelques mois. L'ensemble répondait à des impératifs de fonctionnalité et d'efficacité, depuis les larges avenues entourant le parc urbain jusqu'à la ferme solaire, des centaines de panneaux automatiques qui s'orientaient en parfaite synchronicité.

Et tout était abandonné. Luke n'était pas surpris, mais déçu. Après la dérouillée infligée par les drones d'Epstein et le harcèlement constant qui avait suivi, une bataille aurait été la bienvenue. Même si chaque homme, chaque femme et chaque enfant de Cloud City leur avaient fait barrage, les Nouveaux Fils les auraient fracassés. Ce qui, bien évidemment, expliquait pourquoi l'endroit était désert. Leurs ennemis n'étaient pas idiots.

« Pose ça, vieil homme ! » Le milicien était l'un des douze qui entouraient le porche, et tous espéraient clairement un affrontement. Mais le vieillard se contenta de tourner la tête pour cracher.

Luke dit : « Salut !

— T'es le responsable ?

— L'un d'eux.

— Alors, va te faire foutre.

— Pourquoi est-ce que tu n'es pas allé à Tesla avec tous les autres, hier ? » La mention de la veille était une supposition, mais il était assez sûr de lui. Il ne faisait aucun doute qu'Epstein suivait la progression des miliciens avec des drones, la repérait avec des radars et se servait de simulations informatiques pour faire une projection de leur avancée. L'ordre d'évacuation avait dû être donné exactement au moment adéquat.

« C'est ma maison.

— Fils ou fille ?

— Hein ?

— Tu es trop vieux pour être un anormal. Beaucoup de sympathisants sont venus s'installer ici, mais je devine qu'à ton âge, c'est autre chose.

— T'es un sacré malin. » L'homme bougea et une douzaine de doigts se placèrent sur une douzaine de queues de détente. « Ma petite-fille.

— Toute ta famille est venue ici ?

— Mon fils, sa femme, leurs enfants. La plus jeune, Melissa, elle est surdouée, et il était hors de question qu'elle finisse dans une académie. »

Luke acquiesça. Il n'avait jamais beaucoup réfléchi au sujet des académies, avant – elles n'accueillaient que les Brillants les plus puissants –, mais depuis l'autre nuit, il comprenait mieux la terreur qu'elles inspiraient.

« Tes hommes peuvent se détendre, je ne vais pas me battre. Je n'ai pas beaucoup de nourriture, mais si vous voulez remplir vos gamelles, vous êtes mes invités. »

Luke sourit. « T'as empoisonné les réserves, hein ?

— Ça valait le coup d'essayer », répondit le vieil homme avec un rictus. Des plombages scintillaient dans sa dentition. « Et alors, maintenant ?

— Eh bien, si tu poses ton arme et que tu te rends, on te laissera t'en aller.

— Ouais ? Pendant que vous traquez mon garçon et sa famille ?

— Tu sais, répondit Luke, j'avais des fils, moi aussi. Les gens de la Réserve les ont brûlés vifs il y a deux semaines.

— Désolé pour cette perte », dit l'homme. Le vent balaya le désert, sifflant entre les montants de la balustrade du porche. Il y eut un coup de feu quelque part, au loin. Un autre habitant de Cloud Ridge, se dit Luke. « Dernière chance. Pourquoi est-ce que tu ne poses pas ce fusil avant de t'en aller ?

— Pourquoi est-ce que tu ne viens pas ici pour défaire ma braguette et me… »

Luke dégaina son arme et fit un trou très propre dans le crâne du type. L'écho de la détonation se répandit sous le ciel gris. Pendant un moment, le grand-père resta assis. Puis, comme ses muscles se détendaient, son corps s'effondra, glissa de la chaise et s'abattit sur le plancher du porche. Le fusil cliqueta derrière lui.

L'un des Nouveaux Fils se mit à rire. C'était aigu et irrégulier, avec une pointe d'hystérie.

« Allez dire à Miller qu'il donne l'ordre de ne pas boire l'eau, dit Luke sans s'adresser à personne en particulier. Vérifiez les maisons. Pas de nourriture fraîche. Seulement les conserves, les munitions et les couvertures. »

Le soldat continuait à rire, les genoux pliés et l'air pitoyable. Luke lui jeta un œil, puis regarda l'homme qui était à côté de lui, un jeune type avec une barbe clairsemée. « Ensuite, brûlez-la.

— Sa maison ?

— La ville. Réduisez-la en cendres. »

Chapitre 24

Soren se réveilla.

Les hanches douloureuses et le dos raide à cause de la couchette métallique, il entama la longue opération consistant à se mettre assis. Comme toujours, son esprit devançait ses muscles et analysait le bruit qui l'avait réveillé. C'était l'ouverture de la porte de sa cage. Normalement, ses ravisseurs emplissaient la pièce de gaz et disposaient de son corps inconscient comme ils l'entendaient.

Il y avait donc du changement dans son minuscule royaume. Quoi que ce soit, ça n'allait pas être agréable. Il s'efforça de se calmer en se concentrant sur le néant.

Les hommes qui entraient étaient larges d'épaules et avaient des cous de lutteurs. Ils portaient des uniformes sans éclat marqués du soleil bleu d'Epstein Industries et pointaient sur lui un Taser. Sa perception du temps lui permit de regarder le doigt qui pressait la détente. Il vit le jet de gaz lorsque les dards de métal s'envolèrent, le câble tournoya comme un serpent qui attaque puis les crochets frappèrent sa poitrine nue et dix mille volts traversèrent son corps, balayant sa conscience et le contrôle de ses gestes. Ses muscles furent secoués de spasmes et un son guttural lui arracha la gorge.

Les gardes s'approchèrent et engoncèrent son corps contracté dans un vêtement qu'il ne reconnut pas tout de suite tant il était embrouillé. Ce ne fut que lorsque l'un d'eux se servit d'une longueur de chaîne d'acier pour l'attacher au mur que Soren réalisa qu'il portait une camisole de force.

Torture, donc. Après tout, il était évident qu'ils ne le comprenaient pas. Ils devaient s'imaginer que sa perception prolongée de la souffrance aggraverait les choses. D'un certain point de vue, ils avaient raison, mais les résultats ne seraient pas ceux qu'ils espéraient. Il allait simplement se retirer dans le néant et les laisser le détruire. C'était mieux qu'une éternité passée à compter les petits trous.

Il comprit qu'il pouvait même s'agir d'un genre de victoire. Le simple fait de ne pas révéler les choses qu'ils voulaient savoir en serait la base. Mais le triomphe consisterait à surmonter la douleur. Il ne crierait pas. Il avait passé toute sa vie dans la douleur. Ils ne pouvaient rien faire qu'il ne puisse endurer.

Une fois que les gardes l'eurent attaché, ils s'en allèrent. Un inconnu entra. Svelte et quelconque, avec des yeux sombres et des pommettes saillantes. Il tenait une chaise dans une main et poussait un plateau à roulettes chargé d'instruments brillants. Soren rit presque de la mise en scène.

Jusqu'à ce que Nick Cooper entre à son tour en tirant une femme derrière lui, la main serrée autour de son bras. Pâle et parfaite. Samantha. Elle hoqueta lorsqu'elle le vit, puis se libéra d'une secousse et courut vers lui. Il la regardait approcher, lentement, si lentement, ses yeux marron écarquillés d'horreur, ses cheveux dorés flottant derrière elle, ses bras grands ouverts, et elle fut sur lui, l'enlaça, plaqua ses lèvres contre les siennes. Sa chaleur et son odeur emplirent son monde. Samantha tremblait, sa bouche formait des sons qui ressemblaient plus à des gémissements qu'à des mots.

« Ça suffit. » Cooper la tira en arrière.

Soren fit un mouvement vers l'avant mais la camisole de force bloquait ses bras contre son corps et la chaîne se tendit avec un claquement lorsqu'il eut avancé de trois centimètres. Il força, les muscles de ses jambes noués et bloqués, tandis que la seule femme qu'il ait jamais aimée, la seule qui le comprenait, était assise de force sur la chaise, les bras et les jambes menottés, une ceinture passée autour de sa taille fine, du ruban adhésif plaqué sur sa bouche parfaite.

Cooper dit : « Je t'avais proposé une meilleure solution. »

Soren le fixa, son néant déchiqueté comme une toile d'araignée dans un ouragan. « Je vais tout te dire. Tout.

— Tu vois, c'est le problème. » Cooper haussa les épaules. « Tu es toujours en train de négocier. Si tu t'étais spontanément mis à tout me raconter, peut-être que je verrais les choses différemment. Mais là, tout de suite, je ne peux pas te croire. »

Soren l'observait. Il ouvrit la bouche pour dire ce qu'il savait. Tout comme lui, John ne voudrait pas que Samantha soit blessée. En plus, qu'est-ce que ça pouvait faire ? Son ami avait prévu toutes les éventualités. Il avait dû prévoir celle-ci.

Mais peut-être pas.

Puis : *Cooper n'est pas le genre de type à faire ça. C'est du bluff.*

Soren hésita.

« Ouais. C'est bien ce que je me disais, dit Cooper en grimaçant. J'aurais préféré ne pas avoir à faire ça, vraiment. Mais aujourd'hui, ton ami a tué deux mille des miens. Et il prépare encore pire pour demain. » Il fit un signe de la tête à l'autre homme. « Vas-y, Rickard. »

Le bourreau aux yeux sombres prit tout son temps pour se pencher sur le plateau et choisir parmi les instruments. Il se saisit d'un scalpel et l'observa sous la lumière, enleva une légère poussière sur la pointe puis le remit à sa place pour prendre une lame courte et dentelée courbée comme un couteau à pamplemousse. Même de là où il était, Soren voyait le scintillement d'argent du tranchant.

Rickard se plaça derrière Samantha et remonta la pointe le long de sa joue, sans la toucher. Son gémissement fut étouffé par le ruban adhésif. Elle tira sur ses menottes. Dans la camisole de force, Soren serra si fort les poings que ses ongles déchirèrent la peau de ses paumes. Il se répétait : *Du bluff, c'est du bluff, ils ne vont pas…*

D'un geste précis, l'homme maigre enfonça la lame à travers la paupière du bas de l'œil gauche de Samantha, la fit glisser de côté pour ouvrir une large bande rouge et puis, d'un geste adroit, il fit sauter le globe oculaire de l'orbite, tirant le nerf optique avec. L'œil sanglant se balançait en répandant du sang et des fluides sur la joue de Samantha.

Soren hurlait.

Mais Rickard n'avait pas fini.

Loin de là.

*

Cooper serra les poings et réfréna une remontée de bile.

Ça doit être fait.

Il regarda l'hologramme et vit Soren pris de contractions. Ses yeux étaient fermés mais bougeaient frénétiquement derrière ses paupières tandis qu'il était allongé sur la couchette. Le câble courait le long du mur et était branché sur l'interface implantée dans sa nuque.

Derrière lui, Rickard tapait frénétiquement sur son clavier. L'écran du terminal affichait des strates de fenêtres et de représentations virtuelles en 3D qui réagissaient aux manipulations du programmeur. C'était étrangement glaçant de se trouver dans la salle de commande qui jouxtait la cellule de Soren, dans cet espace terne et informatisé, en train de regarder l'hologramme du tueur transpirer et se convulser.

« Plutôt impressionnant, non ? » Les doigts de Rickard dansaient sur le clavier. « Il n'existe pas de plus haute résolution que celle qui se trouve dans notre cerveau. »

Le son de la réalité virtuelle était réglé à bas niveau. Ça donnait l'impression d'écouter un film d'horreur particulièrement violent depuis la pièce voisine. Les cris de Soren étaient aigus et primitifs, aux limites de la folie. Samantha – *non, pas elle, juste une construction numérique, un programme, rien de plus* – poussait des gémissements étranglés par le ruban adhésif.

« Je dois reconnaître que je n'avais jamais pensé à cette utilisation. J'ai conçu ce système comme un jeu, tu sais, courir et buter des extraterrestres, sentir l'adrénaline, voir le sang et tout ça. On a développé des numérisations individuelles pour que les gens puissent jouer ensemble, sauver l'Univers avec un pote. » Rickard sourit. « C'est pas que ça m'ait posé un problème de la numériser, elle. Je veux dire, bon sang, cette fille, c'est quelque chose. »

L'une des fenêtres montrait Samantha telle que la voyait Soren et lorsque Cooper la regarda, il réprima une nausée et la bile lui brûla l'arrière-gorge.

« Quoi ? » demanda Rickard en levant les yeux vers lui. Lorsqu'il vit le visage de Cooper, son expression terne changea. « En fait, on ne la blesse pas. C'est juste une numérisation à angles multiples. Exactement comme pour ton petit voyage à Rome. C'est le subconscient qui fait l'essentiel du travail. Comme quand tu rêves. Ce n'est pas réel. On ne torture personne.

— *Elle*, on ne la torture pas. Mais regarde ça. » Cooper désigna le cadran qui affichait les paramètres vitaux de Soren et les indicateurs étaient dans le rouge pour ce qui concernait les pulsations cardiaques, la fréquence respiratoire, les concentrations hormonales. « Et dis-moi que nous ne sommes pas en train de le torturer.

— Certes, mais ce n'est pas réel.

— Il est quand même en train de le vivre. Pour lui, quelqu'un est en train de découper Samantha juste sous ses yeux.

— Attends », dit Rickard, et il tapa sur le clavier pour déclencher un sous-programme. Sur une autre fenêtre, une version numérique de Cooper disait : « Est-ce que tu es prêt à me dire où est John Smith ? »

Pour toute réponse, Soren pleura et gémit.

Le Cooper numérique dit : « Continue, Rickard. »

En se forçant à regarder l'écran, il demanda au programmeur : « Pourquoi est-ce que tu joues toi-même le rôle du bourreau ?

— Parce que c'est plus facile. Je suis déjà entièrement numérisé. » Il leva une main du clavier et releva ses cheveux pour lui montrer l'interface implantée dans sa nuque. « J'ai fait ça pendant que je développais ce truc.

— Et ça ne te pose pas de problème ? D'être un bourreau ?

— Eh bien, je veux dire… Ce n'est pas réel.

— T'arrêtes pas de le répéter. »

Le programmeur le regarda. « Ce type t'a tué, non ?

— Il a aussi mis mon fils dans le coma et essayé d'assassiner une famille innocente, y compris leur bébé. Et ça, c'est seulement ce dont je suis au courant. » Cooper marqua une pause. « Si un chien a la rage, tu dois le tuer. Mais il ne faut pas y prendre plaisir. »

Rickard était sur le point de répondre lorsque quelque chose sur l'écran attira son attention. « Ses ondes bêta se modifient.

— Hein ?

— Ça enregistre son activité cérébrale. Ses ondes bêta étaient très élevées, ce qui est logique vu son état de stress. Mais la tendance s'inverse.

— Ce qui veut dire ?

— Il est sur le point de parler. »

Dans son enfer virtuel, Soren hurla : « Arrêtez ! » Il baissa la tête.

Puis, d'une voix hésitante, il se mit à leur raconter le plan de Smith.

Cooper dit : « Putain de merde. » Il se pencha en avant et enfonça une touche. « Epstein. Tu es en train de regarder ?

— Oui. » La voix d'Erik provenait d'un haut-parleur. « Je prépare une unité d'intervention.

— J'en prends la tête.

— La division tactique de la RNC…

— … n'est pas aussi efficace que moi, dit Cooper.

— Négatif. Deux occasions. Deux échecs.

— C'est justement pour ça qu'il faut que ce soit moi. On est en train de parler de John Smith. Je le traque depuis presque une décennie. Personne ne connaît ses stratégies mieux que moi. »

Durant de longues secondes, il n'y eut que le silence. Cooper imaginait Epstein dans sa caverne, le visage illuminé d'une masse de données. *La voilà, la réponse*. « Erik, mets de côté les problèmes personnels. Quelle est l'option qui offre les plus grandes chances de succès, d'un point de vue statistique ? »

Encore un silence. Cooper se demanda si le Brillant avait raccroché. Puis il entendit dans le haut-parleur : « De quoi tu as besoin ?

— De tes meilleurs hommes. D'un moyen de transport. D'armes. Et de plans. Pas seulement de l'immeuble, mais de tout le quartier, et aussi de tous les schémas de structure de voirie et de maintenance.

— D'accord.

— Encore une chose. » Cooper sourit. « Shannon est à Newton. Combien de temps il te faut pour la faire venir ici ? »

Chapitre 25

« Très bien, dit Cooper. Fondamentalement, il s'agit d'entrer et de nettoyer. Mais vous connaissez tous les enjeux. Il faut une stratégie précise. »

Le camion roulait, sombre et bondé, l'air était moite à cause de la respiration de trente hommes et femmes baraqués. Bien qu'Epstein n'ait pas d'armée permanente, ses agents de terrain étaient des durs. Techniquement, les Gardiens faisaient partie des forces de police privées qui assuraient la sécurité de la Réserve, mais Cooper estimait qu'ils tenaient davantage des rangers de l'US Army : une unité d'élite flexible qui s'entraînait en permanence pour toutes sortes d'opérations allant du sauvetage à la guérilla urbaine. Ils étaient assis sur les bancs qui longeaient l'habitacle du camion, le fusil automatique entre les genoux, le gilet d'armes noir plaqué sur leur large torse.

« Comme vous le savez, notre cible est John Smith. Il ne doit pas s'enfuir. Les équipes Alpha et Bravo vont entrer par les portes avant et arrière en même temps, et ensuite progresser en nettoyant une pièce après l'autre pour se rejoindre dans le labo. L'équipe Charlie restera dehors pour sécuriser la rue et les sorties possibles. En plus, il y a déjà des snipers en position sur les immeubles proches… »

Il avait fallu un peu plus d'une heure à Epstein pour faire venir Shannon par hélicoptère. Pendant ce temps, Cooper avait analysé les plans de l'immeuble pour définir une stratégie. Une heure pour organiser une opération visant à attraper l'homme le plus dangereux d'Amérique.

Bien que le délai paraisse court, c'était largement suffisant. En piratant les données des satellites espions du gouvernement, les programmeurs d'Epstein avaient pu vérifier que Soren disait vrai. John Smith était arrivé dans l'immeuble deux jours plus tôt. D'après la vidéo, il n'en était toujours pas ressorti. Pour ce qu'en savait Cooper, il était en train de plier bagage en ce moment même. Ils ne pouvaient pas perdre de temps, maintenant qu'ils étaient si proches.

Voilà une façon ironique d'exprimer les choses. « Si proches », c'était exactement ça. Est-ce que John Smith se cachait au Congo, ou dans une grotte en Afghanistan, ou même dans une tanière secrète à New York ?

Non. Ce salopard était à Tesla, à moins de huit kilomètres de la maison où dormaient ses enfants. Il avait mis au point une arme biologique au coin de la rue.

Aussi grave que fût la situation, elle avait quelque chose de drôle, mais il n'avait pas le temps d'en rire. C'était sa dernière chance. Il devait s'assurer d'avoir pensé à tout. Pendant des années, Cooper avait traqué Smith, l'avait étudié. Il avait examiné de près ses parties d'échecs, avait regardé les vidéos de ses discours. Et il l'avait rencontré deux fois : un an auparavant, Smith lui avait révélé des demi-vérités qui l'avaient braqué comme un missile contre son propre gouvernement ; et quelques semaines plus tôt, lorsque

Bobby Quinn – *Bobby* – et lui avaient kidnappé Smith avant de renoncer à l'exécuter pour ne pas en faire un martyr.

Maintenant, c'était le moment de vérifier tout ce qu'il avait appris durant ces années, tous les schémas qu'il avait construits, tout ce qu'il avait perçu du sens de la stratégie du terroriste.

« Shannon. » Il se tourna pour la regarder. Il lui fallut faire de grands efforts pour ne pas se laisser aller à respirer son odeur, à savourer la chaleur de sa cuisse contre la sienne. « Tu es notre atout. »

Elle coinça une mèche de ses cheveux derrière son oreille. « Je n'aime pas ça.

— Je sais.

— Laisse-moi entrer dans l'immeuble pour vérifier qu'il n'y a pas de mauvaise surprise. Je peux le faire.

— Je sais, répéta Cooper. Je sais à quel point tu es douée. C'est pour ça que j'ai besoin que tu joues ton rôle. Personne d'autre que toi ne peut le faire.

— Mais…

— Tu me fais confiance ? » Ils se regardèrent un moment. « S'il te plaît. »

Sans cesser de le fixer, elle prit une inspiration et acquiesça. Il avait une soudaine envie de se pencher et de la serrer contre lui, de l'embrasser jusqu'à ce qu'aucun d'eux ne puisse respirer.

« Et moi ? » Ethan avait l'air ridicule dans son équipement d'intervention, ses épaules et ses bras nageaient dans l'uniforme, le casque produisait un effet comique sur sa tête.

« Une fois qu'on aura nettoyé l'immeuble, ce sera à toi de jouer. Smith a peut-être déjà modifié sa grippe en y incluant le sérum. La deuxième priorité, c'est de le sécuriser. » Cooper fit une pause et balaya du regard les rangs des commandos. « Des questions ? »

Aucun des soldats ne répondit, mais il pouvait lire la tension en chacun d'eux, leur désir de vérifier leurs chargeurs ou leur gilet d'armes, le contrôle qu'ils exerçaient pour ne pas le faire. Des professionnels chevronnés, tendus – seuls des cow-boys ne le seraient pas –, mais parés à l'action.

« J'ai une question, dit Ethan.

— Je t'écoute, Prof.

— En quoi est-ce négatif ? »

À l'intérieur du camion, les regards se braquèrent sur lui. Il les remarqua, mais quand bien même il n'était pas un guerrier, il n'était pas un lâche non plus. « Je ne parle pas de descendre John Smith. Je parle du virus qui transforme les gens en Brillants. »

Cooper répondit : « C'est comme de suggérer qu'une femme victime de viol soit reconnaissante de s'être fait baiser.

— Wouaw, dit Ethan en levant les mains. Je reconnais que ça devrait être un choix personnel. Mais ce n'est pas une arme que j'ai mise au point.

— Non, intervint Shannon. Tu as juste développé la technologie nécessaire pour que quelqu'un en fasse une arme.

— Je suis un scientifique. C'est mon boulot de comprendre les choses. Et avant de monter sur tes grands chevaux, pense à ce que nous ressentons, nous autres. »

Cooper arqua un sourcil.

« Je comprends qu'il ne soit pas toujours facile d'être un Brillant, poursuivit Ethan. Mais mets-toi à la place d'un normal. Je veux dire, sérieusement, tu es un super-héros. Wouaw, tu peux faire des trucs dont nous autres pouvons seulement rêver. » Il secoua la tête. « La façon dont la société traite les anormaux, surtout ces derniers temps, c'est abominable. Mais vous ne vous rendez pas compte à quel point nous désirons avoir ce que vous possédez ?

— Néandertalien et *Homo sapiens*, dit calmement Shannon.

— Eh bien… » Ethan haussa les épaules. « C'est un peu ça, ouais. Les Brillants sont objectivement meilleurs que les normaux. Ce qui était également vrai pour les néandertaliens et les *Homo sapiens*.

— Alors, quoi ? demanda Cooper. On extermine les normaux comme l'*Homo sapiens* a exterminé le néandertalien ?

— En fait, répondit Ethan, ça ne s'est pas passé comme ça. Les deux espèces étaient en conflit, aucun doute là-dessus, mais il y a eu des croisements entre elles. Les recherches récentes montrent qu'elles ont cohabité pendant environ cinq mille ans. À la fin, l'*Homo sapiens* a gagné parce que nous étions meilleurs. On avait des périodes de gestation plus longues, un plus grand cerveau, des capacités d'abstraction plus développées. Dans un monde où l'espace et les ressources étaient limités, on était capables de mieux les exploiter, alors on a survécu et pas eux.

— Et tu trouves ça normal ?

— Ce n'est pas la question. Ce n'est pas un problème moral. C'est un problème d'évolution. L'évolution est un processus moche et sanglant. Mais c'est aussi grâce à ça que nous sommes assis ici. Et n'oublie pas que dans cet exemple, je suis un néandertalien, tout comme ma femme et ma fille. » Ethan haussa à nouveau les épaules. « Si le néandertalien avait eu la possibilité de devenir un *Homo sapiens*, tu crois qu'il l'aurait saisie ? Qui n'aurait pas fait ce choix ?

— Il y a deux problèmes avec ça, Prof. » Le camion tourna à un carrefour et Cooper se pencha vers le soldat qui était à côté de lui. « Premièrement, tu as employé le mot *choix*, et c'est justement ce que Smith ne donne à personne.

— D'accord, mais…

— Et deuxièmement, il ne s'agit pas d'évolution. Ça ne se développe pas pendant des milliers d'années dans un cadre naturel. Il s'agit de ton projet scientifique. Ça change complètement la donne. »

Ethan ouvrit la bouche mais il fut interrompu par un fort bourdonnement. Les doigts se raidirent sur les fusils d'assaut. Le cœur de Cooper s'emballa et ses paumes devinrent moites. Le camion ne ralentit pas – la conduite était sportive –, mais le bruit signalait qu'ils étaient à un bloc de leur destination.

« Écoutez, dit Cooper aux commandos. Je sais que vous avez déjà effectué des missions contre des terroristes. Celle-ci est différente. » Il les regarda chacun dans les yeux, tour à tour. « Il s'agit de John Smith. Pas. Une. Seule. Hésitation. »

Les pneus crissèrent lorsque le conducteur enfonça la pédale de frein, le camion dérapa. Il n'était pas encore arrêté que les deux soldats près de la porte arrière l'ouvrirent violemment, dans une explosion de soleil pâle, et tous se mirent en action.

Et voilà. Ta dernière chance. Gagne maintenant, ou perds tout.

Je viens te chercher, John.

Chapitre 26

« Ça va faire mal ? »

Ils étaient à nouveau dans la chambre de Hawk, qu'il avait rangée et nettoyée. Il avait ressenti le besoin de le faire, comme avant de partir pour un long voyage, même si en réalité il n'allait nulle part. Il s'assit sur le lit, John sur la chaise. Son ami avait l'air fatigué, mais il donnait l'impression d'aller bien, comme s'il se sentait suffisamment à l'aise pour baisser la garde en sa compagnie, ce à quoi Hawk accordait beaucoup d'importance.

« C'est un pistolet injecteur. » John tenait un instrument qui ressemblait à un pistolet à eau du futur. « Ça envoie un jet de liquide à travers la peau, directement dans ton système sanguin. Tu vas sentir une piqûre de moustique.

— Et pour la…

— Une grippe normale, rien de plus, dit John. Le nez qui coule, la toux, peut-être de légères nausées. Mais on l'a modifiée pour que les effets soient les plus minimes possible. Ça fait partie du plan : si les gens se sentent vraiment mal, ils resteront chez eux, alors que nous avons besoin d'eux pour transmettre le virus. Mais la transformation, le fait de devenir Brillant, ça, c'est un peu différent.

— C'est-à-dire ?

— Eh bien, ça va modifier le fonctionnement de ton cerveau. Tu vas être désorienté. Et sans doute avoir un peu peur. »

Hawk se rendit compte qu'il était en train de se mordre la lèvre et il se força à arrêter. « Qu'est-ce que je vais ressentir ?

— Je ne sais pas au juste. Tu n'es que la deuxième personne dans l'histoire à en faire l'expérience.

— Le professeur Couzen était le premier. » Il inspira. « Son visage était tout égratigné. Il a… Il a fait ça tout seul ?

— Oui, répondit John. Mais souviens-toi, il est trop vieux, trop rigide. Toi, tu es jeune, fort et souple. Tu vas éprouver de la confusion. Tu vas commencer à voir les choses différemment, à être capable de faire des choses que tu ne pouvais pas faire avant. Mon conseil, c'est d'y aller doucement. Comme de passer d'un vieux vélo à un dix vitesses. Tu ne cherches pas à pédaler tout de suite le plus vite possible. Tu dois t'habituer, apprendre à gérer le passage des vitesses, le fonctionnement des freins. Et plus tu seras à l'aise, plus tu pourras élargir ton horizon.

— Est-ce que tu sais quel sera mon don ?

— Ça, c'est le meilleur aspect de la chose. Ceux qui sont nés Brillants possèdent un don prédéfini. Mais comme ce n'est pas ton cas, tu vas pouvoir être capable de réaliser de nombreuses choses.

— Comme quoi ?

— Tout, peut-être, dit John en souriant. Une fois que tu en auras le contrôle, tu seras plus fort que moi.

— Vraiment ?

— Vraiment. »

Hawk essaya de s'imaginer ça, l'effet que ça ferait. Être capable de penser comme John, avoir ce pouvoir qui poussait les gens à l'aider. Ou être capable de bouger comme Haruto – *Yamato sensei*, se corrigea-t-il –, qui pouvait contrôler son corps avec une précision absolue, qui pouvait combattre les yeux bandés en se servant uniquement de son ouïe. Ça devrait être fascinant.

« Tu es prêt ? »

Aaron inspira profondément, puis souffla. Et acquiesça.

Il sentit le canon métallique froid de l'injecteur contre son bras. Avant qu'il ne se contracte, son ami pressa la détente. Il y eut un bruit d'air sous pression et un minuscule pincement. « Ça y est ?

— Ouais.

— Je... » L'émotion gonfla sa poitrine comme un ballon. Hawk voulait serrer John dans ses bras et pleurer. C'était tout ce qu'il avait toujours désiré. Devenir comme Maman, comme John et Tabitha. Comment le regarderait-elle, désormais ? « Merci. » Sa voix tremblait légèrement. Il s'essuya le nez. « Merci.

— Non, Hawk. » John posa la main sur son épaule. « Merci à *toi*. »

Il y eut un grondement sourd, comme lorsque quelqu'un faisait tomber des haltères dans la salle de gym. John tourna vivement la tête et regarda la porte. Hawk demanda : « Qu'est-ce que...

— Chut. »

Durant une seconde, il ne se passa rien.

Puis les tirs commencèrent.

*

Vu de l'extérieur, l'immeuble n'avait rien de particulier. Un entrepôt dans la banlieue de Tesla, perdu au milieu des autres. La Réserve devait importer la grande majorité de ses produits, et il fallait des endroits pour les stocker.

Les Gardiens se déplaçaient avec une précision fluide, chaque commando savait exactement où se placer et quel angle couvrir. Il n'y eut pas de cris, pas de sergent endurci hurlant *Allez allez allez !* Ça, c'était dans les films. Là, dans le soleil de l'après-midi d'hiver du Wyoming, les seuls bruits étaient ceux des pas, le murmure de la circulation d'une avenue proche, et le grondement du moteur du camion.

L'équipe Alpha s'abattit sur l'entrepôt comme une vague noire. Le soldat de tête plaqua les charges sur la porte principale, recula et fit un rapide signe de la main. Cooper vérifia la sécurité de son fusil d'assaut, une arme convexe en fibre de carbone conçue dans la Réserve. Ses aisselles étaient humides et son cœur battait fort, mais ses mains avaient leur fermeté habituelle lorsqu'il était en mission. Combien de fois avait-il participé à des raids pour le DAR ? Des centaines, en comptant les entraînements.

Mais c'est la première fois que tu sais que John Smith est derrière la porte.

Il chassa cette pensée. Ce n'était plus le moment des suppositions. Il était question de tuer ou de mourir.

Les charges firent sauter la porte de ses gonds et propulsèrent la masse de métal à l'intérieur dans un fracas sonore, rapidement suivi de l'explosion de lumière d'une grenade aveuglante. Les hommes entrèrent deux par deux, et Cooper les suivit.

Un genre de hall. Haut de plafond, avec des poutrelles d'acier. Un banc, une caméra de sécurité, un garde plié en deux, les mains sur les yeux. Les équipes le dépassèrent, Cooper à leur suite, laissant les derniers de la colonne s'occuper de lui. D'après les plans, cette vaste entrée donnait directement sur un espace de stockage, avec un hall contigu menant vers de nombreux bureaux. Mais en fait, des murs avaient été érigés pour organiser l'espace différemment. Pas surprenant. Les plans ne montraient que l'architecture initiale. Les hommes de Smith avaient agencé l'endroit selon leurs propres besoins, sans demander de permis de construire. Cooper en était satisfait. Il avait compté là-dessus.

L'équipe prit d'assaut le hall et se positionna dans un angle, que les soldats contournèrent avec une synchronicité parfaite. Cooper entendit hurler, un des Gardiens ordonna à quelqu'un de se mettre au sol et, sans même lui en laisser le temps, les premières détonations des fusils automatiques retentirent. Les premiers commandos venaient de descendre une cible. Cooper les rejoignit et vit deux hommes de Smith en train de saigner, l'un à genoux, l'autre titubant, mais tous les deux proprement flingués. Derrière lui, quelqu'un hurla : « Flash ! » au moment où une autre grenade incapacitante traçait un arc au-dessus de sa tête.

Un homme sortit d'un renfoncement avec la précision d'un danseur de ballet. Il avait un air terne, une expression douce. Ses yeux étaient fermés. Avec des gestes déliés, il leva le bras pour cueillir la grenade aveuglante en l'air et la renvoya avec un léger mouvement du poignet. Cooper eut à peine le temps de se retourner avant que tout ne s'évanouisse dans un déferlement de blancheur rugissante.

La grenade brouilla sa vision, mais il avait reconnu l'homme en question. Haruto Yamato, l'un des lieutenants qui était avec Smith à New York. Il s'efforça de recouvrer sa vision tandis que Yamato avançait vers eux. Il avait toujours les yeux fermés lorsqu'il descendit le premier des Gardiens d'un coup sur la nuque instantanément suivi d'un balayage.

Le don de Yamato est l'audiokinésie. Il combat les yeux fermés et possède des grades très élevés dans une douzaine d'arts martiaux.

Tu ne peux pas le battre en corps à corps, mais personne n'a parlé de combat équitable. Tout ce que tu as à faire, c'est de le ceinturer le plus longtemps possible pour que les autres puissent…

Attends une seconde.

Tu as un fusil d'assaut.

Cooper mit son arme en joue et tira.

Yamato dansa et esquiva les trois premières balles. Mais les quatrième, cinquième et sixième déchirèrent sa poitrine et il chancela jusqu'à percuter un mur, puis il s'affaissa en y laissant une trace rouge. Ses yeux vides étaient ouverts.

Je viens te chercher, John.

*

Des détonations, nombreuses, des cris, d'autres explosions. Hawk atteignait presque la porte avant même de se rendre compte qu'il s'était mis en mouvement.

« Stop. » La voix de John ressemblait à un coup de fouet, totalement dénuée de chaleur.

Hawk s'immobilisa. D'autres coups de feu, qui provenaient cette fois de la direction opposée. Un hurlement. Tout le monde avait toujours répété que les soldats ennemis pouvaient prendre l'immeuble d'assaut, mais il n'y avait jamais vraiment cru.

Smith entrouvrit à peine la porte et jeta un œil dans le couloir avant de sortir. Aaron le suivit en essayant de se souvenir des exercices, de ce qu'il fallait faire s'ils étaient attaqués. Rester dans leur chambre ? Non, ça n'avait pas de sens. L'armurerie. Tout le monde était censé se replier dans l'armurerie.

« Suis-moi. » John se mit à courir.

« Attends, l'armurerie est de l'autre côté ! » Encore des tirs, plus proches. Son cœur s'emballait, et il avait désespérément besoin de pisser.

« On ne va pas à l'armurerie. Avance ! »

*

Cooper n'avait pas visité beaucoup de laboratoires secrets. Deux, pour être précis. Mais ils lui avaient fait l'effet d'endroits dangereux.

Celui d'Abe Couzen dans le Bronx avait dû être une féerie d'expérimentations scientifiques, mais lorsque Ethan et lui l'avaient découvert, la décoration avait été refaite par un combat à mains nues – paillasse renversée, sang projeté sur le mur.

Celui-ci était plus grand, illuminé d'une lumière crue et rempli d'objets dont il ne pouvait qu'imaginer l'utilité. Des éclaboussures de sang recouvraient les surfaces étincelantes et du verre brisé craquait sous les semelles. Les commandos se pressaient entre les tables, hurlaient et entravaient les prisonniers.

L'assaut choc des Gardiens les avait rendus maîtres du bâtiment sans incident notable. De nombreux hommes de Smith avaient résisté mais, pris par surprise, aucun n'avait présenté une menace comparable à celle de Haruto Yamato. Une douzaine de combattants s'étaient retranchés dans l'armurerie en parpaings, ce que Cooper trouva très aimable de leur part. Ce fut tellement plus facile de les gazer tous en même temps.

Il marchait dans le laboratoire en le détaillant. Les tirs nourris étaient devenus des rafales sporadiques. Cooper enjamba une fraîche projection de matière cérébrale et s'accroupit à côté d'un corps. Deux balles avaient défiguré l'homme, mais il était tout de même évident qu'il ne s'agissait pas de Smith.

Il activa son oreillette et dit : « État des lieux.

— Ici l'équipe Bravo. On a nettoyé l'immeuble jusqu'à notre point de contrôle.

— Une trace de Smith ?

— Négatif.

— Compris, dit Cooper. À l'extérieur ?

— Tout est calme dans la rue. Un prisonnier, deux tués en cours de combat. Aucun d'eux n'est Smith.

— Monsieur. » Le commandant de l'équipe Alpha était une femme trapue au regard dur qui avait l'air de pouvoir soulever Cooper à la force de ses biceps. Son visage grimaçait. « Il n'était pas non plus parmi ceux de l'armurerie.

— Vous êtes sûre ?

— On a vérifié intégralement l'immeuble. À moins que John Smith se soit caché sous le plancher, il nous a échappé. »

Cooper acquiesça lentement.

Puis il sourit.

*

La poussière rendait l'air du tunnel étouffant. Dans le noir, Hawk ne pouvait voir les toiles d'araignée qui balayaient son visage, et chacune lui provoquait des frissons. C'était trop étroit pour pouvoir ramper. Il devait gesticuler comme un ver, les coudes collés contre ses flancs.

Alors que les rafales faisaient rage dans tous les sens, John l'avait conduit jusqu'au réduit près du labo, une pièce qui sentait l'ammoniaque avec des serpillières, des outils et un grand évier en plastique. L'un des trucs bizarres quand on appartenait à un mouvement de résistance, c'était qu'on ne pouvait pas faire appel à un concierge, alors il y avait un tableau de service pour le nettoyage. Hawk avait manié le balai plus de fois qu'il ne pouvait les compter.

Lorsque Aaron entra dans la pièce, John avait attrapé l'évier et s'était mis à le tirer. Les pieds de métal grondèrent sur le béton, révélant un trou dans le mur d'environ soixante centimètres de large. Sans prononcer un mot, John s'y était engouffré tête la première et s'était mis à se tortiller pour avancer. Pendant un moment, Hawk l'avait observé, espérant que John en ressorte avec des armes, mais l'ombre avait avalé son corps jusqu'à le faire disparaître.

Hawk avait pris une profonde inspiration et l'avait suivi. Après un court segment bétonné, ce n'était plus que de la saleté incrustée. En temps normal, il n'était pas claustrophobe, mais l'espace était si étroit que ses deux épaules touchaient le tunnel tandis qu'il remuait pour poursuivre la descente. La pénombre fut bientôt complète et il n'y eut plus que le bruit de sa respiration, la crasse froide et la caresse soyeuse et terrifiante des toiles d'araignée sur son visage. Dans ces entrailles noires, il ne pensait qu'à la masse qui se trouvait au-dessus de lui. Il se représentait toute cette terre, le tonnage de ciment, l'immeuble, la rue. Que se passerait-il s'il restait coincé ? Est-ce que quelqu'un viendrait le sauver ? Dans le chaos, il serait peut-être oublié, piégé ici, enterré vivant. La panique lui tordit le ventre, il était devenu un ver aveugle avec de grandes dents, comme les vers qui grouillaient dans la crasse autour d'eux, et qui pouvait dire quel genre de cauchemar blafard et rampant vivait là-dessous…

Ne craque pas devant John Smith. T'as pas intérêt, mauviette.

Peu à peu, le tunnel commença à remonter. Il continua à progresser dans l'air humide, la respiration rapide. Il fallait vraiment qu'il pisse. Au bout d'une éternité, il entendit la voix de John. « On y est. » Il y eut un crissement de métal contre du métal, puis un bruit sourd, et une explosion de lumière devant lui.

En s'extirpant du tunnel, il eut l'impression de renaître. Il haleta, courbé en deux, les mains sur les genoux, jusqu'à ce qu'il ait suffisamment confiance en lui pour se redresser.

Ils étaient dans un long couloir éclairé par un alignement de grosses ampoules. Le plafond était à environ deux mètres cinquante au-dessus d'eux, mais un treillage métallique était fixé au tiers supérieur de la hauteur, ce qui les força à se baisser. John repositionna le panneau dans le mur pour refermer le trou par lequel ils venaient de sortir, regarda dans les deux directions et se mit en marche. « Viens.

— C'est quoi, cet endroit ?

— Un conduit de maintenance. Tesla a été conçue et construite comme un tout, alors la première chose que les ingénieurs ont creusée, ce sont des systèmes de soutien de l'infrastructure. » John leva la main pour désigner les câbles qui couraient au-dessus d'eux. « Toutes les données de la ville passent à travers ces lignes.

— Où est-ce qu'on va ?

— Dehors. Le point d'accès le plus proche est à moins de cinq cents mètres. Il y a un camion garé à côté.

— Un camion ? » Hawk se raidit, se cogna la tête contre un renfort métallique, grimaça. « Tu savais qu'ils allaient venir ?

— Tu crois qu'on serait restés là si je l'avais su ? » John lui lança un regard par-dessus son épaule. « Ça fait deux ans que le camion est garé là. C'est comme ça qu'on gagne, Hawk. Ne concentre jamais toutes tes forces sur un seul chemin pour atteindre ton but. Développe autant d'hypothèses que possible.

— Qu'est-ce que tu veux dire ?

— La plupart des options, tu n'auras même pas à t'en servir. Mais si tu les as à ta disposition au bon moment, tu peux transformer la défaite en victoire. Comme changer un pion en reine. »

Hawk essaya d'imaginer les efforts qu'avait coûtés cette simple issue de secours. Localiser l'endroit précis du conduit de maintenance. Creuser le tunnel. Déblayer la terre. Éviter les ingénieurs qui faisaient l'entretien. Acheter le camion, trouver un endroit où le garer pendant des années, le vérifier régulièrement pour s'assurer que la batterie n'était pas morte et que les pneus étaient gonflés. Un effort énorme, tout ça juste au cas où un jour quelqu'un attaquerait l'immeuble où ils vivaient … *oh*.

« Attends. » Il s'immobilisa. « Et les autres ? »

Devant lui, John s'arrêta. Il soupira, se frotta le

visage. Puis il se retourna et s'approcha de lui. « On a affaire à des sales types, Hawk.

— Est-ce qu'ils… Est-ce qu'ils vont…

— Je ne sais pas. » John lui posa une main sur l'épaule. « Je ne sais pas.

— Yamato sensei. Et Miss Herr, et, oh mon Dieu. Tabitha. Qu'est-il arrivé à Tabitha ? »

John inclina la tête. « Est-ce qu'elle et toi…

— Non. Je veux dire. Non. Elle va s'en sortir ?

— Sans doute. Tant qu'elle ne fait rien de stupide. Et Tabitha n'est pas stupide. » John fit une pause. Hawk devina qu'il était en train de prendre une décision.

Finalement, il déclara : « Il faut que je te dise quelque chose, Hawk. Quelque chose d'important. »

*

À cette distance, les explosions firent autant de bruit que des pétards, mais Shannon reconnut ce dont il s'agissait. Des charges pour faire sauter la porte d'entrée. L'assaut venait de commencer. Quelques secondes plus tard, il y eut encore plus de bruits de pétards, plus légers et plus rapides, et elle les reconnut également.

Tu devrais y être. Les Gardiens sont bons, mais John est encore meilleur. Si tu étais là-bas, tu pourrais te servir de ton don, explorer, t'assurer que Cooper ne tombera pas dans une embuscade.

Dans l'immédiat, elle ne pouvait rien faire d'autre qu'attendre. Attendre, et espérer que Cooper savait ce qu'il faisait.

L'attente était un élément important de son boulot, et parfois elle parvenait même à l'apprécier. Sa capacité à se déplacer sans être vue l'amenait souvent à se trouver dans des endroits où elle n'était pas du tout censée être et où le moindre faux mouvement pouvait la condamner à mort. Pour être honnête, elle aimait ça, aussi. Tout était plus éclatant et plus intense quand il y avait des risques. Les couleurs étaient plus vives, l'air plus sucré.

Mais cette fois, c'était du costaud. Tout comme ces derniers temps. Tout le plaisir avait disparu. Ce qu'elle considérait jadis comme la grande aventure de sa vie avait tourné à l'aigre. Tout s'était assombri. Le déclin avait commencé avec l'explosion de la Bourse au printemps, lorsque Cooper l'avait arrêtée avant qu'elle ne parvienne à empêcher les bombes d'exploser. Il ignorait ce qu'elle essayait de faire, bien sûr, et de toute façon, elle doutait de pouvoir réussir. Un millier d'innocents étaient morts ce jour-là, et il y en avait eu bien d'autres depuis.

Et si maintenant les choses tournent mal, il y aura encore beaucoup plus de victimes. Alors, concentre-toi.

Elle n'était jamais venue dans ce quartier de Tesla. Il n'y avait que des entrepôts et des centres logistiques. Il y avait un nombre surprenant de voitures particulières, ce qui lui parut étrange jusqu'à ce qu'elle se souvienne des Nouveaux Fils de la Liberté. Au fur et à mesure de la progression de la milice, un pourcentage de plus en plus important de la population de la Réserve se retranchait à l'intérieur de l'Anneau de Vogler. Tesla devait être pleine à craquer, tous les hôtels complets. Les gens finiraient par dormir dans les gymnases et les églises.

Cependant, cette rue transversale était quasiment déserte. Peu de voitures, pas de piétons. Elle resta tout de même hors de vue et son esprit analysait chaque détail. Le chauffeur de camion cent mètres plus loin, qui regardait des employés décharger son semi-remorque. Les caméras installées dans tous les coins – là, elle était impuissante. La voiture électrique qui tournait au carrefour, la cahute en métal terne avec une pancarte qui disait MAINTENANCE DE RÉSEAU N4W7…

Une porte qui s'ouvrait.

Shannon se concentra dessus, analysa inconsciemment les vecteurs visuels, l'ouverture progressive de la porte, le regard humain qui était plus furtif qu'analytique, l'angle mort créé par le camion garé là, qui était en fait une zone de danger parce qu'il attirait l'attention, la lumière du soleil qui pénétrait dans la cahute et qui confirmait qu'elle était dans la meilleure position qui soit, étant donné ce qu'elle voyait maintenant. Elle fit une prière silencieuse pour que Cooper ait raison et, plus important encore, pour qu'il aille bien.

Des silhouettes sortirent. La première s'arrêta pour regarder les alentours, un regard précis et professionnel, mais dont elle lut les intentions, la direction choisie, et elle se décala pour le contourner.

John Smith. Son ancien mentor, son ancien ami. Derrière lui, il y avait un gamin qu'elle ne connaissait pas, maigre et grand pour son âge. Ils étaient tous les deux crasseux, les vêtements souillés, des toiles d'araignée dans les cheveux. Le garçon avait la démarche raide de quelqu'un qui a terriblement envie de pisser.

Shannon sortit de l'ombre du quai de chargement, cala son fusil contre son épaule et dit d'une voix forte et claire : « Ne bouge plus. »

Le gamin sursauta et elle constata qu'au moins, son problème de vessie venait d'être résolu.

Quant à John, il se contenta de la fixer. Il était à moins de cinq mètres et elle vit qu'il venait d'opter pour la fuite.

« Ne fais pas ça. » Elle le mit en joue, l'index sur la détente.

« Shannon. Évidemment.

— Les mains sur la tête, recule de deux pas et mets-toi à genoux.

— D'accord. » John entrecroisa les doigts sur sa nuque. D'une voix normale, il dit : « Sauve-toi, Hawk.

— Ne bouge pas !

— *Cours.* »

Le gamin hésita durant une seconde, puis il prit ses jambes à son cou.

À cette distance, elle ne pouvait pas le rater. Mais est-ce qu'elle voulait tirer ? Assassiner un adolescent qui prenait la fuite ?

Il y a autre chose. Ça implique de ne plus viser John. Combien de gens sont morts parce qu'ils l'ont quitté des yeux une fraction de seconde ?

Le garçon se précipitait vers la cahute. Elle le laissa aller. Sans relâcher la pression de son doigt sur la détente, elle fit quelques pas pour que John soit entre elle et la porte en métal, au cas où le gamin reviendrait avec une arme. « Un autre de tes guerriers saints ?

— Hawk ? C'est un ami.

— Tu n'as pas d'amis.

— C'est faux. » Sa voix était douce. « Et toi ?

— La dernière fois qu'on s'est parlé, un autre de tes ados suicidaires était prêt à me faire exploser. Dans un train rempli de civils.

— Ça n'avait rien de personnel, tu le sais. » Il eut un sourire ironique. « Je suppose que tu ne veux pas en parler ?

— Bien sûr que si. Dès que tu auras fait deux pas en arrière et que tu te seras mis à genoux. »

*

Cooper braqua le volant sans lâcher l'accélérateur et le camion tourna brutalement. *Tu y es presque.*

Lorsqu'il avait eu la confirmation que Smith n'était pas dans l'entrepôt, il s'était rué à l'extérieur. Comme il l'avait ordonné, un des Gardiens attendait dans un SUV, le moteur en marche. Le commando n'avait pas eu l'air très content de se faire dégager du véhicule, mais un coup d'œil au visage de Cooper avait suffi pour le convaincre d'obéir.

Il n'y avait pas vraiment besoin de rouler si vite, mais Shannon était seule là-bas, et cela l'inquiétait bien plus qu'il ne s'y était attendu. Elle était l'une des personnes les plus douées qu'il avait jamais rencontrées, mais c'était également le cas de John Smith et l'imagination de Cooper conjurait toutes sortes d'horreurs importunes.

Tiens bon, Shannon. Si ça doit être lui ou toi, s'il te plaît, fais le bon choix.

Il tourna au dernier carrefour, espérant le meilleur et craignant … eh bien, tout le reste.

Lorsqu'il la vit, sa Fille Qui Passe À Travers Les Murs. Sa silhouette se découpait sur un ciel brûlant, elle épaulait un fusil et John Smith était à genoux devant elle. Son cœur hurla de joie. Il pila dans un crissement de pneus, attrapa le fusil d'assaut sur le siège passager et sortit de la voiture pour mettre lui aussi Smith en joue.

L'homme qu'il avait traqué durant près de dix ans leva les yeux vers lui. « Salut, Nick.

— John. La partie est finie.

— On dirait. Bien joué. » Smith essayait de rester calme, mais Cooper voyait ses mains trembler. « Ça t'embête si je fume ?

— Si tu veux. En douceur. »

Le terroriste porta la main à sa poche, très lentement. Cooper l'observait, prêt à tirer à la première alerte, mais Smith n'en sortit qu'un paquet froissé. Il prit une cigarette, l'alluma et inhala profondément. « Comment tu as su ?

— Je t'ai traqué la moitié de ma vie d'adulte. J'ai élaboré tes schémas. Avec toi, tout n'est qu'alternatives et sécurité. Dès que j'ai vu qu'à cinquante mètres il y avait un conduit de maintenance qui *n'était pas* relié à l'entrepôt, j'ai compris.

— C'est marrant. Je n'ai pas fait exprès d'acheter un entrepôt au-dessus du passage, mais c'est ce qui t'a sauté aux yeux. Alors, et maintenant ?

— Finis ta cigarette.

— Hmm, fit Smith en souriant. Ça se termine comme ça, hein ?

— Après tout le sang que tu as fait couler ? Ouais.

— C'était la seule façon de construire un nouveau monde. Il fallait brûler l'ancien. L'histoire s'écrit en lettres de feu. » Il tira une longue bouffée sur sa cigarette, puis regarda Shannon. « T'es d'accord avec ça ?

— Un jour, répondit-elle, tu m'as dit de décider de qui je me souciais vraiment. C'est ce que j'ai fait. »

Le fantôme d'un sourire passa sur les lèvres de Smith. « Tant mieux pour toi. » Il se tourna vers Cooper. « Tu as de la chance.

— Je sais. » La situation avait une dimension surréaliste. La vie s'enfuyait comme le vent : douce, brève, terminée. Ce moment allait rester, les impressions seraient plus fortes que les détails. Une lumière pâle dans un ciel blanc. Des ombres diffuses. L'odeur de l'huile d'entretien des fusils. La tache de saleté sur la joue de Smith. La cigarette entre ses phalanges, le crépitement du tabac lorsqu'il tira une dernière bouffée, avant de grimacer et de jeter le mégot.

« Tu en veux une autre ?

— Non, merci. » Smith prit une courte inspiration et fit rouler ses épaules. « Il faut que tu saches un truc. Me tuer et me battre sont deux choses très différentes. »

Cooper dit : « En tout cas, c'est un pas dans la bonne direction. »

Puis il pressa la détente et trois balles perforèrent le cœur de John Smith.

L'écho des détonations traversa la plaine et alla se perdre dans les lointaines montagnes. Sur un toit, un oiseau effrayé se mit à crier. Quelques blocs plus loin, un chauffeur de camion se jeta au sol.

John Smith cligna des yeux. Il regarda la blessure et sa tête s'affaissa. Pendant un instant, ses muscles le maintinrent dans la même position chancelante.

Puis il s'écroula.

« Cible localisée, dit Cooper en activant son oreillette. Venez le chercher. Apportez une housse mortuaire. »

Il baissa son arme et regarda l'une des femmes qu'il aimait. Elle lui rendit son regard.

Aucun des deux ne parla.

Du moins, pas avec des mots.

Chapitre 27

Cooper ne savait pas au juste ce qu'il ressentait.

Tuer Smith avait été la meilleure solution. Bien sûr, il aurait pu le capturer, essayer de l'interroger, mais le terroriste avait été le maître de la partie. Ils n'auraient pas pu croire un mot de ce qu'il aurait dit, n'auraient jamais eu confiance en l'endroit où ils l'auraient enfermé. Le tuer était la décision la plus sûre.

Il n'avait pas de regrets. Ni le sentiment qu'on voit dans les films, où le flic comprend le criminel, ni l'impression qu'ils auraient pu être amis dans d'autres circonstances, ni de respect malgré lui pour John Smith. Il avait eu le choix, comme tout le monde, et ceux qu'il avait fais avaient assombri le monde.

Mais Cooper éprouvait tout de même un vide étrange. Il n'était pas empli de joie, ne se sentait pas victorieux. Il s'agissait peut-être simplement de ça. Après avoir combattu Smith pendant des années, une part de lui attendait davantage de ce moment. Comme si, après qu'il avait pressé la détente, il y aurait dû y avoir un déferlement de musique et le générique de fin.

Dans ce flou émotionnel et philosophique, cependant, il pouvait toujours se raccrocher à son travail.

Le même boulot que d'habitude, comme il en blaguait souvent avec Quinn : sauver le monde.

Il imagina Bobby qui répondait : *Ouais? Qu'est-ce que ça donne?*

Comme d'habitude, Bobby.

« Hein ? » Shannon leva les yeux vers lui. À l'évidence, il parlait tout seul.

« Rien. » Cooper se rendit compte qu'il regardait dans le vide à travers le pare-brise. Il tourna la clé et le SUV démarra dans un grondement. Un demi-tour rapide et la scène était derrière lui, une équipe était en train d'emballer le cadavre de John Smith dans une housse mortuaire.

Il jeta un œil de côté et constata que Shannon regardait dans le rétroviseur. Elle paraissait encore plus menue que d'habitude, les épaules rentrées, comme si quelque chose en elle s'était rétréci. Avant même de savoir si c'était une bonne idée, Cooper tendit le bras et posa la main sur la sienne. Elle hésita durant un instant puis entrelaça ses doigts avec les siens.

Les rues étaient bondées, les bruits assourdis par les vitres blindées. Il conduisait d'une main, en silence, puis finit par demander : « Tu vas bien ? »

Elle sembla réfléchir à la question. « Ouais.

— Je sais qu'il était ton ami.

— Oui, dit-elle. Il l'était. » Elle eut l'air de vouloir ajouter quelque chose, mais se tut. « J'ai appris la nouvelle, pour Quinn. Je suis désolée. »

Il hocha la tête.

« Tu veux en parler ?

— Plus tard, peut-être. »

La rue devant l'entrepôt s'était transformée en un chaos de véhicules. Il y avait le camion dans lequel ils étaient arrivés, des voitures de sécurité de la Réserve, gyrophares allumés, des ambulances, des camions de transfert de prisonniers, le tout encerclé d'une foule de curieux. Cooper roula à travers l'attroupement et se gara devant la porte. Lorsqu'il coupa le contact, il entendit le cliquetis du moteur et la douce respiration de Shannon.

Il se tourna vers elle, vit qu'elle le regardait. Son expression était complexe. Il se doutait que la sienne l'était tout autant. Ils se fixaient. Il y eut un instant où ils purent se pencher en avant, où leurs mains et leurs lèvres purent se rencontrer, mais cet instant passa et ils étaient toujours assis là.

« Je devrais aller voir ce que fait Ethan », dit Cooper.

Elle acquiesça.

Il s'apprêtait à sortir, s'arrêta et regarda en arrière. « Tu veux venir avec moi ? »

*

Après l'action, l'entrepôt avait cet aspect irréel que le combat conférait à la normalité. Cloisons sèches normales, à part les impacts de balles. Pièces normales, à part les projections de sang. Les Gardiens avaient nettoyé le bâtiment et trouvé les derniers disciples de Smith cachés dans les placards et les armoires. La plupart s'étaient rendus et attendaient d'être transférés, pieds et poings entravés, les yeux pleins de haine et de stupeur. Ceux qui s'étaient rebellés étaient considérablement plus pacifiques.

Cooper et Shannon marchèrent en silence jusqu'au labo, qu'ils trouvèrent grouillant de gens en blouses blanches. Il demanda à l'un d'eux où trouver Ethan, et celui-ci indiqua une direction en tendant le pouce par-dessus son épaule, sans quitter des yeux l'écran de l'ordinateur qui l'occupait.

La porte indiquée menait à ce qui avait dû être un réduit à fournitures. Ethan était debout à l'intérieur, dos à la porte, en face d'une cage. Elle était composée d'un treillis de métal, homogène et solide. Il y avait un homme à l'intérieur.

Voilà autre chose.

Il y avait un cadavre à l'intérieur. Il était tellement mutilé qu'il fallut un moment à Cooper pour enregistrer les détails : c'était un Blanc, vieux et maigre. Ses chairs avaient été écharpées en une centaine d'endroits, il avait des éraflures rouges et de profondes entailles pâles et gonflées. Ses orbites étaient déchiquetées. Cooper l'avait déjà vu, c'était quelques jours plus tôt, dans les rues de Manhattan. Le professeur Abraham Couzen.

Ethan ne se tourna pas, mais Cooper pouvait lire dans la crispation des muscles de ses épaules et dans le tremblement qui agitait sa gorge que le scientifique savait qu'ils étaient là. Cooper pensa à une douzaine de phrases, puis à une autre douzaine, mais il ne trouva aucun mot secourable, même vaguement.

« Je dirais bien "Repose en paix", mais Abe croyait que la vie après la mort était un mensonge entretenu par des imbéciles pour leur éviter de se suicider avant le petit déjeuner. » La voix d'Ethan était plate.

« C'est John qui a fait ça ? demanda Shannon.

— Non. Regarde de plus près. »

Cooper s'accroupit. Il vit ce qu'Ethan voulait dire. L'angle des blessures était étrange. Les ongles étaient cassés, mais vers l'extérieur. Le bout des doigts râpés jusqu'à l'os. C'était comme si Couzen avait gratté un rocher en essayant de creuser un passage à travers … *ah.* « Il s'est fait ça *lui-même ?* Pourquoi ?

— Je ne sais pas.

— Le sérum ? Les effets secondaires dont Vincent nous a parlé ?

— Je ne sais pas. »

Cooper se leva et se plaça entre Ethan et Couzen. « Je suis désolé. »

Le scientifique ne répondit pas. Ses yeux étaient grands ouverts et il ne cherchait pas à regarder Cooper.

« Sortons d'ici. Tu n'as pas besoin de voir ça.

— Quoi ? »

Cooper mit ses mains sur les épaules d'Ethan et le secoua doucement. « Je suis vraiment désolé. Et je sais que ce que je vais dire va me faire passer pour un salopard insensible, et je m'en excuse d'avance. Mais tu ne peux pas te laisser aller à un état de choc maintenant.

— Putain, et pourquoi pas ?

— Parce que ta femme et ta fille sont tout près d'ici. » Cooper s'efforça de parler d'un ton ferme, sans être brutal. « Pour Amy et Violet. »

Les prénoms semblèrent faire plus d'effet que tous les mots que Cooper avait prononcés. Ethan cligna des yeux, déglutit. « Ouais. Ouais, bien sûr.

— Viens. Il faut qu'on contrôle ce virus, Prof.

— Eh bien. Il y a des mauvaises nouvelles et des mauvaises nouvelles. » Ethan sortit du réduit. « Il y a une tonne d'informations ici, des années d'observations cliniques. Mais rien qu'à regarder celles des derniers jours, il est clair que les hommes de Smith ont réussi à intégrer le sérum dans un vecteur de maladie, une souche classique de grippe. Une vilaine, en plus.

Tout ce que je peux en dire, c'est qu'ils ont travaillé dessus un bon bout de temps. La grippe est un virus ARN et notre sérum est élaboré à partir de l'ARN non codant. En fait, ils ont réussi à l'adjoindre aux gènes de la maladie pour le répandre. Ils l'ont surgénéré, se sont servis d'un vecteur de transmission vaporisé et ont produit un volume total de huit virgule cinq mètres cubes.

— Et dans notre langue, ça veut dire quoi ?

— Ils ont fait ce que John Smith voulait. En très grande quantité.

— Et les autres mauvaises nouvelles ?

— Selon les notes du labo, le virus était stocké dans des bouteilles à haute pression standard. Deux en tout, chacune haute d'un mètre vingt, environ, et pesant dans les vingt-cinq kilos.

— Et ?

— Et, répéta Ethan en balayant d'un geste le laboratoire, tu vois un truc qui y ressemble ? »

Cooper scruta la pièce, mais il savait déjà à quoi s'attendre. D'une certaine manière, il le savait depuis l'instant précédant la mort de John Smith. *Me tuer et me battre sont deux choses très différentes.*

« Oh, s'exclama Shannon. Oh, merde.

— Ouais, commenta sèchement Ethan. C'est un bon résumé. »

Cooper voulut hurler. C'était quelque chose qui lui arrivait souvent, ces derniers temps. Tout ça. Tout ce qu'il avait fait. Et même mort, John Smith était plus fort que lui.

« Très bien, dit-il. On se concentre sur le boulot.

— Qu'est-ce que ça peut bien…

— C'est toi le responsable, ici, Ethan. Dirige ton équipe. Cherche des éléments qui peuvent nous mettre sur la piste de ces bouteilles. Et si tu ne les trouves pas, il nous faut un moyen de contrecarrer ce virus.

— Cooper…

— Un vaccin. Une injection. Un putain d'antidote. Je m'en fous. Mais tu cherches et tu bosses jusqu'à ce que tu trouves quelque chose, tu m'entends ? dit Cooper en saisissant le biceps d'Ethan, qu'il serra fort. C'était ton projet, Prof. C'est toi et Abe qui avez fait ça. Nettoie ce bordel.

— Mais…

— *Fais-le.* » Il s'éloigna, il lui fallait un endroit pour réfléchir, pour joindre Epstein, pour penser à l'étape suivante. Peut-être qu'ensemble, ils pouvaient élaborer un schéma suffisamment précis de John Smith pour comprendre ses intentions. Tout s'était passé si vite, Smith ne pouvait pas avoir autant d'avance sur eux…

Son téléphone sonna et il allait l'éteindre lorsqu'il vit le nom affiché sur l'écran. Il décrocha et dit : « Natalie. »

De l'autre côté du laboratoire, Shannon se raidit. Il ne lui en voulait pas, mais ce n'était pas le moment de se soucier de subtilités de cœur.

« Nick ? Tu vas bien ? Tu n'as pas l'air en forme.

— Très occupé. John Smith est mort.

— Tu es sûr ?

— C'est moi qui l'ai tué.

— Oh », dit Natalie d'une voix étrange. Pourquoi ? Natalie n'avait jamais aimé la violence, mais elle avait toujours été au courant de ce qu'il faisait. Et après la façon dont ils avaient pleuré Bobby Quinn, il se serait attendu non pas à de l'euphorie, mais à quelque chose d'autre qu'un terne : « C'est bien.

— Qu'est-ce qui ne va pas ?

— Donc, tu n'as pas vu les infos.
— Non.
— La milice, les Nouveaux Fils de la Liberté. Ils approchent de l'Anneau de Vogler. » Elle prit une inspiration saccadée. « Et ils marchent derrière un bouclier d'enfants. »

Chapitre 28

« … ces images, filmées en direct par un drone de CNN, montrent les Nouveaux Fils de la Liberté qui approchent des limites de Tesla, la capitale de la Réserve de la Nouvelle Canaan. À cette altitude, il est un peu difficile d'en distinguer les détails, mais en zoomant, on peut voir que toutes ces petites silhouettes en tête de colonne sont des enfants et qu'ils sont environ six cents. Étant donné les relations actuelles avec la Réserve, les informations sont limitées mais des sources ont confirmé que tous ces enfants sont des Brillants capturés par les NFL après la dramatique attaque… »

Les images tournaient en boucle dans la salle de commandement, et il en allait de même dans la salle Laurel Lodge de Camp David. Ce qui était inhabituel, c'était que le son était monté et que les gens autour de la table étaient silencieux.

Lorsque la présidente des États-Unis regarde les infos pour être au courant de ce qui se passe, se dit Owen Leahy, *ce n'est pas bon signe.*

À côté de la 3D, il y avait un écran plus grand qui montrait la même chose avec une définition plus précise. Des images d'un satellite du gouvernement, avec une connexion suffisante pour distinguer les visages. La vidéo tournait selon différentes perspectives, un montage brut d'abominations.

Une fille de dix ans qui pleurait tout en marchant, les larmes creusant des sillons clairs sur son visage couvert de poussière.

Un adolescent qui portait un enfant de quatre ans dans un bras et un ours en peluche miteux dans l'autre.

Un gamin qui trébuchait, se relevait en vitesse, le pantalon déchiré et le genou maculé de sang. Il regarda par-dessus son épaule, les yeux pleins de terreur.

Et derrière eux, une longue colonne d'hommes portant des fusils. Ceux qui étaient en première ligne les pointaient sur les enfants. La troupe s'étirait sur près d'un kilomètre.

Leahy vérifia son téléphone pour la cinquantième fois. Toujours aucune réponse.

Le présentateur continuait : « Une rumeur circule depuis longtemps au sujet de la Réserve de la Nouvelle Canaan, selon laquelle un périmètre défensif entourerait la ville de Tesla, et nous présumons que c'est la raison pour laquelle ces enfants serviraient de bouclier humain… »

« Ça suffit, déclara la présidente Ramirez, et un assistant coupa aussitôt le son. Owen, à quelle vitesse pouvons-nous intervenir ?

— Nous ne le pouvons pas, madame la présidente.

— Comme si ça ne suffisait pas que les Nouveaux Fils brûlent des villes abandonnées. Maintenant, ils utilisent des enfants comme détecteurs de mines. Je veux que l'armée américaine soit sur place…

— Madame, *nous ne pouvons pas.* » Leahy baissa

d'un ton. « La milice n'est qu'à huit kilomètres de Tesla. Nous ne pouvons tout simplement pas y acheminer une présence militaire conséquente à temps.

— Et les frappes de drones ou les bombardements tactiques ? Même en guise d'avertissement, pour qu'ils fassent demi-tour.

— La plupart de ces capacités militaires ont été désactivées sur vos ordres, m'dame.

— Réactivez-les.

— Ça prendrait du temps. Et ce serait courir un terrible risque. La seule façon d'intervenir serait d'utiliser une technologie identique à celle que le virus d'Epstein a contrecarrée. Pour le dire simplement, c'est plus élaboré qu'une baïonnette, mais ça peut se retourner contre nous.

— Pourquoi est-ce que la Réserve ferait ça ? On lui porterait secours.

— Franchement, m'dame, je doute qu'ils y croient. À leur place, je n'y croirais pas. Ça reviendrait à demander à un homme qui a tué soixante-quinze mille soldats et qui a fait sauter la Maison-Blanche de vous laisser apporter vos armes les plus mortelles dans son salon afin de le "protéger". En plus, » – il fit un geste vers la 3D – « ils ont déjà un système de défense. L'Anneau de Vogler n'est pas un champ de mines, c'est un champ de micro-ondes. Les victimes ne l'endommageront pas.

— Ce qui veut dire que même si les Nouveaux Fils forcent les enfants à avancer jusqu'à ce qu'ils brûlent vifs, ils ne créeront pas de brèche.

— C'est horrible, mais ce n'est pas notre réseau défensif, et ce n'est pas notre armée. Dites-vous que ça se passe très loin de… » Le téléphone de Leahy vibra. Le nom n'était pas affiché sur l'écran, mais il reconnut le numéro instantanément. Et pour cause : c'était celui d'un appareil blindé contre les radiations qu'il avait lui-même donné à la personne qui appelait. « Désolé, m'dame, mais il faut que je prenne cet appel.

— Allez-y. Quelle est la position du DAR au sujet de… »

Leahy se leva prestement et se dirigea vers la porte. Quitter la table constituait une entorse au protocole, mais il pariait que personne ne lui en tiendrait rigueur, étant donné les circonstances. Il pressa le pas, tête baissée, passa devant les agents des services secrets, longea le couloir et sortit.

Camp David avait des allures de féerie hivernale avec ses conifères, ses illuminations de Noël et sa couche de neige poudreuse. Le lacis d'allées pavées avait été balayé et salé, mais il y avait trop de monde pour qu'il décroche. Leahy quitta le porche et se dirigea vers la forêt. Ses chaussures Richelieu en cuir s'enfonçaient dans la neige lorsqu'il accepta l'appel et dit : « Mais bordel, qu'est-ce que vous êtes en train de faire ?

— Ce dont nous avons convenu. »

Leahy se figea. *Ce n'est pas Sam Miller*. Il vérifia l'écran : c'est pourtant le bon numéro. C'était une voix qu'il avait déjà entendue. Il lui fallut un instant pour la resituer. Luke Hammond, le soldat svelte avec des yeux de tueur. « Il n'a jamais été question de prendre des enfants en otage. Ni de les utiliser pour franchir l'Anneau de Vogler.

— Nous faisons ce qui est nécessaire.

— Nécessaire pour quoi ? Je vous l'ai dit, le but n'est pas le génocide. » *Pourquoi est-ce que personne ne comprend ça ?* Il fallait maintenir un équilibre, rendre le conflit utile, tant qu'on avait le contrôle. Le politologue Thomas Schelling l'avait clairement expliqué dès 1966, quand il avait écrit que le pouvoir de nuire – le pouvoir stérile et improductif de détruire des choses auxquelles quelqu'un d'autre attache de l'importance, afin d'infliger douleur et tristesse – était une forme de pouvoir de négociation. C'était sans aucun doute une affirmation fondamentale en géopolitique, et pourtant Leahy avait parfois l'impression d'être le seul à comprendre qu'il s'agissait de *nuire*, pas d'*anéantir*. « Nous ne voulons pas détruire la Réserve. Nous voulons juste forcer Epstein à…

— Ça, c'est votre but. Les Nouveaux Fils de la Liberté ne font pas partie de votre armée. Nous sommes des patriotes qui luttons pour l'avenir du pays.

— Allons, réveillez-vous. Se frapper le torse, c'est tout juste bon pour les matches de football. "Encore une fois sur la brèche, chers amis[1]", ce n'est pas une stratégie réaliste. »

Il y eut une longue pause. « Monsieur le secrétaire, vous parlez à un soldat qui a quarante années d'expérience dans les opérations spéciales. Vous vous rendez compte à quel point vous avez l'air ridicule ? »

Leahy s'adossa contre un arbre et se frotta les yeux à s'en faire mal. « Je voudrais parler au général Miller.

— Il est occupé.

— Passez-le-moi, s'il vous plaît.

— Il est occupé. »

Leahy imagina qu'il avait le pouvoir de passer sa main à travers le téléphone pour saisir le cou de ce type et le serrer jusqu'à ce que ses yeux lui sortent des orbites. Qu'est-ce que Miller avait dans le crâne

1. William Shakespeare, *Henry V*, acte III, scène 1.

en dépassant les bornes et en refusant de le prendre au téléphone? *Tu es en train de perdre le contrôle de la situation.* « Luke. Je peux vous appeler Luke? On ne se connaît pas bien, mais moi aussi j'ai été soldat.

— Je sais, monsieur le secrétaire. Quatre ans, c'est bien ça?

— Et ensuite, des décennies dans les renseignements avant d'être le secrétaire d'État à la Défense de trois présidents », dit sèchement Leahy. Il se reprit, inspira profondément. « Il va sans dire que je respecte vos états de service. Vous avez raison, vous êtes des patriotes. Mais maintenant, le comportement le plus patriotique consiste à vous arrêter. Vous risquez de déclencher une guerre civile.

— Nous ne risquons pas de la déclencher. Nous la déclarons. Et nous allons vaincre.

— En brûlant des villes? En kidnappant des enfants et en les faisant marcher vers la mort? »

Il y eut un instant de silence. « C'est la guerre.

— Luke, écoutez-moi. Même si vous gagnez, vous croyez qu'on va vous féliciter? La présidente Ramirez veut déjà vous traiter comme des criminels.

— Grand bien lui fasse.

— Hammond, dit Leahy d'une voix autoritaire. Je vous ordonne de vous arrêter. Ceci n'est pas une discussion. Vous agissez à l'encontre des intérêts du pays. Vous nuisez à l'Amérique. D'une manière peut-être fatale. »

Luke rit. « Vous savez quel est le problème avec les hommes politiques? Ils sont toujours persuadés de pouvoir contrôler des choses qui leur échappent complètement. Le génie ne va pas retourner dans la bouteille, quoi qu'en disent les fables.

— Bon sang, écoutez-moi. Vous avez fait ce que

vous aviez à faire. Dites à vos hommes de se replier. S'il vous plaît. Je vous en supplie. »

Il eut le silence pour toute réponse. Un vent froid secoua les branches et fit tomber un filigrane de neige. Ses chaussettes étaient mouillées, ses chaussures foutues.

« Luke ? »

Toujours le silence.

« Allô ? »

Owen Leahy se rendit compte que Luke avait raccroché.

Chapitre 29

Les rues étaient encombrées, des voitures partout, la plupart remplies à ras bord, des valises attachées sur le toit, des gens entassés à l'arrière. Cooper avait conduit vite en prenant des libertés avec le code de la route, il avait traversé des parkings à toute allure, était monté sur les trottoirs, avait ignoré les feux rouges. C'était sa façon de faire lorsque son véhicule était muni d'un transpondeur qui l'identifiait comme étant un agent du DAR. Là, il pouvait s'en tirer parce que le SUV appartenait aux Gardiens de la Réserve. Le parallèle avait quelque chose d'ironique, mais il n'avait ni le temps ni l'envie de le savourer.

Plus ils approchaient du complexe d'immeubles de verre d'Epstein, plus il y avait de monde. C'était compréhensible : les fourches et les torches étaient aux portes de la ville. Les habitants de la Nouvelle Canaan se sentaient plus en sécurité près de leur leader.

« Tu es sûre que tu veux venir ? » Cooper jeta un regard de côté en ouvrant la portière. « Je ne sais pas vraiment à quel genre d'accueil on aura droit.

— Tu plaisantes ? » Shannon avait l'air incrédule. « J'ai sauvé ces enfants. J'ai planifié l'opération contre l'académie, je l'ai menée, j'ai fait sauter ce foutu truc.

Tu crois que je vais laisser une bande de péquenauds les brûler vifs ?

— Compris. »

Le hall de l'immeuble principal était clair et spacieux, rempli du soleil d'hiver de la fin de l'après-midi. Une immense 3D recouvrait un mur entier et le champ de projection montrait des enfants terrifiés. Les gens dans le hall observaient les images en se mordant les lèvres, les mains tremblantes. Cooper ignora le réceptionniste et se dirigea directement vers le discret ascenseur privé. Le garde qui se tenait devant devait être très bon dans son boulot, mais pour l'instant il était absorbé par la 3D. Shannon sourit et s'effaça.

Cooper dit : « Eh !

— Quoi ? demanda le garde en se raidissant. Oui, monsieur ?

— Il faut que je voie Erik Epstein, immédiatement.

— Désolé, mais il ne veut voir personne pour le moment.

— Il me recevra. Nick Cooper.

— Je sais qui vous êtes, monsieur. Mais M. Epstein a été très clair. Personne n'entre.

— Mec, je suis désolé. Mais je n'ai pas le temps de discuter. »

Le garde allait répondre lorsque Shannon lui prit son arme dans son holster, lui planta le canon dans le dos et releva le percuteur.

*

Ils abandonnèrent le garde menotté à la glissière de l'ascenseur et longèrent le couloir au pas de course. L'épaisse moquette assourdissait leurs foulées. Cooper entendait le vrombissement du système de ventilation, sentait l'air froid sur sa peau moite, puis ils franchirent ensemble la porte de l'univers intime d'Epstein.

L'endroit était différent des fois précédentes où Cooper était venu. C'était lumineux, et au lieu des constellations de données en suspension, il y avait une simple animation vectorielle, une forme ovoïde stylisée qui pénétrait trois cercles concentriques. Sans sa vertigineuse toile de fond, la pièce avait l'air minable, le mystère s'était évaporé. Un cinéma avec les lumières allumées.

Trois hommes se tenaient au centre et tournèrent vivement la tête lorsque Cooper entra. Le premier était bronzé et avait les cheveux fous, il avait l'air d'un squelette sur lequel on aurait tendu de la peau. Affalé à côté de lui, Erik Epstein était plus pâle que d'habitude, le regard tourmenté et couvert de sueur. Dans son habituel costume à cinq mille dollars, Jakob ressemblait à un adulte surveillant deux ados cinglés d'informatique. « Cooper ? Qu'est-ce que vous faites ici ?

— John Smith est mort.

— Nous le savons, dit Jakob. Nous avons regardé l'opération grâce aux caméras embarquées des Gardiens. Bon boulot. Mais si vous voulez bien nous excuser… »

Cooper désigna l'animation. « C'est l'Anneau de Vogler ? »

Les trois hommes échangèrent un regard.

« Cooper, dit Jakob, nous apprécions votre aide, mais nous n'avons pas besoin de vous pour le moment. C'est une affaire interne.

— Dites-moi que vous l'avez désactivé.

— Désactivé ? demanda le troisième homme, comme s'il venait de recevoir une gifle. Bien sûr que non.

— Qui êtes-vous ?

— Randall Vogler.

— Vogler ? Vous êtes le génie qui a mis au point ce système ?

— Eh bien, c'est évidemment toute mon équipe qui en a le mérite, mais…

— Erik, qu'est-ce que tu fais ? »

Les yeux d'Epstein se plantèrent dans les siens, puis il regarda ailleurs. « Je nous protège. Les données…

— Cooper, intervint Jakob, nous comprenons vos sentiments, mais ce système est l'unique chose qui sépare Tesla de ceux qui veulent nous lyncher.

— Et qui progressent en se cachant derrière des enfants, dit Cooper. Ce ne sont pas des pièces d'échecs. Ce sont des gamins, et vous allez les tuer.

— Pas tous, précisa Vogler. C'est un système intégralement défensif. Je suis un pacifiste, monsieur.

— Expliquez ça à leurs parents », dit Shannon.

Erik tressaillit. « Nous n'avons pas le choix.

— Bien sûr que si. Vous êtes en train de prendre une décision, en ce moment même.

— Il s'agit de civils, dit Jakob. Des gens ordinaires, des milliers d'enfants. Ce système est la seule chose qui peut les protéger. Les hommes qui nous assaillent ont été dans les forces spéciales, ce sont des paramilitaires survivalistes, des tueurs armés. On n'est pas en train de se tortiller la moustache, ici. Si on désactive notre système de défense, ces enfants ont une chance de survivre. Mais ici, combien de gens vont mourir ? Combien d'enfants ?

— Vous. Vogler. » Cooper fit un geste en direction de l'animation. « Il y a trois cercles, là, et la milice a presque atteint le deuxième. Qu'est-ce que ça veut dire ?

— Il s'agit d'une arme à énergie dirigée, générant des radiations électromagnétiques de 2,45 gigahertz, mais les effets sont modulés en fonction des perturbations de particules, de l'humidité et du vent. Le premier cercle représente la distance de sécurité. Le deuxième en est le corollaire, la ligne où, quelles que soient les circonstances, les effets se feront sentir.

— Quels sont ces effets ? » demanda Shannon d'une voix de petite fille qui surprit Cooper. Lorsqu'il la regarda, elle ne lui fit pas de clin d'œil, mais il vit dans les infimes mouvements musculaires de ses paupières que c'était son intention. Elle leur jouait la comédie.

« L'Anneau agite des dipôles électriques comme l'eau et la graisse, et leur mouvement génère de la chaleur.

— Comme dans un four à micro-ondes ?

— Oui, exactement, répondit Vogler d'un air radieux.

— Alors… » Elle fit une pause théâtrale. « Ça va les brûler vifs ?

— Eh bien, l'avantage de ce système, c'est qu'il y a de nombreuses alertes. Ce n'est pas comme si les cibles tombaient instantanément raides mortes. Ce n'est mortel que si… »

Cooper l'interrompit : « Quelqu'un vous force à avancer en vous braquant un fusil dans le dos.

— En l'absence de solution idéale, dit Erik, le seul choix rationnel est le moins pire.

— Alors, pourquoi est-ce que tu ne regardes pas ?

— Regarder quoi ?

— C'est facile de parler du bien collectif en observant une forme colorée qui traverse des cercles, dit

Cooper. Mais ce qui est réellement en train de se passer est très différent.

— Je… J'aime les gens, dit Erik. Tu sais que c'est vrai. Ces enfants…

— Arrêtez de jouer au saint, Cooper, déclara Jakob d'un ton tranchant. Combien de gens avez-vous tués ? Combien en avez-vous tué *aujourd'hui ?*

— Aujourd'hui ? Deux. En les regardant droit dans les yeux. » Ses poings se crispaient et se détendaient. « Je ne suis pas un saint, Jakob. Loin de là. Mais si vous voulez décider qui doit vivre et qui doit mourir, ayez les couilles de les regarder. »

Erik prit une longue inspiration. « Ordinateur. Quadrangle un à quinze, activation, drone et vidéo de sécurité, perspectives multiples sur la milice qui approche de l'Anneau de Vogler. »

L'air se mit à chatoyer. L'espace vide fut soudain rempli d'une foule de gens, une horde humaine. Cooper avait entendu des dizaines de fois le nombre des effectifs des Nouveaux Fils de la Liberté, mais c'était autre chose de voir cette marée humaine qui pouvait remplir un stade de taille moyenne. À cette échelle, les individus étaient noyés dans un ensemble mouvant, et les vêtements couverts de poussière, les barbes, la saleté et les fusils donnaient l'impression qu'il s'agissait d'un seul organisme, un insecte possédant plusieurs milliers de jambes, tout droit sorti d'un cauchemar.

« C'est mieux comme ça ? demanda Jakob d'une voix glaciale. Vous voyez ce qui nous attaque ?

— Les enfants, Erik. »

Jakob dit : « Ne fais pas ça… » au moment où son frère ordonnait : « Ordinateur, regrouper les écrans, recentrage, rangées de devant. »

L'hologramme effectua un déplacement vertigineux et les multiples angles de vue furent remplacés par un seul flux d'images.

Selon les informations, il y avait environ six cents enfants. C'était très peu en comparaison de la milice qui marchait vingt mètres derrière eux, mais leur nombre était à peu près le même que celui des enfants qui fréquentaient l'école de Todd. Les plus jeunes avaient quatre ou cinq ans, les plus vieux approchaient de la vingtaine, et la majorité se situait entre les deux. Ils étaient trop légèrement vêtus pour la saison et la peur brillait sur leur visage.

« Erik, dit doucement Jakob. Personne ne *veut* ça. Nous n'avons pas le choix. C'est une décision terrible et nous devrons vivre avec pour le restant de nos jours, mais c'est la bonne.

— La bonne ? » Cooper n'arrivait pas à détacher ses yeux de la vidéo. Six cents *enfants*. Son esprit tentait de les voir comme une masse et, pour contrer ce réflexe, il se concentra sur un seul d'entre eux. Une adolescente qui marchait un peu en avant des autres, la tête baissée, les cheveux sur le visage. Il sut tout de suite qu'elle était l'un des enfants de l'académie ; alors que d'autres risquaient des regards défiants et résisteraient sans doute lorsque la douleur deviendrait trop forte, elle se contentait de marcher. Elle supportait l'horreur non pas parce qu'elle était forte et courageuse, mais parce que c'était tout ce qu'elle connaissait du monde jusqu'à présent. « C'est peut-être la décision qui vous permettra de gagner. Mais ce n'est pas la bonne. »

Shannon dit : « Ils sont en train de franchir le deuxième cercle. »

Il savait qu'elle se référait à l'animation, mais

c'était également visible sur la vidéo. Une onde invisible parcourut les enfants. Pas un vent qui soulevait les vêtements et les cheveux, mais une ondulation de douleur qui les faisait grimacer et serrer les dents. Ce qui avait été une étrange chaleur commençait à brûler au fur et à mesure qu'ils avançaient dans le champ de radiations. Plusieurs enfants hésitèrent. Derrière eux, les hommes les mirent en joue et les menacèrent. Aucun des Nouveaux Fils ne plaisantait. Un garçon se figea puis se retourna et secoua la tête, plein de défiance. Un homme d'une cinquantaine d'années, aux cheveux sombres, épaula son fusil, visa avec dextérité et tira.

Shannon hoqueta.

À quelques centimètres des pieds du garçon, une motte de terre explosa.

Il tituba en arrière avec une expression d'incrédulité. Un ami lui prit l'épaule et le tira.

Randall Vogler avait l'air d'être sur le point de vomir. Erik Epstein se mordait la langue. Jakob posa une main sur l'épaule de son frère. « Tu n'es pas obligé de regarder. »

Les enfants continuèrent à marcher, le visage crispé et luisant.

« On sauve des vies, dit encore Jakob d'une voix blanche. C'est le choix que nous sommes obligés de faire. »

Cooper se tourna à nouveau vers la vidéo, serrant et desserrant les poings, le cœur battant. Il se força à regarder la même fille. « Désactive ça, Erik. S'il te plaît. » Elle marchait toujours au même rythme, y compris lorsque ses épaules se mirent à trembler et qu'elle eut des haut-le-cœur. « Erik. » Elle marchait vers le supplice parce que le seul choix possible était la mort, mais elle ne voulait pas mourir, pas avant d'avoir eu la moindre chance de vivre. « Erik ! » Ses doigts se nouèrent, ses phalanges se tordirent. Son visage devint rose et tacheté, comme si elle attrapait un coup de soleil en quelques secondes. Des larmes coulaient de ses yeux. Sa peau se rida et se tendit. Des taches décolorées apparurent sur ses joues et son nez, les marques roses devinrent rouge vif, puis blanches. Comme si de l'acide était projeté sur son épiderme. Et elle continuait à marcher…

Ça suffit.

Cooper fit un bond en avant, saisit le sweat-shirt de l'homme le plus riche du monde d'une main et le frappa de l'autre. « Regarde-la. »

Jakob ouvrit la bouche, mais avant qu'il ne prononce la moindre syllabe, Shannon lui avait collé son flingue sur la nuque. « Quel que soit le système de sécurité que vous étiez sur le point de déclencher, oubliez-le, dit-elle.

— Regarde-la, répéta Cooper. Regarde-la. Regarde son putain de visage ! »

Ce que fit Erik. Le rouge lui monta aux joues et son regard se mit à trembler, puis il déclara : « Ordinateur, désactivation de l'Anneau de Vogler.

— C'est bien, Erik. »

Cooper se tourna vers la vidéo. L'effet dut être immédiat. Les enfants chancelaient comme s'ils étaient appuyés contre quelque chose qui avait soudain disparu. Ils se regardaient les uns les autres, incrédules, se palpaient avec précaution et grimaçaient.

Derrière eux, une armée de barbares se mit à hurler, ils brandirent leurs fusils et tirèrent des coups de feu en l'air.

« Mon Dieu, dit Jakob. Qu'est-ce que vous avez fait ? »

Cooper lâcha Erik et lui tapa sur l'épaule. Il inspira profondément et expira. « Tu sais ce que j'ai appris au cours de l'année écoulée ? Faire le bon choix ne te met à l'abri de rien du tout. Mais ça t'aide à en supporter les conséquences.

— Vous laissez entrer une armée de meurtriers », dit Jakob. Shannon rangea son arme et il se laissa tomber sur un fauteuil. « Vous venez de tous nous tuer.

— Ce n'est pas parce que je refuse de sacrifier des enfants innocents que j'arrête le combat, répondit Cooper.

— Qu'est-ce que vous proposez ? Qu'on distribue des fusils à des comptables et à des mères au foyer ? »

C'était peut-être le soulagement, ou une année entière de surcharge d'adrénaline, ou tout simplement la meilleure chose à faire pendant la fin du monde, toujours est-il que Cooper éclata de rire. « Vous savez quoi ? C'est exactement mon idée. » Il se tourna vers Erik. « Je sais comment ton cerveau fonctionne, et je parie qu'il y a des bunkers dans cette ville. Un truc souterrain, au cas où.

— Oui, répondit Erik. Conçu en cas de bombardement ou d'extrême canicule. On ne peut pas le défendre très longtemps. Il nécessite un apport extérieur d'air et d'eau. Gestion des déchets limitée.

— Emmènes-y les enfants et les personnes âgées. Immédiatement. Dispose le reste de la population en groupes autour de la ville. Choisis des immeubles de plusieurs étages avec une vue dégagée. Ceux qui sont en âge de manier un fusil sans que le recul ne leur brise l'épaule, place-les aux fenêtres et donne-leur des armes. »

Il s'éloigna et traversa la projection vidéo. La milice avait réparti les enfants sur toute la largeur de l'Anneau de Vogler désormais désactivé, les gardes les obligeaient à rester immobiles pendant que le reste de l'armée traversait. Des milliers et des milliers d'hommes. Pas des monstres, juste des hommes. Des hommes qui avaient perdu des êtres chers, qui avaient perdu la foi, qui étaient trop paniqués pour voir au-delà de leur part animale. Englués dans la peur, endurcis par la douleur, hors de contrôle.

Il n'y a rien de plus dangereux.

Shannon fut soudain à côté de lui. Tout en regardant la vidéo, elle lui prit la main. « L'Anneau de Vogler est à environ huit kilomètres de la ville. »

Cooper acquiesça. « Je parie qu'ils vont encercler Tesla.

— Ça fait des jours et des jours qu'ils marchent. Ils vont se reposer. Attendre que la nuit tombe. »

La voix de Vogler s'éleva derrière eux. « Et ensuite, quoi ?

— Ensuite, on fait ce que j'ai essayé d'éviter, répondit Cooper. On part en guerre. »

Chapitre 30

Natalie était debout dans la cuisine et visionnait les infos sur son d-pad. Elle n'avait mis qu'un écouteur pour surveiller de l'autre oreille les bruits que faisaient Todd et Kate qui regardaient un film dans le salon. Elle leur avait accordé une séance double avec du pop-corn et du Coca et ils avaient vite surmonté leur surprise pour sauter sur l'occasion avant qu'elle ne change d'avis.

C'était marrant de penser qu'il n'y avait pas si longtemps, elle se souciait surtout du fait qu'ils ne regardent pas trop la 3D et qu'ils mangent tous leurs brocolis.

Les informations étaient restreintes, juste une retransmission en direct filmée par un drone de haute altitude dont l'unique caméra était braquée sur la milice. Une journaliste faisait des commentaires vains et débitait de longues phrases pour ne rien dire. L'existence de l'Anneau de Vogler était un secret de Polichinelle, mais les détails n'étaient pas connus et la reporter se montrait prudente à ce sujet. Ce fut seulement lorsqu'il devint évident que les enfants souffraient qu'elle commença à parler comme un être humain, sa voix se brisa et la peur prit le dessus.

La dernière chose que Natalie désirait voir, c'était des enfants qui brûlaient vifs, mais lorsque leurs mains se tordirent sous la souffrance, lorsque la peau de leur visage commença à se boursoufler, elle fit le vœu de ne pas détourner le regard. D'en regarder chaque seconde, aussi horribles soient les images, parce que si elle ne pouvait rien faire pour les sauver, au moins elle pourrait être à la barre des témoins.

Puis, soudainement, tout fut terminé. Ce qui faisait souffrir les gamins, quoi que ce fût, avait disparu. Ils étaient déconcertés et avaient manifestement peur que ça recommence. Sa joie avait été immense et de courte durée, parce que derrière les enfants, la colonne sans fin d'hommes armés s'était aussitôt mise à jubiler.

C'était Nick. Sa certitude n'était basée sur rien, mais c'était tout de même une certitude. Sa poitrine se gonfla de fierté pour l'homme qu'elle aimait.

Elle continua à regarder les infos, de plus en plus hypnotisée au fur et à mesure que les Nouveaux Fils se rapprochaient. La marée humaine commença à se séparer en deux groupes pour prendre Tesla en tenaille. Natalie regardait et écoutait les paroles essoufflées et insensées de la reporter, s'attendant à ce que quelqu'un vienne frapper à la porte.

Lorsque cela se produisit, elle enleva son oreillette et alla jusqu'à la fenêtre de devant. Ils étaient toujours dans les quartiers diplomatiques qu'on leur avait attribués trois semaines plus tôt. C'était un endroit agréable, mais ce n'était pas chez eux. En tirant le rideau diaphane, elle eut l'impression de regarder par la fenêtre d'une chambre d'hôtel. Elle n'avait jamais vu autant de monde dans la rue. Voitures électriques et camionnettes étaient pare-chocs contre pare-chocs, les vélos filaient entre elles, des piétons nerveux s'arrêtaient un instant pour jeter un œil à la vidéo projetée depuis l'immeuble d'en face, les mêmes images qu'elle venait juste de regarder.

Le SUV était un vieux monstre qui roulait à l'essence, trapu et noir, et bien que les vitres soient teintées, elle put distinguer une femme sur le siège passager qui levait les yeux dans sa direction. Pendant un instant, elles s'observèrent. Puis Shannon envoya un signe de la main, et Natalie fit de même.

On frappa de nouveau. Elle laissa retomber le rideau et alla ouvrir la porte à son ex-mari.

Nick avait l'air fatigué mais déterminé. Malgré ses cernes noirs, ses épaules étaient droites. Elle reconnut son expression : elle signifiait que les choses n'étaient pas sur le point de s'arranger. Ils se dévisagèrent un moment. Puis elle dit : « Entre. »

*

Ils avaient contourné à pas légers le salon où le film passait à plein volume. Elle devina l'envie de Nick de voir ses enfants, de se jeter entre eux sur le canapé et de prendre une poignée de pop-corn avant de coincer Kate sous un bras et Todd sous l'autre. Au lieu de quoi, ils étaient directement allés dans la cuisine et elle avait entrepris de faire du café. Ça avait été irréel de sortir une mesure de grains, de les moudre et de les laisser gonfler dans la cafetière à piston pendant que Nick lui expliquait ce qu'elle avait déjà deviné : qu'il avait convaincu Erik de désactiver l'Anneau de Vogler, sauvant ainsi six cents enfants mais vouant le reste de la ville à la guerre. Puis il lui parla de la mort de John Smith et des trois balles qu'il lui avait tirées dans le cœur. D'après ce qu'elle savait, son mari – ex-mari – avait tué à quatorze reprises, sans compter les fois dont elle n'était pas au courant. Pour la plupart des femmes, cela aurait été clairement soit attractif, soit rédhibitoire. Pour elle, ça avait toujours été quelque chose à part. Une facette de Nick qu'elle ne comprendrait jamais vraiment, et pourtant elle lui en était reconnaissante. Elle savait qu'à chaque fois cela lui coûtait. Il acceptait de payer le prix parce qu'il croyait qu'il contribuait à bâtir un monde meilleur pour ses enfants.

« Je ne peux pas rester, dit-il en la remerciant d'un hochement de tête pour la tasse de café.

— Je sais.

— Les Nouveaux Fils vont attendre l'obscurité. Nous avons très peu de temps pour nous préparer. » Une pause. « C'est exactement ce que je ne voulais pas qu'il se produise.

— Je sais.

— En ce moment, Epstein est en train de faire appel à la présidente. John Smith mort, il peut peut-être convaincre Ramirez de l'aider.

— Si le gouvernement voulait arrêter les Nouveaux Fils de la Liberté, dit-elle, ils l'auraient déjà fait il y a plusieurs jours.

— Ouais. » Il but une gorgée de café. « Il y a un bunker sous le complexe d'Erik. Les enfants et toi y serez en sécurité.

— Non.

— Bien sûr que si, dit-il. Il est sous douze mètres de roche. Les portes sont en acier blindé. Erik l'a construit pour…

— J'ai vu les infos. » C'était passé sur son d-pad quelques instants après que la milice avait franchi l'Anneau de Vogler. Un bref message du roi de la

Nouvelle Canaan, disant à ses sujets que les barbares étaient à leur porte. « Les enfants de moins de quatorze ans, rendez-vous dans le bunker. Les autres, préparez-vous à vous battre. »

Nick fit une pause avec cette expression sur le visage, celle qui signifiait qu'il sautait quelques étapes de la discussion parce qu'il avait lu ses pensées. Ça l'avait toujours rendue folle. Il ne pouvait pas s'en empêcher, elle le comprenait, tout comme elle comprenait que ses intentions étaient bonnes, mais être mariée avec quelqu'un qui savait en permanence ce que vous alliez faire – ou pensait le savoir – n'était pas facile. Il dit : « Natalie.

— Nick.

— Nat, ne…

— Non, Nick.

— Écoute-moi. » Il posa sa tasse. « Il faut que tu emmènes nos enfants dans ce bunker, et il faut que tu restes avec eux.

— Je les emmènerai.

— Ces hommes, là-dehors, ce ne sont pas des soldats. C'est une meute de lyncheurs. Ils sont blessés et en colère, et ils ne voient pas les habitants de la Réserve comme des êtres humains. Ils n'ont aucune limite.

— Je sais.

— Je vais me battre avec tous les moyens à ma disposition. Mais je ne veux pas en plus avoir à m'inquiéter pour toi et les enfants.

— Je sais.

— Alors, tu resteras dans le bunker ?

— Non.

— Natalie…

— Je t'aime, dit-elle. Je t'ai toujours aimé. Je t'aimais quand mes parents désapprouvaient notre relation. Je t'aimais quand tu as commencé à tuer pour le compte du DAR. Je t'aimais quand tu es passé dans la clandestinité pour trouver John Smith et que tu m'as laissée seule pendant six mois, craignant en permanence que quelqu'un fasse sauter notre maison. Je t'aimais quand tu es mort dans mes bras. Je t'aimerai toujours.

— Moi aussi, je t'aime, mais…

— Mais tu n'es pas le seul à être prêt à mourir pour nos enfants. Ni à tuer pour eux. » Elle vit l'impact de ses paroles, et à quel point cette conception était nouvelle pour lui. Mourir, bien sûr, mais surtout tuer. Elle avait compris. C'était également quelque chose de nouveau pour elle. Elle fixa son regard dans le sien et dit : « Je vais emmener les enfants au bunker. Et ensuite, comme chaque parent de cette ville, je vais me poster à une fenêtre, prendre un fusil et me battre. »

Il ouvrit la bouche. Aucun mot ne lui vint. Finalement, il la referma.

« Maintenant, dit-elle, allons expliquer à nos enfants qu'ils ne pourront pas voir la fin du film. »

Chapitre 31

« Monsieur le secrétaire ? »

La neige tombait toujours, si fine qu'elle ressemblait plus à un brouillard fouetté par le vent. Owen Leahy regardait par la fenêtre de son bureau de Camp David, qui avait jadis été une chambre d'invité dont le lit avait été remplacé par une table pliante, derrière laquelle courait un enchevêtrement de câbles. Marrant d'en voir autant : dans la vie normale, tout était sans fil, les messages flottaient dans l'air. Ici, la sécurité y avait mis fin. *Ça pourrait être ton épitaphe : « La sécurité y a mis fin. »*

« Monsieur, l'appel que vous attendiez. »

Leahy répondit sans se détourner de la fenêtre. « Vous êtes sûr ?

— Oui, monsieur. »

Il avait bâti sa carrière sur la prise de risque, mais les dernières heures avaient été les plus intenses qu'il ait connues, de ce point de vue. Après que Luke Hammond lui avait raccroché au nez, Leahy avait appelé sa chef de cabinet, restée à Washington, et lui avait expliqué ce qu'il voulait.

« Vous plaisantez ? » Elle s'était montrée nerveuse, mais également euphorique. Pas étonnant. Ce qu'il lui avait demandé de faire était un boulot digne d'un film d'espionnage, et qui ne rêvait pas de tirer les ficelles ?

« C'est un ordre direct de la présidente, lui avait dit Leahy. Filtrez tous les appels qui émanent de la Nouvelle Canaan à destination de tous les bureaux du gouvernement. Peu importe de qui il s'agit, peu importe ce qu'ils disent, vous devez les intercepter. Quand vous tomberez sur lui, vous me le passerez.

— Monsieur, c'est… » Elle s'était interrompue. « Est-ce que je peux vous demander pourquoi ?

— Capacité de démenti, avait-il répondu. Ramirez veut une couverture, et nous allons la lui fournir.

— Mais, monsieur…

— Si la présidente me demande de porter le chapeau, je le ferai la tête haute et la bouche cousue. C'est également ce que j'attends de vous, Jessica. C'est le moment de servir votre pays.

— Oui, monsieur. »

Un risque énorme. Mais quel choix avait-il ? À ce stade, rien ne pouvait empêcher les Nouveaux Fils de réduire Tesla en cendres. Ce n'était pas ce que voulait Leahy mais en politique, les choses ne se déroulaient jamais comme prévu. La solution, c'était de manipuler la situation pour se rapprocher le plus possible du but fixé, et ensuite de redéfinir tranquillement l'objectif. *« Tranquillement », c'est le mot crucial. Si tu parviens à garder tout ça au calme encore un peu, personne ne sera jamais au courant de ton implication.*

Leahy détourna son regard du paysage enneigé et dit : « Merci » d'une voix qui congédiait implicitement son assistant. Lorsque celui-ci quitta la pièce, il s'approcha du miroir et ajusta sa cravate. Il prit une profonde inspiration puis s'assit et accepta l'appel vidéo.

L'air se mit à scintiller. Erik Epstein était assis, les mains croisées sur la table devant lui. Il y avait un autre homme à côté de lui, rondouillard et pâle, qui portait un sweat à capuche. « Monsieur le secrétaire ? » Epstein avait l'air confus. « Je suis désolé, je me suis servi de mon code de sécurité pour appeler directement la présidente.

— Je sais, répondit Leahy. Elle a demandé à ce que vous me parliez.

— Monsieur le secrétaire, je me vois dans l'obligation d'insister…

— Elle a demandé à ce que vous me parliez.

— Je vois. » Epstein fit une pause, regarda l'homme assis à côté de lui. L'attitude de déférence sautait aux yeux.

« Vous, dit Leahy en s'adressant au type silencieux. Vous êtes le vrai Erik Epstein, je présume ?

— Oui. Salut.

— Ravi de faire votre connaissance. Nous savions depuis quelque temps que ce n'était pas vous, précisa-t-il en faisant un geste vers l'homme à la mise élégante.

— Mon frère, Jakob. »

Leahy acquiesça. « Que puis-je faire pour vous, messieurs ? »

Les deux Epstein échangèrent à nouveau un regard, puis Erik déclara : « Nous nous rendons. »

Évidemment que vous vous rendez. L'ironie était amère. Cela faisait des années qu'il se battait pour ça. Des années que lui et quelques hommes lucides avaient fait tout ce qu'il fallait pour arriver à ce moment précis. Pas à l'élimination des Brillants, mais à leur mise sous contrôle. Le projet de loi pour leur implanter des micropuces n'avait pas d'autre but.

C'était pour cela que le DAR avait un budget plus important que celui de la NSA, c'était pour cela qu'un millier de civils étaient morts à Manhattan, que Leahy s'était introduit furtivement dans le Wyoming afin de rencontrer le général Miller. La victoire était maintenant là – et elle advenait un soupçon trop tard. *Pas le choix. Pas d'autre choix que de garder le cap.* « Je vous demande pardon ?

— Nous nous rendons. De façon inconditionnelle. La Réserve. Nous allons ouvrir les frontières. Partager toute notre technologie. Collaborer avec le gouvernement.

— C'est un peu tard pour ça, vous ne trouvez pas ? Vous avez déjà tué soixante-quinze mille soldats, détruit la Maison-Blanche, assassiné notre président.

— C'était de l'autodéfense. Il y a eu des ordres pour nous attaquer, pour bombarder notre ville…

— Je sais, dit Leahy. C'est moi qui les ai donnés. »

Le silence qui s'abattit alors fut si épais qu'il pouvait quasiment voir les pensées d'Epstein et suivre le récapitulatif qu'il faisait du lacis de cette histoire. Jakob allait prendre la parole mais un simple regard de son frère l'en dissuada.

« Monsieur le secrétaire, dit Erik, les Nouveaux Fils de la Liberté ont franchi l'Anneau de Vogler. Ils se sont séparés en deux groupes et encerclent Tesla. Complètement.

— Je sais.

— L'analyse stratégique rapporte qu'il n'y a qu'une seule raison d'agir ainsi.

— C'est exact.

— Leur but n'est pas de vaincre. Ils ne cherchent pas une victoire militaire. Ils veulent détruire la ville. Massacrer tout le monde. Des civils. »

Leahy repensa au moment, moins d'une semaine plus tôt, où il était assis en face de Sam Miller et de Luke Hammond dans une tente secouée par le vent. Il repensa au marché qu'il avait passé avec eux. Il devait empêcher l'armée américaine d'intervenir, et eux devaient pénétrer dans la Nouvelle Canaan. Éliminer les Brillants n'avait jamais été dans ses intentions. En plus, il y avait des dizaines de milliers d'anormaux qui n'avaient pas émigré vers la Nouvelle Canaan, mais c'était l'endroit où il y en avait la plus forte concentration. Ils avaient contribué à renforcer la souveraineté américaine dans le monde entier, avaient fait progresser les technologies d'une façon inimaginable. Il n'avait jamais voulu les éradiquer. Son but, c'était de les asservir.

Putains de Nouveaux Fils qui vont trop loin. Encore une ironie, hideuse. Depuis des décennies, la politique américaine avait systématiquement débouché sur ce genre de choses. Des parties tierces, créées de toutes pièces et armées par les États-Unis pour combattre les monstres, avaient fini par devenir elles-mêmes des monstres. Pinochet au Chili. Noriega au Panamá. D'innombrables seigneurs de guerre en Afrique et au Moyen-Orient. *C'est le risque de recourir aux démons : ils ont tendance à ne pas obéir aux ordres.*

D'un autre côté, mieux valait que les démons s'entretuent.

« Je ne peux rien faire pour vous.

— Monsieur le secrétaire, s'il vous plaît. » Le visage d'Erik Epstein était blême et sans malice. « Il y a des milliers d'enfants dans cette ville. »

Leahy appuya sur une touche et mit fin à la communication. Puis il se leva et retourna près de la fenêtre.

La neige continuait à tomber.

Chapitre 32

« Combien d'entre vous ont déjà tiré avec une arme à feu ? »

Le soldat avait une corpulence et des muscles d'adulte, mais un visage d'enfant. Des boutons brillaient comme des étoiles de feu sous une fine barbe. Son uniforme était brun, marqué du soleil bleu. Natalie se demandait quel âge il pouvait avoir. Quelqu'un lui avait dit que l'âge moyen dans la Réserve était de vingt-six ans, mais que l'âge médian était plus proche des seize. Il ne devait pas avoir beaucoup plus.

« Aucun de vous ? » Les yeux du jeune soldat balayèrent la douzaine de civils rassemblés devant lui. Ils échangèrent des regards en haussant les épaules.

« Moi, j'ai déjà tiré, dit Natalie. Avec mon mari. Ex-mari.

— Au fusil ?

— Pistolet et fusil. » Elle repensa à ce jour, une dizaine d'années plus tôt, avant la naissance des enfants. Ils campaient dans le parc national de Grand Teton, verdoyant et plein de chants d'oiseaux, et Cooper lui avait montré comment tenir l'arme, comment presser la détente – pas tirer, presser –, la détonation et le recul, la joie primaire qu'elle avait ressentie en voyant la motte de terre projetée en l'air. Après, ils avaient fait l'amour sous le murmure des pins et elle s'était dit que la vie était parfaite, jusque dans ses moindres détails.

« Approchez-vous. » Il se pencha sur un long sac en toile posé à ses pieds et en sortit un fusil qui ressemblait à un accessoire de film, tout en métal mat et courbes de plastique. « C'est un HSD-11. Conçu et fabriqué ici. Culasse mobile, tir sélectif, trente cartouches. On libère le chargeur ici et la sécurité est là. Si vous maintenez une pression sur la queue de détente, il passe en mode automatique, mais comme nous avons un problème de munitions, ne le faites pas. Tirez une seule cartouche à la fois, ou de courtes rafales. »

Il le lui tendit. Elle le saisit et l'épaula en maintenant le canon vers le sol.

« Bien, dit-il avec un air surpris. Bien. Il y en a sept autres, plus des munitions. On nous en apportera davantage plus tard. Montrez-leur.

— Quoi ?

— Apprenez-leur à s'en servir. Faites attention, les balles peuvent être mortelles à mille cinq cents mètres.

— Vous ne restez pas ?

— Non, m'dame. » Il tourna les talons et se dirigea vers le camion.

Elle l'observa un instant. Puis, en prenant soin de maintenir l'arme pointée vers le sol, elle lui courut après et l'attrapa par le bras. « Attendez.

— J'ai beaucoup de fusils à distribuer, et très peu de temps devant moi…

— Écoutez », dit-elle en jetant un œil vers les autres par-dessus son épaule. Un homme livide en costume, aux cheveux fins peignés avec grand soin. Une fille boulotte vêtue d'une robe informe qui tenait en laisse un chien terrorisé. Une femme sculpturale aux pommettes saillantes, les dreadlocks retenues par un bandeau éclatant. En se retournant vers le jeune soldat, Natalie déclara : « On a tous un peu peur.

— Et ?

— Et il y a une armée qui marche sur la ville, une milice de survivalistes et de soldats. Aucun d'entre eux n'a besoin d'*apprendre* à se servir d'une arme. Qu'est-ce qu'on est censés faire ?

— La même chose que tout le monde. » Il la regarda et, à cet instant, elle vit que lui aussi avait peur. Un garçon, juste un garçon, et comme tous ses copains, il avait joué à la guerre mais n'y connaissait rien. « Battez-vous pour sauver votre peau. »

Puis il se hissa à l'arrière du camion et frappa la paroi métallique. Le véhicule démarra dans un soupir chaud de gaz d'échappement.

Elle pensa une seconde à lui courir après. Puis elle se retourna et vit que les autres la regardaient.

« Très bien », dit-elle.

*

Ça avait l'air si évident dans la cuisine, en parlant avec Nick. Lui expliquer qu'elle voulait prendre part à la bataille. Elle s'était imaginée au milieu d'une rangée de soldats, pas des gamins comme celui qui leur avait apporté les fusils, mais des guerriers. Expérimentés, calmes, déterminés. Comme les copains d'armée de Nick. Elle s'était vue combattre à leurs côtés – ou plutôt, juste derrière eux, en fait.

C'est en allant au bunker qu'elle avait compris que cette guerre serait très différente.

Le complexe souterrain était composé d'une série de gymnases avec des rangées de lits superposés. Chaque pièce était reliée aux autres et accessible par plusieurs escaliers. Comme les abris antiaériens qu'elle avait vus dans les vieux films, mais plus propres et mieux éclairés, et principalement remplis d'enfants. Les sons faisaient des échos sur les murs nus, les parents cajolaient les enfants qui pleuraient et s'accrochaient à eux, multipliaient les promesses et essayaient de faire bonne figure.

Elle avait été si fière que Kate et Todd ne se laissent pas aller. À la vérité, ils s'étaient montrés plus forts qu'elle. À leur arrivée, Natalie s'était mise à chanceler, et lorsqu'elle avait vu son fils adopter une attitude responsable, la main entourant les épaules de sa petite sœur, elle avait failli pleurer. Les autres se battraient, mais ses enfants étaient trop jeunes pour qu'elle les laisse là. Elle allait rester, s'allonger sur l'un des lits, les serrer contre elle et les protéger de tout son instinct maternel.

« Non, Maman, avait dit Kate. Tu dois y aller. »

Todd avait acquiescé, l'air solennel. « Tout ira bien pour nous. »

C'était ses enfants, ses bébés. Elle les avait portés, les avait allaités, leur avait coupé des grains de raisin en deux et leur avait lu plein de livres et avait mis des paquets entiers de sparadrap sur leurs égratignures. En tant que mère, elle avait une connexion psychique avec eux, elle se réveillait parfois en pleine nuit juste avant qu'ils ne l'appellent, elle entendait leurs pensées résonner dans sa conscience. Et là, son fils de dix ans était en train de se dire qu'il devait se comporter comme un homme, qu'il devait protéger sa petite sœur, et cette pensée terrible n'allait plus la quitter.

Il n'y a pas le choix. Il n'y avait qu'une seule façon

de défendre ses enfants, et cela allait lui demander toute sa volonté. Mais il fallait commencer par trouver le courage de les laisser dans le bunker.

Alors elle les avait enlacés et embrassés, leur avait promis que tout irait bien et s'était forcée à quitter la salle et à attendre son tour pour parler à l'une des personnes débordées qui étaient affectées à l'attribution des tâches. Un jeune homme aux yeux rivés sur l'écran d'un d-pad lui avait dit dans quel camion grimper, et elle avait rejoint une fille grassouillette avec son chien terrorisé et une beauté sculpturale dont les cheveux étaient attachés avec une étoffe éclatante.

Aucun d'entre eux n'avait prononcé un mot durant le trajet. Tous avaient pleuré, à un moment ou à un autre. Sauf Natalie. Elle s'était souvenue d'une chose que lui avait dite Nick des années plus tôt, lorsqu'elle lui avait demandé s'il avait peur en effectuant ses missions.

« Bien sûr, avait-il répondu. Seuls les gens très stupides n'ont pas peur. Le truc, c'est de faire en sorte que ça joue en ta faveur. Sers-t'en pour t'éclaircir les idées et peaufiner ta stratégie, histoire de pouvoir rentrer à la maison. »

C'était donc ce qu'elle avait essayé de faire. De se préparer au fait qu'elle pourrait – devrait – pointer une arme sur un être humain et presser la détente. Elle se força à se le représenter clairement, encore et encore, tout en observant par la vitre la ville aux miroirs qui se transformait en champ de bataille.

Elle vit des gens s'affairer autour d'un bulldozer qui renversait un bus afin de bloquer toute la largeur d'une rue.

Elle sentit le grondement des tronçonneuses qui abattaient les arbres génétiquement modifiés afin que chaque fenêtre ait un angle de vision dégagé.

Elle observa les barmen clouer des plateaux de tables en travers des portes. Des adolescents transporter des projecteurs. Des cyclistes distribuer des munitions.

Elle sentit la fumée des immeubles périphériques que l'on incendiait pour empêcher les envahisseurs de s'y cacher.

Elle entendit des marteaux-piqueurs.

Des hurlements de sirènes.

Des coups de feu.

Et lorsque le camion commença à ralentir, elle embrassa du regard le champ de bataille, le territoire qu'elle allait défendre de sa vie. Un ensemble d'immeubles de faible hauteur, peut-être dix en tout. Le siège principal d'une société nommée Magellan Designs. Au sommet du bâtiment le plus élevé, il y avait un globe de dix mètres de diamètre parcouru d'une impulsion lumineuse. Magellan fabriquait de l'électronique de pointe. Elle se souvenait de Nick qui s'extasiait sur l'une de leurs 3D, un projecteur minimaliste avec un son qui faisait trembler sa cage thoracique. Ils ne l'avaient pas achetée, bien sûr – elle coûtait un mois de son salaire –, mais maintenant elle le regrettait. Elle aurait préféré avoir une attitude moins réaliste et responsable. Ils auraient dû la ramener chez eux et regarder des films toute la journée en faisant l'amour.

C'était il y a longtemps, dans un monde perdu.

*

L'homme aux cheveux fins se prénommait Kurt et c'était lui qui avait suggéré qu'ils aillent dans la cave pour s'entraîner à tirer.

« Les balles ne vont pas ricocher ?

— On se mettra ici » – il fit un geste pour désigner un emplacement – « et on tirera en diagonale.

— Mais…

— Vous coiffez toujours vos cheveux en arrière de cette façon ?

— Hein ?

— Étant donné que la gravité est une constante et que les paramètres de flexibilité et de boucles sont des variables, je peux élaborer une équation différentielle non linéaire du quatrième degré pour décrire la forme de votre queue-de-cheval.

— Très bien, répondit-elle. Vous êtes un Brillant.

— Pas vous ?

— Nous placer ici, vous dites ? » Elle lui tendit le fusil. « Non, pas de côté. De face. Un pied légèrement devant l'autre. Calez la crosse contre votre épaule et mettez votre joue contre. Très bien, maintenant… »

*

Dix-sept heures. Le soleil touchait presque l'horizon. Une lumière froide et ambrée se reflétait sur les surfaces de verre et rivalisait avec les lueurs blafardes du logo de la société au sommet de l'immeuble voisin. L'anneau qui entourait le globe était illuminé par lentes impulsions et représentait le voyage de Fernand de Magellan autour du monde, pensa-t-elle. À chaque fois que son « navire » traversait le Pacifique, le monde autour d'elle devenait violet.

Natalie voyait une douzaine d'autres combattants dans les immeubles à côté. Tout comme elle, ils avaient brisé les fenêtres et empilé des bureaux, des armoires de classement pour se protéger des balles ennemies. Dans l'un des proches bâtiments, un homme élégant âgé d'une cinquantaine d'années était également en train d'observer les alentours et, durant un instant, leurs yeux se rencontrèrent. Il sourit et leva un poing. Elle lui rendit son salut.

Le complexe était près des abords de la ville, mais les constructions au-delà ne possédaient qu'un étage. Une station de chargement. Un restaurant. Un parking vide à côté du terminus du train léger. Les voitures avaient été remorquées et empilées en barricades rudimentaires de métal et de verre brisé.

Au loin, hors de portée de son fusil, l'ennemi se déplaçait. Des milliers d'hommes. À cette distance, elle ne pouvait pas distinguer les détails, ce qui accentuait le sentiment de menace. Comme s'il s'agissait d'une seule créature informe, là-bas, qui s'étirait à travers tout son champ de vision, une bête féroce qui attendait la nuit pour jaillir. Elle eut un spasme à l'estomac et ses mains tremblèrent.

Utilise la peur.

Elle essaya d'imaginer ce que Nick ferait s'il était là. Il planifierait sa réaction lorsque l'attaque commencerait ? Eh bien, rester calme. Viser soigneusement. Ne pas gâcher de munitions. Elle s'entraîna à enlever le chargeur de son fusil, à en prendre un plein dans le sac qui était à ses pieds et à le mettre en place avec un claquement sec. Accroupie, elle leva le fusil et visa l'angle d'une épicerie, imagina qu'un homme en surgissait. Elle remplit lentement ses poumons, retint son souffle et visualisa le moment où elle pressait la détente.

« Bon sang, tu as l'air féroce. »

Natalie se retourna. « Eh, Jolene.

— J'ai apporté des trucs à manger. Quelques

bombes incendiaires. Et ça. » Elle tenait un seau à la main.

« C'est pour quoi ?

— Eh bien, la nuit va être longue. Et on n'aura peut-être pas l'occasion d'aller aux toilettes.

— Génial. » Le ciel s'assombrissait, les ombres s'accentuaient. « Eh, tu devrais sans doute enlever ça, dit-elle en désignant le foulard or et écarlate qui retenait ses cheveux.

— Hein ? Pourquoi ?

— On le repère de loin. »

Jolene eut un rire chaud et profond, puis enleva l'étoffe. « Comment tu connais tous ces trucs ?

— Mon mari. Ex-mari. Il… C'était un agent du DAR.

— Du DAR ? Mais alors, qu'est-ce que tu fais ici ?

— Longue histoire. » Elle posa le fusil contre le mur et prit le sandwich que lui avait apporté Jolene. C'était le genre d'en-cas qu'on trouvait dans les stations-service, l'air fatigué dans son emballage de plastique, et la lumière violette ne lui rendait pas justice.

« Il a déjà tué des gens, ton ex ?

— Oui.

— Et toi, tu crois que tu peux ? »

Natalie hésita. « Je ne sais pas. J'ai passé la journée à me figurer que je le faisais. Mais bon, entre l'imagination et la réalité…

— Tu sais, j'ai tué des milliers de gens. Peut-être des dizaines de milliers. » Elle s'assit lourdement et sourit. « Je joue beaucoup aux jeux vidéo. Je ne crois pas que ça va m'aider. Tu as de la famille, ici ?

— Mes enfants. Nick. Et toi ?

— Ma nièce. Sa maman me l'a laissée quand elle avait trois ans et elle n'est jamais revenue. Kaylee a neuf ans et parle onze langues. Elle dit que les mots sont des couleurs, et que peu importe la langue, elle se sert juste des couleurs. Tu te rends compte?

— Oui, répondit Natalie. C'est impressionnant.

— Et à cause de ça, ces types là-bas veulent la tuer. » Sa voix était soudain devenue glacée. « Oh, je sais, ce n'est pas aussi simple que ça. Eux aussi ont perdu quelqu'un, ils sont désorientés, blessés. Mais tu sais quoi? C'*est* aussi simple que ça. Tu comprends ce que je veux dire? »

Natalie mordit une bouchée de son sandwich. Le pain était rassis, la viande d'origine indéterminée, la laitue avait un goût de mouchoir en papier. C'était peut-être le meilleur truc qu'elle ait jamais mangé. Elle pensa à Todd qui enlaçait l'épaule de sa petite sœur, au regard trop perspicace de Kate.

Peu importe que tu vises des êtres humains. Peu importe qu'ils aient des pensées, des sentiments, des parents et des enfants.

Et peu importe ce qui t'arrive, à toi. Peu importe.

Il n'y a que deux personnes qui comptent.

« Ouais, dit-elle. Je comprends ce que tu veux dire. »

Chapitre 33

C'était très dur, mais Hawk s'efforçait de ne pas pleurer.

C'était vraiment cet après-midi qu'il était assis dans sa chambre avec John Smith et qu'ils parlaient tous les deux comme des amis ? À la fin, il y avait eu ce moment parfait où John avait posé la main sur son épaule et, pendant une seconde, il n'avait plus eu l'impression d'être un gamin dont la mère avait été tuée, mais d'être un soldat, un révolutionnaire. Le genre d'homme qu'il avait toujours rêvé d'être. Fort, déterminé, important.

Puis il y avait eu les soldats, les coups de feu et les cris. Il avait dû se tortiller dans un tunnel interminable. Et la femme avait pointé un fusil, sa gorge s'était contractée et une chaleur s'était répandue le long de ses jambes, mouillant tout sur son passage, jusqu'à ses chaussettes. Pendant des années, il avait rêvé d'action et assuré ses tours de garde, mais lorsque le véritable danger était survenu, il s'était pissé dessus avant de s'enfuir.

C'est John qui t'a dit de le faire. Il voulait que tu t'échappes.

Ça le réconfortait un peu, mais pas tant que ça.

D'abord, ils avaient tué sa mère et aujourd'hui, John. Il les haïssait, les haïssait tous, et maintenant il était en train de courir dans un tunnel, la tête baissée pour ne pas se cogner contre les tuyaux et les câbles, ses jeans mouillés et froids, et le gamin qui était en lui voulait pleurer. Mais il ne pouvait pas, ne voulait pas se laisser aller.

Finalement, ses jambes et ses poumons abandonnèrent la partie et il dut s'arrêter. Hawk se pencha et appuya ses paumes sur ses genoux, aspirant de grandes goulées d'air avec un goût de vomi dans la gorge. Il fallait qu'il réfléchisse, qu'il commence à se comporter comme un homme.

La première étape, c'était de sortir de ce réseau de tunnels. L'odeur de poussière, la lumière blafarde et le bourdonnement des câbles le rendaient malade. Il se mit à marcher et, quatre cents mètres plus loin, il tomba sur une échelle. Il grimpa et se retrouva dans une cahute de maintenance identique à la précédente, un réduit où étaient rangés des outils et des pièces de rechange. Pas de fenêtre, aucun moyen de déterminer où il était. Sauf en ouvrant la porte et en sortant.

Il faisait froid avec des jeans mouillés et un simple tee-shirt. Il referma ses bras et se frictionna les épaules, cligna des paupières dans le soleil de fin d'après-midi. Après la pénombre souterraine, la lumière le fit larmoyer. Il y avait des coups de klaxon et des cris, une file de voitures qui progressait péniblement vers l'est. Les trottoirs étaient bondés de gens, les bras chargés et des enfants sur les épaules.

Hawk pensa à demander ce qui se passait, mais ne trouva personne à qui s'adresser tant chacun avait l'air pressé. Et il y avait ses jeans trempés de pisse. Mieux valait qu'il se débrouille tout seul.

Il ne savait pas très bien où il était, mais en tout cas c'était aux abords de la ville. Tout le monde avançait dans la direction opposée de l'endroit où il voulait aller. Il fallait qu'il sorte de Tesla, pas qu'il s'y enfonce. Il se mit à marcher en évitant les gens, murmurant des excuses sans regarder personne dans les yeux. Devant, il y avait un grand carrefour. Quand ils étaient arrivés ici, sa mère lui avait fait mémoriser toutes les rues principales de la ville. Elle avait dit que la première règle, quand on était un révolutionnaire, c'était de connaître son territoire. Elle lui avait appris plein de trucs marrants, mais ça, ça ressemblait à des devoirs. Il n'avait jamais imaginé que ça puisse réellement lui servir un jour.

Le carrefour confirma ce qu'il savait déjà : il se trouvait dans la banlieue ouest de Tesla. Les immeubles étaient bas et de plus en plus disséminés. Hawk s'arrêta à l'angle et réfléchit un moment. Il n'avait pas son portefeuille ni d'argent. Il pouvait peut-être se glisser dans un bus, ou dans le train léger ? C'était le genre de trucs qui marchait sur la 3D, mais ça paraissait plutôt hasardeux dans la vraie vie. Ou bien voler un vélo. Mais ensuite ? Le Wyoming était un État immense.

Finalement, il se souvint de leur point de chute, à sa mère et lui, lorsqu'ils étaient arrivés. Une maison d'accueil à la limite nord-ouest de la ville. Ils y étaient restés pendant environ deux semaines jusqu'à ce que l'ennui les rende dingues. Un jour, Maman avait dit merde, il leur fallait de l'air. C'était un risque inconsidéré d'aller se balader en dehors de la ville, mais il y avait une Jeep dans le garage, ils y avaient chargé de quoi pique-niquer et avaient roulé dans le désert. La journée avait été joyeuse, pleine de secousses, de musique et de virées hors des routes. Elle l'avait même laissé conduire. Ça avait été une telle aventure, un tel bonheur.

La maison n'était qu'à un kilomètre et demi. Verte, un étage et un garage attenant. Il frappa à la porte, mais n'obtint aucune réponse. Toutes les maisons du voisinage étaient sombres, elles aussi, et les rues étaient désertes. Il commença à faire demi-tour, se dit *et merde* et balança un pavé dans la porte du patio.

L'intérieur était comme dans son souvenir, le même tapis affreux, la même 3D démodée. La lumière fonctionnait, mais il ne l'alluma pas. Le réfrigérateur était vide. Il trouva des haricots dans le placard et les mangea directement dans la boîte en faisant le tour de la maison. Il vérifia les armoires et les commodes en espérant trouver de quoi se changer. Pas de chance. Le mieux qu'il pouvait faire, c'était de frotter les taches de pisse avec une serviette humide.

La Jeep était dans le garage. Elle était couverte de poussière et de projections de boue derrière les roues. Peut-être que personne ne s'en était servi depuis sa virée avec Maman. Le réservoir était plein, ce qui était une bonne nouvelle, mais il manquait les clés de contact.

Hawk retourna dans la maison. C'était une maison d'accueil. Les clés devaient bien se trouver quelque part. Pas de crochets près de la porte, alors il alla dans la cuisine et se mit à ouvrir les tiroirs. Il trouva une enveloppe blanche avec une épaisse liassc de billets usés de vingt dollars. Il la fourra dans sa poche et continua à chercher. Bingo, un trousseau de trois clés, dont l'une était ornée du logo Jeep. Il n'avait que quatorze ans et il n'avait plus jamais conduit depuis cette première fois avec Maman, mais il allait se débrouiller. Et en plus, les rues étaient désertes…

Par la fenêtre de la cuisine, il vit une parade défiler.

Hawk s'immobilisa, soulagé d'avoir laissé les lumières éteintes.

Ce n'était pas une parade.

C'était une armée.

Les hommes ne portaient pas d'uniforme, mais la poussière sur leurs habits et la crasse sur leur visage leur donnaient l'air de se ressembler tous. Ils portaient des armes, mais d'autres trucs plus lourds aussi, des trucs qu'il avait vus dans les jeux vidéo. Ils étaient tellement nombreux, mais ils marchaient en silence, le regard déterminé. À dix mètres de lui.

L'un d'eux tourna la tête, un épouvantail aux cheveux longs avec un fusil d'assaut dans les mains et un couteau Bowie à la hanche. L'homme regarda droit vers lui et Hawk sentit son cœur exploser dans sa gorge, une vague de panique brûlante le submergea au point qu'il crut avoir de nouveau pissé dans son froc. Il voulut courir mais il ne pouvait pas bouger, il était tout bonnement enraciné au milieu de la cuisine, le trousseau de clés à la main. Après un instant, les yeux de l'homme se perdirent dans la pénombre et il se remit en marche. La maison était sombre, les vitres étaient des miroirs. Il n'avait pas vu Hawk, en fait. Lentement, il se mit à genoux.

Les hommes continuaient à arriver. Des centaines. Des milliers. Derrière eux, le ciel devenait rouge et il se souvint soudain de quelque chose qu'il avait lu dans son roman graphique.

Une armée de démons qui sortaient de l'enfer.

Chapitre 34

« Oui, nous sommes au courant, mais ils sont encore hors du périmètre de défense…

— Les projecteurs. Évidemment, ils vont les prendre pour cibles. C'est pourquoi…

— Nous n'avons pas d'armes pour tout le monde, et pas assez de munitions, alors mettons en place un réseau de distribution pour…

— Ils n'ont pas de véhicules. Mais des chevaux. »

La pièce était un croisement entre une salle de réunion et un amphithéâtre, pleine de gens qui jacassaient au téléphone, observaient des terminaux, échangeaient des données à n'en plus finir. Encore récemment, l'endroit servait pour des réunions d'affaires, des démonstrations de nouvelles technologies, et par l'une de ces ironies dont Cooper commençait à se lasser, la plaque sur la porte le désignait comme le Cabinet de guerre. Une touche de désinvolture qui aurait bien correspondu à une start-up de pointe – ce qu'était la RNC, en fin de compte, se dit-il.

« Comment pourrais-je savoir à quel moment ils vont attaquer ? Entre le coucher du soleil et l'aube…

— En ce qui concerne les victimes, les prévisions sont sur le tableau…

— Non, des *chevaux*… »

Cooper pensa foncer à travers la pièce, se frayer un chemin jusqu'à Jakob, assis à l'extrémité de la table de conférence, et proposer son aide. Cette perspective l'épuisait d'avance. La situation illustrait déjà le proverbe allemand qui disait : « Trop de cuisiniers gâtent la sauce », et bien que son expérience tactique puisse être précieuse, à quoi pouvait-elle lui servir puisqu'il n'était pas au fait des arcanes bureaucratiques de la Réserve ?

Il jeta un œil à Shannon. Elle avait le bras replié sous son coude, l'autre main sous le menton et se mordillait la pulpe du pouce. Son regard était perdu dans la pièce. Il en fut surpris : il l'avait vue nue, il l'avait vue tuer, se rendre invisible, mais c'était la première fois qu'il la voyait comme ça, perdue dans ses pensées. Cela lui procura un curieux effet d'intimité.

Elle sentit qu'il la regardait – son don, supposa-t-il – et se tourna vers lui.

« Sortons d'ici », dit-il.

*

Le choix de l'emplacement, c'était son idée à elle.

Lorsque Erik avait activé le virus Proteus, les premières victimes avaient été trois pilotes d'avions de chasse qui rasaient Tesla. Deux des Wyverns étaient entrés en collision en plein vol, provoquant une pluie de débris. Le pilote du troisième s'était éjecté et son oiseau s'était cabré avant de s'écraser sur l'immeuble principal du complexe d'Epstein Industries, creusant une cavité de quatre étages de haut sur quarante mètres de large. Le carburant de l'avion de chasse avait déclenché un incendie qui avait brûlé quasiment tout ce qui se trouvait autour avant que le système automatique d'extinction n'en prenne le contrôle. Les corps avaient été enlevés et le trou béant dans l'immeuble avait été rebouché avec des bâches en plastique qui ondulaient et claquaient dans le vent. La réparation des dégâts s'était à peu près arrêtée là.

Ils échangèrent un regard, puis observèrent l'intérieur incendié, les restes noircis des chaises et des bureaux. Du verre solaire était éparpillé dans les cendres. Shannon marcha avec précaution à travers un amas de débris et se pencha pour ramasser un cadre métallique. Le verre était brisé, la photo brûlée. « Tu imagines, tu es assis à ton bureau en train de faire ton boulot, et tout d'un coup un avion pulvérise la fenêtre ?

— C'est complètement dingue.

— Ouais, dit-elle en lui lançant un coup d'œil indéchiffrable. Complètement. »

Cooper marcha sur le sol en ruines. Encore maintenant, l'odeur du plastique brûlé flottait dans l'air. Les bâches translucides donnaient au monde extérieur des formes floues illuminées par le soleil couchant. « À quelques kilomètres d'ici, une armée est en train d'attendre qu'il fasse nuit. » Il secoua la tête. « Comment est-ce qu'on en est arrivés là ?

— Peu à peu, j'imagine. » La voix de Shannon était douce. « Un mensonge après l'autre.

— Toi et ton obsession pour l'entière vérité, dit Cooper. Depuis la première fois qu'on s'est parlé, dans cet hôtel miteux, après le quai L. Je me suis montré très héroïque en te sauvant la vie…

— C'est marrant, c'est pas exactement comme ça que je m'en souviens.

— Et tu as dit quelque chose comme : “Il n'y aurait

peut-être pas de guerre si les gens cessaient de répéter à la télévision qu'il y en a une."» Il hocha la tête. «Et maintenant, nous y voilà.

— Ouais.» Elle jeta le cadre métallique. Les restes de verre tintèrent. «Nous y voilà.»

Des coups de feu résonnèrent au loin, lents et réguliers. *On va en entendre un paquet, cette nuit*. Il soupira et se frotta le visage. «Mes enfants sont dans un bunker, en ce moment même. Ils doivent être terrorisés.»

L'instant d'après, Shannon était derrière lui. Elle posa une main sur son bras. «Eh, dit-elle. On les a déjà sauvés une fois. On va recommencer.»

Avant qu'il puisse répondre, son téléphone vibra. Il regarda l'écran. «C'est Ethan.»

Elle se raidit. «Tu devrais répondre.»

Cooper enfonça une touche. «Eh, Prof, t'es sur haut-parleur.

— Je… Est-ce…

— Juste Shannon et moi. Tu as trouvé les bouteilles manquantes?

— Quoi? Non. Je ne les ai même pas cherchées.

— Eh, Prof, il faut que tu te concentres…

— C'est toi l'enquêteur, dit Ethan. Tu veux que je fasse quoi? Du porte-à-porte? Par contre, j'ai travaillé sur l'épidémiologie du virus. On a affaire à un sacré salopard, mec, un vrai monstre. Une grippe modifiée avec une durée de vie longue et qui se propage dans l'air ambiant, avec un taux de contagion estimé à vingt, environ. Ce qui veut dire que chaque cas peut en provoquer vingt autres, ou davantage. Et comme il n'existe pas de vaccin fiable contre la grippe, à peu près tout le monde va l'attraper.»

Cooper grimaça. «La maladie est grave?

— Pas du tout. Ça se limite presque à des éternuements. La grippe n'est pas le problème. J'ai lu toutes les notes de recherches, analysé les échantillons de sang et de tissus pour essayer de comprendre de quoi Abe est mort. » La voix d'Ethan était saccadée. « Cooper, c'est le sérum. Notre travail. Ça l'a tué de devenir un Brillant.

— Je ne comprends pas.

— Abe a disparu avant que l'on puisse procéder aux essais cliniques appropriés. Puis il se l'est injecté, ce qui est complètement fou, on ne fait jamais ça, mais il était si paranoïaque, alors bien sûr, il avait raison… De toute façon, tu as vu par toi-même à quel point c'est efficace.

— Et ça l'a tué ?

— Non, pas le sérum en lui-même, mais la réaction de sa conscience. » Ethan prit une inspiration. « Tu es niveau un, pas vrai ? Tout comme Shannon, Epstein et ce connard de Soren. Mais vous possédez vos dons depuis votre naissance. Ils faisaient partie de vous lorsque vous étiez des enfants. Maintenant, imagine que tout d'un coup tu te mettes à voir le monde comme Shannon le voit. *Et* comme Epstein le voit. *Et* comme Soren le voit. Que tout survienne en même temps, en l'espace de quelques jours à peine.

— Ce serait déroutant, mais…

— Ce ne serait pas déroutant, l'interrompit Ethan. Ce serait bouleversant. » Il fit une pause. « OK, regarde. Imagine que tu sois né sous terre. Dans une grotte complètement noire. Tu as grandi là, connecté au monde par le toucher, l'ouïe et l'odorat. Tu n'as absolument aucune idée de ce qu'est la vue. C'était ton univers normal pendant soixante ans.

« Et puis, il y a un glissement de terrain et la lumière envahit ta grotte. Tu ne comprends strictement rien à ce qui se passe. Je parle de façon littérale : ton cerveau n'a pas développé les circuits neuronaux pour traiter la vue. Tu n'as aucune conception des distances, du mouvement, et même des couleurs. Pas moyen d'identifier la moindre forme.

— Je te suis, mais…

— Maintenant, imagine que cela ne concerne pas seulement la vue, mais aussi l'ouïe, le toucher, le goût, tout en même temps, dit Ethan. Bon Dieu, mec, Soren perçoit *le temps* d'une façon différente. »

Cooper ouvrit la bouche. La referma. Puis il dit : « D'accord. Alors tu es en train de me dire que ça peut être mortel ?

— Je suis en train de te dire qu'Abe s'est mutilé les yeux pour arrêter de voir et a gratté sa cage jusqu'aux os. Et on parle d'un homme doté d'un intellect hors pair qui avait conscience de ce qui était en train de se passer. L'esprit humain est incapable de supporter un tel changement. Il ne possède pas la souplesse neurologique suffisante. Pas une fois que le cerveau est complètement formé, en tout cas.

— Ce qui se produit à quel âge ?

— Le lobe frontal achève son développement vers vingt-cinq ans. » Ethan marqua une pause. « Mais tu sais quoi ? Ce serait difficile pour tout le monde, mais ça ne poserait pas de gros problèmes aux enfants, les adolescents s'en sortiraient bien, les jeunes adultes subiraient un choc. Mais au-delà… Je ne sais pas. Je crois qu'on aurait un pourcentage de survie à un seul chiffre, en ce qui concerne l'intégralité de la population. Pour les autres, le processus mortel entraînerait de la confusion, de la panique, du délire, une rage incontrôlable, des pulsions homicides…

— Tout ça chez des individus plus puissants que le plus doué des Brillants, dit Shannon. Bon sang. »

Une rafale de vent secoua la bâche en plastique. Au-delà, le monde disparaissait dans la pénombre. En décembre, dans le Wyoming, la nuit tombait vite. Pendant qu'ils parlaient, la lumière du soleil avait considérablement décliné.

Ethan dit : « Il faut que tu arrêtes ça. Par n'importe quel moyen. S'il te plaît. Ma fille… »

Cooper raccrocha et eut envie de balancer le téléphone droit dans ce putain de mur.

« Il a raison, dit Shannon. Il faut qu'on empêche ça.

— Je sais.

— On s'éparpille. La milice, sauver les enfants, se préparer à la guerre. On a perdu l'objectif des yeux.

— C'est le plan de John Smith. » Cooper éprouva cette sensation, presque un picotement qu'il avait appris à identifier lorsque son don générait furieusement des schémas, tout près de la réponse. « Ce n'est pas un hasard, ni une coïncidence. Il a tout planifié pour que ça se produise en même temps.

— Chéri, dit Shannon. C'est de la paranoïa.

— Non, c'est la vérité. Il nous l'a même dit, tu te souviens ? "Me tuer et me battre sont deux choses très différentes." Ça fait des années que je traque John Smith. » Cooper secoua la tête. « J'aurais dû comprendre que c'était trop facile. Il est peut-être mort, mais il est toujours en train de gagner.

— Mais comment aurait-il pu prévoir l'attaque ?

— Il ne l'a pas prévue. » Un réseau de connexions était en train de se structurer. Il sentit la vérité vibrer presque à portée de main, comme s'il s'étirait de tout son long pour attraper un ballon à la piscine. *Insiste trop et elle s'éloignera. Contente-toi de suivre la logique, laisse les courants t'emporter.* « Il ne l'a pas prévue. Il l'a provoquée.

— C'est complètement fou. Les assassinats, les bombes, l'organisation, la Bourse, les Enfants de Darwin. Tu es en train de dire qu'il a tout fait pour que l'attaque de la Réserve arrive au bon moment pour nous désorienter ?

— Pas précisément pour nous désorienter. Mais oui, c'était son objectif. »

Shannon allait répondre, mais elle se rendit compte qu'elle était en train de réfléchir à la question et de réévaluer son passé à la lumière de cette nouvelle hypothèse. « La dernière fois que j'ai vu John, je veux dire, avant aujourd'hui, je l'ai accusé de vouloir provoquer une guerre. Et il m'a répondu que j'avais raison. Que les normaux allaient attaquer, et que ça les conduirait à leur perte. Il a dit qu'il se foutait de la quantité de sang versée, tant que c'était leur sang et pas le nôtre.

— Ce qui définit parfaitement son virus, dit Cooper. Il n'affecte que les normaux. Il tue tous ceux qui ont plus de vingt-cinq ans, ce qui inclut quasiment l'ensemble de ceux qui œuvrent dans les structures de pouvoir. Et tous ceux qui survivront seront des Brillants, ou le seront devenus.

— Charmant, dit-elle. Mais risqué. Il y a de nombreuses procédures de sécurité contre les attaques biologiques.

— Ouais. » Une nouvelle nodosité du schéma se révéla à lui. « Mais souviens-toi, ce n'est qu'une grippe. Chaque année, la grippe affecte des millions de gens, et personne ne panique. Celle-ci est légère, en apparence. C'est seulement le sérum d'Ethan qui la rend dangereuse, et ça, personne ne peut s'en rendre compte. Bon Dieu, personne ne sait que ça *existe*. En plus, ces procédures de sécurité sont valables dans une société en état de fonctionnement normal. On en est à notre troisième président en moins d'un an, il y a des lynchages à Manhattan, une guerre civile. Le gouvernement a déjà joué la carte de la quarantaine avec les Enfants de Darwin, ce qui a tourné à la catastrophe. Je crois que Cleveland est toujours en feu. Et tout ça a été orchestré, ou du moins provoqué par John Smith. Sans parler de l'attaque d'aujourd'hui… » Il se statufia. « Oh, merde. L'attaque d'aujourd'hui. »

Elle réfléchit un moment. Lorsqu'elle comprit, son visage devint blême. « Le Centre de contrôle et de prévention des maladies, à Atlanta. S'il y avait un endroit qui possédait l'équipement nécessaire pour comprendre ce qu'était exactement cette grippe, c'était ce centre. Alors il l'a incendié. C'était ça, la vraie cible. Tout le reste n'était qu'un écran de fumée.

— Même la bombe qui a tué mes meilleurs amis et un millier de personnes au DAR.

— Tout ce que nous avons fait au cours des dernières années, tous ses discours pour l'égalité. John s'employait uniquement à manipuler le gouvernement pour qu'il baisse la garde. » Shannon continua à réfléchir. « Quand bien même. Même s'il répand le sérum dans une ville, ou dans plusieurs. Même si des millions de gens meurent. La contagion ne sera pas assez rapide ni assez étendue. »

C'était ça. Soudain, l'ensemble du schéma devint clair pour Cooper. Comme un rideau que l'on tirait brutalement.

La lucidité parfaite, cristalline qu'il a dû avoir.

Tous les détails. Des années de travail sur le système de causes à effets le plus complexe de l'histoire.

La discipline terrifiante, implacable.

« Le sérum ne va pas être répandu dans une seule ville », dit-il doucement.

Shannon le fixa. Il la laissa réfléchir, il voulait qu'elle vérifie sa logique. Finalement, elle déclara : « Tu penses qu'il va être lâché ici. Contre les Nouveaux Fils. Parce que ce sont tous des normaux. Donc vulnérables. Mais il ne pouvait pas être certain qu'ils allaient gagner.

— Peu importe qui gagne. Si la milice réduit Tesla en cendres, leur guerre est terminée. Ils rentrent chez eux et s'éparpillent dans tout le pays, pareil pour les survivants de Tesla, dont beaucoup sont des normaux. Et si la milice perd…

— La même chose se produit, dit-elle. Des milliers de survivants rentrent chez eux. Mon Dieu. John a provoqué l'attaque – la *guerre* – uniquement dans ce but. Pour infecter tout le pays.

— Le monde entier, dit Cooper. Peut-être pas entièrement, mais quand même, si la grippe est aussi contagieuse que le croit Ethan, combien de gens vont mourir ? Des centaines de millions ? Des milliards ?

— Il faut qu'on appelle la présidente.

— Pour lui dire quoi ? » Cooper haussa les épaules. « Je veux dire, imagine que nous arrivions à la convaincre et qu'elle envoie les Marines. Ça fait encore plus de normaux, plus de vecteurs de maladie. Ce qui revient à jouer le jeu de Smith. La seule façon d'arrêter ça, c'est d'empêcher la diffusion du virus.

— *Comment ?* On ne sait même pas où il est. Et la milice peut attaquer d'une minute à l'autre.

— Je ne sais pas, dit-il, et il lui prit la main. Mais nous devons trouver un moyen. Vite.

— Ça ne fait pas partie de mon don, Nick.

— Maintenant, si. C'est de notre ressort. Que tu le veuilles ou non. »

Elle s'écarta, se raidit et donna un coup de pied dans un bureau noirci. Les pieds se brisèrent et le tout s'écroula dans un nuage de cendres. « D'accord. » Elle serra les dents. « S'il veut infecter les Nouveaux Fils, ça signifie que les bouteilles sont ici, à Tesla.

— En plus, Smith est mort. Ça, ça joue pour nous.

— Exact, dit-elle. Exact. Il s'agit donc de quelque chose qui peut fonctionner sans lui. Une chose en laquelle il a confiance.

— Pas *quelque chose*, dit-il. Il n'aurait pas planifié tout ça pour au final confier l'affaire à une minuterie. C'est forcément une personne. Quelqu'un en qui il peut avoir une confiance aveugle, même après sa mort. Sa dernière possibilité.

— Quelqu'un qui lui obéirait. Qui ne serait pas ébranlé par la catastrophe qu'il déclencherait, ni par la mort de millions ou de milliards de gens.

— Tu les connais mieux que moi, dit Cooper. Qui est-ce que ça pourrait être ?

— Bon sang, je ne sais pas. Soren, mais il est… »

Ils se dévisagèrent pendant un moment.

L'instant d'après, Cooper courait à toute vitesse dans les escaliers, Shannon juste derrière lui. Sa foulée était plus légère mais tout aussi rapide. Il sautait des paquets de marches, les numéros des étages défilaient, sa main glissait sur la rampe et les chocs résonnaient dans ses chevilles, ses genoux, la tête lui tournait, son cœur pulsait et son âme priait : *S'il vous plaît, s'il vous plaît, juste un tout petit peu de chance, ce n'est pas trop demander, n'est-ce pas ?*

Ils atteignirent le deuxième sous-sol, ouvrirent la porte.

Un corps gisait à leurs pieds.
Un autre dans le couloir.
Dans la salle de contrôle de la prison, Rickard, le programmeur qui avait joué le bourreau virtuel, était assis sur une chaise. Une flaque écarlate autour de lui. La lampe du plafonnier se reflétait dans son sang comme la lune dans une mare. Il avait la gorge tranchée et sa langue pendait au travers de la blessure.
La cage de Soren était ouverte.

Chapitre 35

Luke Hammond tapota le pistolet lance-fusée et vérifia l'heure sur la montre qu'il avait empruntée.

17 h 57.

C'était une montre mécanique, insensible aux impulsions électromagnétiques. Une heure plus tôt, il l'avait synchronisée avec une douzaine d'autres. Une douzaine d'hommes avec chacun un pistolet lance-fusée, tous en train de regarder les secondes s'égrainer.

Les derniers jours avaient été éprouvants, mais il ne ressentait pas la fatigue. Ou plutôt, son épuisement avait l'air d'accabler quelqu'un d'autre. Ça venait en partie de son expérience, se dit-il – il était encore un gamin lorsqu'il était devenu soldat, et c'était la guerre qui avait forgé l'homme qu'il était devenu, la guerre et la paternité –, mais aussi de la pureté de ses intentions. En observant les autres autour de lui, il voyait cette même pureté. Lorsqu'ils mangeaient leurs boîtes de conserve froides, lorsqu'ils vérifiaient et revérifiaient leurs armes, lorsqu'ils se rassemblaient en petits groupes et blaguaient nerveusement.

Ils étaient prêts. Au début, ils n'étaient peut-être que des milliers de brutes, des hommes blessés qui avaient perdu quelque chose d'irremplaçable. Mais au cours de la dernière semaine, ils étaient devenus, sinon une armée, au moins une équipe. Soudée dans la perte, la douleur et la détermination.

Le soleil s'était couché une demi-heure plus tôt et les ténèbres étaient tombées d'un coup. L'air était froid et sentait le feu. Lorsque les Nouveaux Fils avaient encerclé Tesla, ils avaient vu les anormaux incendier leurs propres immeubles pour les empêcher d'y prendre position. Quelques endroits luisaient toujours, les flammes étaient devenues des braises et la fumée s'élevait vers le ciel. Il y aurait d'autres incendies, cette nuit, plus de fumée. De la fumée à en effacer les étoiles.

17 h 58.

Luke inspira profondément, expira lentement. Son corps était détendu et prêt, un avant-goût des émotions à venir s'épanouissait dans sa poitrine. Il se demanda si ses fils avaient jamais connu ça, et il se dit que oui, évidemment. Josh et Zack aussi avaient été des guerriers. Comme ils avaient l'air vaillants dans leurs uniformes, comme il avait été fier d'eux. Il n'avait jamais poussé ses fils à embrasser une carrière militaire, mais ils avaient compris ce pour quoi il se battait. Ce qu'il avait partagé avec eux.

Il leva les jumelles pour surveiller son armée. Après avoir franchi l'Anneau, ils avaient séparé les Nouveaux Fils en deux groupes, Miller prenant la tête d'une aile, Luke de l'autre. Des durs à cuire qui s'étiraient sur toute la largeur de l'horizon, par groupes de cinquante ou de cent. Leurs vêtements étaient sales, leur visage couvert de barbe, mais les armes brillaient. Luke se demanda ce que les Brillants avaient ressenti en voyant la milice encercler leur ville comme une paire d'immenses tenailles. En réalisant ce que cela signifiait.

S'il s'était agi d'une bataille classique dont le but aurait été de prendre la ville, leur armée aurait concentré ses forces sur quelques emplacements spécifiques et aurait laissé le champ libre à l'ennemi pour fuir. *Mais nous ne sommes pas ici pour nous accaparer un territoire. Nous sommes ici pour éradiquer ce territoire, comme un cancer.* Une chirurgie brutale, mais nécessaire pour sauver le reste du corps. Demain, le soleil se lèverait sur un pays qui n'avait plus aucune raison de craindre les terroristes cachés en son sein. Demain, la guérison pourrait commencer.

Cette nuit, c'était le moment de la mutilation.

17 h 59.

Il balaya la ville avec ses jumelles. Des immeubles bas s'étalaient au-delà des bâtiments fumants. Les rues principales avaient été barricadées avec des voitures et des camions, avec des bus renversés et des empilements de palettes de parpaings. Les projecteurs dansaient, balayaient, scrutaient. Les snipers allaient les viser en premier. L'un des avantages à commander une armée de passionnés d'armes, c'était qu'ils possédaient une puissance de feu surprenante. Il y avait assez de munitions pour les fusils afin d'assurer la pénombre.

Nous allons arriver dans les ténèbres, et nous vous apporterons le feu.

Leurs adversaires utilisaient le terrain à leur avantage. Il voyait des hommes et des femmes aux fenêtres de la plupart des immeubles. Ils étaient agités comme des lapins. Il fallait les frapper vite et fort, pour briser leur confiance et les disperser. Une fois que les

Nouveaux Fils pénétreraient dans la ville, ce serait le chaos, et les civils ne savaient pas gérer le chaos.

Luke s'attarda sur un ensemble de constructions basses, huit en tout, sous le logo lumineux d'une société. Il y avait un parc au milieu des bâtiments, où les ouvriers pouvaient se reposer durant la pause de midi. Le jour où ses fils étaient morts, l'endroit était sans doute bourré d'anormaux qui observaient le ciel. Joshua effectuait un vol de reconnaissance lorsque Epstein avait déclenché son virus, et la vidéo du meurtre de son fils avait été diffusée des milliers de fois. Le Wyvern, qui basculait en piqué, paraissait flotter un instant avant d'entrer en collision avec l'avion de chasse qui volait près de son aile. Et les deux engins avaient explosé dans une boule de feu.

Est-ce que les anormaux qui étaient dans le parc avaient applaudi ? Est-ce qu'ils avaient crié et montré du doigt son fils brûlant dans le ciel ?

Luke scruta les immeubles, observa les gens aux fenêtres. Un homme d'une cinquantaine d'années qui avait l'air encore en forme. Une fille qui caressait un chien. Une femme noire avec des pommettes de reine. Une jolie brune avec une queue-de-cheval et un fusil. Au sommet de l'un des bâtiments, il y avait un globe, un logo de société avec une animation brillante. Une comète violette qui traçait une orbite flottante.

C'était là qu'ils allaient frapper. Ils seraient trop exposés s'ils escaladaient les barricades. Les rues les canaliseraient, feraient d'eux des cibles à portée de tir, de tous les côtés. Mieux valait attaquer frontalement. Prendre le complexe d'immeubles. Tuer tous ceux qui seraient sur leur chemin. Et incendier le reste.

Il regarda sa montre. L'aiguille des secondes cliqueta une, deux, trois fois. L'aiguille des minutes se déplaça.

18 heures.

Luke baissa les jumelles et brandit le pistolet lance-fusée.

Chapitre 36

Soren tremblait.

Un tourbillon de pensées folles.

Une vision de Samantha, un globe oculaire qui pendait, la moitié de la peau de son visage écorché vif, hurlant sous son bâillon tandis que le bourreau se penchait à nouveau sur elle…

Une voix qui l'appelait et le tirait de son sommeil. Elle ressemblait à la voix de John, mais Soren ne voulait pas lui obéir. Se réveiller signifiait se souvenir. Se souvenir de ce qu'ils avaient fait à son amour, son amour parfait et lumineux qui ne désirait qu'être désirée.

Mais la pensée de Samantha et de ce qu'ils lui avaient fait le ramena brutalement à la conscience. Et d'abord, comment s'était-il endormi ? Il avait voulu s'évanouir pendant qu'ils la torturaient, avait voulu mourir, mais n'avait pu faire ni l'un ni l'autre. Alors, comment est-ce qu'il avait bien pu s'endormir après avoir vu ce qu'ils avaient fait, juste là dans sa cage, après avoir vu les projections de son sang décrire de lents arcs…

Il n'y avait pas de sang par terre. Ni sur les murs.

Pas de camisole de force, pas de chaîne.

Pas d'hématomes sur ses bras, pas d'ongles arrachés au bout de ses doigts.

Et c'est à ce moment-là qu'il comprit la vérité. Il avait été piégé. Ils n'avaient pas fait de mal à Samantha. Tout s'était passé dans sa tête, dans cet enfer virtuel que Cooper avait mis au point. Le soulagement l'envahit comme une vague chaude. Samantha allait bien. Ils ne l'avaient pas détruite, elle n'avait pas souffert et n'avait même pas été *ici*. Ce n'était qu'un logiciel, une construction, comme la chorale romaine. Rien de tout cela n'avait été réel…

Sauf sa trahison envers John.

La chaleur se calcifia en un froid mordant. Son plus vieil ami. Le garçon qui l'avait sauvé à l'académie Hawkesdown, qui lui avait apporté le seul soulagement qu'il ait jamais connu, le seul qui l'avait compris et aidé. Et Soren l'avait laissé tomber.

Pas laissé tomber. Trahi.

Dans la cellule, John parla à nouveau. C'était impossible. Il dit : « Soren. Monami. »

Il dit : « Préparetoi. Évadetoi. »

Il dit : « Ensuitetrouvemonmessage. »

Il se leva de sa couchette d'acier. Aucune trace de son ami. Évidemment. Un haut-parleur, un genre d'interphone. John avait dû en prendre le contrôle. L'un de ses pirates informatiques. Le mouvement avait des taupes partout, même dans l'organisation d'Epstein.

Soren s'étira, fit craquer ses doigts. Un instant plus tard, la porte de sa cage s'ouvrait toute seule.

La pièce contiguë était octogonale, avec des portes sur chaque pan de mur, des rangées de terminaux. Et le bourreau était assis sur une chaise. Rickard ouvrit la bouche. Il commença à se lever, lentement, si lentement.

Soren traversa la pièce comme un dieu, une main fouetta l'air et propulsa le bourreau sur sa chaise.

La gorge de l'homme avait un goût de transpiration lorsque Soren y planta ses dents et la déchira.

Du sang aspergea son visage. Il introduisit ses doigts dans la blessure, attrapa la langue du bourreau et la fit ressortir par sa gorge.

Ce n'était pas assez.

Le bourreau, les gardes dehors, ça ne serait jamais assez. Détruire le monde serait à peine un commencement.

Soren s'assit sur un banc et fut pris de tremblements. Il observa ses mains pleines de sang.

« Tu vas bien ? » Une adolescente était debout devant lui. Elle avait un sac sur le dos et tenait un fusil. L'inquiétude déformait son visage. Soren se leva, prit sa tête entre ses mains et lui brisa le cou. Son corps devint mou, instantanément. La vie était si fragile. On pouvait tuer avec simplement un peu de volonté.

Et c'est alors qu'il se souvint de la dernière phrase de John. *Trouve mon message.*

Il réfléchit durant dix de ses secondes. Puis il retourna le corps et fouilla le sac à dos de la fille. De l'eau, une lampe de poche, une veste, un couteau de chasse, un d-pad. Oui. Il souleva le cadavre pour le mettre sur le banc. Son corps était chaud, lourd, et sentait l'urine. Puis il s'assit à côté d'elle et laissa sa tête tomber sur son épaule tandis qu'il se servait des empreintes digitales de son pouce pour accéder au d-pad.

Le message se trouvait dans un compte e-mail privé

créé des années plus tôt, et qui n'avait jamais été utilisé. Plusieurs fichiers, et une vidéo.

Le visage de John emplit l'écran du d-pad. « Monami. Excuselecliché, maissituvoisçac'estquejesuismort. »

Un hurlement s'éleva dans la poitrine de Soren. Il eut la vision flash du sourire de John, lorsqu'il était enfant. Son charme était une arme dont il se servait contre leurs ennemis. Mais pour ses amis, le sourire de John était un véritable cadeau qui rendait Soren fier d'en être le récipiendaire.

Sur la vidéo, son ami mort ne souriait pas. Il dit : « Jesuisdésoléd'avoiràtedemanderça. »

Il dit : « Tuesmonultimerecours. Lislesfichiers. »

Il dit : « J'aibesoindetonaide. Vastum'aider ? »

Je t'ai trahi, John.

Si tu es mort, c'est de ma faute.

Je ferai tout ce que tu veux.

Au loin, une fusée illumina le ciel. Puis une autre, et encore une autre. Comme des feux d'artifice. Comme l'âme de son ami, des éclairs de génie et au final, la liberté.

Assis sur un banc sous le ciel constellé d'étoiles, une fille morte penchée sur lui comme une amante, Soren lut les dernières volontés de l'ami qu'il avait assassiné.

Chapitre 37

Natalie regardait la fusée qui gravait une cicatrice rouge dans le ciel nocturne. Plus elle montait en décrivant un arc, plus elle brûlait, se consumait.

Elle ressentit une envie d'uriner désespérément urgente. Qu'est-ce qu'elle faisait ici ? Elle était avocate, mère. Pas soldat. Elle ne s'était pas battue depuis que Molly McCormick lui avait volé sa génoise fourrée à la crème à l'école primaire, et toutes les deux s'étaient roulées par terre en se tirant les cheveux.

Au loin, une lueur blanche étincela. Une ou deux secondes plus tard, elle entendit l'explosion. C'était un coup de feu. Quelqu'un leur tirait dessus. Une autre lueur étincela au même endroit mais cette fois, avant qu'elle n'entende la détonation, quelque chose se brisa, comme une flûte de champagne jetée sur du béton. Par la fenêtre, elle vit le monde devenir soudain plus sombre.

Ils tirent sur les projecteurs.

Dans les ténèbres, les Nouveaux Fils de la Liberté s'étaient rapprochés de la ville. C'était difficile à évaluer, mais elle estimait que les fusées avaient été tirées à huit cents mètres, peut-être. Ce qui était effrayant pour une autre raison : elle avait été mariée à un soldat et savait à peu près quel genre d'arme et d'expérience il fallait pour tirer avec autant de précision à cette distance.

Un autre flash, un autre projecteur brisé. Elle posa son fusil et essuya ses paumes sur ses jeans, la respiration rapide, le souffle court. Elle aurait dû être habituée à la peur, depuis toutes ces années. Adolescente, elle était naturellement solide, mais une fois qu'elle était devenue mère, l'inquiétude était entrée dans sa vie, un vrombissement subsonique qui ne l'avait plus jamais quittée. La peur qu'une toux ne cache une méningite, qu'une chute dans les escaliers ne provoque une fracture des vertèbres. Puis, plus tard, la peur que Kate ne se révèle surdouée, et une fois qu'il fut confirmé que c'était une Brillante, la peur qu'on la lui enlève pour la placer dans une académie. La peur que Nick se montre imprudent et qu'un jour Bobby Quinn vienne sonner chez elle, les yeux pleins de douleur.

Lorsque Nick était passé dans la clandestinité, la peur s'était encore accrue. Pendant six mois, elle avait marqué chaque instant de sa vie. Et elle n'avait pas cessé avec son retour. Elle et ses enfants avaient été kidnappés sous la menace d'une arme. Ils avaient vu des villes incendiées, Todd se faire frapper par un tueur. Elle avait souffert durant les interminables heures qu'avait duré son opération. Elle avait tenu Nick dans ses bras pendant qu'il saignait sur le sol du restaurant.

La peur n'était pas une inconnue. Mais ça. C'était quelque chose de différent.

Pourquoi ? Tu as si peur de mourir ?

Elle le ne pensait pas. Elle n'était pas anxieuse ni rien, mais la mort, c'était quitter la fête, ce que tout le monde finissait par faire. Non, il ne s'agissait pas d'elle.

Il s'agissait d'eux. Todd et Kate. Elle n'avait pas peur de mourir. Elle avait peur pour eux.

Lorsqu'elle le comprit, cela changea tout. Elle se força à respirer profondément, tendit ses doigts devant elle et se concentra pour qu'ils arrêtent de trembler. Au bout d'un moment, ils obéirent.

Puis elle saisit l'arme, ôta le cran de sécurité et regarda par la fenêtre.

Un par un, les projecteurs s'éteignaient. Et à chaque fois, les ténèbres se rapprochaient, jusqu'à ce que la seule lumière vienne du globe lumineux et des braises des bâtiments incendiés. Peu à peu, sa vision s'acclimata suffisamment pour qu'elle distingue des ombres.

Certaines se déplaçaient.

Sers-toi de ta peur.

« Jolene. »

Six mètres plus loin, la femme était assise derrière une armoire de classement. Ses pommettes faisaient paraître ses yeux plus grands qu'ils n'étaient. Natalie désigna le logo, puis fit un cercle avec son doigt pour figurer le globe de lumière violette. Durant un instant, Jolene l'observa, puis elle comprit le message. Elle acquiesça, épaula son fusil et visa par la fenêtre.

Natalie scrutait les ténèbres. Il était difficile de distinguer ce qui était une ombre mouvante et ce qui ne l'était pas. Elle s'obligea à inspirer par le nez et à expirer par la bouche, une respiration régulière apprise au cours de yoga. Elle attendait, le fusil posé sur une armoire, le métal froid sous son avant-bras, l'index sur la détente.

Lorsque l'étoile passait devant le logo, le monde

était violet, et lorsqu'elle était derrière, une lumière pourpre se répandait sur le sol et sur les hommes qui rampaient le long d'un immeuble, trente mètres plus loin.

Natalie plaqua son œil le long du canon et essaya de viser l'assaillant le plus proche. Le point lumineux oscillait au rythme des battements de son cœur. L'homme avançait accroupi, une arme dans les mains. Elle prit une inspiration. Souffla lentement.

Et pressa la détente.

La détonation du fusil fut comme un applaudissement divin qui résonna dans ses oreilles. La lumière l'aveugla.

Mais juste avant, elle avait vu l'homme tomber.

Il y eut une réplique de flashes lumineux depuis la rue et des tirs crépitèrent. Quelque part, du verre se brisa. Un ricochet siffla. Natalie visa les flashes et pressa la détente. Encore, encore, et encore.

Chapitre 38

Les yeux rivés sur le d-pad, Shannon déclara : « Je l'ai. »

Cooper hocha la tête sans cesser de regarder la route. La dernière chose qu'ils pouvaient se permettre, c'était d'avoir un accident. Les autres véhicules étaient peu nombreux, mais aucun ne respectait les feux ni les limitations de vitesse. Tous les immeubles étaient plongés dans le noir, et pourtant il apercevait des mouvements derrière les fenêtres. Même s'il n'y avait pas encore trace des assaillants ici, des coups de feu résonnaient dans toutes les directions, comme si lui et Shannon étaient dans l'œil du cyclone. Epstein avait concentré ses tireurs au pourtour de Tesla, mais personne n'imaginait qu'ils seraient capables de repousser la milice. Chaque carrefour serait transformé en champ de bataille. « Où est-il ?

— À la périphérie de la ville. » Son doigt dansa sur l'écran. « On dirait qu'il a franchi la ligne. »

Vingt minutes plus tôt, dans la salle de contrôle de la prison, Cooper avait traversé la mare de sang pour toucher le front de Rickard. Encore chaud. Ce qui voulait dire que Soren venait tout juste de s'échapper, sans doute pendant que Shannon et lui étaient dans les étages dévastés, en train de percer à jour le plan de John Smith.

Ils se faisaient battre par un homme mort.

Ils s'étaient rués vers le sanctuaire d'Epstein en laissant des empreintes de sang derrière eux. Erik était debout au milieu de la pièce, entouré d'une vidéo à trois cent soixante degrés. Les abords de Tesla vus depuis le centre, la vision qu'aurait eue un ange flottant au-dessus d'Epstein Industries. Les images de la rue étaient surmontées d'une série de prises de vues aériennes transmises par des drones. L'ordinateur composait un panoramique du mieux qu'il le pouvait, mais la vidéo provenait de centaines de sources dont aucune n'était exactement alignée avec les autres, et le résultat était la projection d'un monde fragmenté, un peu comme la vision en facettes de certains insectes. Dans toutes les directions, des flashes brillants illuminaient la nuit. Les Nouveaux Fils de la Liberté arrivaient de toutes parts. Erik parlait d'une voix atone et rapide, donnait des ordres à son ordinateur et à ses lieutenants dans un flot ininterrompu. Jakob faisait les cent pas en se passant les mains dans les cheveux. Millie était assise sur un fauteuil, les jambes et les bras croisés.

« Soren s'est échappé », avait annoncé Cooper lorsqu'il comprit qu'Erik ne comptait pas lui accorder la moindre attention.

Jakob répondit : « On est un peu occupés, ici.

— Croyez-moi, ça va vous intéresser.

— Cooper, au point où on en est, je ne vous ferais même pas confiance pour me torcher le…

— Jakob, intervint Millie. C'est important. »

Il lui jeta un regard, soupira et acquiesça. « Parlez vite. »

Ce que fit Cooper. Erik avait aussitôt cessé son monologue pour l'écouter. Les deux frères se regardèrent. Le Brillant eut un hochement de tête, puis il recommença à distribuer des ordres. Jakob dit : « Je ne sais pas au juste ce que vous espérez que nous puissions faire à ce sujet.

— Nous devons l'arrêter. Si Soren parvient à infecter la milice, tout ce qui se passe en ce moment n'aura plus aucune importance.

— Les gens qui vivent ici ne voient peut-être pas ça de la même façon.

— Jakob…

— Cooper, regardez ces écrans. » Il les désigna d'un geste. « On envoie des femmes au foyer se battre contre des soldats. Les Nouveaux Fils ont plus d'armes que nous n'avons d'*hommes*. Si vous n'aviez pas convaincu Erik de désactiver l'Anneau de Vogler, la milice serait toujours à des kilomètres de Tesla, et il n'y aurait pas de risque d'infection. Alors, si vous croyez que l'on va arrêter de se défendre pour courir après Soren, vous rêvez debout.

— Shannon et moi, nous pouvons nous occuper de Soren. Mais on a besoin de votre aide pour le trouver. Si Erik pouvait simplement effectuer une recherche vidéo…

— Inutile.

— Des centaines de millions de gens risquent de mourir…

— Il est inutile de le chercher, poursuivit Jakob, parce qu'il suffit de se servir du traceur. » Il lut l'incompréhension sur le visage de Cooper. « Nous lui avons implanté un transmetteur sous-cutané à son arrivée. Soren est incroyablement dangereux, sans parler du fait qu'il est le meilleur ami de John Smith.

Vous nous prenez pour quel genre de guignols, au juste ?»

Finalement, il y a au moins une chose positive. «Jakob, là tout de suite, je pourrais vous embrasser.

— Content pour vous.» Il leur donna les informations nécessaires. «Maintenant, vous n'avez plus qu'à l'attraper.

— C'est parti.» Cooper se dirigea vers la porte, puis s'arrêta. «Encore une chose.»

L'idée avait commencé à germer pendant qu'il discutait avec Shannon : quelque chose s'était déclenché en lui lorsqu'elle avait dit qu'ils avaient construit ce monde un mensonge après l'autre. Mais ensuite Ethan avait appelé et il avait laissé le sujet en suspens. *Et vu l'état des choses, ça ne valait sans doute pas le coup*. Mais quand même. Il expliqua à Jakob ce dont il aurait besoin si tout se passait bien. «Vous pourriez faire ça ? Je veux dire, d'un point de vue technique ?

— Je pense que oui.» Jakob regarda son frère. «On a eu le secrétaire d'État à la Défense au téléphone un peu plus tôt, et c'est également quelque chose dont on pourrait se servir.» Il fit une pause. «L'idée est intéressante, Cooper. Mais pourquoi ne pas le faire tout de suite ?

— Ça ne marchera pas tant qu'on n'aura pas arrêté Soren.

— Alors, qu'est-ce que vous attendez ?»

Ils s'étaient équipés en vitesse. Un fusil de chasse pour elle et des munitions pour son fusil d'assaut à lui, quelques grenades incapacitantes. Il pensa à enfiler un gilet pare-balles, puis renonça. Aussi léger soit-il, il réduirait sa mobilité et face à Soren, ça pouvait être fatal.

Shannon dit : «Prends à droite» et Cooper braqua

le volant en enfonçant la pédale de frein juste assez pour contrôler la trajectoire du SUV qui dérapait dans le carrefour. Les lampadaires étaient allumés mais les rues étaient abandonnées. La nuit paraissait surnaturelle et cette impression était renforcée par la certitude qu'ils étaient observés, que derrière les fenêtres, des gens suivaient leur déplacement dans le viseur de leur fusil. *Natalie est là, quelque part. Une arme à la main.*

« À quoi ça ressemble ?

— À une bataille féroce, répondit-elle. Partout. » Son d-pad était connecté à une carte thermique représentant la ville vue du dessus, bleue au centre, entourée d'un cercle irrégulier rouge et orange. Des informations rassemblées en temps réel par les drones, permettant aux lieutenants de déterminer les points faibles, d'y acheminer des renforts et des munitions. « Soren est de l'autre côté de la ligne de front.

— Il l'a traversée avant que ça commence ? »

Elle secoua la tête. « On dirait qu'il a réussi à la franchir. »

Il se souvint de sa façon de bouger, la grâce mortelle et la précision permises par sa perception du temps. Cooper aurait espéré que la milice puisse au moins le ralentir, mais ça s'était révélé être un espoir vain. Aucun normal n'aurait la moindre chance contre Soren. Cooper n'était même pas sûr que Shannon en ait une, elle non plus.

Les coups de feu devenaient plus forts, pas le *tac-tac-tac* régulier d'un champ de tir, mais les détonations furieuses de milliers d'êtres humains qui essayaient de se tuer les uns les autres. Il se souvint soudain d'un événement qui avait eu lieu plus tôt cette année. Il traquait une Brillante, une pirate informatique qui avait créé un virus pour John Smith. Comment s'appelait-elle ? Velasquez ? Vasquez ? Alex Vasquez. Juste avant de mettre ses mains dans ses poches et de sauter du toit la tête la première, elle lui avait dit que le futur, c'était la guerre. Qu'on ne pouvait pas l'empêcher et que la seule chose à faire, c'était de choisir son camp.

Il était agent du DAR à l'époque, plein de certitudes. La certitude que l'humanité n'était pas assez stupide pour en arriver là. Que des gens remplis de sang-froid, comme lui, allaient parvenir à empêcher un conflit ouvert.

Et maintenant, nous y voilà. Une armée prête à massacrer la plus grande concentration de Brillants en Amérique – et un terroriste anormal sur le point de tuer tous les autres.

Vasquez avait tort. Ce n'était pas une guerre. Ce n'était pas une question de choisir son camp. Il n'y avait aucun vainqueur dans un génocide – uniquement des morts.

Shannon dit : « À gauche. »

Ils tournèrent à l'angle de la rue pour se trouver face à un mur de feu.

Un bloc plus loin, la barricade couvrait toute la largeur de la rue. La base était constituée de palettes de parpaings, mais au-dessus il y avait un empilement de bois et de meubles. On avait versé de l'essence et craqué une allumette. Les flammes bondissaient à près de sept mètres de hauteur. Un canapé se consumait avec des nuances de bleu et de vert, des pneus produisaient une épaisse fumée noire. Cooper sentit la chaleur à travers le pare-brise. Des détonations retentissaient de part et d'autre, impossibles à localiser. « Tu peux trouver un passage ? »

Shannon secoua la tête. « Aucun endroit où on

puisse passer avec le SUV. Tesla a été conçue dans l'hypothèse où elle doive être barricadée.

— Bien. À la dure, alors. » Il gara le véhicule sur le trottoir et coupa le contact. Lorsqu'il ouvrit la portière, il fut assailli par les bruits de la bataille, des hurlements et des détonations, le rugissement du feu. Cooper prit son fusil et des chargeurs sur la banquette arrière. Shannon replia son d-pad et remplit les poches de sa veste de cartouches de chasse.

Puis ils se regardèrent un instant. Elle avait le visage illuminé de lueurs orange, l'enfer se reflétait dans ses yeux. La chaleur arrivait sur eux par vagues, comme si le monde entier brûlait. « Ne te retiens pas, là-bas, dit-elle. Aucune hésitation. Et n'essaie pas d'être loyal.

— Ils sont là pour tuer mes enfants. » Cooper secoua la tête. « La loyauté n'a rien à voir avec ça.

— Bien. Alors, allons tuer quelques connards. »

Il se pencha en avant, saisit une poignée de ses cheveux et l'attira vers lui. Ses lèvres s'écrasèrent contre les siennes, leurs langues dansèrent, elle le mordilla, un baiser féroce et sauvage comme il n'en avait jamais goûté. Après un moment trop bref, elle se recula et lui sourit.

Et ensemble, ils se mirent en route pour l'enfer.

Chapitre 39

Soren n'attendit pas que l'homme soit mort. Il essuya la lame sur sa manche et continua à marcher.

Il ne lui avait pas fallu longtemps pour lire le plan de John, quand bien même les fusées s'élevaient dans le ciel et la milice passait à l'attaque. L'un des rares avantages de sa malédiction, c'était qu'il pouvait assimiler dix pages en une minute. John avait inclus tous les détails techniques nécessaires et Soren avait clairement compris la situation.

D'après les dates d'origine des fichiers, ils avaient été préparés plusieurs jours auparavant. C'était comme ça que travaillait son ami, c'était comme ça qu'il voyait – avait vu – le monde. Une multitude de choix à plusieurs niveaux, des options d'options et des possibilités de possibilités. Ce plan était manifestement son ultime solution : John ne l'aurait jamais choisi s'il avait pu faire autrement. Aucun doute qu'il aurait voulu quelque chose de beaucoup plus simple et élégant.

Mais il avait été trahi avant de pouvoir le mettre en œuvre.

Est-ce que John s'était douté que Soren allait lui faire défaut ? Ça semblait peu probable. *Il avait mis en place un protocole pour me libérer au cas où il mourrait. Pourquoi l'aurait-il fait s'il avait cru que c'était moi qui allais causer sa mort ?* Non, il était beaucoup plus probable que John ait appris qu'il était prisonnier et qu'il ait eu l'intention de le faire libérer plus tard, une fois son plan achevé. Il s'était dit que Soren tiendrait le coup. Il avait confiance en lui.

Derrière lui, l'homme dont il venait de trancher la gorge faisait des gargouillis et ses doigts se crispaient. Il continua à marcher. Ce n'était plus très loin, maintenant.

Après s'être levé du banc, il avait enfilé l'uniforme du garde qu'il avait pris dans le casier de la salle de contrôle de la prison et avait passé la gaine du couteau dans la ceinture. Puis il avait empoché le d-pad et avait laissé sur le banc tout ce qui était inutile – le fusil, le sac à dos, la fille.

Deux immeubles plus loin, il avait fait signe de s'arrêter à un pick-up chargé de munitions, avait enfoncé sa lame dans l'œil de la conductrice avant d'abandonner son corps dans la rue. Il avait roulé vers les abords de la ville. Il y a avait des coups de feu dans toutes les directions. Dans sa prison blanche, il n'avait rien su de cette armée qui marchait sur Tesla. Soren avait roulé le plus loin possible. Lorsque la voiture avait été bloquée, il avait continué à pied. Le fracas lent et lourd des détonations l'entourait. Les habitants de la Réserve se penchaient par les fenêtres, chacun de leur tir produisait un halo de lumière qui les faisait briller.

Les barricades en feu l'avaient ralenti, mais pas tant que ça. Il avait fini par traverser un immeuble. Un homme l'avait observé et l'avait traité d'imbécile. Lorsqu'il avait brisé une fenêtre pour ressortir, de l'autre côté, l'homme avait essayé de l'en empêcher. Pas longtemps.

Il s'était retrouvé dehors, au-delà de la ligne de défense, dans la nuit.

Les assaillants ressemblaient plus à des tueurs qu'à des soldats. Une centaine d'entre eux ou plus se déplaçaient d'ombre en ombre, devant lui. Ils hurlaient en tirant des rafales de fusil automatique sur les immeubles. Au lieu de perdre du temps, il avait obliqué et pris une rue latérale. Il était passé devant un bâtiment fumant qui dégageait encore de la chaleur. L'homme qu'il venait de tuer se tenait à l'angle. Il avait été facile de rester hors de sa vue, et le couteau avait fait le reste.

Bien que la ligne de front soit derrière lui, il était toujours dans la ville, au milieu d'un ensemble d'immeubles bas dont la plupart avaient été incendiés. C'était pertinent : les plus faciles à défendre étaient les plus élevés. Soren marchait d'un pas léger à travers les ombres et la fumée. Dans une ruelle, trois hommes étaient en train de discuter. Ils se regardèrent. L'un d'eux pencha la tête de côté pour encourager les autres. Ils se tournèrent vers lui en levant leurs fusils, au ralenti.

Il sectionna l'artère brachiale du premier et enfonça sa lame dans la cage thoracique du deuxième. Puis il lâcha son poignard, saisit le fusil de l'homme, visa et pressa la détente. Les armes à feu étaient grossières et bruyantes, le recul inélégant, mais les balles étaient efficaces. Les trois hommes tombèrent en même temps. Soren agrippa le manche de son couteau et prit appui avec son pied sur la tête du mort pour libérer la lame.

Une centaine de mètres plus loin, il trouva le restaurant. Une cantine, assez propre mais sans prétention, le genre d'endroit auquel personne ne faisait attention. Il brisa la vitre de la devanture du pommeau de son couteau, dégagea les tessons de verre et s'introduisit dans la pièce sombre.

Il y avait une odeur de bacon et de café brûlé. Il trouva une lampe de poche dans le placard à côté du comptoir et se dirigea vers la réserve. Des rayonnages remplis de nourriture en conserves étaient alignés le long des murs. Dans le coin du fond, un chariot métallique était entreposé devant un coffre-fort aussi grand que lui. Soren ouvrit le d-pad, trouva la combinaison, fit jouer les cadrans et poussa la lourde porte.

L'aboutissement du rêve de son ami se trouvait à l'intérieur. Deux bouteilles en aluminium, chacune haute d'un mètre vingt et surmontée d'une simple soupape.

Cette fois, je n'échouerai pas, John.

*

Shannon ouvrait le chemin à une allure modérée et Cooper suivait en essayant de marcher dans ses pas, de se déplacer comme elle. Son don pour se décaler n'était pas exploité à son plus haut degré – elle savait anticiper les mouvements et les regards des gens –, mais elle s'en remettait à sa discrétion instinctive. Des tirs résonnaient tout autour d'eux, depuis les fenêtres et la pénombre, au-delà des barricades. Les balles hurlaient en perforant les briques, le verre et les chairs. Quelqu'un poussa un cri de douleur mais dans le chaos, Cooper n'aurait pu dire d'où cela venait, ni même s'il s'agissait d'un homme ou d'une femme. La chaleur de la barricade en feu vers laquelle ils couraient lui donna l'impression que sa peau se boursouflait. Il tenait le canon de son arme vers le bas, l'index le long du pontet, et eut le souvenir de ses premiers entraînements, les exercices à n'en plus finir, la boue et les muscles endoloris. C'était dans une autre vie, avant qu'il ne rencontre Natalie, avant Todd et Kate, avant le DAR, avant que le monde ne se précipite si violemment vers sa propre destruction.

Shannon obliqua vers la droite, contourna l'angle d'un immeuble en courant sur la pointe des pieds. Alors qu'il s'appliquait à la suivre, une balle fit exploser la corniche de béton au-dessus de lui, il y eut une pluie de poussière et ils filèrent dans une allée étroite, entre les escaliers de secours, les portes de chargement et l'odeur acide des poubelles. À l'extrémité, elle ralentit et jeta un coup d'œil à l'angle de la rue. Il se rapprocha d'elle, leurs bras se touchèrent. « Bloquée, hurla-t-elle dans son oreille. Une rangée de voitures. » Les mots étaient à peine audibles au milieu de la fusillade incessante.

« En flammes ?

— Non. »

Il hocha la tête. « Des cibles ?

— Impossible à dire. Sans doute.

— Tu peux traverser ?

— S'ils regardent ailleurs. »

Compris. Il prit une profonde inspiration puis pivota à l'angle de l'immeuble, fusil levé. Une petite rue avec des immeubles serrés les uns contre les autres, des deux côtés. À une quinzaine de pas, une double rangée de voitures étaient garées perpendiculairement à la rue, les pneus crevés. Il y avait du mouvement en face, et il tira deux courtes rafales au jugé avant de se précipiter vers la barricade, courbé en deux, et de se jeter contre le bloc moteur d'un coupé électrique. Des balles ricochèrent et étincelèrent sur le capot. Sans se relever, il posa le canon sur la carrosserie et tira en mode automatique jusqu'à ce que le chargeur soit vide. Il en emboîta un nouveau et jeta un œil vers l'allée, mais Shannon ne s'y trouvait plus. Elle avait traversé la rue jusqu'à une poche d'ombre, sous un lampadaire brisé. Elle leva trois doigts, puis pointa une direction. Cooper sortit une grenade incapacitante de sa poche, s'assura qu'elle la vît, tira le percuteur, compta jusqu'à cinq et la jeta par-dessus les voitures, dans une longue trajectoire aveugle.

Il s'était tourné vers Shannon et, même de dos, l'explosion de lumière laissa une image rémanente de sa silhouette sur ses rétines. Il cligna des yeux, pivota et sauta sur le capot de la voiture, fusil à l'épaule. Il vit un homme derrière une benne à ordures renversée. Il avait les mains plaquées sur les yeux et Cooper lui colla une brève rafale avant de courir le long de la benne, puis il sauta sur une voiture de la deuxième rangée, glissa et atterrit de l'autre côté, l'arme levée. Un membre des Nouveaux Fils de la Liberté était allongé au milieu de la rue, quarante mètres plus loin. Cooper visa juste devant lui, balança une rafale. Le recul souleva légèrement le canon et les balles découpèrent l'homme.

Il ne vit pas d'autres cibles…

Elle a dit trois.

Le troisième a eu le temps de se replier dans les ténèbres ?

Pas en étant aveuglé par le flash…

Oups.

… et comprit son erreur. Il pivota et vit le troisième tireur, dix mètres derrière lui. Il se tenait contre la rangée de voitures et n'avait pas été aveuglé par la grenade. Un type maigre avec de vilaines dents en train d'épauler une mitraillette. Cooper ordonna à ses muscles de se contracter, à ses mains de viser, mais l'autre avait un temps d'avance sur lui…

Jusqu'à ce que Shannon apparaisse sur le toit d'une voiture, le fusil contre son épaule fluette. Des flammes jaillirent du canon, la lumière éclaira son visage hargneux. La tête de l'homme éclata comme un fruit trop mûr.

Si ce n'était pas déjà fait, il serait tombé amoureux d'elle à l'instant même.

Shannon sauta de la voiture, atterrit comme un chat et tendit un index. Cooper regarda dans la direction qu'elle indiquait tout en éjectant le chargeur de son fusil pour en encastrer un nouveau. Mieux valait gâcher quelques cartouches plutôt que de se retrouver à vide en pleine fusillade.

Des dizaines de flammes de tirs scintillaient dans les ténèbres devant eux. La vitre d'une voiture explosa, une balle siffla et fit éclater un pavé. Il s'abrita à l'angle d'un immeuble en ruines et couvrit Shannon en tirant une longue rafale vers l'endroit où il avait vu les flammes sortir des canons. Les trois hommes qu'ils venaient de descendre étaient les éclaireurs d'un groupe bien plus nombreux. Il apercevait des soldats dans un flash de lumière lorsqu'ils faisaient feu et visait dans leur direction. Il entendit un homme hurler et soudain elle fut à côté de lui. Il la suivit, ralentissant seulement pour lancer la deuxième grenade. Il aurait été utile de s'attarder et de tous les tuer, mais ils n'en avaient pas le temps.

Ils étaient dans la banlieue de Tesla. La plupart des immeubles avaient été détruits au bulldozer ou incendiés. De la fumée s'élevait encore des braises. Ils filèrent dans le paysage de cauchemar en zigzaguant, son don anticipait les trajectoires de Shannon, personne d'autre n'aurait pu prévoir ses glissements et ses décalages, et durant un moment il oublia les enjeux, il oublia l'urgence, il oublia que le monde était en équilibre sur la pointe d'une aiguille et il savoura la façon dont ils bougeaient ensemble, comme dans l'un de ces films de kung-fu où tout le monde était synchronisé, où chaque geste était chorégraphié. Tous les deux se couvraient mutuellement, sans un mot, unis par une certitude simple : qu'ils gagnent ou qu'ils perdent, ce serait ensemble.

Quelques instants plus tard, ils étaient à la limite de la zone de combat, les coups de feu étaient toujours aussi nourris mais ils étaient globalement derrière eux. C'est à ce moment que le pied de Cooper accrocha un corps qui gisait dans une mare de sang. Il chuta et heurta violemment le sol avec le genou. *Fini, le kung-fu.*

« Tu vas bien ? »

Il acquiesça. En se relevant, il remarqua que l'homme avait la gorge tranchée.

Moins de trois immeubles plus loin, ils trouvèrent trois autres corps. Deux d'entre eux avaient des blessures faites à l'arme blanche. Au troisième, il manquait la moitié du visage. Shannon grimaça en prenant son d-pad.

« On dirait qu'on n'a même pas besoin du traceur pour trouver Soren. Il n'y a qu'à suivre les cadavres. » Cooper croisa les mains derrière la tête, aspira une goulée d'air. Puis il remarqua l'expression sur le visage de Shannon. « Qu'est-ce qu'il y a ? »

Elle leva les yeux de l'écran. La pâle luminosité du

d-pad creusait ses yeux comme ceux d'un fantôme. « Je sais où il va. »

*

Les bouteilles étaient peu pratiques et chacune pesait dans les vingt-cinq kilos. Soren passa dix de ses secondes à réfléchir à la possibilité de n'en prendre qu'une : il irait plus vite et, connaissant John, s'il fallait deux bouteilles pour parvenir à ses fins, il en aurait placé quatre dans le coffre-fort. Son ami ne s'était jamais contenté de bonnes probabilités : il cherchait la victoire sûre et certaine. C'est pour cela que, même mort, il pouvait encore gagner.

Finalement, c'est le chariot qui décida pour lui. Il était robuste, avec de larges roues, et était conçu pour deux bouteilles. S'il n'en chargeait qu'une seule, l'engin serait déséquilibré. Il lui fallut moins d'une minute pour les attacher et se mettre en route.

Son corps était fort et souple, et même en poussant le chariot, il pouvait maintenir une allure rapide. La captivité lui avait laissé tout le temps de faire de l'exercice et ici, aux abords de la ville, les rues étaient planes et les immeubles calmes. La bataille faisait rage, mais il n'avait vu aucun milicien depuis les trois qu'il avait tués dans la ruelle. Logique. Ils n'étaient pas venus prendre un territoire, n'avaient aucune intention d'installer un camp de base.

Ils étaient venus pour tout détruire.

Soren s'en fichait. Qu'ils le fassent. Qu'ils dévastent, violent, massacrent. Que le sang coule dans les égouts. Il n'avait jamais ressenti de loyauté envers les Brillants. Les garçons qui l'avaient martyrisé à l'académie étaient des Brillants. Tout comme Epstein, Nick Cooper et le bourreau Rickard.

Tout ce qui comptait maintenant, c'était de finir ce que son ami avait commencé. Pas pour la cause, mais pour John. Ensuite, trouver Samantha, la vraie Samantha, et la mettre à l'abri pendant que le monde s'écroulait.

En tournant à l'angle de la rue, il vit son objectif droit devant lui. Un espace large de plusieurs centaines de mètres, entouré d'une chaîne. Des lumières blanches et rouges en marquaient les limites, un manche à air pendait mollement. Les portes n'étaient pas gardées, mais sur la piste, un pilote avait poussé un planeur en fibre de carbone et se dépêchait de l'attacher au câble qui devait le propulser dans le ciel. Le terrain d'aviation de Tesla.

Que ces barbares s'amusent avec leur massacre ridicule.

Lui allait dévaster le monde entier.

Chapitre 40

La vie était réduite à ses extrêmes.

Il y avait le silence, et il y avait le fracas des fusillades. Le froid, l'air pur, et la puanteur de la fumée et de l'essence. Les frissons de décembre, et la soudaine brûlure d'une douille éjectée de son fusil qui rebondissait sur le bras de Natalie. Le plus étrange, c'était la nuit piquetée de flashes brillants. Chaque flamme de tir révélait une photographie vivante, soigneusement composée et disparaissant avant même qu'on puisse l'observer, comme un fragment d'art conceptuel.

Flash : un homme dans une veste de ski noire, un pistolet dans chaque main, la bouche tordue par un cri au moment où il presse les deux détentes en même temps.

Flash : un vieillard au visage aimable dans un immeuble proche, la langue pincée entre ses lèvres à la manière d'un enfant, en train de tirer sur une horde d'assaillants.

Flash : un adolescent aux cheveux frisés qui traîne son corps ensanglanté sur le sol dévasté tout en tirant à l'aveugle.

Flash : ta main sur le canon du fusil, pâlie par le froid et portant les lignes de ton histoire.

Flash : la douce Jolene qui hurle des obscénités, les lèvres retroussées, les cheveux dansant comme des serpents.

Plus tôt, lorsque Natalie avait essayé d'imaginer l'assaut, elle avait pensé à des vieux films, à des colonnes d'hommes marchant au pas de l'oie comme les nazis qui défilaient dans les rues. Elle s'était demandé si elle serait capable de viser une cible vivante et de tirer, d'envoyer une masse de métal hurlant aller transpercer les chairs d'une personne.

Il s'était avéré que le problème n'était pas là. Toute répugnance s'était évanouie au moment où ils avaient commencé à tirer sur les projecteurs – au moment où, comme le monstre de son enfance qui vivait dans l'armoire, leur force avait surgi des ténèbres. Elle avait déjà vidé cinq chargeurs et bien qu'elle ne puisse dire avec certitude combien de miliciens elle avait touchés ou tués, elle savait que le nombre était largement au-dessus de zéro.

Non, le problème, c'était que la milice ne descendait pas la rue au pas de l'oie. Au lieu de cela, ils couraient, zigzaguaient. Ils se cachaient derrière le moindre abri. Ils prirent d'assaut la barricade, l'escaladèrent, bondirent, roulèrent au sol et s'éparpillèrent en courant. Ils se précipitaient dans les ruelles entre les immeubles, ils étaient si nombreux, un flot ininterrompu, et même lorsqu'elle visait, tirait, visait et tirait encore, même lorsqu'elle savait que la balle avait atteint sa cible, il y en avait toujours une autre, et une autre. C'était comme essayer de faire des trous dans l'océan, sauf que celui-là était vêtu de noir, hurlait et ripostait.

La culasse du fusil était ouverte. Natalie se mit à genoux, pivota et s'adossa contre l'armoire. Elle prit un moment pour regarder son d-pad, où la carte de la bataille brillait faiblement. Les drones repéraient les signatures thermiques, les mouvements et les tirs pour élaborer une image interactive de la guerre en tant qu'organisme vivant. On aurait dit un anneau de feu qui se resserrait. Les couleurs changeaient et circulaient, des vortex de rouge furieux tourbillonnant autour d'un centre bleu au fur et à mesure que les Nouveaux Fils brisaient les défenses de la ville.

Et là, au milieu, il y a le bunker où sont cachés tes enfants.

Natalie libéra le chargeur de son fusil et en inséra un nouveau, puis releva la tête. Une balle éclata au-dessus d'elle, suffisamment proche pour qu'elle la sente passer. Elle s'écrasa contre le sol et d'autres projectiles sifflèrent à travers la vitre brisée et trouèrent le plafond.

On dirait qu'ils ont découvert où tu es.

Elle saisit quelques chargeurs dans le sac et rampa jusqu'à la fenêtre voisine. Un peu plus tôt, avec Jolene, elles avaient tiré un lourd bureau et l'avaient fait basculer devant la vitre. L'oreille collée contre le bois, elle leva lentement la tête pour observer d'un œil.

Des flashes et des détonations résonnaient dans toutes les directions, mais la zone sous sa fenêtre, l'espace dont elle se sentait responsable, paraissait tranquille. Elle s'efforça de distinguer les ténèbres des ténèbres. La lumière violette était de l'autre côté du globe et ne l'aidait en rien. Quelque chose était en train de bouger ? On dirait bien. Mais c'était une forme étrange, un mouvement ici, un autre là. Comment est-ce qu'une personne… *ah !*

Natalie jeta l'arme, se leva et courut à la fenêtre qu'elle occupait précédemment, ignorant les coups de feu qui venaient de la rue, les explosions sur les murs, le bois du bureau qui éclatait, uniquement concentrée sur l'armoire de classement, au pied de laquelle se trouvaient cinq bouteilles en verre. Elle en saisit une, attrapa le briquet en plastique blanc, le même modèle Bic disponible dans dix millions de caisses de supermarchés, sauf que celui-ci servait à allumer un chiffon imbibé d'essence. L'odeur chimique lui emplit les narines. Un, deux, trois essais et le briquet s'alluma, la flamme fit un bond vorace sur le tissu enfoncé dans le goulot de la bouteille. Elle prit le risque de se lever et de la balancer par la fenêtre et des coups de feu crépitèrent instantanément dans sa direction. Elle se jeta au sol trop tôt pour voir la bouteille se briser, mais elle entendit le souffle de l'essence et le crépitement soudain de vêtements et de cheveux, suivi de hurlements.

Ce qu'elle entendit la déchira. Instinctivement, elle voulut demander un temps mort, se précipiter en bas et aider quiconque était blessé, comme elle l'aurait fait si un ami de Todd s'était blessé en se battant avec lui – lui mettre un sparadrap et appeler sa mère. Au lieu de quoi, elle retourna vers l'autre fenêtre, prit le fusil et se força à observer.

Des tireurs éloignés l'avaient prise pour cible, mais un groupe d'une dizaine d'hommes avait rampé dans son champ de vision. Le cocktail Molotov avait explosé sur eux, le verre s'était brisé et les projections d'essence s'étaient embrasées. Maintenant, ils se tordaient et hurlaient et s'agitaient furieusement pour éteindre les flammes. Grâce à cette lumière soudaine, elle put voir non seulement les hommes qui brûlaient, mais aussi tous ceux qui étaient derrière, des yeux qui scintillaient dans les ténèbres, des formes indiscernables, une horde qui s'étendait jusqu'à l'horizon, un monstre qui ne cessait d'arriver, et au lieu d'aller soigner les blessés, elle épaula son fusil et leur tira dessus, profitant de la lumière émise par leurs frères qui brûlaient.

Chapitre 41

Soren travaillait.

Il n'avait jamais installé d'armes biologiques sur un drone, mais les notes de John étaient claires et explicites. Et sa perception du temps lui permettait de les lire deux fois avant même de saisir une clé à douille.

Le terrain d'aviation possédait deux hangars. L'un pour les planeurs civils. L'autre était marqué du logo Epstein Industries et de panneaux avertissant des conséquences terribles en cas d'intrusion. Il n'y avait pas vu de gardes : ils étaient en première ligne, en train de défendre leur ville. Les seules personnes qu'il avait vues étaient le pilote du planeur et un mécanicien entre deux âges, avec un gros bide. Aucun des deux ne l'avait ralenti.

Il travaillait soigneusement, concentré sur ce qu'il faisait. Il avait fait défaut à John lorsque Cooper l'avait piégé, et la méprise dont il était responsable avait coûté la vie à son ami. Il ne laisserait pas une nouvelle erreur détruire également le rêve de John.

Les drones possédaient une élégance déroutante qu'il admirait. Profilés et pragmatiques, ils ressemblaient à des libellules ternes de cinq mètres d'envergure. Les schémas lui montraient exactement ce qu'il fallait faire. C'était une affaire de mécanique. Dévisser une douzaine de vis pour enlever la charge utile modulable – dans ce cas précis, une installation vidéo de près d'un mètre de long, pourvue d'objectifs et de capteurs. Mettre la bouteille à haute pression en place, la soupape vers le bas. Pousser le drone jusqu'à la porte du hangar – il roulait avec une étonnante facilité – et passer au suivant.

Un peu plus tôt, en fouillant dans la boîte à outils, il était tombé sur un couteau doté d'une courte lame incurvée, et Samantha s'était mise à hurler dans sa mémoire tandis qu'un couteau identique découpait sa paupière inférieure et faisait jaillir son œil de son orbite. Il avait refermé le tiroir si violemment qu'il avait failli se sectionner un doigt.

Ce n'était pas réel, s'était-il souvenu. *Elle n'a pas été blessée. Elle n'était même pas là.*

Cette pensée ne lui apporta aucun soulagement. Mais du dégoût. Un mépris de soi pour s'être fait piéger, et un vague dédain pour la méthode employée. Juste avant que la torture ne commence, Soren se disait que Cooper bluffait, qu'il n'était pas assez fort pour faire ce qu'il fallait. Et il avait raison. Cooper était loin d'avoir sa force de caractère, ou celle de John.

Soren allait le lui démontrer, cette nuit. Il finirait ce que son ami avait commencé et détruirait tout ce pour quoi Cooper s'était battu. *Et lorsque ce sera fait, trouve-le, et fais-lui rembourser la douleur. Laisse-le mourir seul et en hurlant.*

Il avait recodé le d-pad de la fille avec ses propres empreintes digitales, et il l'activa. L'un des fichiers que John avait envoyés était un programme pour prendre le contrôle des drones. Il le mit en route. Le schéma d'un radar apparut, la ligne détectrice balaya le cercle une fois, deux fois, à la recherche de signaux de réception. Lorsqu'il les trouva, le d-pad afficha un écran de contrôle.

On pouvait piloter les drones manuellement et il soupesa cette éventualité. Il y avait une certaine poésie à diriger l'engin qui allait provoquer la mort puis la renaissance du monde. Mais il n'y connaissait rien et finalement il choisit de télécharger les fichiers de pilotage automatique que John lui avait fournis. De simples spirales involutives, allant de l'extérieur vers le centre, l'une dans le sens des aiguilles d'une montre, l'autre dans le sens inverse. Les drones survoleraient Tesla jusqu'à ce qu'ils soient à court d'hydrogène liquide. Des heures, estima-t-il. Peut-être des jours.

Il recula pour examiner son travail. Les bouteilles nuisaient à l'esthétique. Contrairement à l'installation vidéo, elles n'avaient pas été dessinées dans ce but et elles ressemblaient à des tumeurs sur le ventre des machines profilées. L'efficacité des drones serait elle-même diminuée, mais ils n'auraient pas à aller loin. Pendant qu'il travaillait, le lent tonnerre de la bataille s'était intensifié.

Soren trouva la soupape de la première bouteille et la tourna jusqu'à ce qu'il entende un léger sifflement.

Puis il pressa une touche sur le d-pad et l'engin se mit en marche.

Quelques secondes plus tard, le drone commença à rouler.

*

Les veines de Cooper pompaient du feu et sa tête lui faisait mal. L'adrénaline faisait trembler ses mains.

Ils couraient à toute vitesse depuis que Shannon avait découvert où Soren se rendait, et ils n'avaient ralenti que lorsqu'ils étaient tombés sur un groupe de miliciens. L'affrontement avait été brutal et rapide, cinq Nouveaux Fils contre eux deux, mais en combat rapproché les armes étaient inutiles. Shannon et lui s'étaient battus avec calme et synchronicité, elle pivotait et glissait, n'était jamais là où ils l'attendaient, frappait du pied et du tranchant de la main. L'approche de Cooper avait été plus expéditive, il avait chargé un soldat avant de lui retourner le bras dans le dos et de le briser au niveau du coude. Le troisième, un monstre qui avait l'air de pouvoir soulever un camion, avait réussi à le ceinturer. Il avait fallu un coup de genou à l'entrejambe et deux coups de tête sur le nez du type pour se libérer.

À ce moment, le premier qu'il avait cogné était en train de se relever, mais le fusil de Shannon avait réglé le problème. Ils s'étaient regardés, puis s'étaient remis à courir. Les rues étaient sombres, les immeubles déserts, et derrière eux la bataille faisait rage. L'air sentait la fumée, on entendait des hommes et des femmes mourir.

Lorsqu'ils atteignirent le terrain d'aviation, il crut d'abord qu'elle s'était trompée. Les lumières du tarmac étaient allumées, mais il n'y avait personne, aucun garde à la porte, pas d'avion visible. Puis il vit un planeur à l'extrémité d'une piste, prêt à décoller, attaché au câble par le nez, la porte gauche ouverte et, à côté de la roue avant, le corps du pilote. Il était trop loin pour distinguer davantage de détails – sinon le reflet de la lune sur la mare de sang. La signature de Soren.

Trop tard? La peur l'embrocha. Si Soren avait

déjà décollé, tout était terminé. Pas seulement cette bataille, mais l'intégralité du monde qu'il connaissait. Le virus de John Smith allait tout détruire. Il allait faire tomber le gouvernement, ruiner l'Amérique et sans doute toute la planète. Il tuerait Natalie, infecterait son fils et provoquerait la mort de…

Une petite lumière dansait dans l'un des hangars, celui qui portait le logo d'Epstein Industries. Malgré le vacarme des fusillades, il entendit un bruit, de plus en plus fort. Un vrombissement, comme une turbine ou…

Un moteur. « Shannon ! » Il n'attendit pas de voir si elle le suivait et se précipita vers le hangar, son cœur lui déchirait la poitrine et son souffle brûlait.

Une forme sortait en roulant du hangar, basse et prédatrice. Elle faisait un tiers de la taille du Seraphim dont se servait l'armée, mais il reconnut facilement le drone. Lorsqu'il se mit à accélérer, Cooper remarqua que quelque chose était accroché sous son ventre. Un cylindre d'un mètre vingt de long.

Il évalua les options…

Il est à trente mètres, il avance perpendiculairement à ma position, le moteur accélère.

Tu ignores si une explosion détruira le virus.

Mais une fois en l'air, il lui faudra moins d'une minute pour atteindre la ville et infecter des milliers de gens.

Et ça, tu en es sûr.

… et sut qu'il n'y en avait qu'une.

Cooper épaula le fusil d'assaut, affermit son maintien, la crosse calée contre son épaule. L'arme n'avait pas de lunette, mais un viseur lumineux. Il tira trois courtes rafales.

Il se passa deux choses. Des étincelles scintillèrent sur l'une des ailes, là où ses balles avaient ricoché.

Et la culasse de son fusil se bloqua en arrière. Le chargeur était vide.

À côté de lui, Shannon fit feu encore et encore, mais Cooper ne fut pas surpris de voir que le drone continuait à prendre de la vitesse. Si les balles de son fusil d'assaut avaient ricoché sur les ailes, les cartouches de son fusil de chasse seraient sans effet. Il libéra le chargeur et prit le dernier qu'il lui restait. Le drone était en train de s'éloigner, la distance augmentait rapidement, quarante mètres, cinquante. Il pensa au réservoir de carburant, mais si les ailes pouvaient encaisser des chocs, ça devait être pareil pour le réservoir, ce qui laissait quel choix ?

Ce n'était pas un drone militaire, il était issu des nouvelles technologies, construit pour résister aux armes légères dans des situations de bataille.

Situations de bataille. Pas au décollage.

Il fit monter une cartouche dans la chambre, régla le fusil en mode automatique en s'en remettant à sa mémoire musculaire, à l'entraînement de base. À dix-sept ans, il avait eu l'accord de Papa pour commencer à s'exercer, c'était enivrant et difficile, mais il s'en était bien sorti, il s'était entraîné sur une cible mouvante, elle bougeait vite, il colla le viseur sur le drone qui prenait de la vitesse, se concentra sur le support de la roue arrière et vida la moitié du chargeur d'un coup, visa à nouveau et tira le reste des munitions.

Le support rétractable se déchira, le drone fut déséquilibré et bascula sur son arrière-train, l'engin se démantela, glissa dans une gerbe d'étincelles jusqu'à ce que l'hydrogène liquide explose en une fulgurante boule de feu bleu pâle.

Ils la regardèrent durant un instant. Puis Cooper bascula la tête en arrière et poussa un rugissement.

À côté de lui, Shannon riait, une main devant la bouche, l'autre balançant son fusil. Ils avaient réussi, ils l'avaient fait, et même si la bataille faisait rage derrière eux, même si le monde était loin d'être apaisé, il continuerait à tourner, il y avait encore le temps de…

C'est ce qu'il était en train de se dire lorsque le deuxième drone quitta le hangar.

Shannon et lui se fixèrent. Puis elle jeta un œil vers la piste.

Cooper comprit ce qu'elle regardait et dit : « Non.

— Si. » Elle lui lança le fusil. « Occupe-toi de Soren. »

Puis elle se rua vers le planeur abandonné.

Chapitre 42

Luke Hammond était debout dans les ténèbres et regardait des hommes brûler vifs.

Toute sa vie, il avait été un guerrier, et ça faisait longtemps qu'il avait compris qu'aucun homme sain n'aurait pu aller dans les endroits où lui était allé, voir les choses qu'il avait vues, faire ce qu'il avait fait. Il s'était battu pour son pays et pour ses enfants, mais ça ne comptait pas. Il possédait discipline et maîtrise de soi, mais ça ne comptait pas. Car il y avait un monstre, une bête bavante, pourrissante et souriante qui sentait le sexe, la transpiration et la merde. Chaque homme la sentait. La plupart vivaient et mouraient sans passer le moindre moment en compagnie de la bête, sans goûter à cette terrible liberté ni découvrir la beauté qui est tapie dans l'horreur. Il n'existait pas de mots pour exprimer cela, parce qu'il s'agissait d'un territoire au-delà des mots, d'avant les mots.

Les hommes sains n'admettraient jamais que le feu est bien plus beau lorsqu'il est hors de contrôle.

Pourtant, les gens qui étaient cachés derrière ces fenêtres le savaient très bien, désormais. Gagner ou perdre, vivre ou mourir, cette découverte ne les quitterait plus jamais. Ils pourraient l'ignorer, l'atténuer, l'abominer, mais ça ne changerait rien à sa vérité fondamentale. Les hommes qui hurlaient en brûlant vifs en faisaient l'expérience, eux aussi.

Ça n'avait rien de romantique. Ça n'avait rien de moral. C'*était*, tout simplement.

Luke avait espéré qu'une fois la ligne franchie, lorsque les premiers Nouveaux Fils auraient brisé les défenses et seraient entrés dans la ville, la volonté des Brillants aurait cédé. Il s'était trompé. Même lorsque des flots de miliciens se déversaient dans Tesla et que la bataille faisait rage dans chaque immeuble, les gens aux fenêtres continuaient à se battre. Ils se battaient avec la fougue de ceux qui protègent leurs maisons et leurs enfants, et Luke les respectait pour cela.

Les Nouveaux Fils continuaient leur charge, ils tiraient sans s'arrêter de courir, sautaient par-dessus les cadavres de leurs camarades. Aux fenêtres, les fusils lançaient des flashes, les cocktails Molotov pleuvaient. La rue était brillante maintenant, et la bête titubait de flamme en flamme, en bavant et en riant.

La discipline et la maîtrise de soi ne faisaient pas de lui un homme bon. Mais elles lui avaient permis de vivre avec la bête pendant des décennies. Le chaos explosait tout autour de lui et Luke restait calme. Il se déplaçait courbé en deux, faisait très attention où il posait les pieds, tenait fermement son fusil. Son cœur hurlait de colère, mais il gardait l'index sur le pontet. Il se déplaça jusqu'à la limite de la lumière projetée par l'essence en feu et s'agenouilla. Il ignora les balles qui claquaient autour de lui contre le béton, la fumée qui le faisait larmoyer, l'odeur de la chair brûlée, et il observa.

Les insurgés avaient disposé des meubles devant

les fenêtres et se cachaient derrière eux pour tirer. Pourtant, tous les abris ne dissimulaient pas une cible. Cela pouvait signifier qu'ils manquaient d'hommes, mais Luke pensa plutôt qu'ils manquaient d'armes. Les Brillants avaient trop misé sur leur technologie, s'étaient trop reposés sur leur mur invisible. Une fois celui-ci franchi, ils étaient devenus vulnérables.

Il observa attentivement et s'aperçut que malgré le nombre de fenêtres barricadées, la quantité de tireurs était assez limitée. Leur force était une illusion. Ils faisaient feu depuis une fenêtre, cessaient dès qu'ils avaient attiré l'attention et changeaient de position. Il doutait qu'il y ait plus d'une poignée de snipers dans chaque immeuble. L'unique raison pour laquelle ils avaient tenu si longtemps, c'était parce qu'ils n'avaient pas en face d'eux une armée organisée – ils luttaient contre une horde.

Luke épaula son fusil. Il vit un homme dans la cinquantaine qui vidait un chargeur et qui se cacha à cause de la riposte. Luke attendit.

À une autre fenêtre, un canon cracha un flash. Il soupira, visa, tira. Une seule fois.

L'homme sursauta. Tituba. Tomba par-dessus la barricade.

Luke attendit.

Depuis un immeuble proche, un insurgé balança un cocktail Molotov. Le verre éclata. Il l'ignora, ignora le souffle de l'explosion et les hurlements. Il attendit.

Une femme se leva comme un cobra, fusil en main. Il la reconnut. Il l'avait déjà vue dans les jumelles. Elle était encore plus jolie de près. Ou peut-être que ça n'avait rien à voir avec la distance. Peut-être que c'était parce qu'elle venait d'expérimenter une facette de la vie dont elle n'avait jamais suspecté l'existence.

Elle était en train de faire corps avec une sauvagerie qui n'avait rien à voir avec sa vie de mère ou ses fêtes avec ses amies.

Tout comme Luke, elle avait repéré la bête. Comme lui, elle lui avait fait des offrandes. Si elle survivait, aucun doute qu'elle serait horrifiée par ce qu'elle avait fait. Les hurlements des hommes en feu hanteraient ses nuits. Mais une part d'elle resterait constamment affamée. Une part secrète, inavouée, qui s'était révélée lorsqu'elle avait saisi à pleines mains la sauvagerie de la vie.

Si elle survivait. Le fait d'avoir vu la bête ne vous protégeait d'elle en rien.

Luke aligna sa tête dans le viseur de son fusil et pressa la détente.

La balle l'atteignit en plein front.

Chapitre 43

Même de là, Shannon sentait la chaleur du drone en feu, les flammes si pâles qu'elles étaient presque invisibles. En courant sur la piste, elle n'arrivait pas vraiment à croire ce qu'elle était en train de faire.

Derrière elle, Nick hurla quelque chose, mais elle ne put ni l'entendre ni s'arrêter, parce que le second drone prenait déjà de la vitesse, son moteur émettait une stridence suffisamment forte pour atténuer les fusillades et les explosions.

Elle avait piloté des planeurs des centaines de fois, elle aimait la sensation qu'ils procuraient, la danse des vents et de la gravité, la liberté de batifoler au-dessus du désert. Elle aimait avoir conscience que même s'ils étaient raisonnablement fiables, ils étaient également sans pitié. Perdre sa concentration, perdre le vent, mal interpréter la situation, et le sol vous assenait une leçon implacable. Ça ressemblait à ce qu'elle aimait dans les missions, ce sentiment d'intensité irremplaçable qu'on ne pouvait pas éprouver sans risques, sans parier sur le destin. Elle savait depuis toujours qu'elle finirait par perdre. Elle espérait simplement que ce ne serait pas aujourd'hui.

Le pilote qui gisait sous l'aile portait une veste en

cuir et son visage avait une expression d'étonnement. Il y avait des sacs à ses pieds. Il avait sans doute voulu fuir la milice au dernier moment, mais il s'y était pris trop tard. Le couteau de Soren avait ouvert sa gorge si proprement qu'elle put voir la blancheur de ses vertèbres. Elle espérait qu'il ait été meilleur pilote que combattant : elle n'avait pas le temps de vérifier le planeur, de s'assurer que les roues étaient débloquées, que le câble était bien attaché et le déclencheur correctement entretenu. Elle dégagea le cadavre, se hissa dans la cabine et actionna les commutateurs. La batterie marchait, les indicateurs lumineux s'allumèrent et elle aperçut un mouvement par la vitre latérale. Le drone fonçait déjà à pleine vitesse. Plus le temps de s'amuser avec les procédures de sécurité. C'était à quitte ou double. Réussir, ou mourir.

Ça ressemble plus à réussir et *mourir, chérie.*

Il n'y a qu'une façon de descendre ce drone.

Shannon boucla sa ceinture et, en priant que les systèmes automatiques soient activés, elle tendit la main vers le bouton marqué RÉTRACTATION DU CÂBLE.

Il y eut la secousse habituelle du treuil qui se mettait en action, puis elle fut projetée contre le siège lorsque le planeur fut propulsé vers l'avant.

*

Cooper jeta son fusil d'assaut vide et attrapa en plein vol l'arme que lui jetait Shannon, puis il hurla : « Attends ! » Il ne sut quoi ajouter après ça et de toute façon, ça n'avait aucune importance, puisqu'elle ne l'écoutait pas.

Il allait s'élancer à sa suite lorsqu'une silhouette

sortit du hangar. Svelte, élégante et terriblement menaçante. Cooper eut l'impression que des doigts glacés saisissaient son torse. Comme si son cœur possédait sa propre mémoire et savait ce qu'il devait affronter. L'homme qui, à peine quelques semaines plus tôt, lui avait perforé la poitrine avec un couteau. L'homme qui avait mis son fils dans le coma et avait tué Cooper sans le moindre effort. Une peur primaire s'empara de lui. Son cerveau s'embrouillait davantage à chaque pas que faisait Soren.

Puis une idée s'imposa à sa conscience.

Ils devaient arrêter ce drone. Ni sa vie ni celle de Shannon ne signifiaient quoi que ce soit en comparaison de cet impératif. Elle en avait conscience. Il connaissait sa guerrière et savait qu'elle n'hésiterait pas.

Il pouvait peut-être lui éviter ce choix. Soren avait lancé le drone : il devait pouvoir l'arrêter. Le ramener au sol avant que Shannon soit obligée de faire la seule chose possible pour le stopper.

Cooper épaula l'arme. La crosse était encore chaude. Soren était à moins de sept mètres. Il s'immobilisa lorsqu'il vit le fusil. Il ne manifestait aucune intention que Cooper puisse lire, n'avait aucun plan que le don de Cooper puisse décrypter. Calme comme de l'eau stagnante.

Ah ouais ? Eh bien, fais des vagues.

Cooper visa, expira et pressa la détente. Le fusil sursauta dans ses mains.

À l'instant où son index commença à presser la détente, Soren tournoya comme un danseur, fit deux pas rapides et s'immobilisa, souriant et indemne.

Les griffes de la peur se resserrèrent. Soren possédait un T-néant de 11,2. La fraction de seconde qu'il lui avait fallu pour presser la détente était démultipliée pour lui, des secondes entières au cours desquelles il pouvait apprécier l'angle du fusil, évaluer l'endroit où Cooper visait.

Il ne pourrait esquiver les balles s'il était…

C'est un fusil à pompe Remington. Sept cartouches.

Mais Shannon avait tiré sur le drone. Combien de fois ? Cinq ?

Tu n'as plus qu'une cartouche. Deux, si tu as beaucoup de chance.

… suffisamment proche. Cooper fit un pas à gauche, visa et fit semblant de tirer. Soren ne bougea pas. Encore la dilatation temporelle. Il avait autant de chances de le berner qu'un type en béquilles de surprendre Mohamed Ali.

Derrière lui, il entendit un claquement et un vrombissement, et il savait de quoi il s'agissait. Les planeurs étaient lancés par de puissants treuils qui les propulsaient sur un kilomètre et demi en quelques secondes à peine. Il avait au maximum une minute avant qu'elle ne se sacrifie. Et encore, si cela suffisait à abattre le drone. Sans quoi, il répandrait son chargement et tout ce qu'ils avaient fait serait inutile. La milice tuerait Natalie et leurs enfants, le virus tuerait le pays pour lequel il s'était battu toute sa vie.

Tu ne peux pas esquiver, tu ne peux pas anticiper. Qu'est-ce que tu peux faire ?

Agir de manière irréfléchie.

Cooper hurla à travers ses dents serrées et chargea Soren en tenant le fusil d'une main, au niveau de sa hanche. Il vit l'homme trembler de confusion et durant un instant à peine, son don eut prise sur la situation. Il n'avait pas le temps de viser. Il pressa la détente tout en courant et le recul lui déchira le poignet.

L'impact déséquilibra Soren. Lorsqu'il se retourna vers Cooper, il avait de profondes entailles dans la joue droite. Son oreille avait été arrachée. Du sang coulait sur son visage, brillant et sombre. Son sourire avait disparu.

Cooper envisagea de parier sur la présence d'une dernière cartouche dans le fusil, mais s'il était vide, tout était terminé, alors il continua de charger en saisissant l'arme par le canon, la chaleur du métal lui brûla la paume lorsqu'il s'en servit comme d'une batte.

Soren fit un pas de côté et enfonça deux doigts verrouillés dans l'épaule de Cooper. Sa main s'ankylosa instantanément et ses doigts lâchèrent l'arme qui s'envola et rebondit sur le tarmac. Il essaya d'utiliser son élan pour plaquer Soren au sol, mais son adversaire n'était plus là, il avait déjà glissé de côté, et d'un balayage de jambe il fit basculer Cooper. Un bras engourdi, l'autre incapable de le protéger à temps lorsque son visage heurta le béton. Un choc électrique traversa ses dents et un éclair blanc éclata dans son crâne. Le monde se dédoubla. Avant qu'il ne parvienne à aligner sa vision stéréoscopique, Soren avait saisi ses cheveux, tiré sa tête en arrière pour la claquer à nouveau contre le sol. Des feux d'artifice explosèrent derrière ses rétines.

Son corps était lointain et tremblant, rien ne fonctionnait normalement. Il essaya de se relever, il ne devait pas rester au sol car dans un combat, cela signifiait la mort, mais il y avait un poids sur ses épaules et il comprit que c'était le pied de Soren. Au lieu de se relever, il pivota sur le dos.

Pendant un moment, Soren resta debout à le regarder, silhouette noire découpée par une ville en feu.

Puis il se baissa et tira un couteau.

« Tu te souviens de ce que tu as fait à Samantha ? » demanda-t-il.

*

Le câble était tendu devant son planeur, le cockpit en fibre de carbone filait sur le tarmac, l'air sifflait sous les ailes. Cette aspiration à embrasser le ciel, cette sensation de peser de moins en moins, puis l'aisance et la fluidité qu'elle éprouva au moment où les roues quittèrent la piste, alors que le câble continuait à l'entraîner. Elle avait doublé le drone et il y eut une dernière secousse lorsqu'elle libéra le câble. Le planeur fut projeté vers le ciel comme l'avion en papier d'un enfant. Comme à chaque fois, elle eut l'impression que son estomac était resté sur place.

Normalement, il fallait exploiter l'élan au maximum pour monter le plus haut possible. Les planeurs aimaient le désert rocailleux, le hurlement du vent et les courants ascendants. Avec de l'expérience et de la concentration, on pouvait voler pendant des heures. Mais il ne s'agissait pas d'un vol d'agrément, et elle n'avait pas des heures devant elle. Shannon affermit la prise de ses mains sur le manche et fit brusquement basculer l'engin à tribord, trois cents mètres à peine au-dessus du sol.

Suffisamment haut pour avoir une magnifique vue de l'enfer.

Tesla n'était pas son foyer, mais la Réserve l'était, et voir la capitale en état de siège, c'était comme un habitant de Chicago qui regardait des ennemis submerger Washington. Il était facile de distinguer les lignes de front, d'ici. C'était la version réelle de la carte qu'elle avait vue sur son d-pad, seulement au lieu des couleurs qui représentaient les combats, elle voyait les flashes des coups de feu, comme des grains de poudre à canon dispersés en cercle qui s'enflammaient soudain. À cette altitude, il était impossible de distinguer les assaillants des insurgés, des fourmis mobilisées dans une guerre, luttant avec des armes et à mains nues dans les rues, leurs corps illuminés par un millier de feux, de cocktails Molotov, de barricades en flammes et de quelques immeubles incendiés. D'innombrables colonnes d'épaisse fumée noire s'élevaient et des rideaux de cendres brouillaient la vue. La ville ressemblait à une peinture de Bosch, saturée de noir et de rouge sang, tordue de douleur.

Shannon cessa de la regarder et se concentra sur la piste. Quelque part en dessous, Nick affrontait Soren. Elle lui adressa une prière puis s'efforça de repérer le drone. Ils étaient conçus pour être discrets, il n'y avait donc aucun éclairage, aucune surface brillante, mais son mouvement le trahit : il était là, il avait décollé et il prenait de l'altitude. Le planeur était monté bien plus haut grâce au treuil, mais c'était le seul avantage qu'elle possédait et il s'amenuisait rapidement. Contrairement à son avion, le drone était autopropulsé, ce qui induisait à la fois une plus grande maniabilité et très bientôt une vitesse plus élevée. Si elle devait l'intercepter, c'était tout de suite.

Sans parler du fait que son objectif se situe à quelques centaines de mètres à peine.

Elle plongea en piqué dans une spirale serrée. La trajectoire lui fit atteindre une vitesse suffisante pour remonter, mais quand bien même la manœuvre était classique, elle n'avait pas beaucoup d'altitude à sacrifier.

Shannon s'aligna sur le drone qui volait sous elle, anticipant le vecteur de sa trajectoire. L'engin se rapprochait à une vitesse vertigineuse. Le vent rugissait autour du frêle cockpit du planeur qui vibrait sous la pression du plongeon.

Elle n'aurait droit qu'à une seule tentative. Si elle échouait, elle aurait peut-être le temps de reprendre de l'altitude, mais alors le drone serait déjà hors de portée. Ses mains bougeaient avec fluidité, le planeur était une extension de son corps, elle le manœuvrait avec la même précision que ses propres membres. Le drone se rapprochait de plus en plus vite. Il était en train d'effectuer un virage, elle analysa le mouvement, aligna les trajectoires pour le percuter proprement.

Dix secondes.

Soren avait lancé le drone : il devait avoir un moyen de le contrôler. Cooper l'avait forcément compris, et il devait essayer de le ramener au sol.

Shannon fixa l'engin. Il devenait de plus en plus grand. Elle pouvait le voir en détail maintenant, la traînée de gaz derrière les moteurs, le numéro d'immatriculation sur la queue, la soudure de ses larges ailes. Elle imagina le moteur qui hoquetait et mourait, le condamnait à un plongeon fatal, visualisa l'explosion de ses réservoirs.

Cinq secondes.

Le moteur ne toussait pas.

Quatre.

Le drone ne plongeait pas.

Trois.

Il n'explosait pas.

Deux.

Allez, Nick. Ne m'oblige pas à faire ça.

Un.

*

La vision de Cooper était floue, un voile noir en obscurcissait les contours. Son cerveau était pris dans un étau, comme le pire mal de tête de tous les temps, chaque battement de son cœur pulsait une souffrance cristalline. Il avait un goût de cuivre dans la bouche, l'une de ses dents était cassée, le nerf à vif hurlait. Les bruits de la bataille s'étaient évanouis, remplacés par le grondement de sa respiration. Il lança un coup de poing maladroit au moment où Soren s'agenouillait pour s'asseoir sur lui, mais il n'avait aucune puissance et l'homme le balaya avant de lui broyer les épaules avec ses genoux. Le geste de victoire après une bagarre de gosses. Normalement, Cooper se serait facilement dégagé, mais son corps était dépourvu de force. Son adversaire avait le temps d'anticiper et de contrer chacun de ses mouvements.

Soren était maigre et ses genoux osseux lui faisaient mal aux épaules. La moitié de son visage était couverte de sang et le ruissellement imbibait sa chemise. L'os de sa pommette était visible sous l'entaille la plus sévère, la chair pendait à nu. Des reflets de flammes dansaient dans ses yeux et scintillaient sur le bord du couteau, donnant l'impression que la lame était vivante. Cooper essaya de se cambrer, mais Soren sentait la contraction de ses muscles et avait tout le temps d'équilibrer son poids.

« Tu as commencé avec son œil », dit-il.

Le couteau s'abaissa dans un mouvement lent et théâtral, laissant à Cooper tout le temps de le voir venir, d'anticiper la larme de feu quand il découperait ses chairs, d'imaginer la lame en train de déloger l'œil de son orbite. Dans un élan morbide, il se demanda si cet œil pendouillant serait encore capable de voir. Le drone était loin, la milice était en train de gagner, Natalie allait mourir dans la bataille, ses enfants seraient arrachés du bunker et assassinés pendant que la ville finirait de brûler autour d'eux et que le monde s'enfoncerait dans les ténèbres. Et Cooper ne pouvait rien contre cela. Soren l'avait encore battu, tout aussi facilement que la première fois, mais là, ça allait être beaucoup moins rapide. Il lisait la délectation sur le visage de l'homme, la folie qui tourbillonnait en lui, le plaisir qu'il éprouvait à provoquer de la souffrance pendant que la civilisation explosait et s'effondrait.

Le couteau s'abaissa. La pointe de la lame caressa sa joue puis s'enfonça, racla l'os de son orbite. La terreur multipliait la douleur. Il savait ce qui allait arriver ensuite, il imaginait la lame percer ses chairs, l'agonie interminable.

Une explosion de lumière bleue flamboya comme un éclair.

Pendant une fraction de seconde, Cooper pensa que c'était son œil qui venait d'être arraché, mais non, Soren l'avait vue aussi, il observait le ciel, sa silhouette entourée de bleu électrique et de ténèbres, un mot naissait sur ses lèvres…

C'est la même lumière que lors de l'explosion du premier drone, de l'hydrogène liquide qui s'enflamme.

Et Soren observe toujours, mais pas par surprise ni égarement.

Par désespoir.

Shannon a abattu le drone. Elle a sacrifié sa vie.

Et elle t'a procuré une chance.

Tu vas gâcher son sacrifice ?

… « Non ! » Soren et lui avaient hurlé en même

temps, mais tandis que l'autre était perdu dans sa propre temporalité, regardant dans le ciel la manifestation de sa défaite, Cooper chassa de son esprit toutes les pensées de Shannon. Il savait ce qu'elle aurait voulu qu'il fasse et voulait honorer le sacrifice qu'elle venait de réaliser. Il mit toutes ses forces dans une ruade rapide et saisit le poignet de Soren. Ils basculèrent et le dos de l'anormal frappa le sol tandis que Cooper prenait le dessus et lui vrillait le bras. Il se débattait maintenant, mais l'élan et la force étaient du côté de Cooper et il les mit à profit. Il fit ployer le bras de Soren jusqu'à approcher la lame sous son menton. La peau s'étira et céda lorsqu'il donna un violent coup de paume à la base du manche du couteau, enfonçant la lame à travers la langue, le palais et le cerveau. Soren eut un spasme, puis un autre, Cooper affermit sa prise sur le couteau et fit pivoter la lame avec ses dernières forces, et tout fut terminé.

Il s'effondra sur la poitrine du monstre. Son corps était faible et tremblait. Un hurlement s'échappa de ses poumons, un son à peine humain. Le cri de rage, de douleur et de victoire d'un animal.

Puis il parvint à se remettre sur ses jambes en chancelant.

À l'extrémité du terrain d'aviation, des flammes bleues dansaient comme des démons, sous une pluie de morceaux de métal et de plastique.

Il prit une inspiration, réussit à faire quelques pas, puis à trottiner d'une façon étrange et bancale. Tout le faisait souffrir. L'obscurité palpitait dans ses yeux, quand bien même il était en train de se rapprocher de la lumière et de la chaleur de l'incendie. Il atteignit le drone en premier, une sculpture tordue par les flammes, un enfer dévorant qui le força à faire un écart, mais ce n'était pas ça qui l'intéressait. Il continua à avancer, croisant des débris de son planeur, une aile bizarrement tordue, la queue intacte et posée à la verticale, une roue fumante. Le fuselage avait éclaté, la partie avant gisait à l'envers. Il s'y précipita, saisit la poignée et retira vivement sa main à cause de la chaleur. Il inspira à nouveau, recommença et se brûla les chairs en ouvrant la portière.

Shannon était suspendue à l'envers, toujours maintenue au siège par la ceinture, la poitrine comprimée dans une substance blanche qui ressemblait à du polystyrène mais qui était en train de se dissoudre. La mousse propulsée dans le cockpit au moment de l'impact fondait et coulait en une soupe épaisse sur le tarmac. Il ressentit une vague de chaleur le submerger.

Elle ouvrit les yeux et vit les siens. « Ouch…

— Foutue cinglée, dit-il en riant et en hoquetant. J'ai cru que tu étais morte.

— Non, grogna-t-elle. Pas encore. »

Ses doigts brûlés étaient maladroits, mais il se débrouilla pour détacher sa ceinture et la faire glisser dans ses bras. Tous deux s'écroulèrent dans les derniers pétillements de la mousse de sécurité. Elle s'immobilisa contre lui. Ils étaient à bout de souffle, illuminés de bleu. Puis il demanda : « C'était trop de boulot, un parachute ?

— Vieille façon de penser, Cooper. » Elle sourit et il se pencha pour l'embrasser, ignorant la douleur dans ses côtes, l'irradiation de sa dent cassée.

Il y eut une autre explosion, le drone bondit dans les airs et s'écrasa à nouveau. Ils tressaillirent. Shannon demanda : « Soren ?

— Mort.

— Bien. C'est bien. » Elle fit un mouvement qui

lui arracha une grimace. « Je crois que ma jambe est cassée.

— Ça t'apprendra. » Il sourit, se releva et l'aida à se mettre debout, un bras passé sous ses épaules, son corps doux et chaud contre le sien.

« On a gagné, dit-elle.

— Presque. Encore un truc à faire.

— Et c'est quoi ?

— Ce avec quoi tu me casses les pieds depuis qu'on s'est rencontrés. » Il fit un premier pas chancelant, puis un autre. Il embrassa ses cheveux qui sentaient la fumée et la transpiration. « Dire la vérité. »

Chapitre 44

Illuminé par le flash de son fusil, l'homme agenouillé dans la rue avait l'air différent des autres. D'abord, il était plus âgé, cinquante ans ou une petite soixantaine très entretenue. Mais il y avait autre chose. Il donnait à Natalie une impression de sérénité. Il n'avait tiré qu'une seule fois, pas une rafale hurlante, et alors que les autres rayonnaient d'agressivité ou de douleur, lui possédait le calme d'un vrai tueur. Comme s'il était chez lui dans cette scène d'horreur.

Il lui faisait peur. Lorsqu'elle cala son viseur à l'endroit où il était agenouillé, elle ne fit pas dans la demi-mesure et vida son chargeur. Les balles ricochèrent sur le béton, illuminèrent son fusil. Bien qu'elle ne puisse en être sûre, elle pensait avoir vu son corps tomber.

Elle s'aplatit au sol, enleva le chargeur, tendit la main pour en saisir un autre. Le sac était vide. Elle grimaça et demanda : « Jolene ? »

En levant les yeux, elle la vit allongée par terre, les bras étendus et une expression étrangement paisible sur le visage. Natalie rampa précipitamment vers elle. Inutile de chercher un pouls. Il y avait un trou très propre au milieu de son front.

Quelque chose se déchira en elle. Elle ne l'avait pas connue longtemps, n'avait eu qu'une seule conversation avec elle, mais elles s'étaient battues côte à côte et cela avait créé entre les deux femmes un lien qu'elle n'avait jamais compris auparavant. Comme elle, Jolene n'était là ni pour une idéologie, ni pour Tesla, ni même pour sa propre survie. Elle s'était battue pour une enfant. Natalie prit une inspiration tremblante. Elle posa une main sur les yeux de Jolene et ferma ses paupières. Puis elle saisit les munitions de son amie morte et se dirigea vers l'autre fenêtre.

Lorsqu'elle leva la tête, il y avait une fusillade dans la rue, des flashes éclataient depuis une douzaine d'endroits. Elle se baissa et réprima les secousses qui agitaient ses mains. La rue était pleine d'assaillants, d'hommes qui couraient impunément. Pour la première fois depuis un long moment, Natalie regarda autour d'elle.

Lorsque l'attaque avait commencé, ils étaient huit. Huit hommes et femmes, dont Jolene, Kurt et la fille grassouillette avec son chien. Jolene était morte, Kurt avait disparu, le chien gémissait et donnait des coups de patte sur le corps de la fille. D'après ce qu'elle voyait, Natalie était la seule qui restait.

Leur ligne de défense avait cédé. Les Nouveaux Fils avaient dépassé l'immeuble. C'était terminé.

Tu n'en sais rien. Ils avaient subi de lourdes pertes, ici, mais peut-être que le reste de la ville s'en était mieux sorti, avait eu affaire à moins d'assaillants. Elle devait y croire, sinon cela voulait dire que la milice affluait de partout et alors, combien de temps leur faudrait-il pour atteindre le centre de la ville et le bunker où étaient cachés les enfants ?

Elle rampa en écartant les éclats de verre et les

douilles. Son armoire de classement était déchiquetée, le métal était constellé d'impacts de balles d'où s'échappaient des morceaux de papier. Le d-pad était en marche. Elle l'avait laissé allumé pour pouvoir jeter un œil à la carte lorsqu'elle rechargeait, bien qu'elle ait été trop concentrée pour le faire régulièrement.

La ville brillait de couleurs de feu. Ce n'était pas seulement leur position qui avait cédé. Les Nouveaux Fils avaient percé une douzaine d'endroits et des batailles féroces faisaient rage dans toute la ville. Les tours d'Epstein tenaient toujours bon, mais les couleurs indiquaient que la milice s'en rapprochait, depuis toutes les directions.

Ils avaient échoué. Ils avaient eu beau s'acharner, ça n'avait pas suffi.

Natalie observa la carte et se demanda quoi faire. Il lui restait peu de munitions et elle était largement dépassée par le nombre des assaillants. La situation s'était inversée : désormais, elle était à l'extérieur et les tueurs étaient entre elle et ses enfants. En aucune façon elle ne pourrait les rejoindre.

Elle imagina que Nick était à sa place et elle sut ce qu'il se serait dit. *Bats-toi jusqu'à la mort*. Elle inséra un chargeur plein et se prépara à affronter le feu, encore.

Elle était sur le point de se lever lorsque la carte de la bataille disparut du d-pad. L'écran émit un flash. Pas seulement le sien, mais celui de Jolene également. Les autres appareils posés au sol s'allumèrent, projetant des lumières vives vers le plafond. Un écran de trois mètres de large fixé sur l'immeuble d'en face s'alluma. Et sur chacun d'eux, la même image. Surréaliste et impossible.

Son ex-mari.

Chapitre 45

Lorsqu'il en avait eu l'idée, un peu plus tôt, Cooper avait imaginé un studio 3D – lumières, maquillage et, le plus important, un professionnel. Un présentateur, peut-être, ou bien Jakob Epstein. Quelqu'un dont le métier était de parler aux caméras.

« Le temps est un paramètre décisif, dit Erik à travers leur connexion vidéo. Tout comme la crédibilité.

— Exactement. C'est pourquoi il faut que ce soit quelqu'un qui sait parler aux…

— Ils ne nous écouteront pas.

— Et qu'est-ce qui vous fait croire que moi, ils m'écouteront ?

— Statistiquement, c'est peu probable. Les chances de succès sont de…

— Très bien, coupa Shannon. Assez d'encouragements comme ça, Erik. Le lien est opérationnel ?

— Oui. On a activé un cheval de Troie dormant. D'après mes estimations, le message sera diffusé sur 96,4 % des écrans d'Amérique.

— Bon sang », dit Cooper.

Shannon baissa le d-pad. « Laisse-nous une seconde. »

Ils étaient toujours sur le terrain d'aviation, dans

le hangar des drones. Les lumières étaient allumées et Cooper se sentit bizarrement exposé, leur lueur de sodium contrastait avec les ténèbres des abords de la ville. Le claquement des rafales continuait au loin, bien qu'elles semblent moins intenses. Il avait pourtant du mal à se figurer que c'était une bonne nouvelle. Shannon était assise sur un tabouret, sa jambe cassée tendue devant elle. Son don lui permettait de lire sa douleur dans ses pupilles trop dilatées et la transpiration qui scintillait sur sa nuque. Elle demanda : « Tu vas bien ?

— Je sais que c'était mon idée. » Il se frotta les yeux. « Mais tout d'un coup, je ne sais absolument plus quoi dire.

— Ouvre la bouche et laisse la vérité s'exprimer. » Elle lui adressa son fameux sourire en coin. « Et ne rate pas ton coup, d'accord ? »

Avant qu'il ne puisse répondre, elle pointa la caméra du d-pad vers lui et dit : « Maintenant, Erik.

— Activation. »

Cooper avala la réponse qu'il comptait faire à Shannon et fixa l'objectif. Il essaya d'imaginer son visage qui apparaissait soudain sur chaque d-pad, chaque téléphone et chaque 3D du pays. Il se rendit immédiatement compte que c'était une mauvaise idée. La panique lui vrilla le ventre. Qu'était-il censé dire qui puisse changer le monde ?

Ne t'adresse pas au monde.

Parle à Todd et à Kate.

« Je m'appelle Nick Cooper, dit-il. Je suis… J'ai été soldat, puis agent du Département Analyse et Réaction, conseiller du président Clay et ambassadeur à la Nouvelle Canaan. Je suis un Brillant, un patriote et, par-dessus tout, je suis un père qui se bat pour ses enfants. »

Il prit une inspiration, expira. L'air qui souffla sur sa dent cassée eut un effet électrique. « Tesla est attaquée par une milice illégale. Les bruits que vous entendez, ce sont des coups de feu. En ce moment même, des gens meurent dans les deux camps. Des normaux et des Brillants, des hommes et des femmes.

« Il y a trente ans, le monde a changé. On n'avait rien demandé. On ne s'y attendait pas. Depuis l'année 1980, on a essayé d'y faire face. On a fait un boulot lamentable. Et maintenant, les deux camps pensent que la guerre est la seule façon d'arriver à une situation juste.

« Mais les mots *juste* et *guerre* sont incompatibles. La guerre est peut-être parfois nécessaire, mais elle n'est jamais juste. Une guerre juste, ça n'existe pas. » Il pensa à ses enfants, tapis dans le bunker. À des avions de chasse qui tombaient du ciel et à un missile qui détruisait la Maison-Blanche. À Soren, prisonnier d'un enfer virtuel qu'il avait lui-même imaginé. « Elle fait de nous des monstres.

« Pire que tout, la guerre n'est jamais confinée. Elle n'a pas de règles, pas de frontières. Nous nous persuadons que nous nous battons pour nos enfants. Mais ce sont nos enfants qui souffrent le plus. »

*

Todd était assis sur la couchette avec Kate et observait l'écran. Le bunker était lumineux et quelques instants plus tôt, il était encore bruyant, des milliers de gamins parlaient en même temps. Mais maintenant, tous étaient calmes et fixaient les écrans qu'ils tenaient en main, ou ceux qui étaient installés sur les murs.

Il pouvait à peine respirer. Papa. Papa était vivant. Il avait l'air sacrément amoché, lèvres enflées, visage sale, une entaille sous l'œil et du sang entre les dents, mais il était *vivant*.

« Une femme intelligente m'a dit un jour, poursuivit son père, qu'il n'y aurait pas de guerre si des gens n'allaient pas répéter à la télévision qu'il y en avait une. Que le problème n'était pas dans nos différences, mais dans nos mensonges.

« J'en suis persuadé. Je suis persuadé qu'en disant la vérité, nous pouvons mettre fin à cela. Pas la vérité des politiciens, ni celle des terroristes. Pas la vérité qui nous convient. L'entière vérité, même les choses qui dérangent.

« Nous sommes différents, et il n'est pas facile de faire face à ces différences. Nous avons tous peur. Nous sommes tous blessés. Et la plupart d'entre nous veulent simplement vivre leur vie. Nous ne voulons pas descendre dans la rue, mais boire une bière après notre journée de travail et jouer avec nos enfants. »

Kate se tortilla contre lui et Todd la regarda, vit que ses yeux étaient écarquillés et humides. Elle souffla : « Je t'avais bien dit qu'il nous protégerait.

— Chhhut… » Il lui essuya les joues, passa son bras autour de ses épaules et inclina le d-pad pour qu'elle voie mieux.

Papa dit : « Ça ne se passe pas au bout du monde, ça ne concerne pas des gens dont nous ignorons tout. Il s'agit de nos enfants. Nous savons que nous avons tort, mais nous l'avons nié.

« Et il y a des gens qui en tirent avantage. Des extrémistes dans les deux camps qui ne pensent qu'au pouvoir. Certains sont persuadés que leur avis est plus pertinent que le vôtre. D'autres sont simplement poussés par la peur. Au final, peu importe. Les fanatiques ne se soucient pas de vous, et si vous les laissez faire, ils vous mèneront à la guerre pour leur propre bénéfice.

« Je parle de gens comme John Smith. Et comme le secrétaire d'État à la Défense Owen Leahy. »

*

Debout devant le lavabo des toilettes pour hommes, Leahy se raidit et son estomac se remplit d'acide. Il se trouvait là lorsque la 3D murale s'était soudain mise à diffuser une vidéo de Nick Cooper. Il s'était essuyé en vitesse, avait tiré la chasse et maintenant, il ne pouvait plus bouger.

« Ces deux hommes, poursuivit Cooper, vous diront qu'ils se battent pour leur pays. Peut-être même qu'ils y croient. Mais ce qu'ils veulent réellement, c'est la guerre. La seule arme que nous ayons contre les fanatiques, c'est la vérité. Alors, la voici. »

C'est impossible, se dit Leahy. *Un piège d'anormal. Cooper est mort. Il a été assassiné il y a des semaines.*

« Il y a plusieurs mois, une équipe de scientifiques a découvert l'origine biologique des Brillants. Et ils ont également découvert comment la répliquer.

« C'est l'aboutissement de trente années de recherches. Cela pourrait changer à jamais l'avenir de l'humanité. C'est une victoire qui nous appartient à tous, qui devrait être criée sur tous les toits.

« Au lieu de cela, elle nous a été confisquée. Les scientifiques ont été traqués à la fois par le gouvernement et par les terroristes. Leur travail a fini dans les mains de John Smith. Il s'agit de la plus grande découverte de l'histoire de l'humanité, et il l'a immédiatement transformée en arme. Il a développé un virus qui aurait tué des centaines de millions de personnes s'il avait pu le répandre.

« La voilà, la vérité. Mais ce n'est pas tout. Aujourd'hui, une armée de tueurs a marché sur cette ville, Erik Epstein a essayé d'implorer la présidente et de lui demander grâce. Il n'a pas pu la joindre. »

Le visage de Cooper disparut et fut remplacé par un écran partagé. D'un côté, Erik et Jakob Epstein étaient assis. Sur l'autre, Owen Leahy découvrit sa propre image. *Cet appel… Non. Oh, non…*

ERIK : Nous nous rendons. De façon inconditionnelle.

LEAHY : C'est un peu tard pour ça, vous ne trouvez pas ? Vous avez déjà tué soixante-quinze mille soldats, détruit la Maison-Blanche, assassiné notre président.

ERIK : C'était de l'autodéfense. Il y a eu des ordres pour nous attaquer, pour bombarder notre ville…

LEAHY : Je sais. C'est moi qui les ai donnés.

L'image se figea sur lui et sur son expression peu flatteuse, un sourire froid sur le visage.

Puis Cooper revint à l'écran. « Ça aussi, c'est la vérité. Ces gens jouent avec nos vies comme avec des jetons de poker. C'est ce qu'ils ont fait au Monocle. C'est ce qui s'est passé lors de l'explosion de la Bourse. En ce moment, une foule est en train de détruire une ville pleine d'innocents. Tout ça à cause de mensonges.

« Les normaux comme les Brillants ont tous le regard perdu dans l'abîme. Mais il est toujours temps de faire un choix. Nous pouvons trouver une façon d'avancer ensemble. » Il marqua une pause. « Ou nous pouvons continuer à nous battre. Vous tous, qui regardez, pouvez rester tranquillement assis pendant que Tesla brûle, pendant que des milliers de Brillants et leurs familles sont massacrés. Mais ne vous méprenez pas, ce ne sera pas une victoire. Certains vont survivre, et ils vont répliquer encore plus fort. Le sang n'amène que le sang. Au final, nous ne faisons que nous exterminer mutuellement. »

Cooper cessa de parler et son visage resta à l'écran pendant un moment. Des flammes bleues s'élevaient derrière lui, on entendait de légères détonations d'armes à feu. Finalement, il déclara : « Nous valons mieux que ça. Nous nous le devons à nous-mêmes. »

Quelques instants plus tard, l'image disparut et l'écran diffusa à nouveau un flux d'informations. Les présentateurs se regardaient d'un air perdu.

Leahy ne les quittait pas des yeux. Ses mains tremblaient. Elles avaient l'air si vieilles. Une partie de lui voulait s'enfuir en courant, mais pour aller où ? Il n'y avait aucune fenêtre par laquelle s'échapper, pas de voiture qui attendait pour l'emmener dans un endroit sûr.

Tu vas devoir bluffer jusqu'au bout. Tu peux y arriver. Tu l'as déjà fait.

Il prit une longue inspiration et sortit des toilettes.

La plus grande salle de conférences de Camp David avait été aménagée pour servir de salle de crise. Autour de la table étaient assis les principaux conseillers, les membres survivants du cabinet présidentiel, les commandants des forces armées. Vingt paires d'yeux le fixaient. Sur une douzaine d'écrans, la bataille de Tesla faisait rage.

La présidente Ramirez se leva, au bout de la table. Elle pressa la touche de l'interphone. « Pouvez-vous nous envoyer quelques agents, s'il vous plaît ?

— Madame la présidente, je peux vous expliquer… »

La porte de la salle de conférences s'ouvrit à la volée et quatre hommes en costume sombre se précipitèrent à l'intérieur, leurs yeux balayèrent l'endroit à la recherche d'une menace, la main glissée sous le pan de leur veste.

Ramirez dit : « Arrêtez le secrétaire Leahy pour haute trahison. »

Les agents des services secrets se regardèrent, puis dégainèrent leurs armes et se dirigèrent vers lui. Leahy dit : « Madame la présidente, c'est insensé…

— S'il résiste, ajouta Ramirez, abattez-le. »

Puis elle se tourna vers les gens assis autour de la table. « Mettez-moi en communication avec Epstein. »

Chapitre 46

« Nous valons mieux que ça. » Le visage de Cooper faisait trois mètres cinquante de haut. « Nous nous le devons à nous-mêmes. »

La vidéo revint sur la présentatrice, une femme aux yeux chaleureux qui portait des lunettes strictes. « Depuis trois jours et le fervent plaidoyer que l'ancien agent du DAR Nicholas Cooper a adressé au public américain, des négociations incessantes ont lieu entre les États-Unis et la Réserve de la Nouvelle Canaan, dont des sources proches de la présidente disent qu'elles marquent, je cite, “une nouvelle ère de communication et d'amitié”, fin de citation. Bien qu'aucun accord n'ait été formalisé, les clauses attendues incluront le partage des détails techniques de la thérapie Couzen-Park, le procédé par lequel les dons des Brillants pourront être répliqués chez… »

D'un geste, Erik Epstein changea de chaîne.

« … arrivée du véhicule de transport de prisonniers amenant le général deux étoiles à la retraite Samuel Miller. Miller, qui a mené le groupe de miliciens connus sous le nom des Nouveaux Fils de la Liberté, sera jugé pour crimes de guerre. Son arrestation fait polémique, tout comme l'amnistie générale accordée aux membres de la milice qui ont déposé les armes… »

Un autre geste, une autre chaîne.

« … quarante-cinq minutes plus tard, des avions de chasse survolaient Tesla. Tout le pays croyait qu'une intervention militaire était impossible. Le secrétaire d'État à la Défense Owen Leahy avait exagéré les effets de la rétrogradation de l'armée dans le but de permettre aux Nouveaux Fils de la Liberté d'attaquer la Réserve. Mais jusqu'où s'étend la conspiration dont il a été la cheville ouvrière ? Comment pouvons-nous nous assurer que la présidente Ramirez elle-même n'était pas partie prenante de cette décision, et ensuite forcée d'agir sous la pression de la retransmission pirate de Nick Cooper ? »

Un geste.

« … je reconnais que le discours de M. Cooper était émouvant. Mais ce que les gens semblent oublier, c'est que les Brillants ont pris le contrôle de tous les appareils électroniques en Amérique. Il ne s'agit pas simplement d'une violation massive de la vie privée, mais d'un acte criminel comparable au virus informatique qui a assassiné soixante-quinze mille soldats et détruit la Maison-Blanche.

— Oui, mais n'est-ce pas justement la question essentielle ? Il faut prendre en considération leur supériorité technologique. Si les Nouveaux Fils de la Liberté n'avaient pas été stoppés, la Réserve aurait pu se servir de la même technologie à des fins militaires… »

Un geste.

« … les médias décrivent Nick Cooper comme un héros. Cet homme est un assassin. Il a tué des gens pour le compte du DAR. Il a ouvertement admis avoir tué l'activiste et essayiste John Smith. Mais comme il affirme que Smith était un terroriste, nous sommes censés l'applaudir... »

Cooper dit : « J'en ai marre d'entendre parler de moi. Ça t'ennuierait d'éteindre ? »

Erik sourit et coupa le son. Puis il se retourna et fourra ses mains dans les poches de son sweat. Autour de lui, une douzaine de vidéos continuaient à déverser leur flot d'images. Des prises de vues aériennes des rues de Tesla. Des milliers de manifestants rassemblés autour du Lincoln Memorial, brandissant des pancartes. Owen Leahy menotté. Ethan Park vêtu d'un costume chic, qui parlait avec de grands gestes devant le schéma d'une double hélice d'ADN. Des ouvriers qui s'affairaient dans les décombres des bureaux du DAR. Les frères Epstein aveuglés par le crépitement des flashes, Jakob aussi suave qu'à l'accoutumée, Erik avec l'air d'avoir été emmené de force. Et comme toujours, partout, la vidéo de Cooper passait en boucle, adjurant la caméra sur un fond de flammes bleues.

Cette nuit-là, après que Shannon avait fermé son d-pad, ils s'étaient dévisagés. Épuisés, essorés, incapables du moindre mouvement. Ça avait été une sensation terrible. Moins d'un kilomètre plus loin, la bataille continuait, les coups de feu faisaient rage. Natalie était quelque part là-dedans, ses enfants étaient toujours en danger, et il ne pouvait absolument rien faire. Rien, à part attendre et espérer.

À peine quelques minutes plus tard, son téléphone sonnait, mais ce furent les plus longues minutes de sa vie. Millie était à l'autre bout du fil et sa voix était pleine d'une légèreté qu'il ne lui connaissait pas lorsqu'elle lui annonça qu'Erik et la présidente étaient en train de discuter et qu'ils acceptaient de se faire confiance.

« Ils le peuvent vraiment ? »

Millie avait marqué une pause avant de répondre : « Oui. Je le crois. »

Peu après, la cavalerie était arrivée dans le rugissement de la postcombustion des turboréacteurs et le souffle des pales d'hélicoptères. Des haut-parleurs ordonnèrent aux deux camps de déposer les armes, des voix solennelles assurant aux belligérants que les forces aériennes étaient armées et prêtes à faire feu.

Un bluff. La rétrogradation militaire était allée si loin que la présidente avait dû ordonner directement au commandant de la base aérienne d'Ellsworth de faire décoller les appareils, et aucun ne portait de bombes. Mais les Nouveaux Fils l'ignoraient. Et quoi qu'on puisse reprocher aux miliciens, dans l'ensemble, ils étaient d'abord des patriotes. C'était en jouant sur cette fibre que le général Miller les avait motivés, en leur vendant l'idée qu'ils étaient les durs à cuire dont l'Amérique avait besoin. Il y avait bien sûr un paquet de tarés parmi eux, mais l'ordre direct de leur présidente les avait poussés à cesser le combat, sans parler de l'apparente puissance de l'US Air Force.

La présidente Ramirez avait garanti une amnistie générale pour tous les combattants des deux camps – sauf pour le général Miller, qui serait traité comme Owen Leahy –, à condition qu'ils rendent les armes. L'idée que ces hommes, qui avaient marché derrière un bouclier d'enfants, qui avaient essayé de tuer Natalie, Kate et Todd, puissent tranquillement rentrer chez eux était restée en travers de la gorge de Cooper. Mais il était le premier à avoir appelé au compromis, et la nature même du compromis, c'était que personne n'était complètement satisfait. C'est comme cela qu'on sait qu'un accord équitable a été trouvé.

« Qu'ont donné les tests sur le terrain d'aviation ?

— La grippe est détruite à une température comprise entre soixante-quinze et cent degrés Celsius. L'hydrogène liquide brûle à plus de deux mille degrés.

— Plus aucune trace, donc ? Rien n'a été projeté par l'explosion, rien n'a survécu dans le sol ?

— Le terrain d'aviation a été placé sous quarantaine et incinéré. Aucune trace du virus. »

C'était un soulagement. Sur le coup, ils n'avaient pas eu d'autre solution que de détruire les drones. Depuis, Cooper était hanté par l'idée qu'ils aient pu faire le travail de John Smith à sa place, malgré eux. « Et maintenant, tu es une célébrité, tu vas participer à un sommet avec la présidente. Alors, ça fait quoi d'être un personnage public ? »

Epstein grimaça. « J'aime les gens.

— Je sais, Erik, je sais, dit Cooper en souriant. Qu'est-ce que tu penses de Ramirez ?

— Elle travaille avec une efficacité appréciable.

— Wouaw, s'exclama Cooper. Quel éloge. L'accord est finalisé ?

— Dans les grandes lignes. Il reste à mettre les points sur les i et les barres aux t. » Les termes de l'accord passaient en boucle aux infos. En plus de partager les travaux d'Ethan, la RNC acceptait de retirer tous les logiciels illégaux de l'ensemble des systèmes informatiques, de se soumettre aux lois fédérales et de l'État, de renoncer à tout projet de souveraineté. La Réserve était un territoire américain, et elle le resterait. En outre, Epstein avait promis de consacrer la moitié de sa fortune pour payer des dommages et intérêts aux familles des victimes de son virus Proteus.

Pour sa part, la présidente acceptait de renoncer à l'Initiative Surveillance et Contrôle qui visait à implanter une micropuce à chaque Brillant. Les « refuges pour anormaux » comme celui du Madison Square Garden étaient fermés et tous les résidents libres de s'en aller. Ramirez devait également prendre des décrets pour étendre le principe de non-discrimination aux Brillants. Techniquement, ce point était déjà garanti par le Quatrième Amendement, mais vu ce qui s'était passé durant les dernières années, une piqûre de rappel n'était pas superflue.

Il y avait mille questions qui demandaient des réponses – le fonctionnement des académies, l'avenir du DAR, les procès pour crimes de guerre, les violations de copyright et le cybercrime, l'accès au travail d'Ethan, etc., etc. Chacune d'elles était un cauchemar potentiel en matière de politique publique, une poudrière pouvant déboucher sur des troubles sociaux. Aucune guerre, aucun discours ne pouvait empêcher le monde de tourner. Mais en théorie, les Brillants et les normaux allaient devoir vivre ensemble en tant que citoyens américains, égaux aux yeux de la loi. Ce qui n'était pas rien.

« Et au sujet du 1er décembre ? Les troupes, la Maison-Blanche ? »

Erik baissa les yeux. « Je n'avais pas le choix.

— Tu aurais pu te rendre.

— Statistiquement… » Il s'interrompit. « Peut-être.

— Il s'agissait de soldats américains. De notre président. De notre histoire. C'est bien de donner deux cents milliards de dollars, et le "pardonne et oublie" est un bon argumentaire de vente. Mais personne n'achète. Moi y compris.

— Chaque camp porte une part de responsabilité.

“Les normaux comme les Brillants ont tous le regard perdu dans l’abîme.” Ce sont tes mots. L’abîme est effrayant. Ça pourrait suffire. À apporter le changement.

— J’espère », dit Cooper. Il se leva de son siège et tendit la main.

Epstein la saisit. « Au changement.

— Tu vas à Washington, demain ?

— Oui.

— Bonne chance.

— La chance est un concept imprécis. Et toi ? Où tu vas ?

— À long terme ? Je ne sais pas trop, répondit Cooper. Mais dans l’immédiat, je vais voir mes enfants. Et avoir une conversation que je redoute. »

Erik sourit. « Bonne chance. »

Chapitre 47

« Papa ! » s'exclama Kate avec un cri perçant en se jetant sur lui. Cooper la souleva et cala les fesses de sa fille sur son avant-bras. Elle enfonça son visage dans son cou, l'enlaça et le serra. Elle avait une odeur de shampooing et de barre de céréales et se lança immédiatement dans un monologue ininterrompu, combien il lui avait manqué – même si elle l'avait vu la veille –, tous les enfants voulaient être ses amis maintenant qu'il était célèbre, mais elle préférait rester avec ses amis d'avant et…

« Salut, Papa », dit Todd. Il s'efforçait d'adopter une voix d'adulte qui détonnait avec son sourire maladroit. Il lui tendit une main, Cooper la saisit et attira son fils vers lui pour l'enlacer.

C'est pour ça que tu t'es battu. Pas pour des idéaux, pas pour des compromis, pas pour une vague notion d'avenir. Mais pour ces deux-là.

« Salut, toi », dit Natalie. Elle avait des cernes sombres sous les yeux, mais son sourire était chaleureux.

Ces trois-là.

« Salut, toi », répondit-il en l'invitant d'un geste à se joindre à eux. Ils restèrent longtemps dans les bras les uns des autres. Finalement, il déclara : « C'est peut-être pas une bonne idée.

— Quoi ?

— Non, rien, c'est idiot.

— Papa, quoi ?

— Eh bien, je me demandais juste si, par hasard, mais vous pouvez dire non, si par hasard ça vous dirait, des hamburgers et des milk-shakes ? »

Les enfants se précipitèrent pour prendre leurs affaires. Todd son manteau, son bonnet et son d-pad, Kate son vieux doudou, un nouveau livre et son écharpe. Cooper savourait le moment, répondait à leurs questions, leur ébouriffait les cheveux. Natalie semblait loin, il lui jeta un coup d'œil, faillit lui demander si elle allait bien mais se retint. Il lui prit la main et la serra.

Le matin qui avait suivi l'attaque, tous les deux avaient fait bonne figure devant les enfants, essayant de minimiser les choses, peu importait les immeubles incendiés, les soldats en uniforme qui arrivaient dans de gros camions, les corps que l'on ramassait, l'odeur de fumée et de sang. Ce ne fut qu'une fois les enfants couchés qu'ils eurent l'occasion de parler.

Natalie lui avait raconté le siège de la ville, d'abord calmement, puis ses yeux s'étaient perdus dans le vide et, sur la table, ses doigts avaient tracé des cercles avec une goutte de café. Sa voix était devenue monotone, lorsqu'elle lui avait décrit les événements de la nuit. Les choses qu'elle avait vues. Les choses qu'elle avait faites. Elle n'était pas sûre du nombre de gens qu'elle avait tués, mais elle savait que ça faisait un bon paquet. Elle lui avait raconté qu'elle avait visé et pressé la détente, encore, encore, encore et encore. Qu'elle avait jeté de l'essence enflammée sur des hommes vivants, avait entendu leurs hurlements, senti leurs cheveux brûler avant de tirer sur leurs camarades à la lueur de leurs chairs en feu.

Lorsqu'elle avait pleuré, il l'avait tenue contre lui en murmurant que tout allait bien, mais ils savaient tous les deux que c'était un mensonge. Il était soldat, et ce n'était pas les meurtres qui le blessaient si profondément, mais l'idée que ce soit Natalie qui les ait commis.

« Tu n'avais pas le choix, avait-il dit, et elle avait acquiescé contre sa poitrine.

— Je sais. »

Elle n'allait pas faire de dépression nerveuse, n'allait pas questionner les raisons de ses actes. Elle en avait pleinement conscience. Mais il constatait un changement en elle, il voyait que son monde était devenu plus sombre et il savait qu'elle porterait ça en elle pour toujours. Pas à chaque instant. Mais le poids ne disparaîtrait jamais.

Tu lui dois tout. Chaque chose pure de ta vie vient d'elle.

Et tu ne lui as apporté que de la peur et de la douleur. Tu lui dois plus.

Les choses que nous faisons pour nos enfants, songea-t-il. Elle lui avait dit ça presque un an plus tôt. Il serra à nouveau sa main, elle lui fit un clin d'œil et lui sourit.

Le restaurant ressemblait à une maison de fous, rempli d'ouvriers des équipes de construction, de scientifiques et de Marines. Mais lorsque l'hôtesse le vit, son visage s'illumina comme un feu de forêt et elle déclara : « Par ici, monsieur Cooper. Nous allons vous faire de la place. » Elle parla d'une voix plus forte qu'il ne l'aurait souhaité et la moitié des clients se retournèrent pour le regarder, le saluer d'un mouvement de tête, pouce levé.

« *Oh mon Dieuuuu!* dit Natalie. C'est vraiment vous, monsieur Cooper? Puis-je avoir un autographe? S'il vous plaît, oh, s'il vous plaît?»

Il lui tendit son majeur.

La nourriture était riche, des frites croustillantes, des hamburgers qui avaient le goût de ceux qu'il mangeait quand il était gamin, le tout arrosé d'onctueux milk-shakes au chocolat. Tous les quatre riaient et plaisantaient, retrouvant facilement les habitudes d'une famille heureuse. C'était bon. C'était plus que bon.

Ensuite, ils allèrent se promener. Un peu partout, des colonnes de poussière s'élevaient dans le ciel bleu et froid, là où les ouvriers abattaient les immeubles endommagés. *Des nuages de poussière sont un progrès par rapport aux nuages de fumée*, se dit-il. Ils restèrent près du centre de la ville, qui était quasiment intact. Lorsqu'ils arrivèrent sur un terrain de jeux, les enfants détalèrent pour se joindre aux autres qui faisaient une partie de chat perché dont les règles complexes lui échappaient. Cooper et Natalie s'assirent sur un banc au soleil, côte à côte.

« Tu vois ce que je vois ?» Elle sourit. « Je sais que c'est juste un terrain de jeux. Mais quand même. Ils jouent tous ensemble.

— Tu crois que ça va durer?

— On peut l'espérer, n'est-ce pas ?»

Assis, l'estomac plein, ils regardaient les enfants jouer. Un plaisir simple, l'une de ces joies quotidiennes dont Cooper n'avait que trop rarement l'occasion de profiter. Il aurait pu rester assis là indéfiniment, dans un silence agréable. Au lieu de quoi, il déclara : « J'ai parlé à la présidente, aujourd'hui.

— Ramirez ? Vraiment ? »

Il acquiesça. « Elle veut que j'intègre le gouvernement.

— C'est astucieux de sa part, en termes de relations publiques.

— Oui, mais j'ai l'impression qu'elle est sincère. Elle a dit que je pouvais choisir le poste de mon choix. Ambassadeur, conseiller. Mais en fait, elle avait une proposition. » Il fit une pause. « Elle m'a demandé de rejoindre le DAR.

— En tant qu'agent ? demanda Natalie d'une voix incrédule.

— Non, répondit Cooper. En tant que directeur. »

Elle siffla.

« Je lui ai dit qu'à mon avis, l'ancien DAR n'avait plus de raison d'être, désormais. Elle partage ce point de vue. Elle veut qu'il soit complètement restructuré, qu'on transforme cette agence de surveillance en… eh bien, en quelque chose de nouveau. La formule d'Ethan est encore secrète, mais maintenant que tout le monde connaît son existence, il va falloir un genre de réglementation. En plus, il y a encore pas mal d'organisations terroristes, des groupes extrémistes dans les deux camps. La présidente a dit qu'elle voyait le nouveau DAR non plus comme une agence qui s'occupait uniquement des Brillants, mais qui se situerait au croisement entre… » Il la regarda et s'interrompit.

Elle se tenait droite, les épaules rentrées, les mains croisées sur les genoux. Une attitude que son don avait décryptée depuis bien longtemps. Elle pensait à leur relation et était sur le point d'aborder le sujet.

C'était le moment qu'il redoutait, parce qu'il l'aimait, l'aimerait toujours, et qu'il allait devoir lui dire qu'il voulait vivre avec une autre femme.

« Écoute », dit-il en même temps qu'elle soufflait : « Je suis désolée. »

Il y eut un silence pénible. « Vas-y.

— Je m'excuse. Je ne crois pas que je… » Natalie soupira, puis se frictionna les mains. « Je n'ai jamais aimé ce que tu fais, même si je le comprenais. Mais ça n'a cessé de devenir plus difficile. Quand on était ensemble, et même après qu'on s'est séparés. J'avais peur tout le temps. J'étais à une réunion ou, je ne sais pas, en train de plier le pyjama de Kate, et mon imagination élaborait ces images, ces petits cauchemars vivaces au sujet de tout ce qui pouvait t'arriver, toutes les façons dont tu pouvais être blessé ou… »

Elle soupira à nouveau. « Peu importe. Ensuite, tu as quitté le département et tu as commencé à travailler avec le président Clay. Tu étais toujours en train d'essayer d'arranger les choses, mais tu étais en sécurité. Et c'est peut-être à cause de l'anxiété, ou parce que l'anxiété était derrière nous, mais à ce moment, je me suis mise à me demander si nous n'avions pas abandonné trop vite.

— Natalie, je…

— Laisse-moi finir, d'accord ? » Elle regarda droit devant elle. « On s'est aimés pour toute une vie. Et tu es un père génial et… On s'entend bien. Vraiment bien. »

Il acquiesça.

« Je pensais connaître ton monde. Mais je le ne connaissais pas, en fait. Pas vraiment. Comme une touriste. La nuit que j'ai passée là. J'étais seule. J'ai fait ce que j'avais à faire. Protéger mes enfants, tout comme toi. Mais j'ai détesté ça. Je ne peux pas vivre comme ça. Je ne vivrai pas comme ça. »

Kate leur adressa un signe depuis le terrain de jeux, et Natalie lui répondit. « Je sais que tu as toujours cru que ton don était la source de nos problèmes. Mais en fait, c'est surtout le monde dans lequel tu vis. Lorsque tu as rejoint Clay, je me suis dit que tu quittais cette vie. Mais ce n'était pas le cas. Et maintenant, je comprends que tu ne peux pas le faire. » Elle se tourna vers lui. « Tu ne peux pas. Tu es très bon dans ce que tu fais. Nous avons besoin de toi. Ils ont besoin de toi. Le prochain John Smith est là, quelque part.

— Natalie…

— Je sais que c'est embrouillé. Je t'ai tendu la main. Je ne le regrette pas. Tout comme je ne regrette pas » – elle eut une esquisse de sourire – « qu'on ait fait à nouveau l'amour. Mais je suis désolée, Nick. Je me suis trompée. Je ne peux pas vivre avec toi. Pas de cette façon. Je ne peux pas, c'est tout. »

Il regarda son visage qu'il avait embrassé des millions de fois, sa peau dont il connaissait chaque tache de rousseur. La première fille dont il était tombé amoureux. Une femme qui le surprenait toujours, malgré son don et son expérience.

« Dis quelque chose, demanda-t-elle.

— Je me disais juste…, répondit-il, que tu es fascinante.

— Ah, ça. » Elle haussa les épaules et sourit. « C'est vrai. »

Elle lui prit la main.

Ensemble, ils regardèrent les enfants jouer.

Chapitre 48

« Une seconde », dit-elle à travers le mur. Puis : « Foutues saloperies de… » La porte s'ouvrit soudain.

La cuisse droite de Shannon était entourée d'un dispositif en plastique transparent rempli d'un gel vert éclatant, qui commençait cinq centimètres au-dessus du genou et montait jusqu'à l'aine, attaché avec d'étranges sangles qui ressemblaient à des mille-pattes et se contractaient lorsqu'elle bougeait. C'était le meilleur de ce que pouvait offrir la Réserve, aucun doute là-dessus – il n'avait jamais rien vu de pareil –, mais l'effet d'ensemble était un croisement entre la bijouterie steampunk et l'outil de torture médiéval. Elle remarqua son expression et demanda : « Quoi ? »

Cooper essaya de se retenir de rire, vraiment, mais ça ne fit qu'empirer les choses et il ne put se contenir. C'était à cause de l'air exaspéré sur son visage, qui disait *Vas-y, fous-toi de moi*, et de l'idée que la Fille Qui Passe À Travers Les Murs se serve de béquilles, sa grâce aérienne réduite à une claudication maladroite.

« C'est ça, vas-y, rigole. »

Il fit un effort pour s'arrêter, mais n'y parvint pas.

« Éclate-toi, dit-elle. Fais comme si je n'étais pas là.

— Désolé. » Il finit par se contrôler. « Excuse-moi. T'as l'air en forme.

— Très drôle.

— Non, vraiment. Où est-ce que je peux trouver les mêmes ?

— Continue comme ça, et tu vas vraiment en avoir besoin. »

Il entra, enveloppa son visage dans ses mains et l'embrassa. Ils prirent leur temps, une danse de langues et de lèvres. Puis il dit : « Salut.

— Salut. »

Il jeta un œil vers le bas. « Ça fait mal ?

— Pas avec les cachets antidouleur. Et d'après les médecins d'Epstein, deux semaines à porter ce truc monstrueux, deux semaines de kiné, et je suis comme neuve. Pas mal pour un fémur brisé.

— Ouais. Rien que d'entendre les mots *fémur* et *brisé* dans la même phrase, ça me donne la chair de poule.

— Eh bien, tu fais un sacré héros, hein ? Tu sais, j'ai survécu à une spectaculaire collision aérienne en sauvant le monde.

— Officiellement, c'est *moi* qui l'ai sauvé. Toutes les chaînes de télé le disent.

— Bon sang. » Shannon boitilla jusqu'au canapé et s'y assit avec précaution. « Tu étais déjà arrogant. Maintenant, tu vas être insupportable. Bière ?

— Avec plaisir. »

Elle lui fit un clin d'œil. « Dans le réfrigérateur. Prends-m'en une aussi. »

La cuisine était minuscule. Le réfrigérateur ne contenait que de la sauce piquante, de la moutarde et de la bière. Il ressemblait beaucoup au sien. « Tu peux en boire avec les antidouleurs ?

— Absolument. » Elle prit la bière qu'il lui tendait et but une longue gorgée. Cooper jeta un œil à l'appartement, repéra le kit de nettoyage de pistolet sur le comptoir, la 3D au son coupé, les livres ouverts posés à l'envers – elle lui avait un jour expliqué que lorsqu'elle aimait un livre, elle cassait la reliure pour qu'il tienne ouvert tout seul et qu'elle puisse continuer à lire en mangeant –, le lit escamotable replié dans le mur, le bureau dans le coin, quelques trucs abandonnés sous les feuilles d'une plante en plastique. Pas vraiment un endroit où vivre. Ou alors à moitié. Un abri temporaire pour une vie qui se déroulait ailleurs. Il sourit. « Tu te souviens quand on est arrivés ici en voiture ? Au tout début. Nos faux passeports disaient qu'on était mariés.

— Tom et Allison Cappello.

— Exact. On avait élaboré toute une histoire, on était censés travailler dans le même bureau. Je t'avais demandé si tu avais vraiment un bureau, pour faire le bêcheur, et tu as répliqué en disant un truc comme : "Ouais, il me sert à poser ma fausse plante."

— Histoire vraie, dit-elle. Ce bureau est mon associé.

— Tu n'avais pas mentionné le bazar qui traîne dessus.

— Ce n'est pas du bazar. Chaque chose est à sa place. Comment s'est passé ton coup de fil avec la présidente ?

— C'était assez étonnant. » Il la mit au courant.

« Wouaw, dit-elle. Tu vas accepter le job ?

— Je ne sais pas encore. Je lui ai dit que j'avais besoin de vacances, d'abord.

— Ah ? Et où tu vas ?

— Nous. Où *nous* allons. » Cooper s'assit à côté

d'elle sur le canapé. « Qu'est-ce que tu dirais d'un endroit chaud ? Je pense à du rhum, de l'huile de noix de coco et des palmiers. Pas d'armes, pas de complots.

— Et personne qui essaie de nous tuer ?

— Pendant une semaine ou deux. Évidemment » – il jeta un œil à l'appareillage autour de sa cuisse – « je t'imagine aussi en bikini. »

Elle éclata de rire, ce rire profond qu'il avait toujours aimé. « Dès que je peux bouger ma jambe, je te botte le cul.

— Hâte de voir ça, boiteuse. En attendant, il y a autre chose que nous devrions faire.

— Ah oui ? Quoi donc ?

— Déplier ce lit mural et t'y porter.

— Vraiment ? Ça t'excite, les handicapées, Cooper ? » Son sourire fut lent et diabolique. « Je ne sais pas comment nous allons nous y prendre…

— Nick, dit-il. Appelle-moi Nick. Et je parie qu'on va très vite trouver comment faire. »

Ce qui fut le cas.

Épilogue

C'était la troisième nuit d'affilée qu'il s'était couché en tremblant, son cerveau filait sur des rails, traçait des chemins inconnus à une vitesse incroyable. Il transpirait et il toussait aussi.

Lorsqu'il se réveilla, il était presque midi et le soleil inondait la pièce. Une part de sa conscience, devançant son être propre, l'avertit qu'il allait à nouveau se sentir mal. Il inspira profondément et resta allongé.

Rien. Il se sentait bien.

Hawk s'extirpa du lit de camp. C'était une cabane en rondins avec deux pièces. Les murs étaient recouverts d'enduit et l'air sentait la fumée du poêle. Il tituba jusqu'à la salle de bains et pissa à n'en plus finir. La brosse à dents appartenait à quelqu'un d'autre mais c'était mieux que rien, malgré ses cinq cent trente-deux poils tordus.

Il s'était brossé la moitié des dents du bas lorsqu'il se rendit compte qu'il savait combien la brosse possédait de poils. Sans effort ni réflexion, il le savait aussi sûrement qu'il savait que la brosse tomberait s'il la lâchait : cinq cent trente-deux poils tordus, ce qui représentait 21,28 % du total. Il sourit, finit de se brosser les dents et cracha.

La nuit de la bataille, après que la milice était passée devant lui, il avait trouvé le courage de quitter la cuisine pour se rendre au garage. Pendant vingt minutes, il avait calé et fait grincer les vitesses, puis il avait enfin eu la Jeep en main. Lorsque la fusillade avait commencé, il était hors de la ville et roulait plein ouest. Vers minuit, il s'était servi d'un caillou pour entrer dans la cabane de chasse, avec l'intention de reprendre la route le plus vite possible. Mais il s'était réveillé avec le crâne en feu et depuis, tout avait été vague et incertain.

Dans la cuisine, il mangea du maïs en boîte pendant que le café coulait. Lorsque la machine siffla, il voulut prendre une tasse mais celle-ci glissa du plan de travail et bascula.

C'était magnifique.

Hawk n'avait pas les connaissances mathématiques pour le décrire, mais il voyait clairement la formulation, la façon dont la gravité et la résistance de l'air et le mouvement dansaient, et il trouva cela si fascinant qu'il prit quelques secondes pour observer la tasse, il réduisit sa vitesse de rotation jusqu'à pouvoir en examiner chaque détail : l'intérieur maculé d'anneaux distincts, une légère empreinte digitale sur l'anse, la façon dont la poussière tournoyait autour, le soleil qui brillait sur le rebord tandis que la tasse dérivait vers le sol.

Lorsqu'elle le heurta, elle explosa en fragments dont les vecteurs étaient prévisibles, et il entendit distinctement le bruit de chaque morceau qui cliquetait contre le carrelage. Pour une raison ou une autre, ils lui rappelèrent John.

Dans le tunnel de maintenance, en discourant sur l'importance des éventualités, John ne faisait pas tellement attention au gamin qui le suivait. Mais ensuite, il s'était arrêté et l'avait regardé droit dans les yeux. « Il faut que je te dise quelque chose, Hawk. Quelque chose d'important. Il y a de grandes chances que je ne m'en sorte pas vivant. Si ça devait arriver, n'oublie jamais que l'avenir, c'est toi.

— Je ne comprends pas.

— Tu comprendras », avait dit John, puis ils avaient escaladé l'échelle et quelques minutes plus tard, il était mort.

Il avait raison, se dit Hawk. *Ça n'aurait eu aucun sens de me l'expliquer, à ce moment-là. Mais maintenant, je comprends.*

Il comprit d'autres choses, également. Que John s'était servi de lui, que quand il parlait de transformer un pion en reine, il ne parlait pas vraiment d'échecs. Et c'était très bien comme ça. Il s'était toujours soucié de Hawk, l'avait traité comme un homme, lui avait donné un nom et un objectif. Les raisons étaient importantes, mais pas autant que les faits.

Hawk prit une autre tasse et la remplit de café. Il but lentement, en réfléchissant. Puis il sortit et grimpa dans la Jeep. Lorsqu'il voulut attacher sa ceinture, il fut pris d'une quinte de toux et il posa la tête sur le volant jusqu'à ce que ça passe. Lorsqu'il put respirer à nouveau, il tira un mouchoir de sa poche.

Et s'arrêta.

Il laissa tomber le mouchoir et s'essuya le nez avec les mains, puis les frotta ensemble.

Le réservoir était aux trois quarts plein. Disons cinquante litres, avec une consommation d'environ un litre pour huit kilomètres, ça nous fait quatre cents kilomètres par réservoir. Avec l'argent qu'il avait trouvé dans la maison d'accueil, il pouvait faire huit ou peut-être dix pleins d'essence. Il aurait besoin de nourriture également, et du liquide pour les imprévus – *merci, John* –, ce qui lui permettrait de parcourir quatre mille kilomètres.

Hawk se représenta mentalement une carte et l'image fut aussi précise que s'il s'agissait d'une vraie, jusqu'à l'échelle indiquée dans le coin.

D'abord, Salt Lake City.

Ensuite Reno.

Sacramento.

Los Angeles.

Nord-est vers Las Vegas, sud-est vers Phoenix.

Retour plein ouest pour finir le voyage à San Diego.

Distance totale, trois mille neuf cent quatre kilomètres.

Quarante heures s'il faisait le trajet d'une seule traite. Mais il fallait qu'il mange dans des restaurants, aille dans des églises, prenne le bus. D'après ce qu'il avait expérimenté de la période d'incubation, il ne devait pas lambiner. Passer, disons, quatre jours à serrer des mains et à éternuer dans toutes les zones métropolitaines comprenant une population de, voyons…

Neuf millions de personnes.

Hawk toussa, sourit et démarra la Jeep.

Un long chemin l'attendait.

FIN DE LA TRILOGIE DES BRILLANTS

Remerciements

En 2010, alors que j'étais parti faire de l'escalade avec mon pote Blake Crouch, je suis tombé amoureux d'une idée. On campait à quatre mille deux cents mètres, on déconnait en buvant du bourbon lorsque c'est arrivé. Comme la plupart des histoires d'amour, ça a commencé par un sentiment d'intrigue, qui s'est peu à peu transformé en flirt, et avant même que nous nous en rendions compte, nous étions tous les deux gagas au-delà de toute prudence. L'idée de Blake est devenue la trilogie à succès *Wayward Pines*. La mienne culmine avec le livre que vous tenez entre les mains.

Ce fut un long et fabuleux voyage qui a duré cinq ans, trois livres et trois cent mille mots – pour ne compter que ceux que j'ai conservés. Durant cette période, ma femme et moi avons vendu notre appartement pour acheter une maison, nous avons eu une fille, nous avons ri, cuisiné et voyagé. Ce voyage touche maintenant à sa fin et comme la plupart des expériences qui transforment un homme, sa conclusion apporte à la fois joie et regrets.

Ça fut un tel plaisir de vivre dans ce monde, de traîner avec Cooper, Shannon, Natalie, Ethan et Quinn – désolé, Bobby, du fond du cœur –, avec John Smith, Erik Epstein et Hawk. L'idée que cette période est révolue suscite de la mélancolie. Mais bien qu'il soit possible que je retourne dans ce monde, je crois que ces histoires sont terminées. Chacun des personnages a connu ses moments solaires et ses nuits noires, et je leur suis reconnaissant de m'avoir laissé participer à l'aventure.

Il y a également de nombreuses autres personnes envers lesquelles je suis reconnaissant, et bien que certains soient de chair et d'os, ce sont de sacrés personnages, tout comme mes amis imaginaires.

Mon agent littéraire, Scott Miller, est un homme charmant et un ami cher, qui a cru en ce projet dès le départ. Jon Cassir a su se faire entendre à Hollywood tout en ayant l'air très classe. Merci à vous, gentlemen.

C'est toujours un honneur de travailler avec Thomas & Mercer, extraordinaires éditeurs. Rien dans l'Univers ne peut arrêter mon éditrice et ma première lectrice, Alison Dasho. Jacque Ben-Zekry plie le monde selon sa volonté, et celui-ci la remercie et en redemande. Gracie Doyle casse la baraque d'un claquement de doigts. Énormes remerciements à Tiffany Pokorny, Alan Turkus, Mikyla Bruder, Daphne Durham et Jeff Belle, des gens brillants et dévoués dont l'amour pour les histoires brille comme une étoile.

Shasti O'Leary Soudant a fait un formidable boulot en retravaillant les couvertures de la trilogie. Jessica Fogleman a repéré le million d'erreurs que j'ai faites. Les corrections de Caitlin Alexander ont apporté vision et style en un temps record.

Mon vieil ami le professeur Yuval Raz s'est montré incroyablement généreux en partageant avec moi son temps et ses connaissances. La base biologique des Brillants et la méthodologie pour détruire le monde sont de lui.

Lorsque j'étais bloqué, insomniaque, lorsque je me balançais sur ma chaise en sanglotant, mes potes Blake Crouch et Sean Chercover étaient toujours là pour m'aider à franchir le cap. Les mots sont de moi, mais pas mal de solutions viennent d'eux.

Et toujours, des remerciements infinis à mes parents, Tony et Sally, et à mon frère, Matt. Je vous aime.

Ma femme et ma fille sont toute ma vie. Merci à mon

amour g.g. et à notre brillante, téméraire et farfelue Jocelyn Sally Sakey.

Et pour finir, cher lecteur, merci. C'est ce que je voulais faire depuis que j'ai quatre ans, et je suis reconnaissant pour chaque moment de ce voyage. Alors je le répète : merci.

DU MÊME AUTEUR

Aux Éditions Gallimard

EN LETTRES DE FEU. LES BRILLANTS, tome III, 2017. Folio Policier n° 857.

UN MONDE MEILLEUR. LES BRILLANTS, tome II, 2016. Folio Policier n° 821.

LES BRILLANTS, 2015. Folio Policier n° 788.

Aux Éditions du Cherche-Midi

SEULEMENT LES MORTS, 2010.

DES GENS BIEN, 2009.

DÉSAXÉ, 2007.

COLLECTION FOLIO POLICIER

Dernières parutions

647.	Larry Beinhart	*L'évangile du billet vert*
648.	William Gay	*La mort au crépuscule*
649.	Gabriel Trujillo Muñoz	*Mezquite Road*
650.	Boileau-Narcejac	*L'âge bête*
651.	Anthony Bourdain	*La surprise du chef*
652.	Stefán Máni	*Noir Océan*
653.	***	*Los Angeles Noir*
654.	***	*Londres Noir*
655.	***	*Paris Noir*
656.	Elsa Marpeau	*Les yeux des morts*
657.	François Boulay	*Suite rouge*
658.	James Sallis	*L'œil du criquet*
659.	Jo Nesbø	*Le léopard*
660.	Joe R. Lansdale	*Vanilla Ride*
661.	Georges Flipo	*La commissaire n'aime point les vers*
662.	Stephen Hunter	*Shooter*
663.	Pierre Magnan	*Élégie pour Laviolette*
664.	James Hadley Chase	*Tu me suivras dans la tombe* et autres romans
665.	Georges Simenon	*Long cours*
666.	Thomas H. Cook	*La preuve de sang*
667.	Gene Kerrigan	*Le chœur des paumés*
668.	Serge Quadruppani	*Saturne*
669.	Gunnar Staalesen	*L'écriture sur le mur*
670.	Georges Simenon	*Chez Krull*
671.	Georges Simenon	*L'inspecteur Cadavre*
672.	Kjetil Try	*Noël sanglant*
673.	Graham Hurley	*L'autre côté de l'ombre*
674.	John Maddox Roberts	*Les fantômes de Saigon*
675.	Marek Krajewski	*La peste à Breslau*
676.	James Sallis	*Bluebottle*

677. Philipp Meyer — *Un arrière-goût de rouille*
678. Marcus Malte — *Les harmoniques*
679. Georges Simenon — *Les nouvelles enquêtes de Maigret*
680. Dashiell Hammett — *La clé de verre*
681. Caryl Férey & Sophie Couronne — *D'amour et dope fraîche*
682. Marin Ledun — *La guerre des vanités*
683. Nick Stone — *Voodoo Land*
684. Frederick Busch — *Filles*
685. Paul Colize — *Back up*
686. Saskia Noort — *Retour vers la côte*
687. Attica Locke — *Marée noire*
688. Manotti – DOA — *L'honorable société*
689. Carlene Thompson — *Les ombres qui attendent*
690. Claude d'Abzac — *Opération Cyclope*
691. Joe R. Lansdale — *Tsunami mexicain*
692. F. G. Haghenbeck — *Martini Shoot*
693. *** — *Rome Noir*
694. *** — *Mexico Noir*
695 James Preston Girard — *Le Veilleur*
696. James Sallis — *Bête à bon dieu*
697. Georges Flipo — *La commissaire n'a point l'esprit club*
698. Stephen Hunter — *Le 47e samouraï*
699. Kent Anderson — *Sympathy for the Devil*
700. Heinrich Steinfest — *Le grand nez de Lilli Steinbeck*
701. Serge Quadruppani — *La disparition soudaine des ouvrières*
702. Anthony Bourdain — *Pizza créole*
703. Frederick Busch — *Nord*
704. Gunnar Staalesen — *Comme dans un miroir*
705. Jack Ketchum — *Une fille comme les autres*
706. John le Carré — *Chandelles noires*
707. Jérôme Leroy — *Le Bloc*
708. Julius Horwitz — *Natural Enemies*
709. Carlene Thompson — *Ceux qui se cachent*

710.	Fredrik Ekelund	*Le garçon dans le chêne*
711.	James Sallis	*Salt River*
712.	Georges Simenon	*Cour d'assises*
713.	Antoine Chainas	*Une histoire d'amour radioactive*
714.	Matthew Stokoe	*La belle vie*
715.	Frederick Forsyth	*Le dossier Odessa*
716.	Caryl Férey	*Mapuche*
717.	Frank Bill	*Chiennes de vies*
718.	Kjell Ola Dahl	*Faux-semblants*
719.	Thierry Bourcy	*Célestin Louise, flic et soldat dans la guerre de 14-18*
720.	Doug Allyn	*Cœur de glace*
721.	Kent Anderson	*Chiens de la nuit*
722.	Raphaël Confiant	*Citoyens au-dessus de tout soupçon...*
723.	Serge Quadruppani	*Madame Courage*
724.	Boileau-Narcejac	*Les magiciennes*
725.	Boileau-Narcejac	*L'ingénieur aimait trop les chiffres*
726.	Inger Wolf	*Nid de guêpes*
727.	Seishi Yokomizo	*Le village aux Huit Tombes*
728.	Paul Colize	*Un long moment de silence*
729.	F. G. Haghenbeck	*L'Affaire tequila*
730.	Pekka Hiltunen	*Sans visage*
731.	Graham Hurley	*Une si jolie mort*
732.	Georges Simenon	*Le bilan Malétras*
733.	Peter Duncan	*Je suis un sournois*
734.	Stephen Hunter	*Le sniper*
735.	James Sallis	*La mort aura tes yeux*
736.	Elsa Marpeau	*L'expatriée*
737.	Jô Soares	*Les yeux plus grand que le ventre*
738.	Thierry Bourcy	*Le crime de l'Albatros*
739.	Raymond Chandler	*The Long Goodbye*
740.	Matthew F. Jones	*Une semaine en enfer*
741.	Jo Nesbø	*Fantôme*
742.	Alix Deniger	*I cursini*

Composition : APS-IE
Impression Novoprint
le 2 mai 2018
Dépôt légal : mai 2018

ISBN 978-2-07-278984-7/ Imprimé en Espagne.

334066